NADINE KERGER

Because of you I want to stay

GOLDMANN

Nadine Kerger

Because of you I want to stay

Roman

GOLDMANN

MIX
Papier | Fördert gute Waldnutzung
FSC® C014496

Penguin Random House Verlagsgruppe FSC® N001967

1. Auflage
Originalausgabe März 2024

Umschlaggestaltung: ZERO Werbeagentur, München
Umschlagmotiv: shutterstock / Konstanttin, letovsegda, Tori Art, MiOli, PROSKURIN SERHII, lavendertime
Redaktion: Beate De Salve
ES · Herstellung: ik
Satz: GGP Media GmbH, Pößneck
Druck und Bindung: GGP Media GmbH, Pößneck
Printed in Germany
ISBN: 978-3-442-20669-8

www.goldmann-verlag.de

Für H.
Meinen großen Schatz

1

Der Atlantik liegt wie ein dunkler Bleiteppich vor uns, als die Fähre von Cape Cod in Richtung Martha's Vineyard ablegt. Aber kaum haben wir das Hafenbecken verlassen und sind auf das offene Meer hinausgefahren, bricht der wolkenverhangene Nachmittagshimmel auf, und die Sonnenstrahlen glitzern auf der Wasseroberfläche wie tausend funkelnde Sterne.

»Endlich wird das Wetter besser!«, sagt meine beste Freundin Liv gut gelaunt und rutscht ein Stück näher ans Fenster.

»Ich fände Wolken und strömenden Regen irgendwie passender«, antworte ich und ziehe den Reißverschluss meiner Hoodie-Jacke mit dem Schriftzug des Boston-University-Schwimmteams nach oben. »Das würde wenigstens meiner Gefühlslage entsprechen. Warum sollte die Sonne scheinen, wenn ich am Tiefpunkt meines Lebens angekommen bin?«

Mit beiden Händen umfasse ich den heißen Kaffeebecher, der vor mir auf dem Tisch steht. Zumindest gibt er ein bisschen Wärme ab, denn mir ist seit Wochen dauerkalt – äußerlich und innerlich.

»Ach, jetzt hör auf, Josie!« Liv sieht mich streng an. »Du bist nicht am Tiefpunkt deines Lebens angekommen. Und selbst wenn – ab sofort wird es aufwärtsgehen, versprochen.«

Sie schiebt ihre große schwarze Brille mit dem Zeigefinger auf dem Nasenrücken nach oben, so wie sie es ungefähr vierhundert Mal am Tag macht. Ich habe ihr – ebenfalls schon an die vierhundertmal – gesagt, dass sie sich die Bügel enger stellen lassen soll, aber sie weigert sich standhaft und behauptet, von einer zu eng sitzenden Brille Kopfschmerzen zu bekommen.

Seit sie sich vor fünf Jahren in meiner allerersten Meeresbiologie-Vorlesung an der Boston University neben mich gesetzt hat, ist viel passiert. Nachdem wir unser Studium gemeinsam gemeistert hatten, habe ich einen Job als Laborantin im Abbott Institute for Marine Biologie in Dorchester angenommen, und Liv ist dabei, ihren Doktor zu machen – aber ihre Brille rutscht heute noch genauso wie am ersten Tag.

»Anstatt dich weiter vor Liebeskummer zu verzehren, solltest du lieber daran denken, was für eine tolle Zeit wir vor uns haben«, versucht sie mich aufzumuntern. »Deine Probleme werden sich schneller in Luft auflösen, als du ›Trübsal‹ sagen kannst. Wir werden den ganzen Sommer auf einer traumhaften Insel verbringen, in einem Haus direkt am Meer wohnen, jeden Tag am Strand sein, schwimmen, Ausflüge machen, Sundowner trinken …«

Sie klatscht vor Begeisterung in die Hände und strahlt mich an. Ich weiß, dass sie es gut meint, aber im Moment hört sich das, wovon sie da gerade schwärmt, für mich weniger nach Spaß, sondern eher nach Folter an. Das Einzige, was ich will, ist, in mein Bett zu kriechen, mir die Decke über den Kopf zu ziehen und die nächsten Wochen nicht mehr aufzustehen. Außer vielleicht, um aufs Klo zu gehen oder mir Oreos mit doppelter Cremefüllung aus der Küche zu holen.

»Ich bezweifle, dass sich alle meine Probleme über den Sommer in Luft auflösen werden«, sage ich matt. »Wie auch? Mein Leben ist ein einziger Scherbenhaufen.«

Ich schlucke den Kloß in meinem Hals herunter und versuche, die Tränen zurückzuhalten, die mir in die Augen steigen. Wie soll ein Sommer auf Martha's Vineyard – so traumhaft Liv ihn sich auch gerade ausmalt – auch nur ein einziges meiner vielen Probleme lösen können?

»Dein Leben ist kein einziger Scherbenhaufen«, sagt meine Freundin mit einem aufmunternden Lächeln. »Das Leben geht weiter, auch wenn Nathan sich von dir getrennt hat.«

Natürlich weiß ich, dass sie recht hat. Aber von der Trennung einmal abgesehen, bin ich derzeit de facto auch noch arbeitslos, weil Nathan nicht nur mein Freund war, sondern auch mein Chef im Labor und Leiter der Forschungsreihe, an der ich arbeite. Als ich mich vor einem halben Jahr beim Abbot Institute beworben habe, schien es eine tolle Idee zu sein, mit ihm gemeinsam zu forschen, auch wenn mich jeder in meinem Umfeld davor gewarnt hat, Berufliches und Privates zu vermischen. Und letztendlich sollten sie recht behalten: Nathan hat mir nach unserer Trennung deutlich gemacht, dass es ihm lieber wäre, wenn ich das Institut verlasse. Also habe ich drei Monate unbezahlten Urlaub genommen, um mir zu überlegen, wie es in meinem Leben weitergehen soll. Ohne Job. Und ohne Nathan.

Nathan ist acht Jahre älter als ich, und als ich ihn kennenlernte, hat er meinen Kurs in Grundlagen der Biochemie geleitet. Er war so attraktiv, klug, souverän und gleichzeitig witzig, dass ich ihn sofort anziehend fand und über das Semester eine ernsthafte Schwärmerei für ihn entwickelt habe. Natürlich wäre ich niemals auf die Idee gekommen, dass etwas daraus werden könnte, schließlich war er mein Lehrer und deutlich älter als ich. Als er dann aber mit mir ausgehen wollte und wir schließlich zusammenkamen, konnte ich mein Glück kaum fassen.

»Hör auf, an Nathan zu denken«, unterbricht Liv mein davongaloppierendes Kopfkino. »Du hast ihn viel zu sehr angebetet.«

Es war Livs Idee, dass ich sie für die nächsten Monate auf die Insel begleite, wo sie in den Semesterferien ehrenamtlich in einer

Seehundauffangstation arbeitet. Sie meint, es wäre die perfekte Ablenkung für mich, aber ich bin mir da nicht so sicher.

»Dabei hast du das gar nicht nötig!«, fährt Liv fort, und ihre Augen funkeln schelmisch. »Du siehst aus wie Anne Hathaway und bist so intelligent wie …«

»… Albert Einstein?«, schlage ich vor und muss wider Willen lachen. »Du spinnst, Livy.«

»Wie Sylvia Earle, wollte ich eigentlich sagen.«

»Danke.« Ich bin ein wenig gerührt, dass sie mich mit der berühmten Meeresbiologin und Umweltaktivistin vergleicht. »Für Anne. Und für Sylvia. Ich weiß gar nicht, wovon ich mich mehr geschmeichelt fühlen soll.«

Sie verdreht die Augen. »Was ich damit sagen will, ist: Vergiss den Typen! Er war nicht gut für dich.«

Liv hat meine Begeisterung für Nathan nie so wirklich nachvollziehen können. Wir haben in der Vergangenheit das Thema lieber gemieden, um unsere Freundschaft nicht zu belasten, aber heute scheint sie ganz besonders in Schwung zu sein.

»Erst überredet er dich, ein tolles Angebot für einen Masterstudiengang in Berkeley abzulehnen, damit du in seiner Nähe bleibst«, fährt sie gnadenlos fort, »und in seinem Labor anzufangen, anstatt deine Eltern ein Jahr auf Grönlandexpedition zu begleiten …«

Ich will etwas zu meiner Verteidigung vorbringen, aber Liv lässt mich nicht zu Wort kommen.

»Und jetzt macht er einfach so mit dir Schluss, um sich selbst zu finden? Was erwartet er zu entdecken?« Liv schnaubt spöttisch. »Sein Rückgrat? Viel Glück beim Suchen.«

Mir entfährt ein Seufzen. Ich weiß, dass meine Freundin auf meiner Seite ist und wie eine Löwin für mich kämpfen würde, aber im Moment verstärken ihre Worte nur die Leere in mir.

Meine große Liebe hat mich verlassen, und an der Stelle in meinem Herzen, an der vorher noch Nathan war, klafft jetzt dieses große schwarze Loch.

»Lass uns das Thema wechseln«, erwidere ich matt. »Ich will das alles einfach nur irgendwie verdrängen. Weiter darüber nachzudenken tut mir zu weh.«

»Du sollst ihn nicht *verdrängen* – du sollst ihn *vergessen!*« Liv drückt meine Hand. »Und genau dafür hast du mich.«

Als Liv mir vorgeschlagen hat, mit ihr für die Sommermonate auf die Insel zu kommen, damit ich nicht alleine in Boston bleiben und Trübsal blasen muss, war mein erster Impuls, ihr abzusagen. Allein die Vorstellung, den Sommer mit fröhlichen Menschen in Urlaubsstimmung verbringen zu müssen oder all die von Liv geplanten Aktivitäten mitzumachen, war mir ein Graus. Außerdem konnte ich mir das alles wegen des unbezahlten Urlaubs schlicht nicht leisten.

Aber Liv hat einfach nicht lockergelassen und mich gedrängt, alle möglichen Bewerbungen abzuschicken, um mir meine Zeit auf der Insel zu finanzieren: als Kellnerin, Eisverkäuferin, Reinigungskraft für Ferienhäuser, als Babysitterin und Nanny … Am Ende habe ich einen Ferienjob in einem Jachtclub im Westen der Insel ergattern können, ganz in der Nähe von Livs Seehundauffangstation. Wir haben sogar Zimmer im selben Haus gefunden. Eigentlich wäre also alles perfekt – wenn ich mich nur nicht so verdammt elend fühlen würde!

Verwundert schaue ich auf, als Liv sich erhebt. »Wohin gehst du?«

»Ich hole uns einen Prosecco!«, sagt sie entschlossen und beugt sich zu mir herunter, um mir einen Kuss auf die Wange zu geben. »Mit diesem traurigen Gesicht ist ab sofort Schluss, denn jetzt beginnen die besten Sommerferien unseres Lebens!«

Am Landungsterminal in Oak Bluffs lassen wir uns etwas Zeit und fallen ein Stück hinter die anderen aussteigenden Passagiere zurück. Es ist ziemlich voll, denn morgen ist Memorial Day und damit der Start der Sommersaison auf Martha's Vineyard.

Die Räder unserer Rollkoffer rattern über den regenfeuchten Asphalt, während wir an der langen Schlange der Autos vorbeilaufen, die auf die Autofähre warten.

»Schon merkwürdig, an einem Ort zu leben, den man nur mit einem Schiff erreichen oder verlassen kann, oder?«, sagt Liv nachdenklich, als wir den Schalter der *Steamship Authority*, dem Betreiber des Fährbetriebs, passieren. »Wenn du wegwillst – oder musst –, gibt es keine andere Möglichkeit, als auf eine Fähre zu warten oder einen Helikopter zu nehmen. Und bei schlechtem Wetter geht beides nicht.«

Ich nicke zwar, aber ich habe Probleme, mich auf ihre Worte zu konzentrieren. Zu sehr nimmt mich der Anblick ein, der sich uns bietet. Unwillkürlich bleibe ich stehen.

Vor uns liegt die Hauptstraße des Örtchens Oak Bluffs mit seinen pittoresken Häusern, kleinen Läden und Bars, und zu unserer Linken erstreckt sich die Uferpromenade mit einer großen Parkanlage direkt am Meer. Seaview Avenue lese ich auf einem Straßenschild und muss über den ebenso einfachen wie treffenden Namen schmunzeln, denn tatsächlich beginnt hinter dem schmalen, mit Dünengras bewachsenen Uferstreifen der schier endlose Atlantik. Es riecht nach Salz und feuchter Erde, und auf einmal habe ich das Gefühl, dass sich mein Herzschlag verlangsamt. Eine eigenartige Ruhe überkommt mich.

Die blauen Himmelsfetzen über uns sind größer geworden, und die durchbrechenden Sonnenstrahlen tanzen auf den weiß glitzernden Schaumkronen des Wassers. Eine wagemutige Möwe stürzt sich mit einem Schrei in die Fluten und taucht nur eine

Sekunde später mit einem zappelnden Fisch im Schnabel wieder auf. Eine zweite kreuzt ihren Weg und versucht, ihr die Beute streitig zu machen.

»Kein Taxi weit und breit«, reißt mich Liv aus meinen Gedanken, und ich schließe hastig wieder zu ihr auf. »Wie kommen wir denn jetzt nach Menemsha?«

Etwas ratlos schauen wir uns um, aber anscheinend gibt es auf Martha's Vineyard keine Taxis, oder die anderen Reisenden waren im Gegensatz zu uns so schlau, sich eins vorzubestellen. Auch ein Blick in die Uber-App bringt uns nicht viel weiter: keine Fahrer verfügbar.

»Was ist mit dem Bus?«, frage ich und deute in Richtung der Haltestelle am Landungsterminal.

»Der braucht eineinhalb Stunden, und wir müssen zweimal umsteigen«, antwortet Liv nach einem Blick auf ihr Handy. »Außerdem fährt der nächste erst in zwei Stunden.«

Das fängt ja gut an, denke ich, sage es aber nicht laut.

»Lass uns ein Stück die Hauptstraße entlanggehen«, schlage ich stattdessen vor. »Vielleicht finden wir im Stadtzentrum ein Taxi?«

Liv zieht die Augenbrauen hoch. »Das hier ist das Stadtzentrum, Josie.«

Aber dann greift sie doch nach ihrem Rollkoffer. Gemeinsam überqueren wir die Straße und laufen die Oak Bluffs Avenue entlang. Wir kommen an einem wunderschön dekorierten Blumenladen, einem Geschäft für Babybekleidung und einem Fahrradverleih vorbei. Außerdem entdecken wir eine kleine Buchhandlung, eine gemütlich aussehende Bar und einen Fischhändler. Alles sieht so sauber, behaglich und hübsch aus, dass ich fast den Eindruck bekomme, als sei ich ein paar Jahrzehnte in der Zeit zurückgereist oder in Stars Hollow gelandet.

»Was ist das?«, frage ich verwundert, als wir an der nächsten Straßenecke vor einem rechteckigen bordeauxrot angestrichenen Gebäude stehen bleiben.

»Das ist das Flying Horses Carousel«, erklärt eine ältere Dame, die gerade vorbeikommt.

Liv und ich schauen sie überrascht an. Aus Boston ist man es nicht gewöhnt, dass wildfremde Menschen einen so freundlich ansprechen, dafür sind die meisten Städter viel zu sehr in Eile. Aber die Dame hier scheint Zeit zu haben, denn sie stellt ihren Einkaufskorb ab, aus dem ein Strauß Sonnenblumen hervorlugt.

»Das Flying Horses Carousel ist das älteste Karussell der Vereinigten Staaten, das noch in Betrieb ist. Es stammt aus dem Jahr 1876 und wurde einst in New York gebaut. Dann wurde es irgendwann verkauft, abgebaut und hierhergebracht.«

Sie streicht sich eine weiße Locke aus dem Gesicht und steckt sie in ihr geblümtes Haarband.

»Das hört sich so an, als müssten wir uns das mal genauer ansehen«, sage ich.

Die Frau strahlt uns an, wobei sich in ihrem Gesicht tausend kleine Fältchen bilden.

»Das müssen Sie wirklich! Es ist eine der größten Attraktionen von Martha's Vineyard. Außer den Aquinnah Cliffs, natürlich. Und unseren Lebkuchenhäusern. Den Stränden, dem Museum, den Farmermärkten.« Sie denkt kurz nach. »Und dem Gay Head Light, dem berühmtesten unserer Leuchttürme.«

»Sind Sie von hier?«, frage ich neugierig, denn ich habe in der *Cosmo* gelesen, dass nur fünfzehntausend Menschen dauerhaft auf der Insel leben, in den Sommermonaten aber mehr als hunderttausend Feriengäste über die Insel hereinbrechen.

»Ich bin hier geboren und aufgewachsen, habe hier geheiratet, meine Kinder bekommen und sie großgezogen«, antwortet sie und sieht ein klein bisschen stolz aus. »Seitdem ich vor sechzig Jahren geheiratet habe, wohne ich in Oak Bluffs – da hinten, direkt am Hafen –, und wenn es nach mir geht, werde ich auch hier sterben.«

Sie deutet in die Richtung, wo die Straße sich zum Meer hin öffnet. Mit etwas Fantasie kann man das Hafenbecken und einige Segelmasten erahnen.

»Das finde ich toll!«, ruft Liv begeistert, doch als sie merkt, wie sich das anhören muss, fügt sie schnell hinzu: »Also, ich finde es natürlich *nicht* toll, dass sie sterben werden. Ich meine, es ist toll, dass sie hier so lange gelebt haben …«

Sie bricht ab, und ich muss grinsen. Oh, Liv! Meine Freundin und ihr Mundwerk, das immer ein bisschen schneller zu arbeiten scheint als ihr Kopf.

»Ich glaube, ich kümmere mich lieber um das Taxi …«, murmelt sie verlegen und schaut die Straße hinunter.

Aber die Dame lächelt nur und nimmt ihren Korb wieder auf.

»Ich habe es schon richtig verstanden«, versichert sie und zwinkert uns zu. »Ich wünsche Ihnen einen wundervollen Urlaub. Und wenn Sie Süßes mögen und den besten Kaffee der Insel kosten möchten, vergessen Sie nicht, in die Black Dog Bakery zu gehen. Die gehört meiner Schwiegertochter.«

Wir bedanken uns, und ich nehme mir fest vor, dem Café einen Besuch abzustatten, während die alte Dame sich mit kleinen Schritten in Richtung des Hauses bewegt, in dem sie schon seit über sechzig Jahren lebt.

»Sollen wir Ihnen Ihre Einkäufe nach Hause tragen?«, rufe ich ihr spontan hinterher.

Sie dreht sich noch einmal zu uns um und schüttelt entschieden den Kopf. »Das ist sehr nett von Ihnen, aber ich würde mich schrecklich alt fühlen, wenn Sie das täten. Und ich bin erst siebenundachtzig, wissen Sie?«

Mit einem Lächeln sehe ich ihr hinterher. Was für eine nette alte Frau. Ob hier alle Menschen so freundlich sind?

»Jetzt schau dich an«, spottet Liv neben mir belustigt. »Seit einem Monat versuche ich mit allen Mitteln, dich aufzumuntern, und die Erste, die es schafft, dir ein Lächeln zu entlocken, ist eine schrullige alte Oma mit einem Weidenkorb.«

»Die war aber auch wirklich süß«, entgegne ich und deute in Richtung des Flying Horses Carousel. »Hast du Lust, es dir kurz anzusehen?«

Liv nickt und zieht ihren Rollkoffer in Richtung des Gebäudes.

»Klar«, antwortet sie und schnauft, als sie beginnt, Koffer und Tasche die Stufen zum Eingang hochzuwuchten. »Die fünf Minuten haben wir, oder? Ein Taxi ist ohnehin nicht in Sicht.«

Drinnen empfängt uns Stimmengewirr und lautes Kinderlachen. Es herrscht ein fröhliches Durcheinander von Touristen, umherrennenden Kindern und Eltern mit Buggys, die mit ihren Handykameras Fotos schießen und Videos drehen.

Wir gehen an der Schlange zum Kartenschalter vorbei und stellen uns etwas an die Seite, um das alte Holzkarussell mit den wunderschön geschnitzten Pferden und Wagen zu bewundern. Eine Weile schauen wir dem bunten Treiben zu, bevor wir auf die Straße zurücklaufen, um erneut unser Glück mit einem Taxi zu versuchen.

»Wenn wir jetzt keins finden, rufe ich die Vermieterin an und frage sie, was wir machen sollen.« Liv stellt ihren Koffer am Straßenrand ab. »Vielleicht kann sie uns abholen.«

Gerade will ich etwas erwidern, da hält direkt neben uns …

»Ein Taxi!«, quietscht meine Freundin.

Während ich mich noch frage, ob mein Gehirn mir einen Streich spielt, reißt Liv bereits die Beifahrertür des Wagens auf.

»Ihr sucht nicht zufällig ein Taxi?«, fragt der Fahrer belustigt.

»Doch!«, rufe ich begeistert über Livs Schulter in den Wagen. »Sie schickt der Himmel!«

»Eher meine Großmutter«, erwidert er trocken und steigt aus, um uns mit den Koffern und Taschen zu helfen.

»Ihre Großmutter?«, hake ich verwirrt nach, während er das schwere Gepäck in den Kofferraum wuchtet.

»Ja«, bestätigt er und schlägt den Kofferraumdeckel mit einem herzhaften Knall zu. »Theresa Picket? Ihr habt gerade mit ihr gesprochen, als sie vom Einkaufen kam.«

»Die alte Dame mit dem Korb?«, fragt Liv ungläubig.

»Jepp«, erwidert unser Retter. »Sie hat mich angerufen und gemeint, dass zwei nette junge Damen auf der Straße herumlaufen und ganz offensichtlich ein Taxi suchen. Und ich war gerade in der Nähe.«

Liv und ich rutschen auf den Rücksitz und grinsen uns an, während der Taxifahrer, der sich uns als Paul vorstellt, den Blinker setzt und wendet.

Martha's Vineyard fängt gerade an, mir richtig gut zu gefallen.

Während der Fahrt von Oak Bluffs nach Menemsha, die einmal quer über die Insel führt, plappert Paul ununterbrochen und weist uns, genau wie seine Großmutter vor ihm, auf die eine oder andere Sehenswürdigkeit hin. Wir durchqueren das Städtchen, aber sobald wir Oak Bluffs verlassen, sind wir wieder am Meer und fahren über eine lang gezogene Brücke.

»Diese Brücke verbindet Oak Bluffs und Vineyard Haven«, erklärt Paul, während wir eine Gruppe Fahrradfahrer überholen, die angehalten hat, um Fotos zu machen. »In Vineyard Haven gibt es ein spannendes Museum.« Im Rückspiegel sehe ich, dass er grinst. »Nun, zumindest für die Menschen, die sich für Dinge wie die Fresnel-Linsen, alte Chronometer und Sextanten interessieren. Aber auch sonst ist das Museum einen Besuch wert, denn es befindet sich in dem alten Marinekrankenhaus direkt an der Lagune. Und es zeigt einige Exponate zum Walfang im letzten Jahrhundert.«

Rasch werfe ich Liv einen Seitenblick zu. Meine beste Freundin ist Tierschützerin und ernährt sich rein vegetarisch. Ich bin mir nicht ganz sicher, ob eine Ausstellung über das Abschlachten von Walen das Richtige für sie ist.

Aber Paul, der das natürlich nicht ahnen kann, fährt unbeirrt fort: »Und da vorne liegt das Black Dog Café. Das gehört meiner …«

»… Mutter?«, vollende ich seinen Satz und ernte einen irritierten Blick durch den Rückspiegel.

»Tante«, korrigiert er mich. »Meine Mutter ist Krankenschwester, genau wie meine Frau Mel.«

Das nimmt er zum Anlass, um mit einer ausführlichen Erzählung darüber zu beginnen, wie er seine Frau kennengelernt hat – in der zweiten Klasse – und wie er sie erobert hat – in der neunten Klasse. Ich höre nur noch mit einem Ohr zu, während ich fasziniert aus dem Fenster schaue.

Wir haben die letzten Häuser hinter uns gelassen, und die Straße führt nun abwechselnd durch Felder und Wälder. Hin und wieder kommen wir an großen Toren und breiten Auffahrten vorbei, die darauf schließen lassen, dass sich prächtige Anwesen dahinter verbergen. Wer weiß, ob sich hier irgendwo das Haus der Obamas, von Pink, Jennifer Lawrence oder Reese Witherspoon befindet, die alle hier regelmäßig Urlaub machen und zum Teil eigene Ferienvillen besitzen. Auch das stand in der *Cosmo*.

»Hier geht es zum Flughafen«, sagt Paul, als wir an eine kleinere Kreuzung kommen, und deutet nach links. »Als Barack Obama hier während seiner Präsidentschaft Urlaub gemacht hat, wurde der komplette Luftraum gesperrt. In der Zeit gab es keine Inselflüge mit dem Helikopter, nichts. Aus Sicherheitsgründen.«

Er biegt nach rechts ab.

»Übrigens war auch Prinzessin Diana mal hier«, fährt er fort. »Sie hat im Charlotte Inn in Edgartown gewohnt, und Tim – der Sohn des Hotelbesitzers – war für ihre Ausflüge verantwortlich. Er hat es geschafft, die ganzen Paparazzi abzuschütteln, die sie immer überallhin verfolgt haben. Das ist nicht mal ihren Bodyguards gelungen. Nach ihrer Abreise hat sie gemeint, dass sie nie zuvor einen so himmlischen Urlaub verlebt habe.«

»Und wie hat er das geschafft?«, hake ich neugierig nach. »Ich meine, die Paparazzi abzuschütteln?«

Paul stößt einen grunzenden Laut aus, von dem ich annehme, dass er Belustigung ausdrücken soll. »Einmal hat er einfach heimlich die Luft aus den Reifen der Autos der vor dem Hotel wartenden Paparazzi gelassen, sodass sie ihnen nicht folgen konnten. Außerdem hat er identisch aussehende Autos benutzt. Die Paparazzi haben angenommen, die Prinzessin sei in dem einen Wagen, doch in Wirklichkeit war sie in einem anderen.«

Das nächste Schild zeigt an, dass hier der Ort Menemsha beginnt, unser Zuhause für die nächsten Monate. Plötzlich bin ich ein bisschen aufgeregt und beuge mich nach vorne, um besser sehen zu können.

Paul, der schon den Blinker gesetzt hat, um in einen schmalen Weg abzubiegen, scheint das zu bemerken, denn er fragt: »Habt ihr noch etwas Zeit? Dann mache ich eine kleine Kennenlerntour durchs Dorf.«

Als Liv und ich synchron nicken, fährt er weiter geradeaus.

Auf den ersten Blick scheint Menemsha nur aus wenigen Straßen und ein paar zusammengewürfelten Häusern zu bestehen. Doch in der Harbor Street, die direkt am Hafenbecken entlangführt, herrscht reges Treiben, und hier tummeln sich die Fußgänger und Fahrradfahrer.

»Da vorne ist der Lobsterville Grill.« Paul deutet auf ein kleines Restaurant, vor dem einige Tische und Bänke aufgestellt sind. »Sieht einfach aus, aber hier gibt es den besten Hummer der Insel. Die Besitzerin Wendy war mal Regisseurin am Broadway, aber jetzt schwingt sie nur noch in ihrem Restaurant das Zepter. Das da ist sie übrigens.«

Eine kurvige Frau in einem pinken Kaftan mit Leopardenprint und mit kunstvoll toupiertem Haar kommt die zwei Stufen des Restaurants hinunter und beginnt, schwungvoll die regennassen Tische vor der Tür mit einem Lappen trocken zu wischen. Als sie das Taxi vorbeirollen sieht, hebt sie die Hand und winkt.

Paul grüßt zurück und deutet dann auf die andere Straßenseite.

»Da hinten sind der Fischereihafen und die Fahrradfähre, die man benutzen muss, wenn man zur Seehundauffangstation will.«

»Da arbeite ich!«, ruft Liv enthusiastisch.

»Oh, dann richte Andrew einen schönen Gruß von mir aus, er leitet die Station. Wir waren früher in einer Klasse«, sagt Paul und fährt direkt fort: »Direkt neben dem Lobsterville Grill liegt Kathleen's Deli. Dort bekommt man Sandwiches und Donuts. Eine richtige Bäckerei oder ein Café gibt es leider nicht, dafür müsst ihr nach Chilmark fahren. Hier an der Ecke ist unser Supermarkt Pick & Carry, und dort hinten der auf der Insel ziemlich bekannte Newport Yachtclub. Die haben auch ein sehr gutes Restaurant und eine Marina. Dort liegen die Boote und

Jachten der reichen Sommergäste – und die von uns Einheimischen natürlich auch.« Er zwinkert uns im Rückspiegel zu. »Aber wir bekommen einen Rabatt bei den Liegegebühren.«

Erneut beuge ich mich vor, um besser sehen zu können. Am Ende der Straße kann ich ein lang gezogenes weiß gestrichenes Gebäude erkennen, davor eine Rasenfläche und einen Parkplatz. Rechts davon befindet sich ein Gewirr aus Masten – offensichtlich gehören sie zu den Segelschiffen, die in der Marina liegen.

Das ist also der Jachtclub, in dem ich den Sommer über arbeiten werde.

Hoffentlich sind meine Kollegen nett, schießt es mir durch den Kopf.

Natürlich weiß ich, dass ich nur für drei Monate dort angestellt bin und außerdem nur einen Aushilfsjob habe, dennoch wünsche ich mir gerade nichts mehr, als eine entspannte Zeit dort zu haben. Ohne Drama, ohne Ärger und ohne ätzende Chefs oder Kollegen. Die mitleidigen Blicke der anderen Mitarbeiter im Labor an meinen letzten Arbeitstagen haben mir gereicht …

»Wenn ihr mal einen Fahrer braucht, könnt ihr mich jederzeit anrufen oder in der Harbor Hill Road Nummer 12 klingeln«, reißt mich Paul aus meinen Gedanken. »Da wohne ich nämlich.«

Er reicht uns eine Visitenkarte nach hinten, und Liv schiebt sie in die Tasche ihrer Jeans.

Paul wendet den Wagen und fährt auf der Hauptstraße zurück in die Richtung, aus der wir gekommen sind. Nur ein paar Hundert Meter, nachdem wir das Dorf hinter uns gelassen haben, biegt er auf einen von Dünengras gesäumten, unbefestigten Weg ab. Erst umgeben uns nur ein paar Bäume, aber dann öffnet sich die Sicht, und wir sehen hinter dem Dünenkamm das dunkelblaue Meer.

Am Ende der Straße entdecke ich ein Haus. »Seaside Cottage«, steht auf einem abgeblätterten und etwas schief hängenden Schild neben der Einfahrt.

»Ich hoffe, es ist schön …«, murmelt Liv und drückt sich die Nase an der Fensterscheibe platt, während wir langsam die letzten Meter in Richtung Haus rollen. »Das weiß man ja irgendwie nie, wenn man nur Fotos gesehen hat …«

Kaum hat unser Fahrer den Motor abgestellt, springen wir aus dem Auto. Wir sind aufgeregt wie kleine Kinder.

Vor uns liegt ein kleines, zweistöckiges Steinhaus mit Sprossenfenstern und blauen Fensterläden. Die gesamte rechte Seite des Hauses und der Schornstein sind von kleinen weißen Kletterrosen überwuchert, die auf dem besten Wege sind, auch vom Dach Besitz zu ergreifen. An der Hauswand steht eine verwitterte Bank, und rechts und links vom Eingang wachsen einige Hortensienbüsche, die in voller Blüte wunderschön aussehen müssen. Der Vorgarten ist von farbenprächtigen Wildblumen überwuchert.

»Das sieht so hübsch aus!«, sage ich begeistert, während ich Paul meine Hälfte des Fahrgeldes plus ein ordentliches Trinkgeld in die Hand drücke.

Noch bevor wir uns von unserem Fahrer verabschieden können, öffnet sich die Haustür und eine Frau in unserem Alter kommt heraus.

»Hi«, ruft sie und eilt uns mit großen Schritten entgegen. »Willkommen im Seaside Cottage! Ich bin Hannah.«

Wir stellen uns vor, und sie begrüßt uns mit einem kräftigen Händedruck und einem herzlichen Lächeln.

Hannah ist groß und hat ein hübsches Gesicht mit blassen Sommersprossen auf Nase und Wangen. Ihre langen blonden Haare sind zu einem hohen Pferdeschwanz zusammengebunden. Irgendwie erinnert sie mich ein bisschen an Blake Lively, auch wenn sie im Moment nicht gerade glamourös aussieht in ihren mit Farbe verschmierten Camouflage-Shorts und dem ebenso vollgekleckten T-Shirt. Sogar im Gesicht entdecke ich ein paar Farbspritzer.

»Entschuldigt meinen Aufzug. Ich renoviere gerade eines der Zimmer im Erdgeschoss«, erklärt sie schnell, als sie meinen verwunderten Blick bemerkt.

Während Liv und ich unsere Reisetaschen schultern und die Koffer in Richtung Haus zerren, winkt Hannah unserem Taxifahrer zu.

»Hey, Paul, wie geht es euch? Wann kommt das Baby?«

»Bestens!«, antwortet er und winkt zurück. »Es kann jederzeit so weit sein.«

»Bestell Mel liebe Grüße von mir, und meldet euch, wenn ihr was braucht«, sagt Hannah und nickt uns zu, was wir als Aufforderung verstehen, ihr ins Haus zu folgen.

Wir bitten Paul, seiner Großmutter Grüße und ein herzliches Dankeschön auszurichten, dann verabschieden wir uns ebenfalls.

Gemeinsam betreten Liv und ich den schmalen Hauseingang, der mit weiß gestrichenem Holz getäfelt ist.

»Im Erdgeschoss wohnt meine Großmutter«, erklärt sie und deutet den Gang entlang, der links vom Flur abgeht, bevor sie die Tür rechts neben der Haustür öffnet. »Und hier ist das Wohnzimmer, das wir alle benutzen. Es gibt ein paar Sofas und Sessel, außerdem einen Kamin, vor dem man es sich gemütlich machen kann, wenn es abends kühl wird.«

Als ich Liv und Hannah in den Raum folge, halte ich den Atem an. Das Zimmer ist zwar nicht groß und auch recht einfach eingerichtet, aber durch die Fenster hat man einen atemberaubenden Blick auf das Meer, das hinter einem kleinen Garten und den mit Gras bewachsenen Dünen in der Sonne glitzert.

Hannah öffnet eine weitere Tür. »Und hier ist die Küche.«

Der Raum, der mit einem alten Herd, zusammengewürfelten Schränken, einem Tisch und einer Eckbank mit bunten Kissen ausgestattet ist, hat ebenfalls Meerblick.

»Ihr könnt eure Lebensmittel in den Kühlschrank legen und hier frühstücken oder kochen, ganz wie ihr mögt. Fühlt euch einfach wie zu Hause.« Sie lächelt und zwinkert uns zu. »Nur fremde Männer hat meine Oma nicht so gerne im Haus.«

Liv und ich wechseln einen Blick. Nichts liegt mir ferner, als hier irgendwelche Typen anzuschleppen!

Hannah öffnet die Tür Richtung Garten, und wir folgen ihr nach draußen. Genauso wie der Vorgarten ist der hintere Teil des Grundstücks von blühenden Wildblumen überwuchert. An der Seite wachsen ein paar knorrige Obstbäume und Rosenbüsche. Ein schmaler Weg führt durch die Blumenwiese zu einem kleinen Tor und durch die Dünen direkt zum Strand. Alles wirkt so ruhig und friedlich, dass ich unwillkürlich tief durchatme.

Auf der vermoosten Holzterrasse stehen ein Tisch mit sechs Stühlen sowie eine Bank, auf der eine ältere Frau mit zu einem Dutt zusammengebundenen grauen Haaren sitzt. Als sie uns sieht, lässt sie das Buch sinken, in dem sie gerade gelesen hat, und steht überraschend behände auf.

»Ihr müsst die zwei Mädchen sein, die den Sommer über bei uns wohnen?«, fragt sie und kommt zu uns herüber.

»Gran, das sind doch keine Mädchen!«, ruft Hannah und lacht. »Das sind erwachsene Frauen!«

»Papperlapapp.« Die Frau streckt mir die Hand hin. »Wenn du erst mal so alt bist wie ich, sind alle Frauen unter sechzig Mädchen, glaube mir.«

»Josie«, stelle ich mich vor und schüttele ihr die Hand, die in meiner fast etwas zerbrechlich wirkt. »Und das ist Liv.«

»Ich bin Louise, Hannahs Großmutter. Ich war früher die Eigentümerin des Seaside Cottage, aber jetzt gehört es meiner Enkelin.«

»Hör auf, Gran!« Hannah verdreht die Augen, und es scheint, als hätten sie diese Diskussion schon oft geführt. »Das Haus gehört dir. Ich wohne hier doch nur.«

Liebevoll sieht Louise erst ihre Enkelin an, dann zwinkert sie Liv und mir zu.

»Ich habe ihr das Haus längst überschrieben. Außerdem schmeißt Hannah den ganzen Laden, vermietet die Zimmer und kümmert sich um alles. Wir wissen also beide, dass *ich* diejenige bin, die hier bloß wohnen darf.« Hannah öffnet den Mund, um etwas zu erwidern, aber Louise fährt schon fort: »Und ihr beiden Hübschen macht hier Urlaub?«

»Ein bisschen Urlaub und ein bisschen arbeiten«, antwortet Liv und zwinkert mir zu. »Wir sind eigentlich Meeresbiologinnen und leben in Boston.«

»Also nicht nur hübsch, sondern auch klug«, erwidert Louise und nickt anerkennend. »Das finde ich wundervoll.«

»Kommt, ich zeige euch den Rest des Hauses«, sagt Hannah, und wir folgen ihr, nachdem wir uns von Louise verabschiedet haben.

»Sind wir denn die einzigen Gäste?«, fragt Liv, als wir wieder in der Küche stehen.

»Ja, im Moment schon«, bestätigt Hannah. »Ich würde das Haus irgendwann gerne in ein kleines Bed & Breakfast umwandeln, aber im Moment fehlen uns noch die Mittel, um alles professionell renovieren zu lassen.« Sie zuckt mit den Schultern und deutet auf ihre mit Farbe verschmierten Kleider. »In der Zwischenzeit versuche ich es selbst und bin froh, die beiden bewohnbaren Zimmer im ersten Stock für den Sommer an euch vermieten zu können. Den meisten Feriengästen wäre es hier wahrscheinlich nicht schick genug.«

»Wir brauchen nichts Schickes«, versichere ich schnell. »Wir freuen uns, dass wir in der Hochsaison bezahlbare Zimmer gefunden haben.«

»Klassische Win-win-Situation, würde ich sagen!« Hannah strahlt. »Wollt ihr sehen, wo ihr schlafen werdet?«

Mein Zimmer liegt direkt neben Livs, hat zwei kleine Fenster mit Klappläden in Richtung Garten und einen wundervollen Blick über die Dünen und das Meer. Ebenso wie das Wohnzimmer und die Küche im Erdgeschoss ist es einfach, aber gemütlich eingerichtet und sehr sauber. Die nächste Stunde verbringen Liv und ich damit, unsere Sachen auszupacken und uns in dem angrenzenden Badezimmer, das wir uns mit Hannah teilen müssen, frisch zu machen.

»Wie findest du es?«, fragt Liv, während sie sich die dunkelbraunen Haare vor dem kleinen Spiegel über dem Waschbecken bürstet und zu einem Zopf zusammenbindet.

»Einfach super«, erwidere ich und stelle meinen Kulturbeutel auf den Badewannenrand.

Als ich mich umdrehe, grinst meine Freundin mich glücklich an. Mir bleibt fast die Luft weg, als sie mich in ihre Arme reißt und an sich drückt.

»Wir werden den besten Sommer erleben, den es je gab!«, jubelt sie und hüpft aufgeregt auf und ab wie ein kleines Kind.

Voller Zuneigung erwidere ich ihre Umarmung. Ich wünsche mir so sehr, dass sie recht behält – und dass ich es schaffe, das Beste aus unserer gemeinsamen Zeit zu machen.

2

»Auf unseren ersten Abend auf Martha's Vineyard!« So schwungvoll, wie Liv mit ihrem Weinglas gegen meins stößt, grenzt es an ein Wunder, dass es nicht zerbricht. »Und auf die vor uns liegende Zeit!«

Ich trinke einen großen Schluck und genieße das Gefühl, wie der kühle, frische Pinot Grigio meine Kehle herunterrinnt.

Wir sitzen im Lobsterville Grill, der mit den dunklen, holzvertäfelten Wänden und der langen, abgenutzten Eichenholztheke mehr eine gemütliche, kleine Bar als ein Restaurant ist. Nachdem wir unsere Koffer ausgepackt und uns im Cottage eingerichtet haben, haben wir einen Strandspaziergang gemacht, um uns nach der langen Reise ein wenig die Beine zu vertreten. Danach haben wir heiß geduscht, uns umgezogen und auf den Weg nach Menemsha gemacht. Der Ort liegt nur wenige Minuten Fußweg vom Seaside Cottage entfernt.

Das Restaurant ist gut gefüllt, und die Gäste sind schon in Feiertagsstimmung, aber wir haben Glück und können einen Tisch in der Ecke neben der Bar ergattern, an der ein paar Einheimische stehen und Bier trinken. Wir werden eingehüllt von Gelächter und fröhlichem Stimmengewirr, und zum ersten Mal seit vier Wochen fühle ich mich entspannt und bin gut gelaunt.

Ein Junggesellinnenabschied, bestehend aus fünf jungen Frauen in pinken Kleidern, poltert durch die Tür und wird mit großem Hallo begrüßt, obwohl ich nicht annehme, dass die Mädels von hier sind. Vielleicht kommen sie aus New York, zumindest legen das die blinkenden Freiheitsstatuen auf ihren Haarreifen nahe.

Als Erstes stürzen sie sich auf die Männer an der Bar, und tatsächlich finden sie in ihnen dankbare Abnehmer für die Kaugummis, Kondome und Küsse, die sie verkaufen. Als die Restaurantbesitzerin Wendy großzügig eine Runde eines klebrig aussehenden rosa Likörs ausgibt, wirken die Frauen erst nicht so begeistert, doch dann stellen sie sich der Herausforderung und kippen das Zeug tapfer hinunter.

Schmunzelnd nehme ich mir einen Nacho und dippe ihn in die leckere Tomatensalsa, bevor ich ihn mir in den Mund schiebe. Vielleicht liegt es an der frischen Meeresluft oder aber an der langen Reise, jedenfalls bin ich völlig ausgehungert. Neidisch beäuge ich die frittierten Gemüsesticks, die Liv sich bestellt hat.

Sie grinst und schiebt dann den halb vollen Teller zu mir rüber.

»Du kannst den Rest haben«, sagt sie großzügig. »Ich bin froh, wenn du endlich mal wieder mit Appetit essen kannst.«

»Danke!« Ich ziehe den Teller zu mir heran. »Ich glaube, ich bestelle mir noch die Muscheln. Oder sind die zu teuer?«

Sehnsüchtig schaue ich zum Nachbartisch, an dem ein Mann in einer schwarzen Lederjacke sitzt, der gerade einen dunkelblauen Emailletopf mit lecker aussehenden Miesmuscheln in Gemüsesud vor sich stehen hat. Er fängt meinen Blick auf und zieht kurz einen Mundwinkel nach oben. Es wirkt fast so, als wüsste er, dass ich scharf auf sein Essen bin. Ein wenig unsicher lächele ich zurück, merke aber gleichzeitig, dass ich rot werde.

Wow, flirttechnisch bin ich ja offensichtlich völlig aus der Übung. Schnell schaue ich wieder weg.

»Wenn du mich fragst, solltest du heute Abend einfach mal alles vergessen«, sagt Liv nachdenklich. Ganz offensichtlich hat sie mich beobachtet. »Hab einfach Spaß, tu irgendetwas Verrücktes.«

»Mit ihm?«, frage ich halb ungläubig, halb belustigt und nicke unauffällig mit dem Kopf in Richtung Nachbartisch.

Liv zuckt mit den Schultern und schiebt ihre Brille hoch. »Du sollst tun, was sich für dich richtig anfühlt. Aber ja, Sex mit einem Fremden ist eine völlig legitime und im Übrigen millionenfach erprobte Methode, um Liebeskummer zu überwinden.«

Ich kann mir ein spöttisches Schnauben nicht verkneifen, denn Liv ist – genauso wie ich – eigentlich nicht der Typ für One-Night-Stands. Sie hatte im zweiten Studienjahr einen Freund, aber die Beziehung hielt nicht sehr lange. Ich hingegen habe in den letzten fünf Jahren zumindest *geglaubt*, den Richtigen gefunden zu haben. Aber das war wohl ein Irrtum.

Oder ist Nathan vielleicht der Richtige für mich, ich bin aber nicht die Richtige für ihn? Gibt es so was?

Mein Lächeln erlischt so schnell, wie es gekommen ist. Genauso wie mein Appetit. Ich schiebe den Teller mit den Gemüsesticks wieder in Livs Richtung.

Mist. Ich wollte doch nicht mehr an Nathan denken!

Zum Glück scheint Liv meinen Stimmungsumschwung nicht zu bemerken.

»Du bist immer so …«, fährt sie nachdenklich fort und sucht nach Worten, während sie sich eine frittierte Karotte in den Mund schiebt. »So kontrolliert, so fleißig und so zielstrebig«, fällt es ihr schließlich ein. »Du hast immer nur die besten Noten geschrieben, warst der Liebling aller Professoren. Für deine Eltern bist du die perfekte Tochter, für Nathan warst du die perfekte Freundin. Solange wir uns kennen, hast du noch kein einziges Mal über die Stränge geschlagen.«

»Ich bin einfach nicht der Typ, der über die Stränge schlägt«, sage ich und füge hinzu: »Genauso wie du, wenn ich dich daran erinnern darf.«

»Oh, ich habe vor, es in diesem Sommer so richtig krachen zu lassen«, behauptet sie und wirft mir einen schelmischen Blick zu. »Männertechnisch, meine ich.«

Ich verschlucke mich an meinem Wein und muss husten. »Wie bitte?«

»Du hast schon richtig gehört.« Sie grinst. »Mein fester Vorsatz für diese Ferien ist es, Sex zu haben. Viel Sex! Irgendein heißer Kerl, der mich will, wird sich doch wohl finden lassen. Vielleicht sogar zwei oder drei?«

»Ich bin davon überzeugt, dass sich Dutzende Männer finden lassen, die dich wollen, aber …«

»Siehst du, das meine ich«, fällt sie mir ins Wort und verdreht die Augen. »Du bist immer viel zu vernünftig!«

Ich beiße mir auf die Unterlippe und schaue noch einmal zu dem Mann am Nachbartisch hinüber. Der isst konzentriert seine Muscheln und merkt glücklicherweise nicht, dass ich ihn mustere. Er ist ziemlich attraktiv, wenn auch nicht im klassischen Sinne gutaussehend. Eher … gutaussehend mit Ecken und Kanten.

»Okay, du hast ja recht.« Ich seufze und trinke noch einen Schluck Wein. »Was bringt es dir, auf den Richtigen zu warten? Schau mich an. Ich dachte, Nathan sei meine große Liebe, und was habe ich davon?«

Ein Schatten fällt auf unseren Tisch, und wir sehen beide hoch. Wendy steht vor uns, die Hände in die Hüften gestützt. So aus der Nähe betrachtet hat sie ein bisschen was von Miss Patty, der Tanzlehrerin aus *Gilmore Girls*.

»Die große Liebe gibt es nicht, Schätzchen, glaub mir«, donnert sie und lacht herzhaft, wobei die toupierten Haare mit den großen, glitzernden Ohrringen um die Wette wippen. »Und ich muss es wissen, immerhin war ich viermal verheiratet, bin dreimal geschieden und einmal verwitwet.«

Einen Moment starren wir sie sprachlos an, dann grinst Liv. »Da hörst du es, Josie. Vergiss deinen blöden Ex und schau lieber nach vorne!«

»Genau«, pflichtet Wendy ihr bei und zwinkert mir verschwörerisch zu, während sie unsere leeren Teller abräumt. »Männer gibt es wie Sand am Meer, und das Leben ist zu kurz, um einem von ihnen hinterherzutrauern. Man sollte seine Zeit lieber mit sinnvollen Dingen verbringen. Mit Kuchenessen oder Schuhekaufen, Champagnertrinken, Reisen, Lesen ... Mir würde so vieles einfallen, was besser ist, als irgendeinem Kerl nachzuweinen!«

Lachend dreht sie sich um und bahnt sich einen Weg durch die Gästeschar in Richtung Küche. Der Mann vom Nachbartisch lässt seine Gabel sinken und schaut zu uns herüber. Hat er etwa mitbekommen, was wir besprochen haben?

»Ich würde mir gut überlegen, ob ich auf die Ratschläge von jemandem höre, der viermal verheiratet war«, sagt er mit einer leicht hochgezogenen Augenbraue.

Dann lächelt er, und wieder werde ich ein bisschen rot. Er hat eine tiefe Stimme, die mir eine leichte Gänsehaut verursacht. Leider fällt mir keine halbwegs intelligente oder witzige Antwort ein, aber glücklicherweise klingelt in diesem Augenblick das Handy des Fremden, und nachdem er uns noch einmal zugezwinkert hat, nimmt er den Anruf an.

»Auf jeden Fall ...«, sagt Liv, wieder an mich gewandt, und schenkt den letzten Schluck aus der Flasche in mein Glas, »... werde ich aufhören, auf den Richtigen zu warten und mir einfach den Heißesten suchen. Und das solltest du auch tun.«

Ich öffne den Mund, um etwas zu sagen, aber Liv lässt mich nicht zu Wort kommen.

»Keine Widerrede! Komm, lass uns noch eine Flasche Wein bestellen. Und du bekommst deine Muscheln, egal was sie kosten.«

Eine Stunde später ist auch die zweite Flasche geleert, und Liv hat als »Absacker« zwei Gin Tonic bestellt. Ich bin es nicht gewöhnt, so viel Alkohol zu trinken, und spüre bereits die volle Wirkung. Ganz wohl ist mir nicht dabei, denn morgen ist mein erster Arbeitstag, aber gleichzeitig ist es ein angenehmes Gefühl, das mich für den Moment all meine Sorgen vergessen lässt. Na ja, zumindest dämpft der Alkohol den scharfen Schmerz des Liebeskummers, der mich seit Wochen begleitet, und verwandelt ihn in ein vages, leicht melancholisches Gefühl in der Magengegend.

»Puh!« Liv seufzt und zückt ihr Portemonnaie. »Ich bin völlig erschlagen und muss ins Bett. Kommst du mit?«

Ich schaue auf mein Handy. Es ist gerade mal kurz nach neun.

»Wäre es okay, wenn ich noch etwas bleibe?«, frage ich und versuche mir nicht anmerken zu lassen, dass ich noch nicht zurück ins Cottage will.

Gerade geht es mir halbwegs gut, aber die Vorstellung, jetzt schon ins Bett zu gehen, wo ich mit meinen Gedanken an Nathan allein sein werde, verursacht mir ein ungutes Gefühl. Und schlafen könnte ich jetzt ohnehin noch nicht. Erster Arbeitstag hin oder her.

»Klar«, sagt sie und schiebt zwei Fünfzigdollarscheine über den Tisch. »Dann sehe ich dich gleich im Cottage? Oder morgen – je nachdem, wie spät es bei dir wird.«

Sie drückt mir einen Kuss auf die Wange, und ich sehe ihr nach, während sie sich einen Weg in Richtung Tür bahnt. Als sie verschwunden ist, nehme ich mein Handy und schaue mir die Fotos an, die ich heute im Laufe des Tages gemacht habe. Einem Impuls folgend, suche ich eins vom Cottage, eins vom Garten und ein Selfie von Liv und mir am Strand heraus und schicke sie meinen Eltern.

»Viele Grüße von Martha's Vineyard!«, schreibe ich darunter und schicke noch drei rote Herzchen hinterher.

Gerade als ich die Foto-App schließen will, springt mir ein Bild von Nathan und mir ins Auge – das letzte, das es von uns gibt. Am Tag unserer Trennung sind wir nach Rockport gefahren, haben die Stadt besichtigt und dort zu Mittag gegessen. Mir ist an diesem Tag überhaupt nichts Ungewöhnliches aufgefallen, außer vielleicht, dass Nathan auf der Rückfahrt etwas schweigsamer war als gewöhnlich. Als wir wieder in seiner Wohnung angekommen sind, haben wir das erste Mal seit langer Zeit miteinander geschlafen. Direkt danach hat Nathan Unterhose und T-Shirt angezogen, sich auf die Bettkante gesetzt und gesagt, dass er sich nicht mehr sicher ist, ob er mich noch liebt. Er müsse sich darüber klar werden, was er wirklich will. Ohne mich.

Hätte er sich das nicht früher überlegen können? Er liebt mich nicht mehr, aber für eine letzte Runde Sex reicht es noch?

Ich kann mich noch genau daran erinnern, wie gedemütigt und ausgenutzt ich mich gefühlt habe. Zumindest hätte er warten können, bis ich mir was übergezogen habe, bevor er mir das Herz bricht. Ich muss den Kloß herunterschlucken, der sich bei der Erinnerung an diesen Tag in meinem Hals gebildet hat.

Mein Daumen schwebt über dem Foto, aber ich kann mich nicht dazu durchringen, es zu löschen. Nathan hat das Selfie gemacht. Er grinst in die Kamera, während ich ihm einen Kuss auf die Wange presse, was mein Gesicht seltsam zerknautscht aussehen lässt. Aber ich weiß, dass ich glücklich war.

Und er? Kann man in seinen Augen irgendetwas erkennen? Gibt es irgendwelche Anzeichen dafür, dass er mich gar nicht mehr geliebt hat?

Erst als Wendy verkündet, dass in fünf Minuten ein Pub-Quiz losgeht, werde ich aus meiner Grübelei gerissen. Der Trubel, den eine solche Veranstaltung mit sich bringt, passt so gar nicht zu meiner melancholischen Stimmung, und ich beschließe, mich nach draußen zu setzen.

Ich bezahle unsere Rechnung und stecke Livs Restgeld in die Jeanstasche, damit ich es ihr morgen zurückgeben kann. Dann verlasse ich die Bar und suche mir mit meinem fast leeren Gin-Tonic-Glas einen Platz auf einer der Bänke vor der Eingangstür. Es ist mittlerweile dunkel, und während wir gegessen haben, scheint es noch mal geregnet zu haben, denn es tropft vom Vordach. Ich rutsche so nah es geht an die Hauswand und ziehe die Beine an, damit ich keine nassen Füße bekomme.

Von meinem Platz aus hat man einen direkten Blick auf den Menemsha Pond, das kleine Hafenbecken und die Boote. Bei Sonnenschein muss es hier traumhaft schön sein. Das leise Plätschern, mit dem das Wasser an die Kaimauer trifft, wirkt entspannend, und ich bin so tief in meine Gedanken versunken, dass ich gar nicht bemerke, wie jemand neben mich tritt.

»Ich bin wohl nicht der Einzige, der keine Lust auf das Quiz hat?«, fragt eine Stimme neben mir, und mein Kopf ruckt hoch.

Da steht er, der Muschel-Mann vom Nachbartisch, eine Flasche Bier lässig in der Hand an der Hüfte. Bereits in der Bar ist mir aufgefallen, dass er attraktiv ist, aber erst jetzt erkenne ich, *wie* gut er aussieht. Er ist groß, und sein Gesicht erinnert mich ein wenig an Adam Demos, aber seine Haare sind kürzer und schwarz.

Bevor ich auf seine Frage antworten kann, fügt er mit einem Kopfnicken in Richtung des Stuhls neben meiner Bank hinzu: »Darf ich mich dazusetzen?«

»Natürlich«, antworte ich schnell und räuspere mich, weil meine Stimme etwas kratzig klingt. Offenbar ist nicht nur meine Flirttechnik eingerostet.

Er zieht seine Lederjacke aus, wirft sie über die Stuhllehne und setzt sich. Verstohlen mustere ich ihn von der Seite.

Sowohl mein erster als auch mein zweiter Eindruck bestätigen sich aus der Nähe. Er sieht gut aus, aber auf eine raue Art und Weise. Die Wangen und das Kinn sind von einem dunklen Dreitagebart bedeckt, seine dichten, vollen Haare ein wenig strubbelig. Gesicht und Arme sind gebräunt, als würde er viel Zeit an der frischen Luft verbringen. Er trägt verwaschene Jeans, einen Ledergürtel, schwere Boots und …

Ich kneife die Augen zusammen, weil ich nicht glauben kann, was ich da sehe. Sein T-Shirt ist babyblau, und auf seiner Brust prangt der Schriftzug *»I love Martha's Vineyard«*. Statt des »o« in dem Wort »love« ist ein schreiend pinkes Herz aufgedruckt.

Ich muss mir ein Grinsen verkneifen und wende schnell den Blick ab, bevor er merkt, wie sehr mich sein Outfit amüsiert. Touristischer geht es wirklich kaum – auch wenn ich zugeben muss, dass seine breiten Schultern das lächerliche Shirt ziemlich perfekt ausfüllen.

»Was ist die meistverkaufte Buchreihe des 21. Jahrhunderts?«, ertönt es da von drinnen durch das nur angelehnte Fenster hinter uns. Das Pub-Quiz scheint loszugehen.

»Harry Potter«, murmele ich in demselben Moment, in dem der Muschel-Mann neben mir sagt: »Harry Potter.«

Wir lächeln uns kurz an, bevor wir beide wieder geradeaus aufs Wasser schauen und ein Boot beobachten, das in der Dunkelheit ins Hafenbecken einfährt. Ein paar Touristen sitzen am Heck und singen eine sehr schiefe Version von »Sail on, Sailor« von den Beach Boys. Scheint ein feuchtfröhlicher Tag auf dem Meer gewesen zu sein.

»Wie lautet der Name des Cafés in der Sitcom *Friends*?«, höre ich den Barkeeper.

»Central Perk«, sage ich reflexartig, und wieder antwortet mein Sitznachbar im selben Moment dasselbe wie ich.

Wir sehen uns an. Sein Lächeln ist wirklich ansteckend. Er hat einen schönen Mund und kleine Lachfältchen um die Augen. Und ein Grübchen auf der linken Wange. Schnell schaue ich wieder nach vorne, wo das Boot gerade, ganz langsam, eine Lücke zwischen zwei anderen Booten ansteuert.

»Mit welchem Film gewann Leonardo DiCaprio 2016 seinen Oscar?«

Wieder antworten wir zeitgleich. »*The Revenant.*«

Ich muss ein Kichern unterdrücken.

»Obwohl ich ihn in *Django Unchained* um Klassen besser fand«, kommt es von links, und ich drehe mich zu ihm um.

»Meiner Meinung nach war *Titanic* sein bester Film«, sage ich mit Überzeugung. Wer hat Leo in diesem Film nicht geliebt?

Er nickt ernst. »Und auf dem Brett wäre auf jeden Fall auch noch Platz für Jack gewesen, wenn Rose ein bisschen zur Seite gerutscht wäre.«

Unwillkürlich lache ich laut auf. »Auf jeden Fall!«

Jetzt dreht der Fremde sich mit dem ganzen Körper zu mir um, und ein Lächeln umspielt seine Lippen. »Was hältst du davon? Wer als Erstes eine Frage falsch beantwortet, zahlt die nächste Runde.«

Wieder fällt mir auf, wie dunkel seine Stimme ist, und seine unübersehbare Attraktivität in Verbindung mit seinem durchdringenden Blick löst bei mir ein merkwürdiges Gefühl in der Magengrube aus. Ich schaue auf mein leeres Glas und nicke.

Er beugt sich vor und streckt die Hand aus. »Ich bin übrigens Blake.«

Der Muschel-Mann heißt Blake, denke ich. Ein schöner Name.

Bin ich betrunken, oder warum zur Hölle habe ich eine Meinung dazu, ob der Name des Muschel-Manns schön ist oder nicht?

»Josie«, sage ich schnell und ergreife seine Hand.

Sie ist warm und sein Händedruck angenehm fest. Glücklicherweise wird drinnen gerade die nächste Frage gestellt, und ich versuche angestrengt, mich zu konzentrieren.

»Wo wurde Barack Obama geboren?«

»Honolulu«, sagen wir beide wie aus der Pistole geschossen.

Unsere Blicke treffen sich. Selbst im schwachen Licht der Terrassenbeleuchtung sehe ich, dass seine Augen blau sind. Ozeanblau. Faszinierend.

Unser Schweigen dehnt sich aus, bis die nächste Frage gestellt wird.

»Was ist der tiefste Punkt der Erde?«

Wieder antworten wir gleichzeitig: »Der Marianengraben!«

Wir halten immer noch Blickkontakt, aber ich muss wegschauen, bevor die nächste Frage gestellt wird. Sonst bin ich einfach zu abgelenkt.

»Wie heißt der erste James-Bond-Film?«

»*Liebesgrüße aus Moskau*«, sagt Blake, ohne zu zögern.

»*James Bond jagt Dr. No*«, rufe ich im selben Moment.

Wir starren uns an, und wieder kann ich nicht anders, als loszulachen.

»Okay, jetzt zählt es«, murmelt Blake und zückt sein Handy. Nachdem er ein paarmal darauf herumgetippt hat, schüttelt er den Kopf. »Unfassbar, aber du hast recht. Es ist *James Bond jagt Dr. No*. Keine Ahnung, wie mir so ein übler, amateurhafter Fehler passieren konnte. Ausgerechnet bei James Bond.« Er steht auf. »Was möchtest du trinken?«

»Noch einen Gin Tonic, bitte«, sage ich und frage mich gleichzeitig, ob das wirklich eine gute Idee ist, denn nach all dem Wein und dem Longdrink fühle ich mich ein bisschen schummerig. Aber Blake ist schon nach drinnen verschwunden.

Nach wenigen Minuten kommt er mit einem frischen Glas und einer weiteren Flasche Bier für sich selbst zurück. Als er sich wieder auf seinen Stuhl setzen will, nehme ich all meinen Mut zusammen und rutsche ein Stück zur Seite, um ihm zu signalisieren, dass er zu mir auf die Bank kommen kann.

Er nimmt neben mir Platz und streckt seine langen Beine aus.

»Ich hoffe, du weißt, dass ich dich mit voller Absicht habe gewinnen lassen, damit ich einen Grund habe, dich auf einen Drink einzuladen?«, behauptet er, und obwohl er sich Mühe gibt, ernst zu bleiben, muss er schließlich doch grinsen.

»Netter Versuch«, erwidere ich ebenfalls schmunzelnd. »Aber das ist ganz offensichtlich gelogen.«

»Okay, erwischt«, gibt er zu, und sein Grinsen wird breiter. »Ich war … kurzzeitig abgelenkt.«

Seine blauen Augen stehen in faszinierendem Kontrast zu seinem tiefschwarzen Haar, seinen genauso schwarzen, dichten Augenbrauen und seiner gebräunten Haut. Er hebt seine Flasche und stößt damit gegen mein Glas.

»Danke für die Einladung. Cheers.«

»Cheers«, wiederholt er und trinkt einen Schluck, bevor er sich zu mir dreht. »Machst du hier Urlaub, um deinen Ex-Freund zu vergessen?«

Wow, das war direkt. Er scheint doch mehr von unserem Gespräch mit Wendy mitbekommen zu haben, als ich dachte.

»Gewissermaßen«, antworte ich und überlege, wie viel ich preisgeben soll. »Besagter Ex-Freund war auch mein Chef, und daher brauchte ich … einen Tapetenwechsel. Deswegen verbringe ich den Sommer hier.«

Ich muss ihm ja nicht gleich anvertrauen, dass ich wegrenne, mich verstecke und die letzten fünf Jahre meines Lebens aus dem Gedächtnis löschen will.

Blake grinst mich verschmitzt an. »Tja, wer wünscht sich nicht ab und zu einen Tapetenwechsel?«

Mit wachsendem Interesse mustere ich ihn. Um ehrlich zu sein, sieht er nicht gerade gestresst aus. Vielleicht liegt es daran, dass er gerade im Urlaub und daher erholt und entspannt ist? Aber eigentlich wirkt er ohnehin wie einer dieser Menschen, die immer mit sich und der Welt im Reinen sind.

Neugierig schaue ich ihn an. »Was würdest du tun?«

»Wenn ich einen Tapetenwechsel bräuchte?« Er lehnt sich zurück und starrt in den Nachthimmel über uns. »Ich würde segeln. Nach Barcelona. Oder Casablanca.«

»Du würdest den Atlantik überqueren?«, frage ich erstaunt und ziemlich beeindruckt. »Ich hatte eher mit ›zwei Wochen Cancún‹ gerechnet.«

»Sehe ich etwa aus wie ein Student im Spring Break?«, kontert er schlagfertig.

Wieder muss ich lachen. Nein, so sieht er ganz bestimmt nicht aus. Dafür wirkt er viel zu … reif und erwachsen. Trotz des T-Shirts.

»Es gibt nichts Besseres, um den Kopf frei zu bekommen, als Segeln.« Er sagt es mit solcher Überzeugung und Begeisterung, dass ich in Erwägung ziehe, mir sofort ein neues Hobby zuzulegen. »Ich würde zuerst den Bermudainseln einen Besuch abstatten, dann die Azoren ansteuern, nach Madeira weitersegeln und schließlich durch die Straße von Gibraltar auf Barcelona zuhalten. Oder direkt von Madeira nach Casablanca segeln.«

Faszinierend, denke ich und lehne mich ein Stück zu ihm.

»Irgendwie kommt mir meine Auszeit auf Martha's Vineyard gerade ein bisschen langweilig vor.«

Er lacht, und unwillkürlich wandert mein Blick über sein Gesicht. Seine Augen, die feinen Lachfältchen, das markante Kinn, das Grübchen auf seiner Wange … Zuletzt fällt mein Blick auf seinen Mund. Er hat schöne Lippen. Sie sehen weich aus.

Wie es wohl ist, einen Mann zu küssen, der nicht Nathan ist?

Wie es wohl ist, Blake zu küssen?

O Gott, ich glaube, ich bin wirklich betrunken! Ich sehe auf das Glas in meiner Hand und stelle fest, dass es schon fast wieder leer ist.

»Auf Martha's Vineyard kann es auch sehr schön sein«, antwortet er mit seiner tiefen Stimme, ohne den Blickkontakt zu unterbrechen. »Gerade jetzt kann ich mir nicht vorstellen, irgendwo anders zu sein.«

Bevor ich den Mund öffnen kann, um etwas zu erwidern, kommt ein Mann die Straße hinuntergerannt und direkt auf uns zu. Als ich erkenne, dass es sich um unseren Taxifahrer handelt, ist Paul auch schon bei uns angekommen. Er beugt sich zu uns herunter und reißt sowohl mich als auch Blake in eine heftige Umarmung.

Erschrocken japse ich auf, aber Paul hat uns schon wieder losgelassen.

»Es ist ein Mädchen!«, ruft er.

»Wie … was?«, stottere ich verdattert.

»Wir haben ein Mädchen!«, wiederholt Paul und strahlt über das ganze Gesicht. »Als ich vorhin nach Hause kam, hatte Mel die ersten Wehen, und noch bevor wir uns auf den Weg ins Krankenhaus machen konnten, ging es schon los. Nach drei Presswehen war die Kleine da. Eine Hausgeburt!«

»So schnell?«, frage ich erstaunt, und Paul nickt begeistert.

»Viertes Kind, da kann es schnell gehen«, erklärt er, und ich sehe, wie ihm die Tränen in die Augen steigen. »Unser viertes Kind … und endlich ein Mädchen!«

»Das ist fantastisch.« Blake klopft Paul beherzt auf die Schulter. »Herzlichen Glückwunsch!«

»Ja, herzlichen Glückwunsch«, schließe ich mich schnell an. »Auch an die frischgebackene Mutter natürlich!«

Immer noch ein bisschen verdattert, aber mit einem Grinsen im Gesicht schaue ich Paul nach, der in der Bar verschwindet und drinnen mit lautstarker Begeisterung begrüßt wird. Der Jubel wird noch frenetischer, als er eine Lokalrunde auf seinen neuen Sprössling ausgibt.

»Genießt das Freibier«, ruft Paul gut gelaunt. »Das war definitiv das letzte Baby!«

»Das hast du die letzten drei Male auch gesagt«, grölt jemand, und die Gäste im Restaurant lachen.

Lächelnd sehe ich Blake an. »Wie ist es möglich, dass ich einen Koffer ausgepackt, geduscht und einen Spaziergang gemacht habe, während eine andere Frau in derselben Zeit – zack – ein Baby zur Welt gebracht hat?«

Blake hebt eine Schulter und erwidert mein Lächeln. »Frauen sind zu erstaunlichen Dingen fähig.« Er hebt sein Bier. »Auf den neuen Erdenbürger.«

In meinem Glas ist nur noch ein winziger Schluck, aber ich stoße trotzdem mit ihm an. »Darauf, dass sie immer gesund, glücklich und zufrieden ist. Möge sie nur Menschen um sich haben, die es gut mit ihr meinen.«

»Möchtest du noch etwas trinken?«, erkundigt sich Blake und grinst. »Geht auf Paul.«

Ich schüttele den Kopf, denn mir fällt auf, dass die Welt ein wenig verschwommener ist als vor dem letzten Drink.

»Wie kommt es, dass du so gut im Pub-Quiz bist?«, frage ich. Es ist das Erste, was mir in den Sinn kommt.

»Ich lese viel«, antwortet er schlicht.

Ein Mann, der liest, denke ich verträumt. Nathan hat nie gelesen. Abgesehen von wissenschaftlichen Publikationen und der Zeitung, versteht sich.

»Was liest du denn?«, hake ich nach.

»Alles.«

»*Alles?*« Ein Lachen entfährt mir. »Du meinst: Alles *außer* Ian Fleming?«

»Autsch«, sagt er und reibt sich den Nacken, als ich den Autor von *James Bond* erwähne. »Das tut weh.«

»Tut mir leid«, erwidere ich mit einem Lächeln.

»Schon gut, das muss ich mir jetzt wohl anhören, oder?«

Wir grinsen uns an, und plötzlich ist es sein Blick, der über mein Gesicht wandert und an meinen Lippen hängen bleibt. In seinen Augen entdecke ich etwas, was mich schlucken lässt. Denkt er etwa auch darüber nach, mich zu küssen? Bestimmt ist Blake ein hervorragender Küsser.

Und ein leidenschaftlicher Liebhaber.

Erschrocken schnappe ich nach Luft. Wo zur Hölle kam *dieser* Gedanke plötzlich her?

Was hat Liv gesagt? Ich soll etwas Verrücktes tun und einfach mal den Kopf abschalten?

Ja, was würde ich tun, wenn mein Handeln keinerlei Konsequenzen hätte? Wenn ich für einen Moment, nur für heute Abend, eine andere sein könnte? Wenn nicht jetzt, wann dann? Ich werde Blake nie wiedersehen. Er ist ein Tourist und wird die Insel wahrscheinlich ohnehin in ein paar Tagen verlassen. Außerdem bereut man doch immer eher die Dinge, die man *nicht* getan hat, und weniger die Dinge, die man getan hat, oder?

Nachdenklich ziehe ich meine Unterlippe zwischen die Zähne. Ich sehe, wie sich Blakes Brustkorb einmal hebt und senkt, bevor er mir wieder in die Augen schaut.

Er will mich küssen.

Ich sehe es.

Ich weiß es.

Das Kribbeln in der Magengegend nimmt zu.

Los, Josie, trau dich! Was kann schon passieren?

Ich nehme all meinen Mut zusammen, überwinde den Abstand zwischen uns und lege meine Lippen auf seine.

Das Gefühl, das mich durchströmt, ist aufregend und überraschend. Blakes Lippen sind unsagbar warm und weich. So warm und weich, dass es mir fast so vorkommt, als wären sie mir vertraut.

Ich spüre sein Lächeln an meinem Mund, und dann erwidert er meinen Kuss.

O mein Gott, Blake küsst mich zurück!

Ein leiser Laut – ist es Sehnsucht oder Erstaunen oder beides? – entfährt mir, und ich lege meine Hand in seinen Nacken, um ihn näher zu mir zu ziehen. Zuerst tasten sich unsere Lippen nur ab, machen sich miteinander vertraut, doch dann öffnet Blake seinen Mund, und unsere Zungen berühren sich. Es ist, als würde ein elektrischer Schlag durch meinen Körper fahren. Ein Schwindel erfasst mich, und ich frage mich, ob man von einem Kuss so berauscht sein kann, dass sich alles um einen herum dreht.

Plötzlich habe ich das Gefühl zu fallen. Ich stütze eine Hand auf den Rand der Bank, damit ich den Halt nicht verliere, doch dummerweise ist das Holz an dieser Stelle noch etwas nass vom Regen, und ich rutsche von der Kante.

Normalerweise hätte ich es irgendwie geschafft, mein Gleichgewicht zu halten, aber offensichtlich schränkt der Alkohol meine

Reaktionsfähigkeit ein: Mein ganzer Körper scheint in Schieflage zu geraten, meine Zähne kollidieren unsanft mit Blakes Lippen, und ich kippe von der Bank. Im letzten Moment packt mich Blake an den Schultern, und mit seiner Hilfe setze ich mich wieder gerade hin. Hitze schießt mir ins Gesicht.

»Ich bin wohl betrunkener, als ich dachte«, murmele ich verlegen und streiche mir die Haare aus dem Gesicht.

Blake mustert mich aufmerksam und mit so etwas wie Bedauern im Blick. Dann scheint er sich einen Ruck zu geben.

»Wie wäre es, wenn ich dir ein Glas Wasser hole und dich dann nach Hause bringe?«, fragt er.

Ohne meine Antwort abzuwarten, steht er auf.

Als er im Restaurant verschwunden ist, lasse ich mich mit dem Rücken gegen die Lehne fallen und schließe erschöpft die Augen.

Glücklicherweise ist Blake nach nur wenigen Minuten wieder an meiner Seite und reicht mir das Wasser. Mit gierigen Schlucken trinke ich das Glas aus und wage es dann, ihn wieder anzusehen.

»Du blutest!«, rufe ich erschrocken.

Blake greift sich an die Stelle an der Lippe, wo sich ein kleiner Cut gebildet hat.

»Halb so schlimm.« Er betrachtet seine Hand, an der tatsächlich etwas Blut klebt, und lächelt schief. »Bei deinem Beinahe-Absturz sind wohl irgendwie Zähne ins Spiel gekommen.«

O Gott. Kann sich bitte der Boden auftun und mich verschlucken?

»Tut mir total leid«, murmele ich und stehe auf. »Ich glaube, ich sollte wirklich nach Hause gehen.«

»Ich begleite dich«, sagt er bestimmt. »Wo wohnst du?«

Ich verlagere mein Gewicht von dem einen auf das andere Bein. Sie scheinen zu funktionieren, also werden sie mich wohl ins Cottage tragen. Auch der Schwindel lässt glücklicherweise nach.

»Im Seaside Cottage«, antworte ich matt und nehme meine Handtasche von der Bank. »Das ist nur ein paar Minuten von hier, das schaffe ich allein.«

»Ich kenne das Seaside Cottage. Und ich begleite dich auf jeden Fall nach Hause«, sagt er in einem Ton, der keinen Widerspruch duldet.

Einen Moment sehen wir uns schweigend an. Es ist nichts zu hören außer dem Plätschern des Wassers und dem Gemurmel der Gäste im Restaurant.

»Ich schaffe es wirklich auch allein zurück, Blake«, wiederhole ich, denn ich will gerade einfach für mich sein. »Du musst mich nicht nach Hause bringen.«

»Ich weiß, dass du es schaffst«, erwidert er schlicht. »Aber ich könnte es mir nie verzeihen, wenn du nicht heil ankommst.«

Ich nicke schicksalsergeben. Blake schiebt seine Hände in die Hosentaschen, und schweigend laufen wir nebeneinanderher. Es ist stockdunkel, nur die Straßenlaternen spenden etwas Licht.

Als wir das Dorf verlassen und in den schmalen Sandweg einbiegen, der zum Cottage führt, gibt es gar keine Lichtquelle mehr außer dem Mond und den Sternen über uns, die ab und an zwischen den Wolken hervorblinken. Es ist ein bisschen unheimlich, und plötzlich bin ich doch froh, dass ich Blake bei mir habe.

Im Cottage brennt kein Licht mehr, und es ist vollkommen still, als wir durch das Gartentor zur Haustür laufen. Das leise und stetige Rauschen des Meeres hinter dem Haus und der Ruf eines Käuzchens sind die einzigen Geräusche.

Während ich in meiner Tasche nach dem Haustürschlüssel suche, lehnt Blake sich mit einer Schulter an den abgewetzten

Türrahmen und sieht mich an. Ich halte in meiner Bewegung inne und begegne seinem Blick.

»Vielen Dank noch einmal, Blake.« Ich muss mich räuspern, weil meine Stimme etwas belegt klingt.

»Ich …«, beginnt er und fährt sich mit einer Hand übers Kinn. »Willst du mir vielleicht deine Nummer geben? Vielleicht könnten wir …?«

»Ja!«, sage ich etwas zu schnell und etwas zu laut. »Soll ich sie dir ins Handy eintippen?«

Mit einem Lächeln zieht er sein Smartphone aus der Tasche, entsperrt es und legt einen neuen Kontakt an. Ich spüre seinen Blick auf mir ruhen, während ich meinen Vor- und Nachnamen sowie die Nummer eintippe.

Vielleicht sollte ich unter »Notizen« so etwas schreiben wie »*Die betrunkene Verrückte aus dem* Lobsterville Grill«. Unwillkürlich verziehe ich das Gesicht.

Gerade als ich ihm das Handy zurückgebe, wird von innen die Tür aufgerissen, und Liv schießt heraus.

»Josie!« Ihre Stimme klingt vorwurfsvoll. »Warum antwortest du nicht auf meine Nachrichten? Ich habe mir Sorgen gemacht und … oh!«

Sie stockt mitten im Satz, und ihre Augen werden groß, als sie Blake neben mir entdeckt.

»Oh«, macht sie noch mal und sieht mich an.

»Ähm …«, erwidere ich wenig geistreich und suche nach den richtigen Worten. »Blake, das ist meine beste Freundin und Mitbewohnerin Liv. Und Liv, das ist Blake. Blake hat mir geholfen, als ich … ein kleines Kreislaufproblem hatte.«

Blake nickt kurz und, wie es scheint, ohne Liv wirklich anzusehen. Das finde ich seltsam, weil es etwas unhöflich wirkt, und bisher hat Blake auf mich nicht wie ein unhöflicher Mensch gewirkt. Stattdessen starrt er immer noch auf sein Handy, in das ich gerade meine Kontaktdaten eingegeben habe.

»Josefine *MacIntosh*?«, fragt er mit einem Stirnrunzeln und einer merkwürdigen Betonung auf meinem Nachnamen.

»Freut mich ebenfalls«, sagt Liv mit hochgezogenen Augenbrauen und fügt an mich gewandt hinzu: »Wieso hattest du Kreislaufprobleme?«

»Weil …«, beginne ich und entscheide mich dann für eine Halbwahrheit. »Ich habe wohl etwas zu viel getrunken. Aber es geht schon wieder besser.«

Aus den Augenwinkeln registriere ich, dass Blake einen Schritt zurück macht. Verwundert sehe ich ihn an.

»Ich muss los«, erklärt er, ohne mich anzusehen, und schiebt die Hände wieder in die Hosentaschen. »Gute Nacht zusammen.«

Mit offenem Mund starre ich ihm hinterher, als er mit großen Schritten den Garten durchquert und in der Dunkelheit verschwindet.

»War das nicht der Muschel-Mann?«, fragt Liv und zieht mich ins Haus. »Der ist ja vielleicht seltsam.«

»Er war eigentlich nicht seltsam«, antworte ich verwirrt und streife meine Schuhe von den Füßen. Dann folge ich Liv in die Küche, wo sie einen Teekessel aufstellt, und setze mich auf die Bank an den Holztisch. »Zumindest bis eben.«

»Außerdem trägt er ein komisches T-Shirt.«

Ich muss schmunzeln und lasse meinen Blick einmal an ihr hoch- und runterwandern. »Sagt die Frau im Minions-Pyjama?«

»Die Minions sind Kult«, erwidert sie würdevoll und zieht sich einen Stuhl heran, um sich neben mich zu setzen.

Nachdenklich schaue ich aus dem Fenster in die Dunkelheit des Gartens. Warum hat Blake am Ende so seltsam reagiert? An

Livs Pyjama lag es sicher nicht, auch wenn er wirklich zum Schießen ist. Nach dem, was passiert ist, wäre ein freundliches Wort zum Abschied doch nicht zu viel verlangt gewesen, oder?

Und jetzt fällt mir auf, dass er mir im Gegenzug nicht mal seine Telefonnummer gegeben hat. Was hatte er bloß?

Etwas genervt über mich selbst schüttele ich den Kopf. Es ist ja auch völlig egal. So wie es aussieht, werde ich Blake ohnehin nie wiedersehen.

3

Die Wolken vom Vortag haben sich verzogen, und der Himmel spannt sich hellblau über Martha's Vineyard, als Liv und ich uns am nächsten Morgen auf die zwei alten Fahrräder schwingen, die Hannah uns geliehen hat, und in gemütlichem Tempo in Richtung Dorf radeln. In Kathleen's Deli versorgen wir uns mit Donuts und Kaffee, und nachdem wir uns für den Nachmittag im Pick & Carry zum Einkaufen verabredet haben, verabschieden wir uns voneinander. Liv radelt weiter in Richtung Lobsterville Beach, wo die Seehundauffangstation ist, und ich fahre weiter die Harbor Street entlang, an deren Ende sich der Newport Yachtclub befindet.

Weil ich ein wenig zu früh dran bin, schiebe ich das Fahrrad das letzte Stück und nehme mir die Zeit, mich ein wenig umzusehen. Zu meiner Rechten liegt die zum Club gehörende Marina mit mehreren Piers, an denen Segel- und Motorboote sowie einige größere Jachten vertäut sind. Es riecht immer noch ein bisschen feucht vom Regen am Vortag, aber die Morgensonne hat schon Kraft und fühlt sich angenehm warm auf meiner Haut an.

Als über mir der charakteristische, durchdringende Schrei einer Seeschwalbe erklingt, bleibe ich stehen und lege den Kopf in den Nacken. Der kleine schwarz-weiße Vogel, der dort durch die Lüfte gleitet, ist unter dem stahlblauen Himmel kaum zu erkennen.

Es ist so friedlich und schön, dass ich mich erst wieder in Bewegung setze, als eine Familie mit zwei kleinen Kindern an mir vorbeiläuft, bepackt mit Kühlboxen und Taschen und offenbar auf dem Weg zu einem der Boote und einem Tag auf dem Meer.

Nur zu gerne würde ich mich ihnen anschließen, aber auf mich wartet mein erster Arbeitstag. Ich atme einmal tief durch.

Das Hauptgebäude ist ein langer weiß gestrichener Bau im Kolonialstil, vor dem zwei Flaggen im Morgenwind flattern. Die eine ist die amerikanische Flagge, die andere die des Bundesstaates Massachusetts mit dem Staatssiegel auf weißem Grund. Das Restaurant scheint sich im rechten Teil des Gebäudes zu befinden. Da ich nicht davon ausgehe, dass die Eigner des Jachtclubs oder deren Gäste es sonderlich schätzen würden, wenn ich direkt vor dem Gebäude parke, schiebe ich das Fahrrad links am Haus vorbei und stelle es dort neben einigen anderen ab.

Unschlüssig schaue ich mich um, denn ich weiß erstens nicht, wohin ich jetzt soll, und frage mich zweitens, ob das Fahrrad nicht geklaut wird, wenn ich es hier einfach so abstelle. In Boston darf man sein Rad nicht eine Sekunde aus den Augen lassen, wenn man nicht will, dass es wegkommt. Aber Hannahs Fahrrad hat kein Kettenschloss, und das Rahmenschloss ist so verrostet, dass ich es nicht einmal bewegen kann.

»Falls du dich fragst, ob dein Fahrrad geklaut wird … Nein, das wird es nicht«, sagt da eine Stimme hinter mir.

Ich schaue hoch und sehe, wie ein junger Mann sein Fahrrad neben meinem in den Ständer schiebt.

»Die Gäste des Clubs haben es nicht nötig, Fahrräder zu stehlen. Und die einzigen anderen Menschen, die hier vorbeikommen, sind die Mitarbeiter.« Er grinst breit und entblößt dabei eine süße Zahnlücke zwischen den Schneidezähnen. »Ich bin übrigens Neil. Ich arbeite in der Marina und manchmal im Büro.«

Ich nehme seine ausgestreckte Hand und schüttele sie.

»Josie«, stelle ich mich vor. »Heute ist mein erster Tag, und ich habe noch keine Ahnung, wo ich eingesetzt werde.«

»Ich weiß«, sagt er und zwinkert. »Du wurdest uns schon als Verstärkung des Teams angekündigt. Dann komm mal mit, ich stelle dir die anderen vor.«

Mit klopfendem Herzen folge ich ihm. Ein bisschen fühle ich mich wie eine Schülerin am ersten Schultag, die hofft, dass ihre Klassenkameraden nett sind. Natürlich ist mir bewusst, dass ich hier nur ein paar Wochen arbeiten werde, trotzdem wünsche ich mir sehnlichst, diese Zeit mit netten Menschen verbringen zu können.

Wir umrunden das Haus und kommen zum Garten auf der Rückseite, der durch eine perfekt gepflegte Rasenfläche glänzt, in deren Mitte eine Schatten spendende, alte Eiche thront. Direkt hinter dem Garten und einer kleinen Steinmauer beginnt der Ozean, der azurblau in der Morgensonne glitzert. Das Rauschen des anbrandenden Meeres dringt zu mir herüber, und ich höre Kinderlachen, das von einem der auslaufenden Segelboote zu kommen scheint. Es riecht nach Salz und Blumen, und auf einmal habe ich große Lust, mich auf der Bank unter der Eiche niederzulassen, um all die neuen Eindrücke aufzunehmen. Doch da springt Neil schon mit zwei großen Schritten die Stufen zur Restaurantterrasse hoch, und ich folge ihm schnell.

Die Bohlen und das Geländer der Terrasse sind weiß gestrichen, und zwei Sonnensegel bauschen sich leicht im Wind. Jetzt sehe ich auch, woher der intensive, honigartige Blumenduft kommt: Direkt neben der Treppe wächst ein üppiger Jasminstrauch.

Durch die offen stehende Schiebetür betreten wir das Restaurant, wo die Crew bereits um den größten der Tische versammelt ist und Kaffee trinkt.

»Morgen!«, ruft Neil in die Runde. »Das ist Josie. Sie fängt heute bei uns an.«

Fröhlich plappernd stehen meine neuen Kollegen auf, um mich zu begrüßen und sich vorzustellen. Ich gebe mir die allergrößte Mühe, mir alle Namen zu merken, auch wenn ich jetzt schon weiß, dass mir das nicht gelingen wird. Der Einzige, den ich kenne, ist Flynn, einer der Eigentümer des Jachtclubs und gleichzeitig Koch und Betreiber des Restaurants. Bei ihm hatte ich das Vorstellungsgespräch, das wir per Videokonferenz geführt haben.

»Freut mich, dich persönlich kennenzulernen, Josie«, begrüßt er mich herzlich.

Ich erinnere mich daran, dass Flynn erwähnte, dass der Jachtclub und die Marina ihm und seinen beiden Brüdern gehören. Nachdem ich den Club heute das erste Mal gesehen habe, finde ich Flynn noch ziemlich jung, um Miteigentümer eines so großen Clubs zu sein und ein Restaurant zu leiten. Er ist vielleicht Mitte zwanzig – dabei dunkelblond, groß, sportlich und breitschultrig – und sieht noch viel besser aus, als das über den Bildschirm rübergekommen ist.

Schnell schiebe ich den Gedanken beiseite, sonst werde ich womöglich noch rot. Nach dem, was mit Nathan passiert ist, liegt mir ohnehin nichts ferner, als Berufliches und Privates noch einmal zu vermischen.

Also antworte ich mit einem freundlichen, aber unverbindlichen Lächeln »Ebenso« und schüttele seine ausgestreckte Hand, bevor sich mir sein Bruder Jacob vorstellt, der für die Marina und die Ausflugsboote zuständig ist.

Der Rest des Teams besteht aus acht Frauen und neun Männern, die alle entweder in der Marina oder dem Restaurant arbeiten.

»Möchtest du auch einen Kaffee?«, fragt Neil neben mir, und im selben Moment geht die Tür zum Restaurant auf.

Ich öffne den Mund, um zu antworten, aber heraus kommt kein Ton. Mein Herz bleibt einfach stehen, setzt mehrere Schläge aus und weigert sich, weiterzuarbeiten. Denn durch die Tür kommt … Blake.

Blake, der Muschel-Mann aus dem Lobsterville Grill.

Blake, den ich am Abend zuvor geküsst habe.

Blake, vor dessen Augen ich fast betrunken von der Bank gesegelt wäre.

Blake, von dem ich dachte, ich würde ihn nie wiedersehen.

Mir stockt der Atem. Mein Gott, was macht er denn hier? Ist er Gast? Hat er ein Boot in der Marina, oder will er eins mieten?

Mit einem Schnappen hole ich Luft, und mein Herz beginnt wieder zu schlagen. Das Bum-Bum-Bum ist so laut, dass es ganz sicher alle im Raum hören können. Ich starre ihn an und hoffe immer noch, dass er sich einfach umdreht und geht. Alternativ könnte er auch sagen, dass er sich im Haus geirrt hat und eigentlich ganz woanders hinwollte, doch er kommt zielstrebig auf uns zu. Meine Gedanken überschlagen sich.

Als sein Blick mich streift, kann ich von seinem Gesicht nichts ablesen. Kein Erkennen, keine Überraschung, absolut nichts. Ich spüre, wie mir der Schweiß ausbricht, als mein Blick auf seine Unterlippe fällt, wo immer noch der kleine, jetzt etwas verkrustete Cut zu sehen ist, den ich ihm gestern Abend zugefügt habe.

»Blake, das ist Josie«, sagt Flynn, und all meine Hoffnungen, dass Blakes Anwesenheit in diesem Raum ein verrückter Irrtum sein könnte, zerschlagen sich. »Sie fängt heute bei uns an und bleibt bis Anfang September. Und das ist mein Bruder Blake, der dritte Chef.«

»Erster Chef«, schießt Blake zurück, und ich sehe aus den Augenwinkeln, wie Flynn grinsend die Augen verdreht.

Was soll ich nur tun? Mit einem Satz in Richtung der Toiletten verschwinden? Meine Tasche greifen und weglaufen? Mich auf mein Fahrrad schwingen, die Insel verlassen und nie wiederkommen? Ein Flugzeug zu einem Ort am anderen Ende der Welt besteigen? Australien vielleicht. Oder Fidschi. Aber all die Gedanken, die durch meinen Kopf schießen, sind völlig überflüssig, denn ich bin ohnehin nicht in der Lage, auch nur einen Muskel zu rühren.

Nur mein Gehirn arbeitet auf Hochtouren, und plötzlich ist mir völlig klar, dass mich Blake erkennt. Er hat mich schon am Abend zuvor erkannt – und zwar genau in dem Moment, als er meinen vollen Namen auf seinem Handy gelesen hat. *Das* war der Grund, warum Blake sich von der einen Sekunde auf die andere so sonderbar verhalten hat. Deshalb hat er so schnell den Rückzug angetreten. Natürlich wusste er, dass eine Josefine MacIntosh am nächsten Tag ihren Ferienjob im Jachtclub antreten würde. In *seinem* Jachtclub.

»Wir kennen uns bereits«, sagt Blake mit seiner tiefen Stimme, die ich seit gestern unter Tausenden erkennen würde, und hebt eine Augenbraue. »Flüchtig.«

Glücklicherweise löst sich endlich meine Erstarrung. Wie ein Roboter stehe ich auf und mache einen Schritt auf ihn zu, die Hand ausgestreckt.

»Hallo«, quietsche ich mit einer Stimme, die sich anhört, als hätte ich Helium eingeatmet. Ich kann die verwunderten Blicke meiner neuen Kollegen förmlich spüren.

Eine lange Pause entsteht, und mein Gesicht wird unerträglich heiß. O Gott, ich habe diesen Mann geküsst! Meinen neuen Chef!

Flynn erlöst mich, indem er sagt: »Los, lasst uns anfangen. Das Reservierungsbuch ist voll, und ich muss in die Küche.«

Blake wirft mir noch einen Blick zu, und ich möchte am liebsten im Boden versinken. Doch dann wendet er sich auch schon an die anderen.

»Guten Morgen, allerseits«, grüßt er in die Runde. »Heute ist nicht nur Memorial Day, sondern auch Start der Saison, also sollten wir mit der Aufgabenverteilung für diese Woche beginnen und uns so schnell wie möglich an die Arbeit machen.«

Ich atme auf, als sich alle noch mal Kaffee nachschenken und nach und nach setzen. Neil schiebt mich auf die Bank, sodass ich zwischen ihm und Tobi, einem anderen Mitarbeiter der Marina, sitze. Blake bleibt stehen und schaut auf das iPad, das er in den Händen hält.

»Wir haben einiges zu tun. Morgen und am Donnerstag finden zwei Whale-Watching-Touren statt. Sowohl heute als auch am Freitag und am Samstag gibt es je eine gebuchte Tagestour mit der Jacht, inklusive Mittagessen und Cocktailempfang.«

»Wer sind die Hauptgäste?«, fragt Neil.

»Heute Tatjana Shaw, am Freitag Leo Tuft und am Samstag Thomas Deringer«, antwortet Blake, und Mia, eine der Mitarbeiterinnen, zieht laut die Luft ein.

»*Der* Thomas Deringer?«, japst sie und legt sich eine Hand auf die Brust. »Der den Oscar für die beste Hauptrolle in *Warrior of Glory* bekommen hat?«

Blake nickt und will fortfahren, aber da murmelt eine der Mitarbeiterinnen – Alyssa, wenn ich mich nicht täusche – so laut, dass alle es hören können: »O mein Gott, habt ihr die Szene gesehen, in der er aus dem Wasser kommt, nachdem er seine große Liebe vor dem Ertrinken gerettet hat? Und wie dieses weiße Hemd an seinem Körper klebt?«

Die anderen am Tisch nicken heftig.

Irina, eine andere Mitarbeiterin, seufzt. »Ich träume nachts davon, ihm dieses nasse Hemd vom Körper zu reißen.«

Jacob und Flynn verdrehen die Augen, aber Mia und Alyssa kichern.

»Vielleicht bekommst du diese Woche Gelegenheit dazu, genau das zu tun«, sagt Mia zu Irina, aber die schnaubt nur.

»Ja, klar. Und dann fliege ich im hohen Bogen raus«, prophezeit sie. Ich muss etwas verwirrt geschaut haben, denn sie sagt erklärend zu mir: »Es ist strengstens verboten, mit den Gästen etwas anzufangen. Das ist quasi die Todsünde Nummer eins bei uns!«

»Nicht ganz …« Neil grinst. »Todsünde Nummer eins ist es, etwas mit einem anderen Mitarbeiter oder einer anderen Mitarbeiterin anzufangen. Eine Affäre mit einem Gast kommt erst danach.«

Ohne dass ich es verhindern kann, drehe ich den Kopf zu Blake. Unsere Blicke treffen sich. Vielleicht ist es keine bewusste Reaktion, aber Blake fährt sich für eine winzige Sekunde mit der Zunge über die kleine Wunde auf der Unterlippe. Ich spüre, wie mir die Hitze in die Wangen steigt, und ertappt schauen wir beide gleichzeitig weg: ich auf meine Hände, er auf sein iPad.

»Wie dem auch sei …« Er räuspert sich. »Ich habe mir folgende Einteilung überlegt: Neil, du …«

Ich schaue wieder hoch und beobachte ihn verstohlen, während er jedem Mitarbeiter die Aufgaben für die Woche zuteilt. Er wirkt souverän und geschäftsmäßig, und alle hören ihm respektvoll zu. Wenn er auf sein Tablet schaut oder mit dem Finger darauf herumwischt, zieht er die dichten Brauen zusammen, die seine blauen Augen umrahmen. Die blauen Augen, die mich gestern so sehr in ihren Bann gezogen haben, dass ich förmlich den Kopf verloren habe …

»Josie?«

Ich zucke zusammen. »Ja?«

»Ich habe gerade gesagt, dass es mir am liebsten wäre, wenn du in der ersten Woche überall reinschnupperst, damit du hier alles kennenlernst. Danach können wir dich da einteilen, wo du gebraucht wirst. Ich schlage vor, du beginnst bei Flynn im Restaurant. Halte dich am besten an Mia, die kann dir alles zeigen und freut sich sicher über Hilfe bei der Wäsche.«

Ich nicke zustimmend, aber sobald ich mich wieder unbeobachtet fühle, sinke ich gegen die Rückenlehne und versuche, mich für den Rest des Teammeetings so unsichtbar wie möglich zu machen. Als Blake die Besprechung beendet, stehen alle auf, räumen ihre Kaffeetassen weg und machen sich an die Arbeit.

Mia zeigt mir die Umkleideräume für das Personal und gibt mir eine »Uniform«, die alle Angestellten des Clubs tragen: dunkelblaue Shorts und ein weißes Poloshirt mit dem eingestickten Namen Newport Yachtclub & Marina und einer kleinen Möwe auf der Brust. Dass ich weiße Turnschuhe tragen muss, weiß ich bereits vom Vorstellungsgespräch, und ich habe meine eigenen mitgebracht.

Nachdem wir umgezogen sind, erklärt Mia mir, wie die Tische auf der Terrasse für das Mittagessen eingedeckt werden müssen. Ich versuche, mich auf das zu konzentrieren, was sie sagt, aber ich bin immer noch aufgewühlt und nervös. Jedes Mal, wenn die Tür zum Restaurant aufgeht oder jemand die Terrasse betritt, zucke ich zusammen, weil ich befürchte, dass es Blake sein könnte. Dabei ist das absolut lächerlich, schließlich werde ich die nächsten Wochen mit ihm zusammenarbeiten müssen und ihn voraussichtlich jeden Tag sehen!

Nachdem sich der erste Schock gelegt hat, beginne ich mich zu fragen, warum zur Hölle Blake sich gestern Abend nicht zu erkennen gegeben hat. Schließlich ist mir – zumindest im Nachhinein – ziemlich klar, dass er erkannt hat, wer ich bin, als er meinen vollen Namen in seinem Handy gesehen hat. Wäre das nicht der geeignete Zeitpunkt gewesen, so etwas zu sagen wie: »Oh, was für ein Zufall, aber wenn ich mich nicht täusche, wirst du ab morgen für mich arbeiten. Mein Name ist Blake Sullivan, und ich bin einer der Eigentümer des Newport Yachtclub & Marina«. Stattdessen hat er sich, ohne etwas zu sagen, aus dem Staub gemacht und mich heute Morgen unwissend voll ins Messer laufen lassen. Während er *wusste*, dass wir uns wiedersehen würden, saß ich da wie eine ahnungslose Idiotin, völlig überrumpelt und peinlich berührt.

Die nächsten zwei Stunden verbringe ich damit, mit weißen Stoffhandschuhen – und zitterigen Händen – Gläser, Besteck und Teller auf den Tischen zu verteilen. Dabei achte ich peinlich genau darauf, alles in der richtigen Reihenfolge anzuordnen. Wo der Suppenlöffel und das Vorspeisenmesser zu liegen haben, wusste ich auch schon vorher, aber Feinheiten wie beispielsweise, dass Besteck und Teller exakt einen Zentimeter von der Tischkante entfernt platziert werden müssen, sind neu für mich. Mia scheint trotzdem mit mir zufrieden zu sein, und nach getaner Arbeit gehen wir gemeinsam in die große Restaurantküche, um Flynn zu fragen, ob wir ihm dort etwas helfen können.

Er steht an der chromglänzenden Arbeitsfläche und hat sich eine schwarze Schürze umgebunden.

»Die Kisten mit dem Mittagessen müssen auf die *Endeavor* gebracht werden«, sagt er, während er seinem Auszubildenden zeigt, wie man Zwiebeln fein schneidet. »Die Getränke auch. Vielleicht kann Neil euch helfen, wenn er kurz Zeit hat und Jacob ihn entbehren kann.«

Er nickt mit dem Kinn in Richtung der Pendeltür zum Restaurant. Dort steht ein Tisch, auf und unter dem sich mehrere Transportkisten mit Platten voller Essen stapeln. Als ich die erste Kiste greife, entdecke ich Tomaten-Mozzarella-Sticks, Pulpo-Salat mit Petersilie und Zitronenscheiben sowie Schälchen mit Oliven und Fetakäse, die mit einer Folie abgedeckt sind. Ich schiele in die zweite Box, die Mia sich nimmt. Darin befinden sich Teller mit kleinen Sandwiches, Lobster-Rolls und ein Hühnchen-Curry-Salat mit Ananas.

Mir läuft das Wasser im Mund zusammen.

»Keine Sorge, in zwei Stunden gibt es Mittagessen«, sagt Flynn, der meinen Blick bemerkt hat, und grinst. »Wir machen von all den leckeren Sachen immer etwas mehr, damit es auch für das Team reicht.«

»Flynn ist ein hervorragender Koch«, schwärmt Mia, während wir die Kisten den Weg entlang Richtung Segelschiff tragen. »Er könnte sich locker einen Stern erkochen, wenn er wollte. Oder zwei.«

»Aber er will nicht?«, frage ich leicht gepresst. Je weiter wir laufen, desto schwerer scheint die Kiste zu werden. Und meine Arme länger.

Es ist ein ungewöhnlich heißer Tag für Ende Mai, und die Sonne steht bereits hoch am Himmel. Glücklicherweise haben wir Shorts und Poloshirts an und müssen keine langärmeligen Sachen tragen, denn andernfalls würde ich zerfließen.

Die Marina hat sich in den letzten beiden Stunden etwas geleert, und es liegen weniger Boote an den Stegen als noch bei meiner Ankunft. Die meisten scheinen bereits draußen auf dem Meer zu sein.

»Nein, das will er nicht«, bestätigt Mia, als wir den prachtvollen Zweimaster am Ende des Piers erreichen, auf dessen Heck in geschwungenen Buchstaben der Name *Endeavor* steht. »Sein Ziel ist es, den Gästen qualitativ hochwertiges Essen anzubieten, ohne dass eine Hauptspeise gleich hundert Dollar kostet. Es sollen auch Gäste kommen, die einen Ausflug machen und nur etwas trinken wollen. Auch Clubmitglieder, die nach einem Tag auf dem Meer noch einen Salat essen und einen Wein trinken wollen, sollen sich wohlfühlen.«

Ich muss mich beeilen, ihr über die Gangway auf die *Endeavor* zu folgen. Wir überqueren das Deck und klettern die Treppe zur Kombüse nach unten. Erleichtert stellen wir die Kisten ab und reiben uns stöhnend die Hände, bevor wir uns auf die Suche nach Neil machen.

Wir finden ihn an Deck, wo er mit Eimer und Lappen an der Reling steht und alles auf Hochglanz poliert – anscheinend wird kein Fleck auf dem Chrom geduldet. Doch glücklicherweise ist er gerade fertig und bereit, uns zu helfen.

Zu dritt laufen wir zurück zum Restaurant. Neil lädt die Kisten mit Wasser, Säften, Wein, Champagner und Spirituosen zwar auf eine Sackkarre, dennoch müssen wir noch zweimal laufen, bevor alles an Bord des Segelschiffs verstaut ist.

»Hallo, Liebes!«

Die Stimme meiner Mutter klingt etwas verzerrt durch das Handy. Sie wirkt atemlos, fast so, als wäre sie zum Telefon gesprintet. »Wie schön, dass du dich meldest! Bist du im Labor?«

»Nein, Mom, ich bin mit Liv auf Martha's Vineyard«, erinnere ich sie. »Ich habe euch doch Fotos geschickt.«

Nach dem Mittagessen haben Mia und ich eine Stunde damit verbracht, im Keller des Clubhauses Handtücher in die Waschmaschinen zu laden und Tischwäsche zu mangeln und zu falten, doch inzwischen sitze ich im Schneidersitz auf der Bank im Garten des Clubhauses. Es ist warm, aber die alte Eiche spendet angenehm Schatten, und eine leichte Brise weht vom Wasser herüber.

»Ach, stimmt! Wie schön!«, ruft meine Mutter. Im Hintergrund höre ich Stimmen, und sie murmelt etwas, was ich nicht verstehe, bevor sie sich wieder an mich wendet. »Und wie gefällt es dir?«

»Es ist sehr schön hier.« Ich fasse mich bewusst kurz, weil meine Mom wahrscheinlich, wie meistens, wenig Zeit hat. »Wie geht es dir und Dad? Wo seid ihr gerade?«

»Am Kap York«, antwortet sie mit einer Selbstverständlichkeit, als würde sie vom Starbucks in der Commonwealth Avenue in Boston sprechen, nicht von der *Arctic Investigator,* die derzeit in einer weitgehend unbewohnten Region im Nordwesten Grönlands umherschippert, in der man höchstens mal auf einen Eisbären oder eine Ringelrobbe trifft. »Stell dir vor, wir konnten in der letzten Woche das erste Mal Proben sammeln, die …«

Gespannt höre ich ihr zu, während sie über die Hydrolyse von Krillprotein berichtet. Ich kenne die Details der Projekte meiner Eltern natürlich in- und auswendig, und so kommentiere ich hier und da und stelle ein paar Fragen.

»Und wie geht es Nathan?«, erkundigt sich meine Mutter, nachdem sie stolz berichtet hat, dass ein Biotech-Unternehmen vorhat, bald eine Pilotanlage zu bauen. »Ist er mit euch im Urlaub, oder musste er in Boston bleiben?«

Ich weiß nicht, warum ich mich von dieser Frage so überrumpelt fühle. Eigentlich hätte ich wissen müssen, dass das Gespräch irgendwann auf Nathan kommen würde. Schließlich war er fünf Jahre mein Freund, und meine Eltern hatten keinen Grund zu der Annahme, dass sich unser Beziehungsstatus ändern würde. Genau wie ich im Übrigen.

Warum ich meinen Eltern bisher noch nichts von der Trennung erzählt habe, weiß ich selbst nicht so genau. Vielleicht wollte ich nicht, dass sie sich Sorgen machen. Vielleicht hat auch ein klitzekleiner Teil von mir geglaubt, dass alles wieder gut werden würde.

Ich atme einmal tief durch.

»Gut … glaube ich«, beginne ich und versuche, gefasst zu klingen. »Also eigentlich …«

Ich stocke.

»Ist alles in Ordnung, Josie?«, fragt meine Mutter besorgt, weil ich nicht weiterspreche.

Das bringt mich ein wenig zum Lächeln, trotz des Kloßes, der sich in meinem Hals gebildet hat. Meine Mutter hat Antennen, die meine Gemütsregungen untrüglich auffangen, egal wie viele Kilometer zwischen uns liegen.

»Wir sind nicht mehr zusammen«, bringe ich schließlich mühsam hervor. »Er hat mit mir Schluss gemacht.«

Sie zieht scharf die Luft ein. »O nein, Liebes, das tut mir so leid!«

Langsam bekomme ich Übung darin, mich zusammenzureißen, dennoch bewirkt ihr Mitgefühl, dass mir schon wieder die Tränen kommen. Schnell wische ich mir mit einem Arm über die Augen.

»Mach dir bitte keine Sorgen, Mom. Es ist alles in Ordnung«, murmele ich, wobei ich nicht genau weiß, ob ich sie damit beruhigen will oder mich selbst.

»Bist du deshalb mit Liv weggefahren?«, fragt sie, und ich höre an ihrer Stimme, dass sie beunruhigt ist. »Wie lange bleibt ihr? Kümmert sie sich gut um dich? Sie soll dich während eurer Ferien ein bisschen auf andere Gedanken bringen!«

»Das macht sie«, versichere ich, und ein kleines Lächeln stiehlt sich auf mein Gesicht. Ich bin dankbar, dass ich eine so gute Freundin wie Liv habe, auf die ich mich immer verlassen kann. »Die Sache ist die … Nathan hat gemeint, dass es keine gute Idee ist, wenn wir uns weiterhin täglich im Labor sehen und zusammenarbeiten. Darum habe ich erst mal drei Monate unbezahlten Urlaub genommen …«

»Du hast *was*?«, ruft meine Mutter entsetzt. »Das kann doch nicht sein Ernst sein! Erst redet er dir Berkeley aus, dann unser gemeinsames Grönlandjahr, und nun bringt er dich auch noch um die Ergebnisse deiner Forschungen?«

Ich verspüre den irrationalen Drang, Nathan zu verteidigen, doch eigentlich weiß ich, dass meine Mom recht hat. In Berkeley zu studieren war immer mein Traum, aber Nathan hat mir damals klargemacht, dass er nicht glaubt, dass unsere Beziehung die große Entfernung zwischen Ost- und Westküste aushalten würde. Nur aus diesem Grund habe ich mich letztendlich entschieden, an der Boston University zu studieren. Und auch aus Grönland wurde nichts, nachdem er mir einen Job in seinem Labor angeboten hat.

»*Seiner* Forschungen«, korrigiere ich meine Mutter.

»*Eurer* Forschungen!«, beharrt sie. »Ihr habt zusammen an dem Projekt gearbeitet, also sollte dein Name auch mit unter dem Artikel stehen, wenn die Ergebnisse präsentiert werden.«

Ich weiß, dass sie recht hat. Korrekterweise müssen *alle* Mitarbeiter, die an einem Projekt gearbeitet haben, auch erwähnt werden. Aber wenn ich bei Abschluss der Forschungen nicht mehr im Abbott Institute angestellt bin, ist so eine Erwähnung eher unwahrscheinlich.

Meine Mutter seufzt. »Was willst du denn jetzt machen, Schätzchen?«

Ich ziehe etwas undamenhaft die Nase hoch und versuche, optimistisch zu bleiben. »Ich habe mir einen Job auf Martha's Vineyard gesucht und werde den Sommer mit Liv hier verbringen. Ich muss einfach ein bisschen abschalten und mich in der Zwischenzeit nach einem neuen Arbeitgeber umsehen.«

Ich höre die Stimme meines Vaters im Hintergrund, und meine Mutter flüstert: »Nathan hat mit ihr Schluss gemacht, und sie ist arbeitslos!«

Sofort kommt mein Vater ans Telefon. »Brauchst du Geld, Mäuschen? Wir können dir was überweisen, das ist überhaupt kein Problem!«

Das ist so typisch für meinen praktisch denkenden Vater, dass ich lächeln muss.

»Danke, Dad. Aber ich brauche kein Geld. Ich habe einen Job und freue mich jetzt erst mal nur auf den Urlaub, der vor mir liegt. Und danach …«

»Danach kommst du natürlich zu uns!«, fällt er mir ins Wort. Als ich überrascht schweige, fährt er fort: »Du wolltest doch schon nach deinem Studium mit uns auf Expedition gehen, bevor Nathan es dir ausgeredet hat. Das können wir doch jetzt nachholen! Wir brauchen immer gute Meeresbiologen, und wenn du nicht mehr im Labor arbeitest, kannst du ja mit uns zusammen forschen.«

»*Wir* bringen sie auch nicht um die Ergebnisse ihrer Forschungen«, bemerkt meine Mutter im Hintergrund spitz.

Das Telefon knackt, und ich befürchte schon, dass die Verbindung abbricht, aber da spricht meine Mutter wieder direkt mit mir: »Liebes, jetzt komm erst mal wieder zu dir. Verarbeite die Trennung und genieß deine Sommerferien, so gut es geht. Aber denk über den Vorschlag nach. Es wäre so schön, etwas Zeit miteinander zu verbringen und zusammenzuarbeiten. Wir haben hier immer einen Platz für dich, okay?«

Ich nicke stumm.. Als mir einfällt, dass sie mich ja nicht sehen kann, schiebe ich hinterher: »Okay, Mom, danke. Ich habe euch lieb.«

»Wir dich auch, Schätzchen. Wir dich auch.«

Nachdem wir aufgelegt haben, bleibe ich noch einen Moment sitzen und schaue nachdenklich aufs Meer.

Meine Eltern verbringen oft Monate – manchmal sogar ein ganzes Jahr – auf Expeditionsschiffen oder Forschungsstationen, und häufig ist nicht einmal regelmäßiges Telefonieren möglich. Eigentlich sollte ich mich mittlerweile daran gewöhnt haben, trotzdem vermisse ich sie immer noch täglich. Ab meinem zwölften Lebensjahr habe ich den Großteil der Zeit im Internat verbracht, und obwohl ich gerne dort war und viele liebe Freundinnen gefunden habe, war meine Kindheit und Jugend durch die häufigen Abwesenheiten meiner Eltern geprägt.

Wenn ich nach dem Sommer mit ihnen auf Expedition gehen würde, wäre das eine einmalige Gelegenheit, Zeit zusammen zu verbringen. Polarnächte und -tage sind lang und dunkel, und die Vorstellung, abends mit meinen Eltern unter Deck zu sitzen, Karten zu spielen und zu reden, ist verlockend.

Etwas unsanft werde ich aus meinen Gedanken gerissen, als Mia von der Terrasse herunterruft: »Josie, die Kuchen sind da. Kannst du beim Ausladen helfen?«

Dabei deutet sie in die Richtung, in die ich gehen soll. Schnell springe ich auf und laufe um das Haus herum in Richtung Straße. Vor dem Restaurant steht ein kleiner Lieferwagen und daneben …

»Hannah!«, rufe ich erfreut, als ich unsere nette Vermieterin erkenne. »Was machst du denn hier?«

Sie hebt den Kopf und lacht, als sie mein Outfit mit dem kleinen Logo auf der Brust sieht. »Sag bloß, du arbeitest im Jachtclub? Was für ein Zufall. Ich bin mit Blake, Jacob und Flynn befreundet, seit wir Kinder waren.«

»Wirklich?«, presse ich hervor.

Und ich hatte gehofft, dass es keine weiteren Verflechtungen mit Blake geben würde.

»Ja. Der Konditor ist für unbestimmte Zeit ausgefallen, daher liefere ich derzeit die Kuchen fürs Restaurant.« Sie senkt ihre Stimme und flüstert verschwörerisch: »Flynn ist nämlich ein hervorragender Koch, aber backen kann er überhaupt nicht.«

Als hätten wir ihn durch unser Gespräch herbeigerufen, überquert Flynn im gleichen Moment die kleine Rasenfläche vor dem Haus und kommt auf uns zu.

»Ich kann dich hören, Hannah«, sagt er, als er bei uns angekommen ist. »Backen ist kein Kochen. Und ich bin *Koch* – ich muss nicht backen können. Obwohl ich natürlich auch darin herausragend gut wäre, wenn ich mich wirklich dafür interessieren würde …«

Er legt einen Arm um Hannahs Schultern und wuschelt ihr durch die langen blonden Haare.

»Hör sofort auf damit!« Sie schubst ihn von sich weg. »Das sieht unprofessionell aus.«

Flynn schnaubt. »Sagt die Frau, die Kuchen anliefert und Haare und Gesicht noch voller Mehl hat.«

Verlegen fährt sich Hannah mit einer Hand über die Wange.

»Ignoriere ihn einfach«, rät sie mir. »Die Hälfte der Zeit ist er unerträglich. Keine Ahnung, warum ich mit ihm befreundet bin.«

»Wegen meines guten Aussehens, meines Charmes und meiner unnachahmlich witzigen Art«, behauptet Flynn und schenkt uns ein strahlendes Lächeln.

»Und wegen deiner Bescheidenheit«, spottet Hannah und verdreht die Augen, aber ich sehe, dass sich ihre Wangen leicht röten. »Kommt, lasst uns die Kuchen nach drinnen bringen, die werden in der Hitze nicht gerade besser.«

Hannahs Backwaren sind wahre Kunstwerke und sehen so lecker aus, dass ich am liebsten direkt von allen ein Stück probieren würde. Unter den durchsichtigen Hauben sehe ich einen Zitronenkuchen mit kleinen Marzipanschmetterlingen, einen Erdbeerkuchen, Muffins mit kunstvollen Toppings, eine hauchdünne französische Apfeltarte und eine Himbeer-Sahne-Torte, an deren Seiten der rote Himbeersaft wie mit dem Lineal gezogen herunterläuft.

Vorsichtig tragen wir alles ins Restaurant und stellen es in die gekühlte Vitrine neben der Theke. Das Mittagsgeschäft scheint etwas abgeflaut zu sein, und die letzten Gäste bezahlen gerade, aber das Team macht sich schon bereit für die Kaffee-und-Kuchen-Zeit ab drei Uhr.

»Das sieht hervorragend aus, Hannah!«, sage ich begeistert. »Du bist eine wahre Künstlerin.«

»Danke«, antwortet sie strahlend und setzt sich auf einen der Barhocker. »Am liebsten würde ich nicht nur den Club, sondern die ganze Insel mit Kuchen und Torten versorgen. Aber das schaffe ich im Moment noch nicht. Das Cottage und die Kosten … Es wäre ein bisschen zu viel, und ich muss Schritt für Schritt vorgehen. Umso dankbarer bin ich für den Auftrag hier.«

Ich schaue mich gerade um und überlege, ob ich Mia beim Abräumen der Tische und Vorbereiten der Kaffeezeit helfen kann, da fragt Flynn: »Wenn du gerade nichts zu tun hast, könntest du Blake was zu essen ins Büro bringen?« Ich kann nicht verhindern, dass ich leicht zusammenzucke, aber glücklicherweise scheint Flynn nichts davon zu merken, denn er fährt fort: »Er nimmt sich nie die Zeit zum Mittagessen, und wenn wir nicht dafür sorgen, dann isst er bis abends nichts als ein Stück Kuchen.«

»Ja. Klar. Natürlich …«, stammele ich. »Was soll ich ihm denn bringen?«

»Stell einfach einen Teller mit den Resten von heute Mittag zusammen«, antwortet Flynn.

Hannah hüpft von ihrem Stuhl und hebt zum Abschied die Hand. »Bis später zu Hause, Josie!«

Ich erwidere ihren Gruß und frage mich gleichzeitig, wie es sein kann, dass ich jetzt auch noch zum persönlichen Lieferservice von Blake Sullivan abkommandiert werde. Und das, wo ich noch immer nicht entschieden habe, ob ich nur peinlich berührt bin oder es Blake richtig übel nehme, dass er gegangen ist, als er erkannt hat, wer ich bin. Wie dem auch sei, allmählich bekomme ich das Gefühl, dass irgendetwas mit meinem Karma nicht stimmt.

In der Küche zeigt mir Chris, Flynns Souschef, wo das Geschirr steht und wo ich die Reste vom Mittagessen finde. Ich lade mehrere Löffel von den verschiedenen Salaten auf den Teller und lege ein paar Stücke frisches Baguette dazu, bevor ich mich auf den Weg zu Blakes Büro mache. Eine Tür führt von der Küche zum Lieferanteneingang und von dort zu den Büros, die mit dem Schild *»PRIVAT«* gekennzeichnet sind.

Mit leicht klopfendem Herzen bleibe ich vor der hinteren der beiden Türen stehen. Obwohl ich am liebsten umdrehen und wieder gehen würde, zwinge ich mich zu bleiben, wo ich bin. Es ist doch ohnehin unmöglich, Blake in den kommenden Wochen völlig aus dem Weg zu gehen. Früher oder später muss ich mich damit abfinden, dass wir uns sehen und wohl oder übel auch miteinander sprechen werden.

Es bringt doch nichts, hier zu stehen und zu zaudern, denke ich und gebe mir einen Ruck. Zaghaft klopfe ich an die weiße Holztür. Als ich Blakes lautes »Herein!« höre, atme ich einmal tief durch und drücke die Tür mit dem Ellenbogen auf.

Blake sitzt mit gesenktem Kopf an einem großen Schreibtisch vor einem Laptop und zwei Bildschirmen. Auf einem Sideboard, das vollgestopft ist mit Büchern, steht das Modell eines alten

Segelschiffes, und ich erkenne die *Mayflower*, mit der 1620 die ersten Siedler von England nach Amerika gereist sind. Dann schweift mein Blick zum Fenster, hinter dem sich der dunkelblaue Atlantik bis zum Horizont erstreckt, nur hin und wieder unterbrochen von dem strahlenden Weiß der aufgeblähten Segel der Schiffe auf dem Meer.

Blake schaut von seinen Unterlagen auf. Falls es ihn überrascht, dass ich in seinem Büro auftauche, lässt er es sich zumindest nicht anmerken.

»Flynn hat mich gebeten, dir etwas zu essen zu bringen«, sage ich und muss mich räuspern, weil ich plötzlich einen Frosch im Hals habe. Der Satz hört sich selbst in meinen Ohren ziemlich kühl und steif an.

»Oh … ja«, erwidert er, als wäre ihm der Gedanke an Essen bisher noch gar nicht gekommen. »Danke.«

Da sonst nirgendwo Platz ist, stelle ich den Teller vorsichtig auf einen Stapel Papiere auf seinem Schreibtisch und wende mich nach einem kurzen Zögern wieder zum Gehen.

»Josie?«, höre ich Blakes Stimme, als ich gerade die Tür erreiche.

Mein Herz pocht laut, während ich mich langsam wieder zu ihm umdrehe. Mit einem Blick aus seinen blauen Augen fixiert er mich über die Distanz hinweg. Ich muss schlucken, weil ich an nichts anderes denken kann als an unseren Kuss. Daran, wie es sich angefühlt hat, seine Lippen auf meinen zu spüren …

Am liebsten würde ich Blake blitzdingsen, damit er sich an nichts mehr erinnert! Und mich gleich mit. Warum ist er gestern nicht einfach in eine andere Bar gegangen? Wir wären uns nicht begegnet, ich hätte ihn nicht geküsst und wäre nicht fast von der Bank gefallen, kurzum – ich hätte mich nicht zum Affen gemacht. Dann könnte ich hier stehen, locker und fröhlich, und unbefangen mit meinem neuen Chef plaudern.

»Willst du dich vielleicht kurz setzen?«

Seine Stimme ist ruhig und tief, und wieder breitet sich eine leichte Gänsehaut auf meinen Armen aus. Mit steifen Beinen stakse ich zum Schreibtisch zurück und setze mich auf einen der beiden Besucherstühle, ganz vorne auf die Kante. Wie magisch wird mein Blick von der kleinen Wunde an Blakes Unterlippe angezogen. Ich schlucke.

»Also …«, beginnt er im selben Moment, in dem ich losplappere: »Ich wollte auch noch mal …«

Wir halten beide inne, dann sagt er: »Du zuerst.«

Tja, was wollte ich denn eigentlich sagen? Dass es mir peinlich ist, unwissentlich meinen Chef geküsst zu haben? Dass ich nicht weiß, wie ich mit ihm umgehen soll? Dass ich sauer bin, weil er sich nicht gestern schon zu erkennen gegeben hat?

Ich atme tief durch. »Ich hoffe, du weißt, dass ich gestern Abend keinen Schimmer hatte, wer du bist. Wegen deines T-Shirts habe ich angenommen, dass du ein Tourist bist und ich dich ohnehin nie wiedersehen werde und …«

Ich verliere den Faden und starre Blake Hilfe suchend an. Vielleicht hätte ich doch zuerst ihn sprechen lassen sollen.

»Wendy hat mir eins ihrer T-Shirts geliehen, weil ich nach dem Regenschauer völlig durchnässt war«, erklärt Blake und sieht mich mit hochgezogenen Augenbrauen an.

»Oh«, mache ich.

Würde ich mich in einem anderen Leben oder einem Paralleluniversum befinden, würde ich laut lachen, aber die Situation ist einfach zu unangenehm. Blakes Lockerheit und sein Charme vom Vorabend scheinen sich völlig in Luft aufgelöst zu haben – zusammen mit alldem, was mich dazu gebracht hat, über meinen Schatten zu springen und ihn zu küssen.

»Ich schlage vor, dass wir ab sofort professionell miteinander umgehen«, fährt er fort und beginnt, ein paar Blätter auf seinem Schreibtisch zu sortieren.

Eine Pause entsteht, und ich begutachte konzentriert einen kleinen Fleck auf meinen dunkelblauen Shorts, während ich überlege, was ich sagen soll. Etwas Lockeres oder Lustiges wäre gut. Etwas, was es mir erlaubt, mein Gesicht zu wahren, und idealerweise gleichzeitig einen schnellen Rückzug ermöglicht. Aber mir fällt beim besten Willen nichts ein.

Das Schweigen dehnt sich aus, und als ich irgendwann hochschaue, ertappe ich Blake dabei, wie er mich ansieht. In seinen Augen ist etwas, was ich nicht richtig definieren kann, und für den Bruchteil einer Sekunde bin ich mir sicher, dass er an unseren Kuss denkt. Daran, wie unsere Lippen miteinander verschmolzen sind.

Doch sobald sich unsere Blicke treffen, verschließt sich sein Gesicht, und er beugt sich nach vorne, die Unterarme auf dem Tisch.

Am liebsten würde ich mich für meine Naivität ohrfeigen. Er denkt ganz offensichtlich *nicht* an unseren Kuss. Eher an seine nächste Steuererklärung.

»Gestern Abend wusstest du nicht, wer ich bin, und ich wusste nicht, wer du bist«, sagt er, noch eine Spur kühler. »Zumindest nicht, bevor ich deinen vollen Namen gelesen habe.«

Und warum hast du dann nichts gesagt?, denke ich und beiße mir auf die Unterlippe.

»Wie dem auch sei«, fährt er fort und wirft einen Blick auf den Computerbildschirm, ganz so, als warteten wichtigere Aufgaben auf ihn. »Ab heute bin ich dein Chef, und dabei sollten wir es belassen.«

Wow. Das war mehr als deutlich.

»Natürlich!«, sage ich etwas zu laut. »Das sehe ich genauso.«

»Gut.« Er nickt mir noch einmal zu und nimmt dann sein Handy in die Hand.

Es scheint, als wäre das Gespräch beendet. Ich stehe so schwungvoll auf, dass mein Stuhl beinah umkippt, und sprinte zur Tür. Nur raus hier!

»Ach, Josie?«

»Ja?«, murmele ich, die Türklinke in der Hand, ohne mich noch mal zu ihm umzudrehen. Andernfalls könnte er von meinem Gesicht all meine Emotionen ablesen: Scham, gemischt mit einer ordentlichen Portion Wut und einer Prise Resignation.

Warum läuft im Moment nichts in meinem Leben normal und reibungslos? Nicht mal ein dummer Aushilfsjob in den Ferien?

»Danke, dass du mir das Mittagessen gebracht hast.«

Ich kann nicht verhindern, dass mir ein leises Schnauben entfährt.

»Wirklich sehr gerne«, antworte ich und füge beim Hinausgehen hinzu: »Mister Sullivan.«

4

»Hallo, ihr zwei!«, schallt Hannahs Stimme durchs Haus, kaum dass Liv und ich die Eingangstür hinter uns zugezogen haben.

Wir streifen uns die Schuhe ab und schleppen die beiden großen, mit Lebensmitteln gefüllten Tüten in die Küche. Nach der Arbeit haben wir uns im Pick & Carry im Dorf getroffen, der trotz des Feiertages geöffnet hat, um alles Notwendige für die nächsten Tage einzukaufen und den Kühlschrank aufzufüllen.

Hannah steht am Tisch, Tüten mit Chips und anderen Snacks vor sich ausgebreitet.

»Ich dachte, ihr möchtet vielleicht den Abend am Strand verbringen?«, sagt sie und lächelt uns an. »Wir könnten was zusammen trinken und uns etwas besser kennenlernen, wenn ihr mögt. Feierabenddrinks am Meer sind so etwas wie eine Tradition auf Martha's Vineyard.«

»Ist das eine ernst gemeinte Frage?«, erwidert Liv, und ich füge seufzend hinzu: »Das ist genau das, was ich nach diesem Tag brauche.«

»Cool!« Hannah beginnt, einige Snacks in einen bereitstehenden Korb zu packen. »War dein erster Tag denn so schlimm?«

»Nein, nein«, versichere ich schnell und drehe mich zum Kühlschrank, damit die beiden nicht sehen können, wie ich eine Grimasse schneide. »Es war nur … ein bisschen anstrengend, das ist alles.«

»Kannst du mir das Bier und den Wein aus dem Kühlschrank geben?«, fragt Hannah. »Dann ist auch mehr Platz für eure Lebensmittel.«

Mit ein paar Handgriffen verstauen wir unsere Einkäufe und packen die Getränke in einen Rucksack, den Hannah schultert. Liv schnappt sich den Korb mit Snacks und ich mir die große Picknickdecke, die bereits auf dem Tisch liegt; dann verlassen wir gemeinsam das Cottage.

»Wer soll das denn alles trinken und essen?«, fragt Liv, während wir zwischen den Wildrosenbüschen in Richtung Strand laufen.

Hannah überholt uns leichtfüßig und hält uns das Gartentor auf. Der Sand unter meinen Füßen fühlt sich weich an und ist noch warm, weil er die Hitze des Tages gespeichert hat. Barfuß laufen wir durch die Dünen, und schon nach wenigen Schritten kommt das Meer zwischen dem wogenden goldgelben Dünengras in Sicht. Der Strand liegt im Licht der untergehenden Sonne völlig verlassen da, nur ein einziger Spaziergänger ist mit seinen beiden Hunden unterwegs, die übermütig bellend durchs Wasser toben. Zu unserer Linken kann ich die ersten Häuser von Menemsha erkennen, und zu unserer Rechten liegt ein kleiner Leuchtturm an der Spitze der Landzunge. Die Brandung ist an dieser geschützten Stelle nicht hoch, aber das leise Plätschern der Wellen und das Rauschen des Dünengrases im Wind sind wunderschön … und beruhigend.

Glücklich grabe ich meine Zehen in den Sand und werfe Liv einen Blick zu, den sie lächelnd erwidert. Ich glaube, sie hat ähnliche Gedanken wie ich: Es war die richtige Entscheidung, hierherzukommen.

Hannah hat mittlerweile einen kleinen Vorsprung, und schnell folgen wir ihr bis zu der Stelle direkt hinter dem Dünenkamm, wo sie den Rucksack abstellt. Ich breite die Decke aus, und mit einem glücklichen Seufzen lassen wir uns alle drei darauf fallen. Hannah zieht eine Flasche Chardonnay und drei Gläser aus dem Rucksack.

»Also …« Geschickt öffnet sie die Flasche mit dem mitgebrachten Korkenzieher. »Jetzt erzählt mal. Wie war euer erster Arbeitstag?«

Der absolute Albtraum.

»Toll!«, ruft Liv begeistert und hält Hannah ihr Glas hin, damit sie einschenken kann. »Das Team in der Station ist echt nett, und die Seehunde sind unglaublich süß! Die Heuler sind so putzig, dass man sie am liebsten den ganzen Tag nur kuscheln möchte. Aber natürlich sind sie keine Haustiere, sondern sollen irgendwann wieder ausgewildert werden. Außerdem bin ich schließlich Meeresbiologin und muss professionell bleiben. Aber da ist so ein kleiner Seehund – er heißt Frodo –, der mir heute den ganzen Tag hinterhergeschwommen ist, während ich den Beckenrand geputzt habe, und mich mit seinen großen, feuchten Augen beobachtet hat. Ich hätte ihn vorhin am liebsten eingepackt und mit nach Hause genommen!«

Während Liv voller Enthusiasmus und in allen Einzelheiten von ihrer Arbeit berichtet, schweifen meine Gedanken ab. Ganz objektiv betrachtet habe auch ich Glück mit meinem Job im Jachtclub. Die Arbeit macht Spaß, das Team scheint nett zu sein, und die Bezahlung ist auch nicht zu verachten. Eigentlich hätte ich also wahrlich keinen Grund zu klagen … wäre da nicht die verflixte Sache mit Blake.

»Ihr müsst mich unbedingt mal besuchen kommen, dann führe ich euch herum«, schließt Liv und schaut mich neugierig an.

Oh. Offensichtlich wird jetzt von mir erwartet, dass ich von meinem ersten Tag berichte. Wo fange ich nur an? Und wie?

Bislang habe ich Liv noch nichts davon erzählt, dass ich Blake geküsst habe – oder dass er seit heute mein Chef ist. Irgendwann werde ich das nachholen und meiner besten Freundin alles beichten, aber bisher habe ich mich noch nicht dazu in der Lage gefühlt. Und keinesfalls kann ich ausgerechnet jetzt erzählen, dass der Mann, der mich gestern nach Hause gebracht hat, einer der Eigentümer des Jachtclubs und mein neuer Chef ist, den Hannah auch noch gut kennt. Das würde nur weitere Fragen nach sich ziehen und könnte peinlich enden.

»Bei mir war es auch sehr …«, beginne ich und überlege, wie ich meinen ersten Tag am besten beschreiben könnte. »… *interessant*. Alle waren nett und haben mich freundlich aufgenommen. Die Arbeit macht … Spaß.«

Das hört sich an wie auswendig gelernt, und ich zwinge mir ein Lächeln aufs Gesicht. Nicht gerade oscarreif, aber das scheinen die beiden glücklicherweise nicht zu bemerken.

»Und wie war es mit den Jungs?«, hakt Hannah nach.

»Mit welchen Jungs?«, frage ich etwas verwirrt.

»Na, mit den Sullivan-Jungs«, stellt sie klar, und fast hätte ich aufgelacht.

Blake, Flynn und Jacob, die alle über eins neunzig groß sind und die Statur von NHL-Eishockey-Spielern haben, hätte ich nicht gerade als »Jungs« bezeichnet.

Hannah scheint meine Gedanken zu lesen und fügt erklärend hinzu: »Ich habe fast zwanzig Jahre lang meine Sommerferien auf Martha's Vineyard verbracht und kenne die drei seit unserer Kindheit. Für mich werden sie die ›Sullivan-Jungs‹ bleiben, auch wenn sie achtzig sind, mit dem Rollator über die Insel spazieren und den jungen Dingern auf den Hintern gucken.«

Die Vorstellung bringt mich zum Lachen, denn ohne dass ich genau sagen könnte, woran ich das festmache, hat insbesondere Jacob definitiv gewisse Aufreißer-Vibes ausgestrahlt.

»Blake, Flynn und Jacob gehört der Jachtclub, in dem Josie arbeitet«, fügt Hannah für Liv erklärend hinzu.

»Blake ...?« Meine Freundin schaut mich verwundert an. »Gibt es mehrere ...«

Sie verstummt, als ich hastig den Kopf schüttele. Ich habe ihr im Supermarkt zwar schon von den Brüdern erzählt, bin aber nicht allzu sehr ins Detail gegangen.

»Und du bist schon seit deiner Kindheit mit ihnen befreundet, Hannah?«, versuche ich, das Gespräch schnell wieder von mir wegzulenken, auch wenn ich natürlich weiß, dass Liv mich bei der nächstbesten Gelegenheit erbarmungslos ausquetschen wird.

»Hm, hm«, macht Hannah, die von unserem Austausch glücklicherweise nichts mitbekommen hat, und kippt den Inhalt des Korbes auf die Picknickdecke.

Zum Vorschein kommen Chips, Nachos und zwei Schalen eingelegte Oliven, außerdem eine Tüte mit Geleebohnen. Liv lässt sich nicht lange bitten und greift sich die Chili-Chips, ihre Lieblingssorte.

»In den Sommerferien bin ich immer zu meiner Gran nach Martha's Vineyard abgeschoben worden«, nimmt Hannah den Faden wieder auf. »Was ich alles andere als schlimm fand! Besser den Sommer über frei und glücklich auf der Insel als in Hartford in irgendwelchen öden Ballett- und Tennis-Feriencamps.«

Beherzt reißt sie die Schale mit den Oliven auf und steckt sich eine in den Mund.

»Bei meiner Oma hatte ich die beste Zeit des Jahres«, fährt sie kauend fort. »Ich war den ganzen Tag draußen mit dem Fahrrad unterwegs, bin auf dem Pony unserer Nachbarin geritten oder war zum Baden am Strand. In meinen zweiten Ferien auf der Insel – da war ich sieben oder acht – habe ich Flynn, Blake und Jacob kennengelernt. Sie haben am Strand einen Drachen steigen lassen, und ich habe gefragt, ob ich es auch mal versuchen darf. Ich durfte, habe aber prompt die Schnur losgelassen. Der

Drachen ist auf Nimmerwiedersehen übers Meer verschwunden. Es war Flynns Drachen, ein Geburtstagsgeschenk seiner Großeltern. Es war Hass auf den ersten Blick, wie ihr euch vorstellen könnt.« Bei der Erinnerung lacht sie auf. »Aber ich kann verdammt hartnäckig sein, und die Jungs haben mir gefallen. Bei ihnen war immer etwas los, und sie haben dauernd irgendeinen Schabernack angestellt. Also habe ich mich an die drei gehängt, ob sie wollten oder nicht.«

Sie verstummt, und wir schauen in Richtung Meer, wo die Sonne gerade untergeht und das Wasser und den Strand um uns herum fast pink färbt. Schweigend beobachten wir den orangeroten Feuerball, der Zentimeter um Zentimeter tiefer sinkt, bis er hinter dem Horizont verschwunden ist.

»Und jetzt ist Flynn dein bester Freund?«, hake ich schließlich nach, und als Hannah nickt, füge ich mit einem Lächeln hinzu: »Dann hat sich deine Hartnäckigkeit ja gelohnt.«

Ohne die wärmenden Strahlen der Sonne wird es merklich kühler, und ich lege mir meine dicke Strickjacke um die Schultern.

»Wollen wir ein Feuer machen?«, fragt Hannah, die mich beobachtet hat, und springt auf, ohne unsere Antwort abzuwarten.

Wir folgen ihr, und in kürzester Zeit haben wir ein paar Hölzer, Gras und in der Hitze des Tages getrocknetes Treibholz gesammelt. Wir graben eine Kuhle und schichten die Zweige hinein. Geschickt zündet Hannah mit einem Feuerzeug ein paar Grasbüschel an und entfacht schnell ein kleines, warmes Lagerfeuer.

»Irgendwie habt ihr mich jetzt neugierig auf die drei gemacht.« Liv sieht mich mit hochgezogenen Augenbrauen an und schiebt sich drei Chips gleichzeitig in den Mund.

Hannah lacht. »Da bist du nicht die Einzige. Die drei sind quasi die begehrtesten Junggesellen der Insel. Die Hemsworth-Brüder von Martha's Vineyard.« Sie zuckt mit den Schultern. »Aber keiner von ihnen ist so richtig zu haben.«

Ich nehme ein Stöckchen, breche es in kleine Teile und werfe sie ins Feuer. Mich würde brennend interessieren, was Hannah damit meint, aber ich traue mich nicht, nachzufragen, aus Angst, dass das irgendwie verdächtig wirken könnte.

»Wieso?«, fragt Liv da glücklicherweise, und gespannt warte ich auf Hannahs Antwort.

»Jacob – der Jüngste – ist ein totaler Frauenheld«, erklärt sie und bestätigt damit meinen Eindruck. »Er ist ein schrecklicher Aufreißer, wechselt die Frauen häufiger als ich meine Socken und hat auch keine Probleme, damit zu prahlen.«

Liv wirft mir einen Blick zu, und ich weiß genau, was sie denkt. Sie verabscheut solche Typen, spätestens seit der Highschool.

Hannah schiebt sich eine Strähne ihres langen blonden Haares hinter die Ohren. »Flynn erzählt mir nichts von seinen Frauengeschichten, aber ich weiß schon, dass er hin und wieder eine Freundin hat. Allerdings hat er uns bisher noch nie jemanden vorgestellt, also war es wohl nie etwas Festes. Und Blake …«, Hannah macht eine kurze Pause, und ich beuge mich gespannt ein Stück nach vorn. »Blake ist erst seit Kurzem wieder Single.«

»Ach echt?«, frage ich und versuche dabei, lässig zu klingen, aber Liv wirft mir einen vielsagenden Seitenblick zu.

»Er wurde Anfang des Jahres von seiner großen Liebe, Laura, verlassen. Es war wirklich dramatisch. Sie wollte nicht mehr auf der Insel bleiben, aber er kann ja schlecht weg, mit der Marina und dem Jachtclub. Also haben sie sich getrennt, und sie ist allein zurück nach New York gegangen, wo sie herkommt. Blake war am Boden zerstört. Wenn ihr mich fragt, ist er das immer noch.«

»Ah«, mache ich und merke selbst, dass meine Stimme etwas kratzig klingt.

Laura. Blakes große Liebe. Die ihm das Herz gebrochen hat.

»Aber vielleicht haben sie noch eine Chance«, fährt Hannah fort. »Sie verstehen sich immer noch gut, und Blake ist häufig in New York, also wer weiß … vielleicht kommen sie wieder zusammen? Ich würde es ihnen wünschen. Ich mag Laura, und wenn jemand in der Lage ist, eine Frau zurückzugewinnen, dann Blake.« Sie schaut mich an und wackelt mit den Augenbrauen. »Dir ist sicher nicht entgangen, dass er verdammt charmant ist.«

Glücklicherweise scheint sie keine Antwort oder Reaktion zu erwarten, denn sie nimmt einen langen Stock, der neben ihr im Sand liegt, und beginnt damit im Feuer herumzustochern. Ein paar Funken fliegen knisternd in die Luft, bevor sie vor dem dunkeln Nachthimmel verglimmen.

Ich starre in die Flammen und zucke zusammen, als Hannah plötzlich winkt und ruft.

»Hey! Schaut mal, wer da kommt!«

Ich kneife meine Augen zusammen und starre in Richtung Meer. Es fällt mir schwer, etwas zu erkennen, aber wenn mich nicht alles täuscht, laufen da drei Männer und ein Hund am Strand entlang.

Das Herz rutscht mir in die Hose, als ich sehe, dass es Blake, Flynn und Jacob sind. Ich unterdrücke ein Aufstöhnen. Bleibt mir denn heute gar nichts erspart?

»Hallo, Harley, meine Süße!«, quietscht Hannah begeistert, als ein hübscher Australian Shepherd schwanzwedelnd zu ihr kommt und den Kopf in ihren Schoß drückt.

»Jetzt wird es interessant«, sagt Liv neben mir und grinst mich an. Ganz offensichtlich hat auch sie Blake erkannt.

Ich zwinge mich, ein freundliches Gesicht zu machen, während wir den drei Männern entgegenblicken, die jetzt direkt auf uns zukommen.

»Hey, Ladys!«, ruft Jacob, als sie fast bei uns angekommen sind. »Was geht ab?«

»Hey, Ladys, was geht ab?«, wiederholt Liv leise und schnaubt. »Welcher halbwegs normale Mann sagt denn heutzutage noch so was?«

Ich werfe ihr einen mahnenden Blick zu, schließlich arbeite ich für Jacob.

»Hallo«, sagt Flynn, als sie bei uns angekommen sind, und Blake fügt hinzu: »Das ist ja eine nette Überraschung!«

Hannah springt auf die Füße und umarmt einen nach dem anderen. Einen Moment überlege ich, ob ich ebenfalls aufstehen soll, aber ich habe keine Ahnung, wie ich die drei dann begrüßen soll. Eine freundschaftliche Umarmung wäre wohl fehl am Platz, aber ein Händeschütteln käme mir auch merkwürdig vor. Also bleibe ich sitzen und zwinge mir das freundlich-unverbindliche Lächeln auf die Lippen, das ich so langsam perfektioniere.

»Das sind die Sullivan-*Jungs*, Blake, Flynn und Jacob«, sagt Hannah, an Liv gewandt, und grinst, als sie das Wort »Jungs« betont. »Das ist Liv aus Boston, die den Sommer über im St. Francis Seal Rescue Center arbeitet. Und Josie kennt ihr ja schon.«

Liv nickt den dreien zu, ohne dabei zu erkennen zu geben, dass sie Blake schon mal begegnet ist. Die Männer lassen sich nicht zweimal bitten und nehmen dankend das Bier entgegen, das Hannah ihnen anbietet. Jacob und Flynn setzen sich zu mir und Liv, Blake nimmt uns gegenüber neben Hannah Platz. Harley trottet schwanzwedelnd zu ihm und legt sich neben ihn, den Kopf auf seinem Oberschenkel, während er seinen Schlüsselbund aus der Hosentasche zieht und erst Flynns und dann sein Bier damit öffnet.

»Hast du kein Taschenmesser dabei?«, fragt Jacob kopfschüttelnd und schnalzt mit der Zunge.

»Bin ich etwa ein Pfadfinder?«, kontert Blake trocken und reicht Flynn die geöffnete Flasche.

Mit betont würdevollem Gesichtsausdruck zieht Jacob tatsächlich ein Taschenmesser aus der Gesäßtasche, klappt es auf, holt den Flaschenöffner heraus und öffnet damit sein Bier. »Aber du bist doch ein Mann, oder etwa nicht?«

»Als ich das letzte Mal nachgesehen habe, war ich es noch«, antwortet Blake gelassen und ohne seinen Bruder anzusehen.

Ich kann nicht verhindern, dass mir ein belustigtes Schnauben entfährt. Blake sieht mich an, und seine Augenlider senken sich ein wenig. Es wirkt fast ein bisschen so, als würde ihn meine Reaktion amüsieren, aber natürlich habe ich keinen blassen Schimmer, was er wirklich denkt.

»Auf dieser Insel läuft man immer irgendjemandem über den Weg, den man kennt«, sagt Hannah, nachdem wir alle einen Schluck getrunken haben. »Ob man es will oder nicht.«

Wem sagst du das?, denke ich und nippe an meinem Glas, während die anderen sich in ein Gespräch über ein Straßenfest vertiefen, das offensichtlich Mitte Juli in Menemsha stattfinden soll.

Ich habe Schwierigkeiten, mich darauf zu konzentrieren. Mein Blick schweift in Richtung Meer, auf dem sich mittlerweile der Mond silbrig spiegelt. Das beruhigende Rauschen der Brandung weht zu uns herüber und vermischt sich mit dem heimeligen Knacken des Feuers. Für einen Moment schließe ich die Augen. Die Ereignisse des Tages haben mich so erschöpft, dass ich ohne Probleme sofort einschlafen könnte.

»Kannst du segeln, Josie?«

Es ist Jacob, der mir die Frage stellt, und schnell fokussiere ich mich wieder auf die Menschen um mich herum.

»Leider nicht«, antworte ich und halte Liv, die gerade Wein nachschenkt, mein Glas hin. »Es steht auf meiner Bucket List für diesen Sommer.«

»Du hast eine Bucket List?«, fragt Liv erstaunt. »Davon weiß ich ja gar nichts!«

»Sie ist eher in meinem Kopf.« Ich tippe mir an die Stirn.

»Was steht da drauf?«, will sie neugierig wissen.

»Wale und Seehunde in freier Wildbahn sehen, mit dem Flying Horses Carousel fahren und zu den Aquinnah Cliffs wandern. Und eben auch Segeln.«

Genauso wie – dank Liv – »mehr Spaß haben«, aber diesen Punkt habe ich heute Morgen direkt wieder gestrichen. Wohin mich solche Vorsätze bringen, habe ich ja gesehen.

»Geh doch mal mit Blake segeln«, schlägt Jacob vor. »Er ist Ausbilder, du könntest also sogar den Segelschein bei ihm machen. Zeit hast du ja, wenn du ohnehin den ganzen Sommer hier bist.«

»Ja, warum nicht?« Ich lächele unverbindlich und nicke. »Irgendwann.«

Beispielsweise in tausend Jahren.

»O ja!«, ruft Hannah begeistert. »Wir machen alle zusammen einen Segelausflug!«

Ich sehe Liv an, die schnell seekrank wird, vor allem auf kleineren Booten. Das ist so etwas wie ein wunder Punkt, denn seekrank zu werden ist wirklich überaus ungünstig für eine Meeresbiologin. Die Forschungsfahrten, die wir während des Studiums gemacht haben, hat sie immer nur mit starken Medikamenten bestritten, und trotz der Pillen musste sie das eine oder andere Mal vom Besprechungstisch flüchten, weil ihr übel wurde. Die

Überfahrt nach Martha's Vineyard hat sie auch nur überstanden, weil es nicht lange dauerte. Oder der Prosecco hat geholfen, wer weiß …

Tatsächlich schüttelt meine beste Freundin den Kopf. »Ohne mich, sonst wird mir nur wieder schlecht. Mir graut jetzt schon vor den Fahrten, die ich wegen der Seehunde machen muss.«

»Wirst du etwa seekrank?«, fragt Hannah mitfühlend, und Liv nickt.

»Richtig schlimm«, ergänzt sie.

»Ich dachte, du bist Meeresbiologin?«, fragt Jacob und zieht eine Augenbraue hoch.

Liv wirft ihm einen vernichtenden Blick zu. »Es gibt Meeresbiologen, die noch nie auf dem Meer waren. Man kann auch im Labor forschen oder beim Küstenschutz arbeiten. Es gibt Jobs in Aquarien, Zoos und Meeresparks und …«

»Eine Meeresbiologin, die nicht aufs Meer kann?« Jacob lacht auf. »Ja, das macht echt Sinn …«

Offenbar hat er keine Ahnung, dass er dabei ist, in einem Wespennest herumzustochern.

Ich beuge mich vor und will gerade etwas sagen, um die Situation zu retten, da schießt Liv schon zurück: »Mehr Sinn jedenfalls, als jeden Tag mit Motorbooten zu den Walen rauszufahren und sie in ihrem natürlichen Lebensraum zu stören. Oder, Jacob?«

O mein Gott, Liv! Ich habe beim Einkaufen kurz erwähnt, dass Jacob für die Ausflüge und die Whale-Watching-Touren verantwortlich ist. Ich konnte ja nicht ahnen, dass sie die Infos, die wir zwischen Käsetheke und Waschmittelregal austauschen, dazu verwenden würde, einem meiner Chefs an die Gurgel zu gehen!

Jacob verzieht spöttisch den Mund. »Und das von einer Meeresbiologin, die aufgrund ihrer Seekrankheit in Erwägung zieht, in einem *Meerespark* zu arbeiten? Wo, bitte schön, ist da der natürliche Lebensraum?«

Liv kneift verärgert die Augen zusammen und öffnet den Mund, um etwas zu erwidern. Ich befürchte, dass es hässlich zwischen den beiden werden könnte, also sage ich das Erste, was mir einfällt: »Erzähl doch mal, wie du zum Segeln gekommen bist, Blake! Und wie kommt es, dass du Ausbilder bist?«

Ein ziemlich plumper Themenwechsel, aber mir fällt gerade nichts anderes ein, um den Streit zwischen Liv und Jacob im Keim zu ersticken. Und es funktioniert offensichtlich, denn Liv presst die Lippen aufeinander, während Jacob mit zusammengezogenen Augenbrauen und einem kaum merklichen Kopfschütteln einen großen Schluck aus seiner Bierflasche nimmt.

»Ich bin immer schon gesegelt«, erwidert Blake in meine Richtung, ohne mich wirklich anzusehen.

Meine Güte, muss man ihm denn jedes Wort aus der Nase ziehen?

Glücklicherweise ergänzt Flynn: »Als Blake noch ein kleiner Junge war, hat unser Dad es ihm beigebracht.«

»Und euch beiden nicht?«, hake ich nach und schaue zu Jacob, um auch ihn mit ins Gespräch einzubeziehen.

Jacob sieht mich – anders als sein Bruder – direkt an, als er antwortet: »Er ist gestorben, bevor er es konnte.«

Ich spüre, wie meine Wangen heiß werden.

Volltreffer, Josie!

»Tut mir leid«, murmele ich und verziehe das Gesicht. »Das wusste ich nicht.«

Eine unangenehme Pause entsteht, und ich schaue auf meine Füße in der Hoffnung, dass die anderen nicht sehen, wie rot ich werde. Mir fällt beim besten Willen kein anderes Thema ein, obwohl ich verzweifelt nach einem suche. Warum sagt denn niemand was?

»Und wo arbeitest du in Boston, Josie?«, höre ich da Blakes tiefe Stimme.

Etwas überrascht schaue ich auf. Die Art, wie er meinen Namen sagt, verursacht ein zartes Kribbeln in meiner Magengegend, und ich könnte schwören, dass sein Blick ein wenig weicher ist als zuvor. Ich habe das vage Gefühl, dass er mir aus der unangenehmen Situation helfen will, denn eigentlich müsste er von meinem Lebenslauf wissen, wo ich arbeite.

»In einem Labor«, antworte ich und finde wie üblich, dass das ziemlich langweilig klingt.

In der Vorstellung der meisten Menschen sind Meeresbiologen das ganze Jahr über unterwegs auf den Weltmeeren. Morgens schwimmen sie mit Delfinen, und nachmittags bringen sie Kameras und Peilsender auf dem Rücken von Buckelwalen an. Aber das ist nicht so. Die Meeresbiologie befasst sich mit allen Vorgängen in marinen Lebensräumen. Das betrifft nicht nur Fische und Säugetiere, sondern auch kleinere Lebewesen wie Bakterien und Mikroben.

Schnell füge ich hinzu: »Wir erforschen am Meeresboden lebende Organismen und führen Langzeituntersuchungen zur räumlichen und zeitlichen Variabilität von Artenzahl, Abundanz und Biomasse der Endo- und Epifauna durch …«

Ich stocke, weil ich merke, dass ich anfange zu plappern. Vermutlich langweile ich die anderen mit den Details des Forschungsprojekts.

»Hört sich interessant an.« Hannah lächelt. »Kompliziert, aber interessant.«

»Na ja, es geht so«, sage ich wahrheitsgemäß.

»Und warum bist du dann hier?«, hakt Jacob nach. »Also, auf der Insel, meine ich. Wenn du doch eigentlich einen Job in Boston hast?«

Ich beiße mir auf die Unterlippe. »Ich habe den Sommer über unbezahlten Urlaub genommen. Ich brauchte …« Unwillkürlich geht mein Blick zu Blake. »… einen Tapetenwechsel.«

»Eigentlich müsste Josie sowieso etwas ganz anderes machen …«, sagt Liv mit Überzeugung, und ich ahne schon, was jetzt kommt. »Immerhin war sie die Jahrgangsbeste. Mit ihrem Wissen und ihrem Organisationstalent sehe ich sie in der Feldforschung. Sie sollte unbedingt auf dem Meer arbeiten!«

»Und warum arbeitest du dann überhaupt in einem Labor?«, fragt Flynn.

Liv öffnet den Mund, um für mich zu antworten, aber ich werfe ihr einen mahnenden Blick zu. Keinesfalls will ich mein ganzes Privatleben vor allen ausbreiten.

»Dafür hatte ich …« Ich suche nach den geeigneten Worten. »… persönliche Gründe.«

Wieder entsteht eine Pause, und ich trinke schnell einen Schluck Wein.

»Kommt, lasst uns mal ein Foto machen!«, unterbricht Hannah das Schweigen und zückt ihr Smartphone.

Wir rücken so zusammen, dass wir auf ein Bild passen, und Hannah schießt ein paar Selfies. Nach zwei misslungenen Versuchen nimmt Flynn ihr das Handy ab, weil er einen längeren Arm hat.

Als Hannah endlich zufrieden ist, schickt sie das beste Foto in die Chat-Gruppe *The Seaside-Girls*, die sie spontan für uns drei gründet. Ich öffne die Datei und muss unwillkürlich schmunzeln. In dem wenig schmeichelhaften Blitzlicht sehen wir alle ziemlich weiß und überbelichtet aus.

Als ich mich wieder in den Sand setze, lässt Blake sich direkt neben mir nieder. Den anderen scheint der Platzwechsel nicht aufzufallen, jedenfalls beugen sie sich immer noch lachend und plaudernd über Hannahs Handy.

Blake hat sich mir ein Stück zugewandt, sodass sich unsere Knie berühren, und für die Dauer von zwei Herzschlägen sehen wir uns in die Augen. Mein Körper reagiert mit einem leichten Kribbeln in der Magengegend auf seine plötzliche Nähe und seinen durchdringenden Blick.

»Was ist?«, frage ich und ziehe meine Strickjacke wieder enger um meinen Körper.

»Nichts«, antwortet er, und wenn mich nicht alles täuscht, umspielt ein leichtes Lächeln seine Lippen. »Ich frage mich gerade, wie es möglich ist, dass man aus persönlichen Gründen die räumliche und zeitliche Variabilität von Artenzahl, Abundanz und Biomasse der Endo- und Epifauna erforscht?«

Insgeheim bin ich beeindruckt, dass er sich das Forschungsthema auf Anhieb gemerkt hat, aber ich versuche, mir das nicht anmerken zu lassen.

»Du fragst ganz schön viel«, sage ich stattdessen ein bisschen mutiger, als ich mich fühle. »Aber ich weiß noch gar nichts über dich.«

»Was willst du denn wissen, Josie?«

Wieder streicht seine dunkle Stimme wie Samt über meine Nervenenden, als er meinen Namen sagt, und ich schlucke.

»Ich würde gerne wissen, warum du mir gestern Abend beim Cottage nicht gesagt hast, dass du weißt, wer ich bin«, antworte ich und versuche, dabei selbstbewusst zu wirken.

Blake öffnet den Mund, um etwas zu erwidern, dann schließt er ihn wieder und schaut unter sich.

»Ich …«, beginnt er, doch da unterbricht ihn Hannah.

»Josie, willst du noch Wein?«, ruft sie und hält mir die Flasche entgegen. »Mach sie ruhig leer, ich kann noch eine holen, wenn ihr mögt. Und für euch noch Bier, Jungs?«

Mit einem »Danke« nehme ich die Weinflasche und schenke mir nach. Als ich wieder hochschaue, ist Blake aufgestanden.

»Für mich nicht. Ich mache mich auf den Heimweg.« Er stellt die leere Bierflasche zurück in den Korb. »Ich muss morgen früh raus. Danke für das Bier, Hannah.«

Die anderen scheint sein abrupter Aufbruch nicht sonderlich zu verwundern, aber ich sehe ihm noch lange nach, als er an der Wasserkante entlang Richtung Dorf läuft, Harley dicht auf den Fersen. Nicht zum ersten Mal frage ich mich, was – verflixt noch mal – in seinem Kopf vor sich geht.

5 Eine Stunde später liege ich endlich im Bett. Ich bin hundemüde und habe gerade das Licht gelöscht, als die Tür zu meinem Schlafzimmer aufgerissen wird und Liv hereinstürmt. Gnadenlos macht sie meine Nachttischlampe wieder an und lässt sich mit einem Plumps auf das Fußende meines Betts fallen. In der Hand hat sie einen großen Becher mit Eis und zwei Suppenlöffel, von denen sie mir einen hinhält. Es ist Erdbeereis, meine Lieblingssorte, also setze ich mich wieder und nehme den Löffel, den sie mir hinhält.

»Was ist los?«, frage ich und nehme mir etwas Eis, auch wenn ich mir gerade die Zähne geputzt habe.

»Tu nicht so unschuldig«, sagt sie grinsend und schiebt sich ebenfalls eine große Portion in den Mund. »Ich will alles über Blake wissen. Oder soll ich sagen: deinen Muschel-Mann?«

Ich schnaube und wische mir etwas Eis aus dem Mundwinkel. »Er ist nicht *mein Muschel-Mann*, und es gibt nichts zu erzählen«, versichere ich. »Wirklich nicht!«, füge ich lachend hinzu, als sie mir einen strengen Blick zuwirft.

»Josie …« Liv zieht die Beine an, sodass sie im Schneidersitz vor mir hockt. »Da sitzt am ersten Abend dieser verdammt attraktive Mann am Nachbartisch, der dich die ganze Zeit anstarrt, und genau dieser Mann bringt dich einige Stunden später nach Hause, weil du ›Kreislaufprobleme‹ hattest.« Sie malt Anführungszeichen in der Luft. »Am nächsten Tag treffen wir ihn am Strand, und da stellt sich heraus, dass er dein neuer Chef ist!« Ich verziehe das Gesicht, als sie ruft: »Und du behauptest, es gäbe nichts zu erzählen? Diese Geschichte hat mehr Löcher als ein Schweizer Käse! Füll sie sofort aus, oder ich bin nicht länger deine Freundin!«

»Du kannst ohne mich doch gar nicht leben«, erwidere ich und nehme mir einen weiteren Löffel Eis. »Aber ich erzähle es dir trotzdem, bevor du vor Neugier stirbst.«

Regungslos hört sie mir zu, während ich ihr alles gestehe: vom Pub-Quiz und meiner Wette mit Blake, von unserem gemeinsamen Drink und unserer Unterhaltung.

»Plötzlich habe ich daran gedacht, was du gesagt hast …«, fahre ich fort, auf einmal unsicher, wie ich ihr vom weiteren Verlauf des Abends berichten soll. »Daran, dass ich auch mal etwas Verrücktes tun soll. Und dann … habe ich ihn geküsst.«

Liv reißt die Augen auf. »Du hast *was*?«

»Ich hab ihn geküsst«, wiederhole ich und stelle den Eis-Container auf meinen Nachttisch, bevor Liv ihn vor lauter Schreck in mein Bett fallen lässt. »Ich weiß auch nicht … Ich hatte irgendwie das Gefühl, dass er mich auch küssen will, und dann habe ich es einfach getan.«

Liv hängt förmlich an meinen Lippen. »Und hat er dich zurückgeküsst?«

»Ja … ich glaube schon.« Ich seufze. »Zumindest hatte ich das Gefühl, dass er mich zurückküsst, aber jetzt bin ich mir schon nicht mehr so sicher, ob ich mir das vielleicht nur eingebildet habe. Kennst du das, wenn man über etwas so lange und so intensiv nachdenkt, dass man am Ende nicht mal mehr sagen kann, ob es wirklich so passiert ist?« Sie sieht mich etwas ratlos an, also fahre ich schnell fort: »Ist ja auch egal. Jedenfalls bin ich beim Küssen fast von der Bank gefallen, weil ich so angeduselt war, und seit heute ist er mein Chef!«

Einen Moment starrt sie mich an, dann bricht sie in schallendes Gelächter aus. Es dauert eine Weile, bis sie sich wieder halbwegs beruhigt und die Tränen aus den Augenwinkeln gewischt hat.

»Ich hatte eigentlich erwartet, dass du mich ein bisschen bemitleidest«, sage ich schmollend, was bei ihr allerdings nur zu einem weiteren Lachanfall führt.

»Meine Güte«, japst sie. »Wenn ich gewusst hätte, dass mein Ratschlag für so ein Chaos sorgt, dann hätte ich lieber den Mund gehalten.«

»Hör sofort auf zu lachen«, fordere ich, muss aber selbst grinsen. »Mein Ego ist angeknackst. Ich bin fast auf den Hintern gefallen, während ich einen Mann geküsst habe! Einen Mann, der nicht nur mein Chef ist, sondern anscheinend auch noch dabei, wieder mit seiner Ex zusammenzukommen! Außerdem bin ich für den Cut an seiner Lippe verantwortlich.«

»Na ja, wenigstens hast du dir den nettesten Bruder ausgesucht«, stellt Liv glucksend fest. »Stell dir vor, statt Blake wäre Jacob im Pub gewesen. Dann hättest du diesen Malibu-Ken geküsst und ...«

Sie schüttelt sich angewidert, als wäre die Vorstellung das Schlimmste überhaupt, was mich erst richtig zum Lachen bringt.

»Es gibt keinen Malibu-Ken, Liv«, stelle ich klar. »Nur eine Malibu-Barbie.«

»Wenn es eine Malibu-Barbie gibt, gibt es auch einen Malibu-Ken.« In solchen Dingen ist meine Freundin immer sehr beharrlich. »Wir können diesen eingebildeten Schönling meinetwegen auch Massachusetts-Ken nennen, wenn es dir lieber ist.«

»Also findest du Jacob *schön*, Liv?«, ziehe ich sie auf und nehme mir den Container wieder vom Nachttisch.

»Pfft«, macht Liv und taucht ihren Löffel in das mittlerweile ziemlich flüssige Eis. »Lenk nicht von dir ab. Du bist hier diejenige, die von einer Bank gestürzt ist, als sie ihren Chef geküsst hat, schon vergessen?«

»Fast gestürzt«, stelle ich klar und ziehe mir die Decke über die

Knie. »Aber Gott sei Dank habe ich ja dich, um mich gnadenlos daran zu erinnern.«

»Ach, vergiss die Sache doch einfach«, sagt Liv mit vollem Mund. »Es ist nun mal passiert, daran kann man nichts mehr ändern. Sei ab sofort einfach professionell und freundlich zu ihm.«

Einfacher gesagt als getan, denke ich, als Liv eine halbe Stunde später ins Bett gegangen ist und ich mich wieder in meine Kissen kuschele.

Wie kann ich professionell und freundlich mit jemandem umgehen, der mich so sehr verwirrt?

Am nächsten Freitag beginnt meine Schicht erst mittags, weil ich am Abend gemeinsam mit Mia im Restaurant eingesetzt werde. Obwohl ich also ausschlafen könnte, bin ich schon vor sechs Uhr wach. Als ich nach einer Viertelstunde merke, dass ich nicht mehr einschlafen werde, schwinge ich die Beine über die Bettkante und stehe auf.

Die Sonnenstrahlen dringen durch die Jalousie, und als ich das Fenster öffne, strömt frische, kühle Meeresluft ins Zimmer. Ich atme ein paarmal tief durch und lausche den Vögeln, die in dem Kirschbaum vor meinem Fenster ein wahres Konzert veranstalten. Das Meer liegt still und tintenblau hinter den Dünen und sieht so verlockend aus, dass ich spontan beschließe, schwimmen zu gehen.

Hannah kommt gerade mit verwuschelten Haaren und noch halb geschlossenen Augen aus dem Badezimmer. Sie begrüßt mich verschlafen, bevor sie nach unten in Richtung Küche verschwindet.

Schnell putze ich mir die Zähne und ziehe mir meinen Badeanzug an. Zurück in meinem Zimmer lausche ich kurz, ob sich nebenan etwas tut, aber Liv scheint noch zu schlafen. Mit Schwimmbrille in der einen und einem Handtuch in der anderen Hand betrete ich die Küche, wo Hannah und Louise bereits am Backen sind.

»Guten Morgen!«, sage ich gut gelaunt und öffne die Kühlschranktür.

»Guten Morgen, Josie«, erwidert Louise ebenso fröhlich. »Hast du gut geschlafen?«

»Himmlisch!«, antworte ich und nehme mir ein Glas aus dem Küchenschrank. »Es ist so unglaublich ruhig und friedlich hier. Wenn ich das mit dem nächtlichen Lärm in Boston vergleiche …«

Hannah grinst. »Hier auf der Insel steppt nachts nicht so wirklich der Bär. Zumindest nicht rund um unser Cottage.«

»Hoffentlich vermisst du die Stadt nicht?«, fragt Louise, während sie sich über das Spülbecken beugt und beginnt, eine Springform abzuschrubben.

»Ich finde es herrlich hier«, versichere ich, was Louise ein Lächeln entlockt.

Ich trinke ein großes Glas Orangensaft, bevor ich barfuß durch den Garten und die Dünen zum Strand laufe, der zu dieser frühen Morgenstunde noch menschenleer ist. Während ich die Brille aufsetze, überlege ich mir, wie weit ich wohl schwimmen kann. Die Strömung geht offensichtlich von rechts nach links, und ich beschließe, zuerst dagegen anzuschwimmen, bis zu einer grünen Boje, die vielleicht vierhundert Meter entfernt ist. Ein Stück weiter steht der Leuchtturm auf der vorspringenden Landzunge, aber ich befürchte, dass ich es bis dahin nicht schaffen werde. Ich bin zwar eine gute Schwimmerin, aber ich bin es gewohnt, in Pools zu schwimmen, nicht im offenen Meer. Der Wellengang und die Strömung können kraftraubender sein, als man glaubt.

Das Wasser ist eiskalt, und der Salzgeschmack in meinem Mund ist genauso ungewohnt wie die kleinen Wellen, die mir bei jedem Armzug ins Gesicht schwappen. Aber ich gewöhne mich schnell an die neuen Bedingungen und komme in meinen Rhythmus. Ohne Probleme erreiche ich die Boje, drehe eine Runde drum herum und schwimme dann parallel zum Strand zurück zu der Stelle, an der ich mein Handtuch abgelegt habe. Ich bin zwar erschöpft, dennoch durchströmt meinen Körper ein Glücksgefühl, als ich aus dem Wasser steige und die Schwimmbrille abziehe. Ich strecke die Arme über den Kopf und dehne mich, bis eine leichte Brise mir eine Gänsehaut verursacht. Schnell wickele ich mich in mein Handtuch und setze mich mit angezogenen Beinen in den Sand. Eine Weile starre ich aufs Meer, das im Licht der aufgehenden Sonne orangerot glitzert.

Irgendwo da hinter dem Horizont sind meine Eltern. Was sie wohl gerade machen? Wahrscheinlich sind sie ebenfalls schon aufgestanden und frühstücken gerade. Oder sie haben bereits mit ihrer Arbeit begonnen. Wie in meiner Kindheit und Jugend stelle ich mir vor, dass ich die dreitausend Kilometer in Richtung Nordosten einfach schwimmen könnte, um bei ihnen anzukommen. Das ist natürlich unmöglich, heute genauso wie damals. Aber jetzt habe ich die reale Chance, richtig viel Zeit mit ihnen zu verbringen und all das nachzuholen, was wir in den vergangenen fünfzehn Jahren verpasst haben. Ich müsste nur im Labor kündigen, am Ende des Sommers meine Taschen packen und nach Grönland aufbrechen. Die Forschungsarbeit meiner Eltern ist interessant, auch wenn mein Herz nicht wirklich für Krillprotein und seine Verwendung schlägt. Aber das tut es genauso wenig für die Experimente, die ich in Nathans Labor durchgeführt habe. Und darum geht es ja auch gar nicht. Es geht darum, endlich mal mit meinen Eltern zusammen zu sein.

Ich bin so tief in meine Gedanken versunken, dass ich den Hund erst bemerke, als er direkt vor mir steht. Es ist Harley, die mich mit ihren eisblauen Augen aufmerksam anschaut und zaghaft mit dem Schwanz wedelt. In einiger Entfernung läuft ein Jogger an der Wasserlinie entlang direkt auf mich zu.

Ich unterdrücke ein Seufzen. Das kann nur Blake sein. Dabei war doch gerade alles so friedlich!

Ich bin nicht sehr erfahren im Umgang mit Hunden, aber Harley scheint lieb zu sein, also strecke ich langsam die Hand nach ihr aus. Vorsichtig schnüffelnd kommt sie auf mich zu, aber erst als sie sich davon überzeugt hat, dass ich freundlich gesinnt bin, schleckt sie mir einmal über die Hand und lässt sich von mir am Ohr kraulen.

»Guten Morgen«, sagt Blake mit seiner unverkennbar tiefen Stimme, als er bei mir angekommen ist.

Ich ziehe meine Hand zurück, um aufzustehen, aber Harley scheint die Bewegung falsch zu verstehen. Offenbar glaubt sie, dass ich sie schlagen will, denn sie springt mit einem Riesensatz von mir weg und klemmt den Schwanz zwischen die Hinterbeine.

»Was hat sie denn?«, frage ich bestürzt.

»Du hast sie erschreckt«, erwidert Blake und geht in die Hocke. »Hey, Harley komm her. Alles ist gut, mein Mädchen, keiner tut dir was.«

Sofort kommt Harley zu ihm gelaufen und drückt sich an seine Beine.

»Es tut mir so leid!« Zerknirscht wische ich mir eine nasse Haarsträhne aus den Augen. »Ich wusste nicht, dass sie so schreckhaft ist. Ich wollte sie nicht verängstigen.«

»Sie hat schlechte Erfahrungen mit Menschen gemacht«, erklärt Blake und streicht Harley vorsichtig über den Kopf. »Sie ist sehr scheu und Fremden gegenüber vorsichtig. Aber wenn sie erst mal Vertrauen gefasst hat, legt sie das ab.«

Ich beobachte Blake, wie er leise auf Harley einspricht und ihr immer wieder über den Kopf streichelt. Langsam entspannt sich die Hündin und hört auf zu zittern. Blakes sanfte Stimme und die beruhigenden Worte scheinen zu wirken.

»Harley ist nicht nachtragend, sie wird sich schnell an dich gewöhnen«, verspricht Blake.

Vorsichtig versuche ich, die Hündin mit ausgestreckter Hand noch einmal anzulocken, aber sie versteckt sich hinter Blakes Beinen. Offensichtlich habe ich ihr Vertrauen verwirkt.

»Joggst du immer so früh?«, frage ich und ziehe mein Handtuch enger um meinen Körper.

»Ja.« Blake richtet sich auf, und als er so direkt vor mir steht, fällt mir wieder auf, wie groß er ist.

Sein verschwitztes T-Shirt klebt an ihm, und jeder einzelne Muskel seines Oberkörpers zeichnet sich deutlich darunter ab. Ich hefte meinen Blick auf sein Gesicht, weil ich sonst Gefahr laufe, ihn schamlos über seinen Körper wandern zu lassen.

»Harley ist eigentlich eine Langschläferin, aber als ich heute Morgen aufgestanden bin, kam sie aus Flynns Zimmer geschossen und wollte mit.«

»Wohnt ihr drei zusammen?«, frage ich verwundert. Dann merke ich, dass meine Frage vielleicht etwas zu persönlich ist, und schiebe eilig hinterher: »Entschuldige, das geht mich natürlich nichts an.«

Er schweigt einen Moment, dann antwortet er: »Wir wohnen zu dritt direkt über dem Clubhaus.«

Die Vorstellung, dass die drei gemeinsam in einer waschechten Bachelor-WG leben, finde ich witzig, aber ich unterdrücke das Lächeln, das an meinem Mundwinkel zupft.

»Und du?«, fragt Blake in mein Kopfkino hinein. »Bist du immer so früh auf den Beinen?«

»Ich bin es noch aus meinen Unizeiten gewöhnt, mehrmals die Woche zu schwimmen«, antworte ich und lasse meinen Blick über das Wasser schweifen. »Ich hatte ein Schwimmstipendium und habe mir vorgenommen, das Training wieder aufzunehmen, weil ich ja hier das Meer direkt vor der Haustür habe. Auch wenn das Wasser richtig kalt ist.« Ich zögere kurz, dann füge ich hinzu: »Es muss wundervoll sein, so zu leben.«

»Es hat definitiv Vorteile.« Er folgt meinem Blick. Dabei wirkt er so weit weg, dass ich mich unwillkürlich frage, ob er an seine Ex-Freundin denkt, die nicht hier auf der Insel und bei ihm bleiben wollte. Aber bevor ich weiter darüber nachgrübeln kann, fährt Blake fort: »Ich könnte mir nicht vorstellen, irgendwo anders zu leben als hier. In einer Stadt, die nicht am Meer liegt. Ohne Gezeiten, ohne Wetterumschwünge, ohne kräftigen Wind, ohne Segeln …«

»Das Segeln scheint dir ja wirklich wichtig zu sein.« Es ist halb Frage, halb Feststellung. »Ich stelle mir das auch faszinierend vor, obwohl ich selbst noch nie gesegelt bin.«

»Absolut!« Sein offensichtlicher Enthusiasmus bringt mich zum Lächeln. Er hält inne, und sein Blick fährt einmal über mein Gesicht, streift meinen Mund, meine Nase, meine Augen. »Vielleicht kann ich es dir ja irgendwann zeigen …«

Als ich erstaunt blinzele, räuspert er sich. Vermutlich ist ihm gerade erst klar geworden, was er da gesagt hat.

»Ich muss zurück in den Club.« Seine Stimme, die eben noch warm und samtig geklungen hat, wird schlagartig frostig. »Du solltest heiß duschen gehen, sonst wirst du noch krank, und wir können uns im Moment keine Krankheitsausfälle leisten.«

Ohne auf meine Antwort zu warten, dreht er sich um, ruft Harley zu sich und joggt in die Richtung zurück, aus der er gekommen ist. Ich starre ihm noch eine Weile nach, bevor ich mich auf den Weg zurück ins Cottage mache.

Zu Hause steht Hannah in der Küche und schlägt Sahne. Ihr Gesicht ist gerötet, und sie hat ihre langen blonden Haare unter ein Baseball-Cap mit dem Logo der Boston Red Sox gesteckt.

Auf dem alten Küchentisch stehen bereits Dutzende Muffins, die Louise gerade mit einem rosa Topping aus einer Spritztüte versieht, und außerdem ein Blech mit Erdbeer-Rhabarber-Kuchen. Es duftet herrlich, und die Wärme, die der Ofen abstrahlt, ist eine Wohltat für meine von dem Schwimmen und der morgendlichen Brise unterkühlte Haut.

»Das sieht ja lecker aus!« Schnüffelnd nähere ich mich der Muffin-Platte.

Leider kommt mir Hannah zuvor und schlägt mir beherzt auf die Finger, bevor ich zugreifen kann. »Pfoten weg! Die sind für den Jachtklub.«

Ich grinse sie unschuldig an und zwinkere Louise zu. »Die merken doch gar nicht, wenn ein einziger, klitzekleiner Muffin fehlt …«

»Aber *ich* merke es, und es wäre unprofessionell«, sagt Hannah streng.

»Du kannst Flynn heute Nachmittag fragen, ob du einen haben kannst, wenn etwas übrig bleibt«, sagt Louise liebenswürdig und streckt den Rücken.

Ich werfe noch einen letzten, sehnsüchtigen Blick auf die Muffins, aber Hannah ruft gnadenlos: »Jetzt raus aus meiner Küche, husch, husch, bevor mir noch eins deiner nassen Haare in den Mürbeteig fällt.«

Ich ziehe eine Grimasse, denn ich finde sie ein bisschen streng.

»Tut mir leid«, entschuldigt sie sich seufzend. »Der Ofen zickt schon wieder rum, und ich muss um zwei Uhr die Kuchen im Club abgeben.«

»Kann ich dir irgendwie helfen?«, frage ich, aber sie schüttelt den Kopf.

»Nein. Du kannst nur meine schlechte Laune aushalten, mehr nicht. Außerdem hilft Granny mir. Wir kriegen das schon irgendwie hin.«

Nach ein paar aufmunternden Worten laufe ich die Treppe nach oben, wobei ich immer zwei Stufen auf einmal nehme. Oben angekommen, klopfe ich zuerst an Livs Zimmertür, aber als ich sie vorsichtig öffne, ist der Raum leer und das Bett gemacht. Offenbar ist sie in der Zwischenzeit schon zur Seehundstation aufgebrochen. Also gehe ich direkt weiter ins Badezimmer, wo ich mir schnell das Salzwasser vom Körper dusche und die Haare wasche. Während ich das heiße Wasser auf meine Schultern prasseln lasse, wandern meine Gedanken zu meiner Begegnung mit Blake, aber ich werde einfach nicht schlau aus seinem Verhalten. Nach ein paar Minuten stelle ich seufzend die Dusche ab und mache mich fertig für den Arbeitstag im Club.

6

Meine zweite Arbeitswoche startet wieder mit einem Teammeeting. Ich sitze mit den anderen um den Tisch und warte darauf, dass Blake erscheint, um uns die Aufgaben für die Woche zuzuteilen.

Um mir die Wartezeit etwas zu verkürzen, ziehe ich mein Handy aus der Tasche und öffne die Instagram-App. Langsam scrolle ich nach unten, um zu sehen, was es in Boston so Neues gibt. Es scheint nicht, als hätte ich sonderlich viel verpasst. Eine Kollegin aus dem Labor hat am letzten Wochenende geheiratet, und mein ehemaliges Schwimmteam der Boston Terriers hat gut in einem Wettkampf gegen Harvard abgeschnitten, was mich freut. Außerdem wird unsere Lieblingsbar in Mission Hill ab sofort jeden Mittwoch einen Karaoke-Abend veranstalten. Liv hat einige Bilder von ihren Seehunden und der Station gepostet, und ich lache über das Selfie von ihr und Frodo im Hintergrund.

Als ich wieder nach oben scrolle, springt mir eine neue Story ins Auge. Eine Story von Nathan.

Erschrocken halte ich den Atem an. Normalerweise postet er nur sehr wenig, vielleicht hin und wieder einen Schnappschuss von sich und ein paar Kollegen auf einem Kongress oder einen Repost von irgendwelchen wichtigen wissenschaftlichen Publikationen.

Im gleichen Moment betritt Blake das Restaurant, aber ich schaffe es kaum, aufzusehen. Obwohl ich weiß, dass ich mich unnötig quäle und Nathan außerdem sehen kann, dass ich sie mir angeschaut habe, kann ich nicht anders, als auf die Story zu klicken.

Das Bild, das mir ins Auge springt, gehört definitiv weder in die Kategorie »Kongress« noch in die »wissenschaftliche Entdeckungen«. Das Foto trifft mich wie ein Pfeil mitten ins Herz und fegt meine soeben noch empfundene Entspannung weg wie ein Tsunami. Es zeigt Nathan mit einer Frau. Er trägt eine Sonnenbrille, die neu sein muss, und seine Haare sind etwas kürzer als beim letzten Mal, als ich ihn gesehen habe. Er hat den Arm um die attraktive Unbekannte gelegt, die ein Eis in der Hand hält und einen Knutschmund in die Kamera macht, während ihr die langen braunen Haare ins Gesicht wehen. Es scheint, als seien die beiden irgendwo am Fluss unterwegs, denn ich kann im Hintergrund die Uferpromenade und das dunkelgrau dahinfließende Wasser des James River erkennen.

Mein Gehirn beginnt zu rattern. Vielleicht sind sie nur Freunde? Vielleicht hatten sie einfach bloß einen schönen Nachmittag? Vielleicht sind sie ganz unverfänglich mit anderen in einer Gruppe unterwegs gewesen und haben sich zum Eisessen verabredet?

Ach, wem mache ich etwas vor? Nathan und ich sind nicht mehr zusammen! Genauso wie ich das Recht habe, irgendwelche Männer zu küssen, hat er das Recht, andere Frauen kennenzulernen.

Aber Nathan sieht glücklich aus. Richtig glücklich. So glücklich, wie ich ihn schon lange nicht mehr gesehen habe. Er ist glücklich ohne mich! Vielleicht sogar glücklicher als mit mir?

»Josie?«

Erschrocken schaue ich von meinem Handy hoch und muss mich zwingen, mich auf Blake zu fokussieren, der mit verschränkten Armen direkt vor mir steht und auf mich herunterblickt. Die anderen Teilnehmer unseres morgendlichen Teammeetings sehen mich neugierig an.

»Darf ich dich kurz stören?«, fragt er mit hochgezogenen Augenbrauen und deutlich ironischem Unterton. »Aber natürlich nur, wenn es dir gerade passt. Ansonsten komme ich später noch mal auf dich zurück, wenn du deine privaten Angelegenheiten geregelt hast und dich wieder auf solche nebensächlichen Dinge wie deine Arbeit konzentrieren kannst.«

Einige der Mitarbeiter kichern, verstummen aber sofort, als Blake ihnen einen vernichtenden Blick zuwirft.

»Tut mir leid«, murmele ich und lasse mit feuerrotem Gesicht das Handy sinken.

Er betrachtet mich kurz, dann fährt er fort: »Was ich gefragt habe, während du auf dein Telefon gestarrt hast, ist: Kannst du heute auf der Jacht aushelfen? Ich komme mit, weil Jacob einen Termin hat, außerdem Alyssa und Irina als Stewardessen und Neil und Pablo als Deckhands. Der Tag könnte anstrengend werden. Wir kennen die Gäste, und sie sind … nun ja, anstrengend eben.«

»Ja.« Geistesabwesend nicke ich. »Ja, klar.«

»Gut.«

Gut? Nein, nichts ist gut! Mein Kopf schwirrt, und ich habe das Gefühl, zu viel Kaffee getrunken zu haben, so schnell schlägt mein Herz und so sehr verkrampft sich mein Magen. Trotz des Rüffels, den ich gerade von Blake kassiert habe, kann ich einfach nicht anders und schaue wieder auf mein Handy und Nathans Story. Ich sehe, dass Nathan den Account der unbekannten Frau markiert hat, und als die Masochistin, die ich anscheinend bin, tippe ich auf den Link, mit dem sich ihr Feed öffnet.

SassyNessy heißt der Account, und darunter steht in der Profilbeschreibung: Vanessa – Yoga, Art, Coffee & Cats.

Noch nie in meinem Leben habe ich Yoga, Kunst, Kaffee und Katzen so unsympathisch gefunden wie in diesem Moment. Ich scrolle ein Stück nach unten und finde einige Selfies, Fotos mit Freunden, Reiseaufnahmen und Schnappschüsse eines süßen Katers namens Tyson. Urg! Warum sieht das Leben anderer Menschen in den sozialen Medien immer so verflixt perfekt aus?

Erschöpft und verwirrt lasse ich das Handy sinken. Was tue ich denn hier? Nathan und ich sind nicht mehr zusammen. Und ob diese Frau nun seine aktuelle Freundin, eine Affäre, eine neue Kollegin oder nur eine Bekannte ist, macht überhaupt keinen Unterschied. Sein Leben geht offensichtlich weiter.

Und das sollte meins auch.

Meine Teammitglieder stehen auf, um sich an die Arbeit zu machen, und ich erwache aus meiner Trance. Ich erhebe mich ebenfalls, um den anderen zu folgen, aber Mia hält mich zurück.

»Alles in Ordnung mit dir?«, fragt sie und mustert mich aufmerksam. »Du wirkst irgendwie durch den Wind.«

Schnell stecke ich mein Handy weg und antworte: »Ja, alles in Ordnung … oder auch nicht? Ich weiß es gerade selbst nicht so genau.« Einem Impuls folgend, füge ich hinzu: »Ich glaube, mein Ex hat eine Neue.«

»O nein!« Mia bläst die Backen auf und sieht mich mitfühlend an. »Das ist nicht schön.«

Ich nehme meine Kaffeetasse vom Tisch und versuche mich zusammenzureißen. »Keine Ahnung … Wir sind getrennt. Er kann tun und lassen, was er will, oder? Eigentlich sollte es mir nichts ausmachen.«

»Es macht einem immer etwas aus, wenn man das Gefühl hat, ersetzt zu werden. Vor allem, wenn der andere offenbar schneller über die Trennung hinweggekommen ist als man selbst.« Sie hält inne, während sie mir die Küchentür mit einer Hand aufhält. »Wie heißt er denn?«

»Nathan«, antworte ich mit belegter Stimme, während ich meine Tasse in die Spülmaschine stelle.

»Nathan …«, wiederholt sie langsam und zwinkert mir aufmunternd zu. »Hört sich für mich wie ein Arsch an.«

Unwillkürlich lache ich auf, aber als ich mich wieder aufrichte, bleibt mir das Lachen im Halse stecken. Blake ist hinter mich getreten, ebenfalls eine Kaffeetasse in der Hand, und wartet darauf, sie in die Spülmaschine räumen zu können. Unsere Blicke treffen sich, und sofort werde ich rot. Wie lange steht er schon da? Hat er etwa alles gehört, was wir gesprochen haben?

Ich straffe die Schultern und presse die Lippen aufeinander, als ich mich an ihm vorbeidränge und Mia in die Küche folge, ohne ihn noch einmal anzusehen. Denn eigentlich sollte es mir egal sein, was er denkt.

Pünktlich um zehn treffen wir uns – nass geschwitzt nach all der Schlepperei und den Vorbereitungen – auf der Brücke der *Endeavor* zur Besprechung, die Blake in Jacobs Abwesenheit leitet. Eng gedrängt hocken wir nebeneinander auf der Bank, und Blake setzt sich auf den einzigen Stuhl, der natürlich direkt neben mir steht. Als sein Knie meins streift, ziehe ich schnell das Bein zurück.

Eine Zeit lang starrt er schweigend auf die Ausdrucke in seiner Hand.

»Das wird definitiv kein leichter Tag für uns«, sagt er dann schließlich und schaut in die Runde. »Also, ich fange mal an: Hauptgast ist Bob Delany, Selfmade-Millionär. Seine Gäste sind sein Freund Philipp, Fotograf, und fünf …« Er runzelt die Stirn. »Influencerinnen, Schauspielerinnen und Models – Lotus, Moon, Tiffany-Sue, Daphne und Angelique.«

Ach du meine Güte!

»Sind das echte Namen?«, spottet Neil und grinst in seine Tasse, während er trinkt.

»Falls ja, müssen ihre Eltern sie echt hassen«, antwortet die heutige Chefstewardess Alyssa und bringt uns damit alle zum Lachen.

Auch Blake kann sich ein Schmunzeln nicht verkneifen, bevor er fortfährt: »Lasst uns bitte professionell bleiben. Sie zahlen immerhin eine Menge Geld für diesen Tagescharter.«

»Und hoffentlich auch eine Menge Trinkgeld …«, ergänzt Pablo trocken und erntet dafür einen kleinen Applaus von allen anderen.

»Wenn ich raten müsste, würde ich sagen, Bob will angeben, und die anderen wollen Fotos für Instagram schießen … um anzugeben«, mutmaßt Irina.

»Das kann uns eigentlich egal sein«, erwidert Blake betont sachlich und beugt sich ein Stück vor. »Wie üblich werden wir alles so perfekt wie möglich machen. Hier kommen die Abneigungen und Wünsche der Gäste …«

Blake liest von den Ausdrucken ab, und schon nach wenigen Minuten raucht mir der Kopf. Daphne ist Veganerin, Angelique isst keinen Fisch, Meeresfrüchte oder Krustentiere außer Langusten. Allerdings ist sie allergisch gegen Nüsse und jegliches Kernobst. Lotus und Moon mögen kein Fleisch, außer Rinderfilet und Parmaschinken – das isst zumindest Lotus, Moon aber wiederum nicht.

Ernsthaft?

Bob selbst isst alles, hat aber drei Flaschen eines sehr seltenen Whiskeys bestellt, von dem eine einzige offensichtlich fast tausend Dollar kostet. Hat er nichts Besseres mit seinem Geld zu tun? Der Einzige, der alles isst und trinkt und keine Sonderwünsche hat, ist Philipp, was ihn mir spontan sympathisch macht.

Viel mehr Zeit haben wir nicht, um uns vorzubereiten, denn die Gäste werden bereits in einer Viertelstunde da sein, und wir müssen uns noch frische Klamotten anziehen. Hier auf der Jacht heißt das: dunkelblauer Rock oder Shorts und weiße Bluse oder Hemd. Haare zusammen, barfuß.

Keine zehn Minuten später stehen wir wie die Zinnsoldaten nebeneinander auf dem Pier, Hände hinter dem Rücken, und erwarten die Gäste mit dem festen Vorsatz, das Beste aus dem Tag zu machen.

Zwei Stunden später wünsche ich mir, an jedem anderen Ort zu sein, nur nicht an diesem. Weltall und fremde Galaxien eingeschlossen. Alyssa und Irina scheinen die Hektik und die anstrengenden Gäste gewöhnt zu sein, denn sie laufen unermüdlich treppauf, treppab und erfüllen, immer ein freundliches Lächeln auf den Lippen, jeden einzelnen der teilweise sehr ausgefallenen Wünsche.

Wir haben vor Nantucket geankert, und Pablo und Neil tun alles, um die Männer mit Wasserspielzeug – also mit zwei Jetskis und einer Schwimminsel – zu unterhalten, bevor wir das Mittagessen servieren. Glücklicherweise ist noch niemand auf die Idee gekommen, sich den Tausend-Dollar-Whiskey auf die Schwimminsel bringen zu lassen …

Die fünf Damen sitzen im Schatten der Lounge-Ecke auf dem Oberdeck, trinken Champagner und Cocktails und machen unermüdlich Selfies. Daphne hat gerade einen Milchshake mit frischer Vanille und Honig bestellt.

Erschöpft lehne ich mich an den Küchentresen in der Kombüse und schließe für einen Moment die Augen. Honig? Ist Daphne nicht die Veganerin? Sind Bienen etwa keine Tiere? Und haben wir Mandelmilch an Bord? Aber nicht dass sie am Ende die mit der Nussallergie ist, dann bringe ich sie womöglich damit um. Allerdings muss ich zugeben, dass mir das gerade nicht allzu viel ausmachen würde, denn sie schickt mich jetzt zum dritten Mal nach unten, weil ihr Espresso angeblich nicht heiß genug ist.

»Anstrengender Tag?«, höre ich eine dunkle Stimme fragen, und als ich die Augen wieder öffne, steht Blake in der Küchentür.

»Der schlimmste aller Zeiten«, gebe ich zu, während er die Kombüse betritt und sich neben mich ans Spülbecken stellt.

Zu seiner langen dunkelblauen Hose trägt er ein Hemd, dessen Ärmel er hochgekrempelt hat. Der weiße Stoff steht in auffälligem Kontrast zu seiner gebräunten Haut. Es wäre einfacher, wenn er nicht so verdammt attraktiv wäre.

»Möchtest du einen Kaffee?«, frage ich schnell und drehe mich zur Kaffeemaschine, um meinen Händen etwas zu tun zu geben. »Einen Pumpkin Spice Latte vielleicht? Oder einen Toasted Coconut Mocha? Ohne Koffein, mit lactosefreier Milch und Agavendicksaft?«

»Schwarz, bitte«, antwortet er, und ich höre das Schmunzeln in seiner Stimme.

»Danke!« Ich seufze theatralisch auf. »Du bist ab sofort mein Lieblingsgast!«

Nachdem ich eine Kaffeetasse unter den Vollautomaten gestellt und die entsprechende Taste gedrückt habe, mache ich mich daran, den Milchshake für Daphne vorzubereiten. Glücklicherweise haben wir Sojamilch im Kühlschrank, sodass ich das Mandelmilch-Dilemma – und einen möglichen allergischen Schock – umgehen kann.

Als der Kaffee durchgelaufen ist, nimmt Blake sich die volle Tasse aus dem Automaten und wendet sich zum Gehen.

»Wusstest du, dass im Pumpkin Spice Latte gar kein Kürbis drin ist?«, fragt er und bleibt in der Küchentür stehen.

Ohne mich umzudrehen, erwidere ich: »Und im Toasted Coconut Mocha kein Toast?«

Als er die Treppe zum Deck hochsteigt, höre ich ihn leise lachen, und in meinem Magen breitet sich ein warmes Gefühl aus.

7

Die nächsten Tage vergehen wie im Flug. Schnell gewöhne ich mich an die – zugegebenermaßen anstrengende – Arbeit im Jachtclub. Aber je besser ich meine Kollegen und Kolleginnen kennenlerne und je besser ich mich einarbeite und zurechtfinde, desto mehr Spaß macht es. Da auch Schichten am Wochenende für uns beide eingeplant sind, versuchen Liv und ich, unsere freien Tage so zu legen, dass wir zusammen an den Strand gehen können. Die Abende verbringen wir mit Hannah im Cottage oder am Meer, um uns den Sonnenuntergang anzuschauen und zu quatschen. Manchmal kommen auch Jacob und Flynn dazu, und nach und nach verfallen wir in einen freundschaftlichen Umgang. Mit der Zeit denke ich immer weniger daran, dass die beiden natürlich immer noch meine Chefs sind.

Alles wäre perfekt, wenn nicht Liv und Jacob so häufig aneinandergeraten würden. Ich kann nicht genau sagen, woran es liegt, aber sie sind wie Feuer und Wasser – sie missverstehen sich dauernd und treiben sich mit spitzen Bemerkungen gegenseitig auf die Palme.

Blake ist bei unseren Treffen nie mit von der Partie. Flynn und Jacob halten ihn für einen ausgemachten Workaholic, und wahrscheinlich ist er das auch. Jedes Mal, wenn wir die beiden Brüder treffen und Blake nicht dabei ist, spüre ich Erleichterung, gepaart mit einem Hauch Enttäuschung, den ich mir selbst nicht wirklich erklären kann.

Beim Arbeiten werde ich nach wie vor aus seinem Verhalten mir gegenüber nicht wirklich schlau. Manchmal wechseln wir ein paar private Worte und scherzen sogar miteinander, sodass ich den Blake durchblitzen sehe, den ich am ersten Abend auf der Insel kennengelernt habe. Dann wieder ist es, als wäre ich einfach irgendeine Angestellte – und im Grunde bin ich das ja auch. Wenn wir zusammenarbeiten, spüre ich immer wieder seinen Blick auf mir ruhen, aber wenn ich ihn dann ansehe, verschließt sich sein Gesicht, und er fährt mit seinen Tätigkeiten fort.

Der letzte Freitag im Juni beginnt damit, dass sich zwei der Mitarbeiter wegen eines Magen-Darm-Virus krankmelden. Erst betrifft es eine Kollegin vom Restaurant-Service und einen Matrosen in der Marina, doch noch vor dem Mittagessen muss auch Mia ihre Schicht abbrechen. Die Unterstützung fehlt vorne und hinten, und wir anderen müssen alles geben, um die Ausfälle auszugleichen.

Nachdem ich geschlagene zwei Stunden im stickig-feuchten Keller verbracht und Wäsche in die Trommeln geladen, gemangelt und gebügelt habe, muss ich zusammen mit Neil die Jacht vorbereiten, auf der heute ein achtzehnter Geburtstag gefeiert werden soll. Das heißt nicht nur Essen und Getränke schleppen, sondern auch Tisch decken, dekorieren, staubsaugen, Kissen aufklopfen und jedes Krümelchen entfernen, das die Gäste auch nur im Entferntesten stören könnte.

Mittags springe ich im Restaurant ein und versuche mein Bestes, um Flynn zufriedenzustellen, auch wenn das heute unmöglich zu sein scheint. So ganz ohne Unterstützung schaffe ich es nicht, das Essen und die Getränke in dem Tempo an die Tische zu bringen, das sich Flynn offensichtlich wünscht.

Als die letzten Gäste gegangen sind, bin ich völlig erschöpft, und als Hannah erscheint, um die Kuchen für den Nachmittagskaffee zu bringen, würde ich ihr am liebsten um den Hals fallen aus lauter Freude, ein freundliches Gesicht zu sehen. Gemeinsam tragen wir die Kuchen und Torten ins Restaurant und stellen sie in die Vitrine.

Die Tische habe ich bereits eingedeckt, und ich möchte noch nicht, dass Hannah geht, also sage ich: »Hast du noch Zeit für einen Cappuccino?«

»Klar«, antwortet sie gut gelaunt und hopst auf einen der Barhocker, während ich mich hinter den Tresen stelle, um die Kaffeemaschine aufzuheizen.

»Ich hoffe, dein Tag ist besser als meiner?«, frage ich und fülle Kaffeebohnen nach. »Bei uns sind drei Mitarbeiter ausgefallen, und ich habe Blasen an Händen und Füßen von all dem Gerenne und Geschleppe.«

»Du Arme«, bemitleidet mich Hannah, während ich den Kaffee zubereite und die Milch aufschäume. »Meine Arbeit ist für heute getan. Ich muss nur noch einkaufen, und dann habe ich Mel versprochen, eine Stunde auf Baby Gina aufzupassen, damit sie in Ruhe duschen kann, bevor ihre Jungs vom Footballtraining nach Hause kommen.«

»Ich möchte auch duschen.« Seufzend schaue ich auf die Uhr. »Aber mein Feierabend ist noch gefühlte dreitausend Kaffeezeit-Gäste entfernt.«

»Beschwer dich nicht bei mir über die Kaffeezeit-Gäste«, erwidert Hannah und trinkt einen Schluck. »Das sind die Menschen, die meinen Kuchen essen und Louise und mir den Lebensunterhalt sichern.«

Wie auf Knopfdruck knurrt mein Magen, und mir fällt auf, dass ich seit dem Frühstück nichts mehr gegessen habe. Weil ich Hannahs kunstvolle Kuchen natürlich nicht anschneiden will, suche ich hinter der Bar nach etwas Essbarem. Mit einem triumphierenden Grinsen tauche ich nach kurzer Zeit wieder auf, eine Packung Schokokekse in der Hand. Gerade als ich die Cookies auf einen kleinen Teller gelegt habe und mir den ersten in den Mund schiebe, geht die Tür auf und Blake kommt gemeinsam mit Neil und zwei Mitarbeitern aus der Marina herein.

Neil stoppt, als er mich und Hannah sieht.

»Na, euer Leben will ich haben«, sagt er mit einem Zwinkern und einem vielsagenden Blick auf die leeren Kaffeetassen und den Teller mit Keksen zwischen uns.

Blake bleibt ebenfalls direkt vor uns stehen und schaut mit einem missbilligenden Stirnrunzeln von mir zu Hannah und wieder zu mir zurück.

»Meinst du, dass das die richtige Zeit ist, um mit deinen Freundinnen Kaffeekränzchen zu halten?«, fragt er. »Alle anderen arbeiten sich heute den Hintern ab.«

Oh, wow! Einen Moment bin ich sprachlos, dann spüre ich, wie mein Puls in die Höhe schnellt. Hat er das gerade wirklich gesagt?

Neil wirft mir einen zerknirschten Blick zu, als er merkt, welche Wirkung seine unbedachte Bemerkung hatte. Dann murmelt er ein leises »Sorry …«, bevor er sich gemeinsam mit den anderen Mitarbeitern in die Küche verzieht. Anscheinend hat niemand Interesse daran, zur Zielscheibe von Blakes übler Laune zu werden.

»Na, hier herrscht ja eine Bombenstimmung …« Hannah verdreht die Augen und springt vom Barhocker. Offensichtlich nimmt sie Blake und seine schlechte Laune nicht allzu ernst. »Keine Sorge, ich wollte sowieso gerade gehen. Bis später, Josie! Bis dann …« Sie sieht Blake an und grinst. »… Ebenezer Scrooge.«

Sie wirft mir eine Kusshand zu, bevor sie nach draußen verschwindet. Mein Puls ist auf hundertachtzig, als ich mich Blake zuwende.

»War das gerade dein Ernst?«, frage ich ihn und spüre, dass meine Stimme vor Zorn etwas zittert. »Wir haben nur einen Kaffee getrunken!«

Blake fixiert mich, ohne mit der Wimper zu zucken. »Vielleicht hast du mitbekommen, dass heute so etwas wie Ausnahmezustand hier im Club herrscht. Jeder muss sein Bestes geben, damit wir diesen Tag überstehen. Da ist keine Zeit für Kaffeekränzchen mit Freundinnen.«

Ich versuche mit aller Macht, mich zu beruhigen, aber es gelingt mir nicht.

»Ob ich mitbekommen habe, dass heute Ausnahmezustand herrscht?« Ein ungläubiges Lachen entfährt mir, und ich tippe mir mit dem Zeigefinger gegen die Unterlippe, so, als müsste ich angestrengt nachdenken. »Lass mich überlegen ... Ich arbeite seit heute Morgen um acht ohne eine einzige Pause, war in der Wäscherei, bis meine Haut schrumpelig wurde, nur um danach für irgendein verwöhntes Millionärssöhnchen kistenweise Champagner auf die Jacht zu schleppen. Danach habe ich mich von Flynn anpfeifen lassen, weil mein Service nicht so schnell und perfekt ist wie der einer ausgebildeten Kraft, die diesen Job seit vier Jahren macht.« Meine Stimme ist immer lauter geworden, aber glücklicherweise sind wir allein im Restaurant. »Und jetzt kommst du und meckerst mich an, weil ich mir erlaubt habe, drei Minuten durchzuschnaufen und einen Keks zu essen? Übrigens statt des Mittagessens, das ich habe ausfallen lassen, weil ich keine Zeit dafür hatte!«

Meine Brust hebt und senkt sich schneller, und ich weiß, dass ich mich unprofessionell verhalte. So spricht man nicht mit seinem Chef. So spricht man auch nicht über die Gäste. Aber ich kann nicht anders, es platzt einfach aus mir heraus. Wahrscheinlich wird Blake mich in hohem Bogen vor die Tür setzen.

Tatsächlich starrt er mich an, als würde er nicht glauben können, dass ich ihm derart Kontra gebe. Bei der Arbeit kennt er mich schließlich nur als ruhige und zurückhaltende Mitarbeiterin und wundert sich wahrscheinlich, woher die keifende Xanthippe plötzlich kommt. Aber sei's drum. Er hat mich ungerecht behandelt. Und zu viel ist zu viel.

Ich atme noch einmal tief ein und dann wieder aus.

»Jetzt würde ich gerne weiterarbeiten, wenn es dir nichts ausmacht«, schiebe ich hinterher, und ohne ihn noch mal anzusehen, drehe ich mich um und stürme aus dem Restaurant.

»Blödes, verflixtes Mistding!«, fluche ich laut und kann mich gerade noch zusammenreißen, um nicht gegen den platten Reifen des Fahrrads zu treten, das nutzlos vor mir steht.

Mit einem frustrierten Aufstöhnen lasse ich mich neben dem Fahrradständer gegen die Wand des Clubgebäudes sinken und nehme mir einen Moment, um den heutigen Tag innerlich ausgiebig zu verfluchen. Dabei dachte ich nach Blakes Anpfiff, es könne nicht noch schlimmer werden. Was ist nur los?

Ein Räuspern reißt mich aus meinen düsteren Grübeleien, und ich drehe mich um. Vor mir steht Blake, Harley neben sich. Anscheinend hat er meinen kleinen Ausbruch mitgekommen.

»Mein Rad hat einen Platten«, murmele ich und frage mich gleichzeitig, warum ich mich vor ihm rechtfertige.

»Das sehe ich«, erwidert er mit reglosem Gesicht.

Hat er nichts anderes zu tun, als hier herumzustehen? Ich bin auch so schon genervt genug.

Einen Moment sagen wir beide nichts, dann seufzt er hörbar. »Soll ich es mir mal ansehen?«

Nein, geh weg, will ich sagen, aber da gibt Blake Harley schon ein Zeichen, dass sie toben darf, und bückt sich, um sich meinen

Reifen genauer anzuschauen. Ich sehe der Hündin hinterher, die bellend über den Rasen schießt. Als sie hinter ein paar Rhododendronbüschen verschwindet, wende ich mich wieder meinem Fahrrad zu. Blake ist gerade dabei, das Rad langsam zu drehen, um nach der Ursache des Luftverlusts zu suchen. Nach einer Weile gibt er ein brummendes Geräusch von sich.

»Da steckt ein Nagel drin. Ziemlich tief.«

Er steht auf und wischt sich die Hände an der Hose ab. Heute trägt er eine dunkelblaue Jeans, die an genau den richtigen Stellen weit und an den richtigen Stellen eng ist und damit all seine Vorzüge betont. Und dass Blake viele Vorzüge hat, fällt mir natürlich nicht zum ersten Mal auf …

Als er sich umdreht, schaue ich schnell weg, damit er nicht merkt, dass ich seinen Hintern abgecheckt habe. Er hebt trotzdem die Augenbrauen, und ich weiß, dass er mich erwischt hat. Verdammt!

»Das kann man nicht flicken, da muss ein neuer Reifen her. Kennst du den Fahrradladen von Patrick Flannery?«, fragt er, und als ich den Kopf schüttele, fährt er fort: »Ich zeige ihn dir.«

Bevor ich etwas erwidern kann, hat er schon den Ständer des Rades hochgeklappt und schiebt es in Richtung Straße. Sprachlos und verwirrt folge ich ihm. Erst fährt er mich im Club unnötig heftig an, und jetzt spielt er meinen Retter?

Als wir vor dem Clubhaus ankommen, ertönt lautes Gebell aus Richtung der Einfahrt, und ich sehe, wie Harley mit einem anderen großen Hund über den Bürgersteig tobt.

Blake bleibt stehen und deutet in Richtung Dorf. »Wenn du die Straße bis zum Ende entlanggehst und an der Bäckerei rechts abbiegst …« Er stockt und schirmt seine Augen mit einer Hand gegen die schon tief stehende Sonne ab.

Harley spielt immer noch mit dem anderen Hund, der sich gerade aufbäumt und auf sie stürzt. Es scheint sich immer noch um ein Spiel zu handeln, denn der andere Hund wedelt heftig mit dem Schwanz, dennoch dreht sich Harley in einer Geste der Unterwerfung auf den Rücken. Ich zucke zusammen, als Blake neben mir laut durch die Zähne pfeift.

»Harley! Komm her!«, ruft er, und die Hündin kämpft sich mühsam unter ihrem Artgenossen hervor.

Als sie wieder auf den Beinen steht und in unsere Richtung kommen will, lässt der andere Hund sich allerdings nicht abschütteln und nimmt die Verfolgung auf. Eine junge Frau – offensichtlich die Besitzerin des großen Hundes – kommt aus Kathleen's Deli gestürzt und pfeift ebenfalls.

Im gleichen Moment schießt ein Cabrio um die Ecke und biegt in viel zu hohem Tempo in die Straße zur Marina ein.

»Was zur Hölle …«, murmelt Blake.

Wie in Trance beobachte ich, wie Harley, die eigentlich nur versucht, ihren aufdringlichen Spielkameraden loszuwerden, losläuft und dabei dem anderen Hund ausweicht, der sich schon wieder auf sie stürzen will. Die junge Frau ruft noch einmal laut nach ihrem Hund, aber es ist zwecklos: Er hört nicht auf sie und rennt hinter Harley her.

»Harley!«, brüllt Blake, und dann geht alles ganz schnell.

Oder ganz langsam? Ich weiß es nicht, denn alles muss innerhalb von wenigen Sekunden passieren, und gleichzeitig kommt es mir so vor, als würde ich die Szene in Zeitlupe beobachten. Harley versucht noch einmal, dem größeren Hund auszuweichen, indem sie einen Bogen schlägt, und verlässt dabei den Bürgersteig. Ich sehe das entsetzte Gesicht des Cabriofahrers und höre das Kreischen der Bremsen. Ich sehe, wie Blake mein Rad loslässt, und höre, wie es mit einem lauten Scheppern auf den Asphalt knallt.

Blake sprintet die Straße entlang. Aber bevor er Harley erreichen und das Unausweichliche verhindern kann, wird sie von dem Auto erfasst und mehrere Meter durch die Luft geschleudert. Ich höre einen gellenden Schrei, und erst als ich merke, dass es mein eigener ist, löse ich mich aus der Erstarrung. Irgendwie schaffe ich es, mich in Bewegung zu setzen, obwohl meine Beine nachzugeben drohen.

O Gott, o Gott, bitte lass sie nicht tot sein, ist der einzige Gedanke, der durch meinen Kopf hämmert, als ich die Straße entlangrenne, so schnell ich kann.

Als ich bei Harley ankomme, kniet Blake schon neben ihr. Mit zitternden Händen hält er ihren Kopf. Ich sehe einige Schürfwunden an Kopf und Körper, aber sie bluten nur leicht. Was nichts heißen muss, denn schließlich können ihre Verletzungen auch innerlich sein.

»Harley«, flüstert Blake mit erstickter Stimme. »Harley, mein Mädchen, alles wird gut, okay?«

Harley hechelt hektisch und hat die Augen weit aufgerissen. Auch ohne eine Hundeexpertin zu sein, kann ich sehen, dass sie einen Schock hat.

Blake sieht mich an, doch er hat sichtlich Probleme, sich auf mich zu fokussieren. Vielleicht steht auch er unter Schock? Vorsichtig bettet er Harleys Kopf auf seinen Schoß und greift in die Hosentasche.

»Kannst du mein Auto holen?«, fragt er und reicht mir einen Schlüsselbund. Seine Stimme klingt ganz anders als sonst. »Der silberne Range Rover vor dem Clubhaus. Wir müssen sie zum Tierarzt bringen.«

Erstaunt darüber, dass er überhaupt noch klar denken kann, nehme ich den Schlüssel und laufe los. Hinter mir ist der Cabriofahrer ausgestiegen und beginnt zu lamentieren, dass er den

Hund nicht gesehen hat. Blake sagt mit kalter Stimme irgendetwas, was den Fahrer zum Schweigen bringt.

Für mein Gefühl dauert es viel zu lange, bis ich Blakes Auto erreiche. Hektisch drücke ich auf dem Schlüssel herum, bis die Zentralverriegelung sich mit einem Klick öffnet. Dann springe ich hinter das Lenkrad, über das ich kaum schauen kann, und nehme mir die wenigen Sekunden, um den Sitz ein Stück vor und nach oben zu fahren. Bevor ich den Wagen starte, atme ich einmal tief durch und streiche mir die Haare aus dem Gesicht. Es ist nass. Verdammt, ich habe nicht einmal gemerkt, dass ich weine!

»Jetzt reiß dich zusammen, Josie«, murmele ich und drücke den Startknopf des Wagens, der mit einem tiefen Röhren anspringt.

Zügig fahre ich die Straße hinunter und halte auf der Höhe, auf der Blake und Harley immer noch am Boden kauern. Während er die Hündin vorsichtig auf den Arm nimmt, springe ich aus dem Wagen, laufe auf die andere Seite und halte den beiden die Beifahrertür auf. Harley hat mittlerweile die Augen geschlossen.

O Gott, sie wird doch nicht …? *Bitte, bitte, nicht!*

»Kannst du uns fahren?«, fragt Blake, bevor er sich auf den Beifahrersitz gleiten lässt.

»Natürlich!«, sage ich lauter, als ich eigentlich wollte.

Ich schlage die Tür hinter den beiden zu und renne wieder zur Fahrerseite. Mit zusammengepressten Lippen folge ich Blakes Anweisungen, und schnell erreichen wir die Landstraße in Richtung Edgartown. Blake telefoniert mit der Tierklinik, um unser Kommen anzukündigen. Ich fahre, so schnell ich kann, ohne komplett unvernünftig zu sein, dennoch scheint es eine halbe Ewigkeit zu dauern, bis wir das Ortsschild passieren und Blake mich auf einen kleinen Parkplatz vor einem einstöckigen Gebäude dirigiert. »Vineyard Veterinary Clinic« steht auf einem Schild am Straßenrand.

Bevor ich den Motor abstellen und aussteigen kann, kommen schon ein Mann im weißen Kittel und eine Frau aus dem Haus gelaufen. Sie schieben eine fahrbare Trage vor sich her. Blake steigt aus dem Auto aus und bettet Harley behutsam auf die silberglänzende Fläche. Während die Hündin nach drinnen gefahren wird, berichtet Blake stockend, was passiert ist. Die Frau bittet uns zu warten, während sie Harley untersuchen.

Dann schlägt die Tür des Behandlungsraumes zu, und Blake und ich stehen allein im Klinikflur.

»Möchtest du einen Kaffee?«, frage ich leise und halte Blake einen Pappbecher hin. »Schwarz.«

Erst schüttelt er den Kopf, aber dann nimmt er ihn doch. Ich setze mich neben ihn auf den Korbstuhl im Wartezimmer, das sich mittlerweile geleert hat. Die Hunde- und Katzenbesitzer, die für eine Impfung oder wegen eines Stachels in der Pfote hier waren, sind längst zu Hause, genauso wie der kleine Junge mit seinem frisch kastrierten Meerschweinchen. Nur Blake und ich warten noch.

Blake sitzt seit einer Stunde auf seinem Stuhl und starrt ins Leere, ohne etwas von seiner Umgebung wahrzunehmen. Jetzt trinkt er ein paar Schlucke Kaffee, bevor er den Pappbecher auf einem Tischchen mit Zeitschriften abstellt.

»*Fuck!*«, sagt er so plötzlich und so laut, dass ich zusammenzucke. »Ich hätte besser auf sie aufpassen müssen.«

»Du kannst nichts dafür«, sage ich, und das meine ich auch so. »Harley läuft den ganzen Tag frei herum und passt normalerweise gut auf sich auf. Wenn hier überhaupt jemand Schuld hat, dann die Hundebesitzerin, die ihren wilden Hund nicht im Griff hatte, und der Autofahrer, der viel zu schnell gefahren ist!«

»Ich hätte sie früher zu mir rufen sollen«, sagt Blake mit gequältem Gesichtsausdruck und fährt sich mit beiden Händen übers Gesicht.

Spontan lege ich ihm eine Hand auf den Arm.

»Sie haben doch nur gespielt«, erwidere ich leise. »Niemand konnte ahnen, dass so etwas passieren würde.«

Blake presst sich die Handrücken in die Augenhöhlen, und ich spüre, dass er sich zusammenreißt, um nicht zu weinen. Bei dem Anblick zieht sich mein Herz schmerzhaft zusammen.

»Ich weiß, sie ist nur ein Tier«, sagt er und hebt den Kopf. Seine Augen sind rot. »Das würde jeder sagen, oder? Sie ist *nur* ein Hund. Aber sie ist mir wichtig, Josie, verstehst du? Sie ist mir verdammt wichtig!«

Er sieht so gequält aus, dass ich die Arme um ihn schlinge und ihn an mich ziehe. Falls ihn meine spontane Umarmung erstaunt, lässt er es sich zumindest nicht anmerken. Sein Kopf sinkt schwer an meine Schulter, und er lässt zu, dass ich ihn halte.

»Ich verstehe dich«, murmele ich. »Alles wird gut, glaub mir.«

Die Position, in der wir uns befinden – auf den Wartezimmerstühlen, einander zugedreht, mein Kinn auf seiner linken Schulter, sein Kopf auf meiner –, ist nicht gerade bequem, trotzdem spüre ich, wie sein Körper sich in meinen Armen entspannt. Ein paar Minuten verharren wir so, dann atmet er tief durch.

Als sein Atem die empfindliche Haut unter meinem Ohr streift, breitet sich eine Gänsehaut auf meinem Unterarm aus. Plötzlich wird mir überdeutlich bewusst, wie nah wir uns sind. Dass meine Lippen nur Zentimeter von seinem Hals entfernt sind. Und wie gut er riecht! Nicht nach Parfüm oder Rasierwasser, sondern nach Blake … irgendwie salzig, warm und männlich.

Mein Puls schießt in die Höhe, und ich muss mich zusammenreißen, um nicht noch tiefer in unsere Umarmung zu sinken. Oder meine Lippen auf die Stelle unter seinem Ohr zu drücken.

»Sie wird wieder gesund«, sage ich stattdessen und versuche, meiner Stimme einen festen Klang zu geben.

Ich muss jetzt stark sein, für Blake, und alles andere beiseiteschieben. Vorsichtig löse ich mich von ihm und lächle ihm aufmunternd zu.

»Willst du mir erzählen, wie Harley zu dir gekommen ist?«, frage ich in der Hoffnung, ihn etwas abzulenken.

»Sie wurde als junger Hund in Woods Hole ausgesetzt«, beginnt er nach einer kurzen Pause zu erzählen. »Ich hatte einen Termin in Boston und war auf dem Rückweg nach Hause. Während ich auf die Fähre gewartet habe, bin ich aus dem Auto gestiegen, um ein bisschen frische Luft zu schnappen, und habe ein Winseln gehört. Ich bin dem Geräusch gefolgt und habe sie in einem zugeklebten Karton zwischen einigen Mülltonnen gefunden, aus dem sie sich selbst nicht hätte befreien können. Sie war nur ein paar Monate alt. Bis heute habe ich keine Ahnung, woher sie kam, wer sie da zum Sterben abgestellt oder was sie vorher erlebt hat, aber sie war völlig abgemagert und verängstigt. Es hat Wochen gedauert, bis sie wieder bei Kräften war und ich sie streicheln durfte. Aber irgendwann hat sie wohl gemerkt, dass wir es gut mit ihr meinen, und wurde zutraulich.«

»Kein Wunder, dass sie dich so liebt und dir vertraut. Du hast ihr das Leben gerettet.«

Er will etwas erwidern, aber bevor er dazu kommt, geht die Wartezimmertür auf, und wir springen von unseren Stühlen. Der Raum dreht sich kurz, so abrupt war die Bewegung. Schnell halte ich mich an der Rückenlehne des Stuhls fest.

»Hallo, Blake.« Der Mann im weißen Kittel legt Blake eine Hand auf die Schulter. »Wie geht es dir?«

»Was ist mit Harley?«, fragt Blake zurück, offensichtlich zu angespannt für höfliche Begrüßungen.

Der Mann nickt verständnisvoll, nimmt sich aber dennoch die Zeit, sich mir kurz vorzustellen. »Ich bin Dr. Tom Smith, Harleys Tierarzt. Und ein Freund der Familie Sullivan.«

Ich schüttele seine ausgestreckte Hand und murmele meinen Namen, aber auch ich will nur wissen, wie es Harley geht.

Er lächelt freundlich, wird dann aber schnell wieder ernst.

»Harley hat, von den Schürfwunden abgesehen, einen Milzriss und eine Schien- und Wadenbeinfraktur«, informiert er uns.

Fast synchron ziehen Blake und ich die Luft ein. O Gott, das hört sich schrecklich an!

»Der Milzriss verursacht innere Blutungen, die gefährlich werden können. Ich schlage deshalb vor, dass wir die Milz entfernen«, fährt Dr. Smith fort. »Ein Hund kann – genauso wie ein Mensch – grundsätzlich wunderbar ohne Milz leben, also müsst ihr euch diesbezüglich keine Sorgen machen. Die Knochenbrüche sollten wir in einer zweiten Operation versorgen, die in ein paar Tagen stattfinden kann. Dann hat sie sich von der ersten OP erholt und hatte Zeit, aus dem Schock zu kommen. Wir können sie sofort operieren, wenn du mit dem Vorgehen einverstanden bist, Blake.«

»Ja.« Blake sieht erst mich an, als wüsste ich die Antworten auf all seine Fragen, dann wieder den Tierarzt. »Ja natürlich! Tut alles, was notwendig ist.«

»Okay.« Dr. Smith wendet sich zum Gehen. »Ich gebe Maggie Bescheid, dass sie den Papierkram fertig machen soll.«

»Dr. Smith?«, rufe ich, bevor er das Wartezimmer verlassen kann.

Er dreht sich noch einmal zu mir um.

»Könnte sie an ihren Verletzungen … sterben?«, frage ich ängstlich.

»Wenn wir zügig operieren, stehen ihre Chancen gut«, antwortet er knapp und verlässt mit einem aufmunternden Nicken endgültig das Wartezimmer.

Blake lässt sich wieder auf seinen Stuhl sinken, als wäre er zu schwach, um weiter zu stehen.

»Ich warte hier, bis die OP vorbei ist«, sagt er mit matter Stimme.

Er sieht blass aus, und fast habe ich das Gefühl, dass er immer noch unter Schock steht. Ich sollte ihm eine Flasche Wasser holen, das wäre vielleicht besser als der Kaffee.

»Soll ich jemanden anrufen?«, frage ich und setze mich wieder neben ihn. »Vielleicht Jacob oder Flynn?«

Blake schüttelt den Kopf. »Danke, aber die beiden Nervensägen kann ich jetzt nicht gebrauchen.«

Wenn die Situation nicht so ernst wäre, würde ich über den Kommentar lachen. Aber mir ist im Moment nicht nach Lachen zumute.

»Du musst nicht hier mit mir warten«, sagt Blake und sieht mir das erste Mal wieder in die Augen. »Du kannst den Wagen nehmen, oder ich bezahle dir ein Taxi zurück nach Menemsha, wenn du nach Hause möchtest.«

Ruhig erwidere ich Blakes Blick. Auf keinen Fall will ihn in dieser Situation allein lassen. Auch wenn wir nicht einmal annähernd so etwas wie Freunde sind, kann ich jetzt nicht einfach aufstehen und gehen.

»Ich bleibe, bis wir sicher sein können, dass Harley die OP und die Nacht gut übersteht.« Ich lächele Blake aufmunternd zu. »Und das wird sie, okay?«

Ich weiß nicht, woher ich die Gewissheit nehme, aber ich verbiete mir den Gedanken, dass Harley es nicht schaffen könnte.

Keiner von uns beiden senkt den Blick, und ohne dass ich es verhindern kann, ist die Erinnerung an unser erstes Zusammentreffen wieder da. Und daran, warum ich damals über meinen eigenen Schatten gesprungen bin, um ihn zu küssen. Es sind diese blauen Augen, da bin ich mir sicher. Und die Lachfältchen darum herum. Und der schön geschwungene Mund. Und …

Was wollte ich noch mal? Ach ja, Liv und Hannah eine Nachricht schreiben, damit sie sich keine Sorgen um mich machen, wenn ich nicht nach Hause komme.

»Du musst wirklich nicht …«, fängt Blake an, aber ich unterbreche ihn.

»Es ist in Ordnung, Blake.«

Ich tippe die Nachricht und lasse mein Handy dann wieder in die Tasche meiner Shorts gleiten. Nun bleibt uns nichts anderes übrig, als zu warten und zu hoffen.

Der Morgen graut bereits, als Blake mit dem Range Rover die Auffahrt zum Seaside Cottage hinauffährt. Mit steifen und durchgefrorenen Gliedern steige ich aus und strecke mich. Die Vögel haben mit ihrem morgendlichen Konzert begonnen, und alles sieht so friedlich und schön aus, dass es schwer ist, sich vorzustellen, dass erst gestern Abend etwas so Schreckliches passiert ist.

Zum Glück hat Harley die Operation gut überstanden und schläft nun tief und fest in ihrem Körbchen in der Tierklinik. Sie bekommt Infusionen mit Schmerzmitteln und Elektrolyten, damit sie sich schnellstmöglich vom Schock und der Operation erholt und wegen der Knochenbrüche nicht unnötig leiden muss. Dr. Smith kontrolliert den Bauchraum alle paar Stunden per Ultraschall, um weitere innere Blutungen auszuschließen. Im

Moment können wir nicht mehr für sie tun, und nur deshalb hat Blake eingewilligt, nach Hause zu fahren.

Blake geht voraus und hält mir das windschiefe Gartentörchen auf. Ich renne fast hindurch, so ungeduldig bin ich, endlich aus meinen verschwitzten Klamotten zu kommen, die ich seit fast vierundzwanzig Stunden trage. Noch nie im Leben habe ich mich so sehr nach einer heißen Dusche gesehnt!

Verwundert bleibe ich stehen, als ich Blakes Hand auf meinem Arm spüre.

»Josie?«

Seine tiefe Stimme streicht über meine Nervenenden. Vielleicht liegt es an dem emotionalen Aufruhr der letzten Stunden und der gemeinsamen Nacht, die wir im Wartezimmer der Tierklinik verbracht haben, jedenfalls fühlt sich alles in mir irgendwie roh und verwundbar an. Vielleicht brauche ich auch nur eine ordentliche Mütze Schlaf, damit mein Gehirn wieder normal funktionieren kann.

Blake sucht meinen Blick und hält ihn fest.

»Danke, Josie.«

»Nichts zu danken«, erwidere ich schnell, um mir nicht anmerken zu lassen, dass es mich jedes Mal aus der Bahn wirft, wenn er meinen Namen sagt. »Das hätte doch jeder gemacht.«

»Nein.« Langsam schüttelt er den Kopf. »Nicht jede hätte sich einen freien Abend und die ganze Nacht um die Ohren geschlagen, um sicherzugehen, dass es einem Hund gut geht.«

»Einem Hund, der mich nicht ausstehen kann, meinst du?«, scherze ich, um die Stimmung ein wenig aufzulockern und um mir nicht anmerken zu lassen, dass mich seine Worte berühren.

Er schmunzelt. Es ist der erste Ansatz eines Lächelns seit gestern Nachmittag, und ein warmes Gefühl breitet sich in meiner

Magengegend aus. Es macht mich glücklich, dass ich ihn zum Lächeln gebracht habe.

»Und …«, beginnt er noch einmal, und ich sehe, dass er seine Kiefermuskeln anspannt. »Ich wollte mich dafür entschuldigen, dass ich dich gestern im Restaurant so angefahren habe. Ich weiß, dass du hart arbeitest, und mein Anpfiff war nicht in Ordnung.«

»Schon gut«, sage ich und schenke ihm ein Lächeln. »Du warst gestresst.«

Er zögert einen Moment, dann macht er einen Schritt auf mich zu und zieht mich in die Arme. Unwillkürlich halte ich die Luft an, denn ich komme nicht umhin, festzustellen, wie gut sich seine Umarmung anfühlt. Wie warm sein Körper ist. Und wie perfekt ich in seine Arme passe.

»Nimm dir den Tag heute frei, ja?«, sagt er und löst sich von mir. »Und schlaf dich aus.«

Während ich durch den Vorgarten zum Haus gehe, habe ich das Gefühl, seine Blicke in meinem Rücken zu spüren. Doch als ich mich an der Haustür noch einmal zu ihm umdrehe, ist er schon wieder auf dem Weg zu seinem Wagen.

»Und dann hast du die ganze Nacht mit Blake in der Tierklinik gesessen?«, fragt Liv und sieht mich ungläubig an.

Ich nicke und tauche die Farbrolle in den Eimer.

Es ist Samstagnachmittag. Liv hat frei, und nachdem ich nach der durchwachten Nacht ausgiebig ausgeschlafen habe, haben wir uns von Hannah dazu breitschlagen lassen, mit ihr eines der Zimmer im Erdgeschoss zu streichen. Ich muss zugeben, es macht richtig Spaß, auch wenn es anstrengend ist und ganz schön in die Arme geht. Aber ich habe die ganze Zeit vor Augen, wie viel wir schon geschafft haben, und das verschafft mir irgendwie ein gutes Gefühl.

Langsam lasse ich die Farbrolle über die Wand gleiten, bis sie fast trocken ist, und setze sie dann ab, um mir mit einer Hand eine Haarsträhne aus den Augen zu schieben, ohne mein Gesicht mit hellgrauer Farbe zu verschmieren. Oder vielmehr mit Charleston Grey, wie Hannah mich gleich zu Beginn korrigiert hat.

Ich schaue auf und bemerke, dass Liv mich immer noch verwundert ansieht.

»Was?«, frage ich und nehme die Farbrolle wieder auf.

»Nichts«, sagt Liv schnell und fährt fort, den Fensterrahmen mit Folie abzukleben. »Deine Einstellung scheint sich nur geändert zu haben, das ist alles.«

Ich versuche, die Farbe so gleichmäßig wie möglich auf der Wand zu verteilen. »Wie meinst du das?«

»Na ja …«, beginnt Liv und schiebt ihre Brille hoch. »Wolltest du Blake nicht so gut es geht meiden? Und nun bleibst du die ganze Nacht bei ihm, um gemeinsam Krankenwache bei seinem Hund zu halten?«

Ich denke kurz über das Gesagte nach.

»Wir dachten, dass Harley sterben würde. Es war wirklich schlimm«, versuche ich dann eine Erklärung. Bei dem Gedanken daran breitet sich immer noch Gänsehaut auf meinem Arm aus. »Ich konnte Blake unmöglich allein lassen.«

»Verständlich«, pflichtet Hannah mir bei und dreht sich auf der Leiter zu mir um. »Was ich allerdings nicht verstehe, ist, warum du Blake meiden willst? Hattest du Streit mit ihm?«

Liv verzieht das Gesicht. Offenbar ist ihr gerade klar geworden, dass sie Hannah unfreiwillig mehr verraten hat, als ich preisgeben wollte.

Ich lasse die Farbrolle sinken und schaue die beiden an. In den letzten Wochen ist Hannah eine richtige Freundin für uns geworden, und ich glaube, dass ich ihr vertrauen kann, auch wenn sie eng mit den Sullivan-Brüdern befreundet ist. Irgendwie kann ich mir nicht vorstellen, dass sie Dinge, die man ihr anvertraut, herumtratscht.

»Ich habe Blake schon an unserem ersten Abend auf der Insel im Pub getroffen«, sage ich schließlich. »Wir kannten uns nicht und haben ein bisschen geflirtet. Und … ich habe ihn geküsst, aber nur ganz kurz, weil ich so betrunken war, dass ich um ein Haar von der Bank gerutscht und auf den Boden geknallt wäre.«

»Von der Bank gerutscht …?« Hannah sieht mich aus großen Augen an. »Und dann …?«

»… hat Josie am nächsten Tag festgestellt, dass sie sich nicht nur vor irgendeinem Fremden zum Affen gemacht hat, sondern vor ihrem neuen Chef«, vollendet Liv den Satz. »Von dem sie natürlich nicht wusste, dass er ihr neuer Chef ist.«

»Ich glaube, er hat es schon gemerkt, als er mich nach Hause gebracht hat«, sage ich. »Aber er hat nichts gesagt.«

Hannah runzelt die Stirn. »Wie kommst du darauf, dass er es gemerkt hat?«

Ich zucke mit den Schultern. »Ich habe meinen vollen Namen in sein Handy eingetippt. Als er ihn gelesen hat, war er wie ausgewechselt und hat quasi die Flucht ergriffen. Am nächsten Morgen im Club habe ich fast einen Herzinfarkt bekommen, als er plötzlich vor mir stand. Er hat mir gesagt, dass der Abend anders verlaufen wäre, wenn er gewusst hätte, wer ich bin. Und dass wir ab sofort nur noch professionell miteinander umgehen sollten.«

»Autsch!« Hannah zieht die Nase kraus. »Das ist irgendwie … unschön.«

»Jepp«, bestätige ich. »Seitdem schleichen wir umeinander herum, ohne dass ich wirklich weiß, woran ich bei ihm bin. Manchmal ist er völlig unterkühlt und erteilt mir Rüffel, die ich als ungerecht empfinde und die mich auf die Palme bringen wie gestern, als wir kurz Kaffee getrunken haben. Und im nächsten Moment sagt er etwas, und ich sehe den freundlichen und lustigen Blake durchblitzen, den ich am ersten Abend kennengelernt habe.«

Wie zum Beispiel gestern Nacht, denke ich. Da waren wir uns das erste Mal wieder nah, ohne dass das, was zuvor zwischen uns passiert ist, eine Rolle gespielt hätte.

»Ist ja auch egal.« Entschlossen wende ich mich wieder der Wand zu. »Lass uns über was anderes reden.«

»Okay, wie du meinst«, sagt Hannah, und ich bin dankbar, dass sie meinen Wunsch respektiert. »Es gibt ohnehin Wichtigeres als Männer, meint ihr nicht? Zum Beispiel wie ihr die Farbe findet, die ich ausgesucht habe?«

»Sehr Charleston Grey!«, antworten Liv und ich wie aus einem Mund und müssen lachen.

Hannah verdreht die Augen, aber ich kann genau sehen, dass sie ebenfalls schmunzeln muss.

»Wann bist du eigentlich zu Louise gezogen?«, fragt Liv und dreht sich zu Hannah um.

»Ende letzten Jahres«, antwortet sie und beißt sich auf die Unterlippe. »Da hatte sie einen Herzinfarkt.«

»O nein, das tut mir leid«, sagt Liv betroffen, und ich füge hinzu: »Dabei wirkt sie immer so fit und gesund.«

»Sie ist auch wieder fit.« Hannah lächelt. »Gott sei Dank. Aber sie braucht ein wenig mehr Unterstützung als früher, was einer der Gründe dafür ist, warum ich bei ihr eingezogen bin. Ich helfe ihr im Alltag, mache die Einkäufe und kümmere mich um das Haus, und sie bringt mir im Gegenzug das Backen bei.«

»Dann bist du gar keine gelernte Konditorin?«, frage ich verwundert. »Deine Kuchen und Torten sehen so professionell aus.«

»Danke für das Kompliment!«, sagt Hannah, und ihr Lächeln wird breiter. »Ich bin vieles – abgebrochene Friseurin, gefeuerte Kellnerin, gescheiterte Fotografin –, aber wirklich was gelernt habe ich nicht. Lebenskünstlerin trifft es wohl am besten.«

»Das finde ich bewundernswert«, sagt Liv mit einem Hauch Neid in der Stimme, was Hannah zum Lachen bringt.

»Was?«, frage ich. »Ich finde das auch super.«

»Ihr findet es super, dass ich nichts richtig gelernt habe und mich vom Leben nur so treiben lasse?« Sie schüttelt fassungslos den Kopf. »Ihr seid Meeresbiologinnen mit tollen Karrieren! Ihr habt richtig studiert und so! An einer Uni!«

»So toll ist meine Karriere nicht wirklich«, erwidere ich und fühle mich sofort wieder etwas niedergeschlagen.

»Wegen deines Ex-Freundes?«, fragt Hannah und klettert von der Leiter herunter. »Und weil du mit ihm nicht mehr zusammenarbeiten kannst?«

»Ja, schon.« Ich zucke mit den Schultern. »Aber ich muss zugeben, dass die Arbeit im Labor auch vorher nicht wirklich mein Traumjob war.«

»Was ist denn dein Traumjob?«, hakt sie nach.

»Ich weiß es nicht«, gestehe ich seufzend. »Surflehrerin in Australien?«

»Du kannst überhaupt nicht surfen, Josie!«, ruft Liv, und Hannah lacht.

»Tja, dann wird daraus wohl nichts«, erwidere ich gespielt enttäuscht und schiebe die Unterlippe vor. »Wie ernüchternd.«

»Offensichtlich hat von uns dreien bisher nur Liv ihre wahre Berufung gefunden«, stellt Hannah fest und wischt sich die Hände an der Hose ab. »Aber davon mal ganz abgesehen finde ich, wir haben für heute genug gearbeitet. Habt ihr Lust, schwimmen zu gehen? Ich zeige euch eine Bucht, die nur die Einheimischen kennen. Da kann man abends sogar nackt schwimmen.«

Ich gebe ein belustigtes Schnauben von mir. »Ich glaube nicht, dass ich jemals in meinem Leben nackt schwimmen werde.«

»Wer weiß?« Hannah wackelt mit den Augenbrauen. »Vielleicht hält der Sommer auf der Insel noch mehr Überraschungen für dich bereit, als du jetzt glaubst.«

Am frühen Abend setze ich mich mit meinem Laptop auf die Bank unter dem alten Apfelbaum. Die Wärme des Tages steht noch im Garten, und über mir summen die Bienen. Obwohl ich es von meinem Platz aus nicht sehen kann, höre ich das Meer hinter den Dünen rauschen. Hannah hat den Rasen gemäht, und ich atme den Duft von frisch geschnittenem Gras ein, während ich gedankenverloren einen Schmetterling beobachte, der von einer Blume zur anderen flattert.

Das Gespräch mit Hannah und Liv beim Streichen geht mir nicht mehr aus dem Kopf. Als ich vor einem halben Jahr im Abbott Institute angefangen habe, schien mir das die Erfüllung all meiner Träume zu sein. Ich konnte mit Nathan zusammen an einer wichtigen Studie arbeiten, hatte einen sicheren Arbeitsplatz, eine Krankenversicherung und ein gutes Einkommen.

Aber war die Arbeit im Labor meine Berufung? Je mehr Abstand ich dazu gewinne, desto mehr Zweifel kommen mir. Nein, eigentlich bin ich mir mittlerweile ziemlich sicher, dass sie es nicht war.

Nachdenklich ziehe ich mein Smartphone aus der Hosentasche und öffne Nathans Instagram-Profil. Er hat einige Fotos aus New York gepostet. Empire State Building, Freiheitsstatue, Central Park. Einen Moment frage ich mich, ob es sich um einen Arbeitstrip handelt, oder ob er privat dort ist. Und mit wem. Obwohl es eigentlich völlig egal ist, oder? Ich habe seit Wochen keine einzige Nachricht von ihm erhalten oder anderweitig mit ihm Kontakt gehabt. Unsere Leben haben ganz offensichtlich nichts mehr miteinander zu tun.

»Du siehst aber nicht gerade glücklich aus«, höre ich da eine Stimme, und als ich von meinem Handy aufschaue, sehe ich Louise durch den Garten auf mich zukommen.

Heute trägt sie ein geblümtes Kleid und ist barfuß. Ihre Fußnägel sind knallrot lackiert, was mich zum Schmunzeln bringt, weil es in so starkem Kontrast zu ihrem sonstigen Erscheinungsbild steht. Unter dem Arm hält sie eine große Schüssel, randvoll mit Äpfeln.

Ich rutsche ein Stück zur Seite, und sie setzt sich mit einem leisen Ächzen neben mich.

»Alles in Ordnung?«, frage ich besorgt.

»Meine Knochen werden langsam alt«, erwidert sie. Dann nimmt sie ein Messer und den ersten Apfel aus der Schüssel und beginnt, ihn zu schälen. »Aber solange es weiter nichts ist, kann ich damit leben.«

Eine Zeit lang beobachte ich ihre faltigen Hände, die überraschend schnell einen Apfel nach dem anderen schälen und in die Schüssel zurückfallen lassen.

»Und was macht dir Kummer, meine Kleine?«, fragt sie nach einer Weile und reicht mir ein Stück Apfel. »Du siehst viel zu unglücklich aus, dafür, dass du jung und gesund bist, die Sonne scheint und die Blumen blühen.«

Dass sie mich als »meine Kleine« bezeichnet, verursacht ein warmes Gefühl in meiner Magengegend. Ein wenig gerührt beiße ich in den Apfel. Er schmeckt unglaublich lecker und ganz anders als die Äpfel, die man im Supermarkt kaufen kann. Saurer und gleichzeitig süßer. Ein wenig mehlig.

Ich denke über ihre Frage nach. Es fühlt sich ungewohnt an, mit jemandem, der älter ist als ich, über meine Sorgen zu sprechen. Wenn ich früher ein Problem hatte, musste ich es mit mir selbst oder meinen Freundinnen ausmachen, weil ich nicht täglich mit meinen Eltern reden konnte. Und wenn dann das Wochenende gekommen war und wir telefonierten, hatten sich viele Nöte auch schon wieder in Luft aufgelöst oder waren in den Hintergrund getreten, sodass ich meinen Eltern erst gar nicht davon erzählte. Manchmal habe ich es vermisst, jemandem mein Herz ausschütten zu können und in den Arm genommen und getröstet zu werden. Andererseits habe ich auf diese Weise schon früh gelernt, meine Probleme selbst anzugehen und zu lösen.

Aber Louises fürsorgliche und großmütterliche Art bewirkt, dass ich meine Zurückhaltung vergesse.

»Mein Freund in Boston hat vor nicht allzu langer Zeit mit mir Schluss gemacht, und jetzt hat er wohl schon eine Neue. Das glaube ich zumindest.«

Sie hat den letzten Apfel geschält und legt das Messer zurück in die Schüssel. »Es ist normal, traurig zu sein, wenn man etwas verloren hat, was einem wichtig war. Aber irgendwann ist es an der Zeit, sich wieder auf sich selbst zu konzentrieren. Und jedes Ende kann auch der Anfang von etwas Neuem, Besserem sein, weißt du?«

»Ja, theoretisch weiß ich das«, sage ich mit erstickter Stimme und muss gleichzeitig lachen, weil ich merke, dass ich schon wieder den Tränen nahe bin. »Es ist mittlerweile zwei Monate her, und eigentlich weiß ich, dass es an der Zeit ist, über ihn hinwegzukommen und mein Leben ohne ihn zu planen.«

»Dann tu das, mein Kind.« Sie tätschelt mein Knie und steht dann auf. »Und kümmere dich nicht um das, was er macht. Wenn er ein tolles Mädchen wie dich einfach so durch die Nächste ersetzt, dann ist er keine einzige der Tränen wert, die du um ihn weinst.«

Ich sehe ihr nach, während sie langsam durch den Garten zurück zum Haus geht. Erst als die Küchentür hinter ihr zuschlägt, schaue ich wieder auf mein Handy. Ich wische über den Screen und sehe, dass die Instagram-App immer noch geöffnet ist.

Mit einem Seufzen schließe ich sie und wähle die Nummer meiner Mutter. Fast bin ich ein bisschen überrascht, als sie sich nach dem dritten Klingelton meldet, etwas außer Atem, so wie meistens.

»Mom, ich habe es mir überlegt: Ich werde mit euch arbeiten«, sage ich statt einer Begrüßung. Anscheinend ist sie so überrascht, dass sie nicht sofort antwortet, also füge ich sicherheitshalber hinzu: »Ich komme im Oktober nach Grönland.«

Direkt nach dem Telefonat mit meinen Eltern ziehe ich meinen Laptop auf die Knie und formuliere meine Kündigung an Nathan und das Abbott Institute. Es dauert eine halbe Ewigkeit, bis ich die richtigen Worte finde, und während der ganzen Zeit wollen die Tränen nicht aufhören zu fließen. Dann starre ich mit verschleiertem Blick auf den Bildschirm. Mein Zeigefinger schwebt kurz über dem Touchpad, bevor ich schließlich klicke und die E-Mail mit einem befriedigenden *Swoosh* abgeschickt wird.

Ohne dass ich weiß, warum, fühlt sich mein Herz plötzlich viel leichter an. Es ist, als wäre eine große Last von mir abgefallen. Ich wische die letzte Träne weg und tippe eine Nachricht auf meinem Handy:

Lieber Nathan,
wenn Du am Montag ins Büro kommst, wirst Du meine Kündigung in Deinem E-Mail-Postfach finden. Du hattest

recht damit, dass wir nicht länger zusammenarbeiten können, und ich möchte mich ab jetzt voll und ganz auf meine Zukunft konzentrieren.

Alles Gute

Josie

Ohne mir die Zeit zu nehmen, noch länger darüber nachzudenken, schicke ich auch die SMS ab. Fast fällt mir das Telefon vor Schreck aus der Hand, als sich der Status der Nachricht unmittelbar in »gelesen« ändert und drei kleine Punkte unter dem Text zu blinken beginnen.

Nathan antwortet mir!

Die Punkte blinken eine Weile, dann erlöschen sie … und fangen wieder an zu blinken.

Gebannt starre ich auf mein Handy und kaue an meinen Fingernägeln, eine Minute, zwei Minuten. Dann erlöschen die Punkte endgültig.

Ich warte noch eine Weile, aber es kommt keine Antwort. Vielleicht hat Nathan keine Zeit. Oder Wichtigeres zu tun. Oder er weiß schlicht und ergreifend nicht, was er schreiben soll.

Enttäuscht und gleichzeitig ein wenig erleichtert lege ich das Handy zur Seite und strecke die Beine aus. Ich habe gar nicht gemerkt, dass ich die ganze Zeit völlig verkrampft dagesessen habe.

Gerade als ich den Laptop herunterfahren will, sehe ich, dass eine neue E-Mail in meinem Postfach eingegangen ist. Sie ist von meinen Eltern, die mir den Reiseplan der *Arctic Investigator* geschickt haben. Ende September wird das Schiff in Nuuk anlegen und zwei Wochen dortbleiben, bevor es wieder in Richtung Norden aufbricht. Das ist der Zeitraum, in dem ich an Bord gehen kann.

Weil ich gerade Zeit habe, öffne ich das Reiseportal von Icelandair und suche nach Verbindungen in diesem Zeitraum. Es gibt gerade mal zwei Flüge von Boston nach Nuuk, elf Stunden, mit Zwischenlandung in Island. Ich sollte das schnellstmöglich in Angriff nehmen.

Kurz entschlossen buche ich einen Einwegflug. Dann schicke ich meinen Eltern die Reisedaten und meine Ankunftszeit.

Innerhalb von zwei Minuten kommt eine begeisterte Antwort von meiner Mutter, die offensichtlich vor lauter Freude Dutzende Tippfehler in den Text eingebaut hat.

Mit einem zufriedenen Lächeln auf den Lippen schließe ich meinen Laptop und lasse mich zurücksinken.

Ich tue das Richtige. Ich weiß es.

8

Die Braut schlingt ihren Arm um die Hüfte des Bräutigams und lächelt strahlend in die Kamera. Mia und ich stehen nebeneinander an der Treppe zur Clubhausveranda, wo sich die heutige Hochzeitsgesellschaft versammelt hat und die Fotografin fleißig Fotos schießt. Es ist Anfang Juli, das Wetter ist traumhaft, und es scheint, als ob alle einen wunderbaren Tag verleben. Aber niemand sieht so umwerfend und glücklich aus wie die Braut.

»Dieser Braut-Glow ist was ganz Besonderes, oder?«, sage ich und seufze verträumt.

Es ist kurz vor sechs, und eigentlich hätte ich schon Feierabend, aber ich kann mich einfach nicht von dem Anblick des bezaubernden Brautpaares losreißen.

»Ich frage mich bei Hochzeiten immer, ob die Paare auch zusammenbleiben«, antwortet Mia, deutlich nüchterner als ich. »Ich meine … ist doch klar, dass alle an diesem einen besonderen Tag wahnsinnig glücklich sind, oder? Aber wo sind die in fünf Jahren? Oder in zehn?«

Belustigt schaue ich sie von der Seite an. »Du bist so unromantisch, Mia! Ich will daran glauben, dass die beiden für immer zusammen sein werden! Schau nur, wie verliebt sie wirken!«

»Sie sind verliebt, solange *er* noch nicht weiß, dass sie von Kuhmilch Blähungen bekommt, und *sie* noch nicht ahnt, dass er das Dachgeschoss nur ausgebaut hat, damit seine Mutter dort einziehen kann.«

Ich kann nicht anders, als laut loszulachen. »Du hast recht, das Leben besteht nicht nur aus Champagnertrinken und Tauben fliegen lassen. Aber trotzdem glaube ich daran, dass diese beiden für immer zusammen sein werden. So wie er sie anschmachtet …«

Als ich eine Bewegung im Augenwinkel bemerke, drehe ich mich um. Blake überquert mit großen Schritten die Rasenfläche und kommt auf uns zu. In seiner dunkelblauen Chino, die etwas zu tief sitzt, und dem kurzärmeligen Club-Polo, das an den Oberarmen spannt, könnte er Werbung für ein Segelmagazin machen. Er sieht so sexy aus, dass sich ein Kribbeln in meinem Bauch ausbreitet, und ohne es zu wollen, beiße ich mir auf die Unterlippe.

»Apropos *anschmachten*«, murmelt Mia und schubst mich mit der Schulter an. »Den solltest du dir ganz schnell aus dem Kopf schlagen.«

Ertappt reiße ich meinen Blick von Blake los und fokussiere mich wieder auf Mia.

»Was meinst du?«, versuche ich möglichst unschuldig zu fragen, aber ich weiß natürlich genau, wovon sie spricht.

Bevor sie antworten kann, ist Blake bei uns angekommen.

»Ähm … Josie?«, sagt er fragend. Es klingt ein bisschen so, als würde er an meiner Existenz zweifeln – oder daran, dass er meinen Namen richtig in Erinnerung hat.

»Ja?«, erwidere ich mit etwas zu hoher Stimme. Mias Anspielung hat mich doch ein wenig aus der Bahn geworfen. »Das ist mein Name.«

Er räuspert sich und schaut kurz zu Mia, dann wieder zu mir zurück. »Ich fahre gleich zu Harley in die Klinik. Willst du vielleicht mitkommen?«

»Es ist Samstag«, gebe ich zu bedenken, aber Blake winkt ab.

»Tom hat Wochenenddienst, und er sagt, wir können jederzeit vorbeikommen.«

Eigentlich bin ich mit Liv und Hannah verabredet. Wir wollten Pizza machen und einen Film schauen, weil für heute Abend

Regen gemeldet ist. Aber ich bin mir sicher, dass beide Verständnis dafür haben werden, wenn ich mit zu Harley fahre, um zu sehen, wie es ihr geht.

Blake interpretiert mein Zögern offensichtlich falsch, denn er fügt hinzu: »Es ist kein Problem, wenn du andere Pläne hast. Der Vorschlag kommt ja auch recht kurzfristig.«

»Nein, nein!«, erwidere ich schnell. »Ich würde gerne mitkommen.«

Täusche ich mich, oder stiehlt sich da ein leichtes Lächeln auf sein Gesicht?

Bevor ich mir wirklich sicher sein kann, sagt er: »Kannst du am Auto auf mich warten? Ich muss mit Flynn noch kurz die Getränkebestellungen besprechen. Dauert nur fünf Minuten.«

»Klar«, antworte ich, aber da hat er sich schon wieder umgedreht und läuft zum Büro zurück.

Ich sehe ihm hinterher, bis er um die Hausecke verschwunden ist.

»Denk an Todsünde Nummer eins«, erinnert mich Mia. »Fang bloß nichts mit dem Chef an.«

»Jetzt hör schon auf«, murmele ich. »Du siehst das völlig falsch. Da ist rein gar nichts.«

Sie betrachtet mich einen Moment.

»Wirklich, Josie: Lass die Finger von ihm«, sagt sie dann etwas ernster. »Anfang des Sommers ist eine der Stewardessen rausgeflogen, und man munkelt, dass es daran lag, dass sie was mit Jacob angefangen hat.«

»Ich fange doch nichts mit irgendwem an!«, versichere ich und versuche, meine Stimme überzeugend klingen zu lassen. »Blake und ich sind seit Harleys Unfall so was wie Freunde, mehr nicht. So ein schreckliches Erlebnis schweißt zusammen, glaub mir.«

»Wie dem auch sei«, sagt Mia nicht ganz ohne Zweifel und

stößt sich vom Geländer ab. »Meine Pause ist jetzt vorbei. Hab einen schönen Feierabend.«

»Danke!«, rufe ich ihr hinterher und schultere meine Tasche.

Während ich in Richtung Parkplatz laufe, schreibe ich Liv und Hannah eine Nachricht und informiere sie, dass ich voraussichtlich etwas später nach Hause kommen werde, weil ich mit Blake zu Harley fahre.

Liv schreibt sofort zurück:

Ok! Wir fangen schon mal an und warten dann mit dem Film auf Dich. xx

Und Hannah ergänzt keine Minute später:

Zum Nachtisch gibt es Muffins mit Basilikum-Zitronen-Frosting, habe ich heute ausprobiert! :-) Gib Harley einen Kuss von mir + Blake auch!

Ein Schnauben entfährt mir, während ich mich mit dem Handy in den Schatten einer Magnolie stelle, um der unbarmherzigen Nachmittagssonne zu entgehen, während ich warte. Harley wünscht sich sicherlich genauso wenig wie Blake, von mir geküsst zu werden.

Ich schaue von meinem Handy auf, als sich ein Auto nähert und ein wenig umständlich in die freie Lücke direkt neben mir einparkt. Die Frau am Steuer rangiert noch ein paarmal hin und her, bevor sie mit der Position ihres Autos zufrieden ist und aussteigt. Trotzdem steht ein Reifen halb auf dem Bürgersteig. Sie scheint etwas älter als ich zu sein, ist brünett, sehr hübsch und trägt einen schicken schwarzen Hosenanzug. Ich habe sie in der Marina noch nie zuvor gesehen.

»Einparken ist einfach nicht meine Stärke!«, sagt sie mit einem selbstironischen Augenrollen, als sie mich entdeckt.

»Wer kann das schon ernsthaft von sich behaupten?«, erwidere ich mit einem Schmunzeln.

Die Frau schaut sich schnell um, bevor ihr Blick wieder auf mich und auf mein Polohemd mit dem Logo des Jachtclubs fällt.

»Sie arbeiten hier, oder?«, vergewissert sie sich.

»Ja«, erwidere ich höflich. »Kann ich Ihnen vielleicht behilflich sein?«

»Bestimmt!«, sagt sie erleichtert. »Wissen Sie, ob Blake Sullivan noch da ist? Ich konnte ihn auf der Fahrt nicht erreichen, und jetzt weiß ich nicht, ob er noch hier ist oder schon in die Tierklinik nach Edgartown gefahren ist.«

»Er ist noch hier«, erwidere ich und deute auf seinen Range Rover, der ein paar Autos weiter steht. »Wir wollten gerade aufbrechen, um Harley zu besuchen.«

»Oh!«, sagt die Frau, und ihr Lächeln wird noch breiter als zuvor. »Dann musst du Josie sein!«

Verwundert sehe ich sie an.

»Blake hat mir erzählt, dass du Harley das Leben gerettet hast«, fügt sie erklärend hinzu.

Sie macht einen Schritt auf mich zu, und ich erstarre fast vor Schreck, als sie überschwänglich die Arme um mich wirft und mich an sich drückt.

Bevor ich klarstellen kann, dass streng genommen Blake und die Tierärzte Harleys Leben gerettet haben und ich den verletzten Hund nur in die Klinik gefahren habe, sagt sie: »Ich bin Laura, Blakes Ex-Freundin aus New York. Harley ist unser gemeinsamer Hund.«

Shit! Shit, shit, shit!

Ich habe absolut keine Ahnung, warum es mich so schockiert, dass plötzlich Blakes Ex-Freundin vor mir steht. Nein, ich korrigiere: mich *umarmt*, als wären wir alte Freundinnen. Ich spüre selbst, wie steif ich bin, als Laura mich wieder loslässt.

»F…freut mich …«, stammele ich und will noch etwas hinzufügen, aber da dreht sich Laura schon in Richtung Clubhaus und winkt.

Ich muss nicht erst hinsehen, um zu wissen, dass es Blake ist, der die Treppen herunterkommt. Natürlich tue ich es trotzdem.

Im Laufschritt überquert er die Straße, und als er Laura entdeckt, breitet sich ein überraschtes Lächeln auf seinem Gesicht aus.

»Laura!«, sagt er, als er bei uns angekommen ist, und es wirkt ehrlich erfreut. »Was machst du denn hier?«

Ich gehe einen Schritt zurück, als sich die beiden umarmen. Ohne es zu wollen, zähle ich die Sekunden, bis sie sich wieder loslassen. Eins, zwei, drei … Drei Sekunden. Bedeuten drei Sekunden »Wir sind nur noch Freunde?« oder »Wir lieben uns noch und wollen für immer zusammen sein?« Vielleicht irgendetwas dazwischen?

Und warum, zur Hölle, interessiert mich das überhaupt? Ich sollte lieber an Todsünde Nummer eins denken!

»Ich wollte Harley sehen«, erklärt Laura. Wie hypnotisiert starre ich auf ihre Hand, die wie selbstverständlich auf Blakes Unterarm liegen bleibt. »Ich habe mir solche Sorgen gemacht.«

»Es gab ein paar Komplikationen, weswegen sie noch etwas länger in der Klinik bleiben muss, aber glücklicherweise ist sie über den Berg«, erwidert Blake und zieht den Autoschlüssel aus der Hosentasche, wodurch Lauras Hand von seinem Arm rutscht. »Josie und ich wollten gerade aufbrechen. Komm doch einfach mit.«

Die Erwähnung meines Namens reißt mich aus meiner Erstarrung.

»Ähm …«, sage ich etwas zu laut, und die beiden schauen mich verwundert an. »Mir ist gerade eingefallen, dass ich Hannah versprochen habe, ihr beim Backen zu helfen. Sie probiert ein neues Rezept aus. Muffins mit Basilikum-Limetten-Frosting! Oder war es Minze-Zitrone?«

Nervös lache ich auf, denn offensichtlich scheitert mein Versuch, so zu klingen, als würde ich jeden Tag Muffins mit Minze-Basilikum-Irgendwas-Frosting machen, gerade kläglich.

»Hab's vergessen!«, füge ich hinzu und halte dann lieber den Mund.

Blake sieht mich fragend an, und das ist kein Wunder. Gerade eben habe ich noch gesagt, dass ich nichts vorhabe und unbedingt mitkommen will, und jetzt fasele ich irgendwas von einem Muffin-Back-Date mit Hannah. Er muss mich für völlig verwirrt halten.

»Ist ja auch egal«, rufe ich betont fröhlich und wende mich zum Gehen. »Auf jeden Fall muss ich los! Schön, dich kennengelernt zu haben, Laura!«

Ich hebe die Hand zum Abschied und muss mich zwingen, normal zu gehen und nicht über den Rasen zurück zu meinem Fahrrad zu rennen. Als ich es erreicht habe, ziehe ich es mit einem Ruck aus dem Ständer – und schrecke zusammen, als ich dabei beinahe mit Blake kollidiere. Er ist mir gefolgt, und jetzt fasst er mich am Arm, damit ich nicht samt Fahrrad auf die Nase falle.

»Ist alles in Ordnung mit dir?«, fragt er und sieht mich aufmerksam an.

»Jaja«, behaupte ich schnell und schiebe mein Rad an ihm vorbei, sodass er mich loslassen muss. »Alles in Ordnung.«

»Du musst nicht …«, fängt er an. »Du musst nicht gehen, nur weil Laura jetzt hier ist.«

Mit gespielter Verwunderung schaue ich ihn an und merke selbst, dass meine Performance nicht für einen Oscar reichen wird. »Wieso sollte ich nicht mitkommen wollen, nur weil Laura jetzt hier ist?«

»Keine Ahnung«, antwortet Blake und zieht eine Augenbraue hoch. »Sag du es mir.«

Ich kann ihn nicht ansehen, während ich mein Fahrrad schnell in Richtung Straße schiebe.

»Ich muss mich beeilen, sonst komme ich zu spät zum Backen«, rufe ich über meine Schulter. »Bis morgen!«

Ich spüre seinen Blick im Rücken, während ich in Richtung Cottage davonradele.

Mit einem beherzten Knall schlage ich die Haustür hinter mir zu und sprinte in die Küche, nachdem ich mir im Flur die Schuhe von den Füßen gekickt habe.

Erstaunt schauen mich Hannah und Liv an, als ich mich mit einem Ächzen auf einen der Küchenstühle fallen lasse. Vor mir auf dem Tisch steht ein Pizzablech mit ausgerolltem Teig, auf dem Tomatensoße, Käse, Pilze, Paprika und Mais verteilt sind.

»Alles in Ordnung?«, fragt Hannah mit aufgerissenen Augen. »Hast du nicht gerade noch geschrieben, dass du später kommst?«

Ich verziehe das Gesicht. »Irgendwie fragt mich heute dauernd irgendjemand, ob alles in Ordnung ist.«

»Vielleicht liegt es daran, dass du nicht so wirkst, als wäre alles in Ordnung?«, mutmaßt Liv und schiebt ihre Brille hoch. »Du scheinst ziemlich durch den Wind zu sein.«

»Was ist denn passiert?«, hakt Hannah nach, während sie das Blech nimmt und in den vorgeheizten Ofen schiebt.

Ich schaue von Liv zu Hannah und von Hannah zu Liv. Mia gegenüber habe ich noch im Brustton der Überzeugung behauptet, dass Blake und ich nur Freunde sind. Aber Mia ist eine Arbeitskollegin, Josie und Hannah hingegen …

Ach, scheiß drauf! Die beiden sind schließlich meine Freundinnen.

Ich atme zweimal tief durch.

»Ich glaube, ich habe mich in meinen Chef verknallt«, lasse ich dann die Bombe platzen.

Hannah und Liv reißen die Augen auf und rufen synchron: »In welchen?«

Fast muss ich lachen, als ich antworte: »In Blake!«

»Puh, ich dachte schon, Massachusetts-Ken wäre bei dir gelandet«, sagt Liv und schiebt sich ein Stück Paprika, das auf dem Schneidebrett übrig geblieben ist, in den Mund.

»Wer oder was ist Massachusetts-Ken?«, fragt Hannah verwirrt.

»Jacob«, stelle ich klar. »Und: natürlich nicht.«

Liv setzt sich neben mich an den Tisch und nimmt meine Hand. »Und wie geht's dir? Du wirkst nicht gerade glücklich.«

»Ich bin auch nicht glücklich!«, rufe ich aufgebracht. »Das muss sofort aufhören. Sofort!«

»Weiß Blake denn davon?«, fragt Hannah.

Offenbar hat sie inzwischen den Ernst der Lage erkannt, denn sie holt drei Weingläser aus dem Regal und stellt sie vor uns auf den Tisch.

»Nein!« Das klingt heftiger, als ich es beabsichtigt habe. »Und er darf auch auf keinen Fall etwas davon erfahren, verstanden?«

»Ja, klar«, sagt Hannah beschwichtigend und öffnet den Schraubverschluss der Weißweinflasche, die sie aus dem Kühlschrank geholt hat. »Von mir erfährt er nichts.«

Ich greife nach ihrer Hand, und etwas von dem Wein, den sie gerade in mein Glas einschenkt, landet auf dem Tisch.

»Ich meine es ernst, Hannah. Ich weiß, dass du eng mit ihm befreundet bist, aber du darfst ihm nichts davon erzählen! Ich muss den Kontinent verlassen, wenn er davon erfährt. Und auch auf der Arbeit darf niemand Wind davon bekommen, sonst verliere ich meinen Job.«

Sie hält inne und sieht mich ernst an. »Versprochen, Josie. Ich werde kein Sterbenswörtchen sagen, zu niemandem. Du kennst doch den Spruch: *Sisters before Misters.*«

Einem Impuls folgend umarme ich sie und drücke ihr einen Kuss auf die Wange. »Danke.«

»Ich kenne nur *Fries before Guys*«, mischt sich Liv kauend ein und grinst.

Ich verdrehe die Augen, muss aber gleichzeitig lachen. »Danke für diesen hilfreichen und tiefsinnigen Beitrag.«

»Also …«, fährt Hannah vorsichtig fort und setzt sich auf die Küchenbank. »… du hast dich in Blake verliebt?«

»Ich habe mich nicht *verliebt*«, stelle ich klar und beiße mir auf die Unterlippe. »Ich habe … einen Crush. Und der muss weg. Schnell.«

»Blake ist ein sehr liebenswerter Mensch«, sagt Hannah langsam. »Außerdem ist er äußerst attraktiv und charmant. Und klug und lustig. Und …«

»Danke, Hannah!«, unterbreche ich sie und trinke einen großen Schluck Wein. »Du machst es gerade nicht besser. Vielleicht erzählst du mir lieber von seinen Macken?«

»Okay … Er kann manchmal ziemlich dickköpfig und stur sein. Er hat auch leichte Eigenbrötler-Tendenzen, wenn du mich fragst. Außerdem …« Sie sieht mich an und scheint sich dann einen Ruck zu geben. »Du weißt, was ich dir von Laura erzählt habe. Meiner Meinung nach liebt er sie immer noch und will sie zurück.«

Ich nicke heftig. »Eben! Und das ist genau der Grund, warum ich mir die Sache sofort aus dem Kopf schlagen werde. Laura ist heute in der Marina aufgetaucht, und jetzt gerade sind die beiden auf dem Weg in die Tierklinik, um nach Harley zu sehen.«

»Ich dachte, du wolltest mit ihm dorthin fahren?«, hakt Liv nach.

»Ich habe mir eine Ausrede einfallen lassen, als Laura aufgetaucht ist«, antworte ich und verziehe bei dem Gedanken an meinen wenig souveränen Abgang das Gesicht. »Offensichtlich ist Harley ihr gemeinsamer Hund.«

»Als Blake Harley damals gefunden und adoptiert hat, war er mit Laura zusammen«, stellt Hannah klar. »Harley war daher auch immer ein bisschen ihr Hund. Obwohl bei der Trennung natürlich klar war, dass Harley bei Blake bleibt. Harley ohne Blake, Blake ohne Harley … das ist unvorstellbar.«

»Und wie ist sie so?«, fragt Liv neugierig und trinkt einen Schluck Wein. »Laura, meine ich.«

»Nett«, antworte ich, ein wenig zerknirscht. »Das ist ja das Schlimme. Wenn sie zickig, arrogant oder sonst wie unsympathisch gewesen wäre, könnte ich jetzt wenigstens herzhaft mit euch über sie ablästern. Aber sie war einfach nur freundlich – und Blake offensichtlich sehr glücklich, sie zu sehen.«

Hannah steht auf und wirft einen Blick in den Ofen. Die Pizza duftet bereits herrlich.

»Isst Louise mit uns?«, frage ich und stehe auf. »Ich kann sie holen.«

»Nein.« Hannah stellt die Backofentemperatur etwas hoch. »Die ist heute mit ihrem Buchclub im Lobsterville Grill verabredet.«

Weil ich ohnehin schon stehe, hole ich drei Teller aus dem Schrank und stelle sie auf den Tisch. Daneben positioniere ich Servietten, Besteck und Wassergläser, bevor ich mich wieder setze und an meinem Wein nippe.

»Was ist eigentlich mit Nathan?«, erkundigt sich Liv und zieht die Nase kraus. »Nicht dass ich ihm im Geringsten hinterhertrauere, aber ich weiß, wie niedergeschlagen du seinetwegen warst.«

»Das ist endgültig aus und vorbei«, sage ich bestimmt. »Ich habe mit ihm abgeschlossen, und das hat nicht einmal was mit Blake zu tun. Ich will nach vorne schauen – deswegen habe ich auch im Labor gekündigt.«

»Bravo!«, ruft Liv und klatscht in die Hände. »Ich feiere dich sehr dafür! Das war die richtige Entscheidung, glaub mir.«

Ich weiß, dass sie recht hat, auch wenn es mich enttäuscht hat, dass Nathan sich weder auf meine Nachricht noch auf meine Kündigung gemeldet hat. Hätte er nicht wenigstens kurz antworten können? Und das nach fünf gemeinsamen Jahren. Schnell schiebe ich den Gedanken wieder beiseite. Nathan ist Vergangenheit.

»Danke, Liv«, sage ich. »Und genau deshalb wird mir so etwas auch nie wieder passieren. Nie wieder verliebe ich mich in meinen Chef!«

Wir schweigen kurz, aber ich gebe mir dann einen Ruck, denn ich weiß, dass ich noch ein weiteres unangenehmes Thema ansprechen muss. »Da gibt es noch etwas, was ich dir erzählen muss.«

Meine beste Freundin schiebt ihre Brille nach oben. »Was Schlimmes?«

»Nein, nichts Schlimmes. Aber ich habe mich entschieden, nach dem Sommer für ein Jahr nach Grönland zu gehen. Als ich meinen Eltern davon erzählt habe, dass ich mir einen neuen Job suchen muss, haben sie mir angeboten, zu ihnen auf die *Arctic*

Investigator zu kommen und mit ihnen zu forschen … Und ich habe zugesagt.«

Ich sehe eine Vielzahl von Emotionen über Livs Gesicht huschen, bevor sie den Blick senkt.

»Ein Jahr ist verdammt lang«, murmelt sie.

»Aber wir können telefonieren und uns E-Mails schreiben!«, sage ich betont optimistisch und stehe auf, um sie in den Arm zu nehmen. »Und ein Jahr ist schneller vorbei, als du denkst.«

Liv drückt ihre Stirn an meine Schulter und schnieft ein bisschen. »Aber ich werde dich so sehr vermissen!«

»Ich dich auch, glaub mir.« Ich halte sie auf Armlänge von mir weg. »Es ist eine einmalige Chance für mich. Ich bin arbeitslos und habe noch nichts Neues in Aussicht. Um ehrlich zu sein, habe ich noch nicht mal begonnen, mich umzusehen. Und außerdem habe ich jetzt endlich die Möglichkeit, einmal richtig viel Zeit mit meinen Eltern zu verbringen.«

Liv zieht noch einmal die Nase hoch und schaut mir dann in die Augen.

»Ich weiß, dass ich eine egoistische Kuh bin.« Sie lacht erstickt. »Eigentlich freue ich mich für dich. Ehrlich.«

»Wenn du am Ende des Sommers sowieso nach Grönland gehst, ist es wohl tatsächlich nicht die klügste Idee, dich in Blake zu verlieben …«, sinniert Hannah, doch als ich ihr einen tödlichen Blick zuwerfe, schiebt sie schnell hinterher: »Entschuldige, du bist ja nicht verliebt.«

Liv schnappt sich ein Paar Topflappen, um unser Essen aus dem Ofen zu holen. Sie stellt das Blech auf einen Untersetzer und schneidet die Pizza in gleich große Teile, die sie auf unsere Teller verteilt.

»So, genug von Blake«, sage ich entschlossen und nehme die Weinflasche, um uns allen nachzuschenken, obwohl unsere

Gläser noch fast voll sind. Dann füge ich betont sachlich hinzu: »Vielen Dank, dass ich mit euch darüber sprechen konnte, das hat gutgetan. Ich habe mir eingestanden, dass ich ihn anziehend finde, und das Gefühl verarbeitet, aber jetzt ist es an der Zeit, darüber hinwegzukommen. Ab morgen werde ich nicht mehr jedes Mal Herzklopfen und Magenflattern kriegen, wenn er in meiner Nähe ist und mich mit seinen blauen Augen anschaut. Oder mich so anlächelt, dass sich dieses süße Grübchen auf der linken Wange bildet. Zwischen uns ist Freundschaft und nichts als Freundschaft. Basta.«

Meine beiden Freundinnen sehen mich eine Weile schweigend an.

Dann seufzt Liv laut. »Ach, Josie.«

9

»Oh, verdammt!«

Mit einem Satz springe ich aus dem Bett und greife nach meinem Handy, das auf dem Nachttisch liegt. Schon kurz vor halb acht! Unfassbar, dass ich ausgerechnet heute verschlafe. Im Club findet ein großes Geburtstagsfest mit fast fünfzig Gästen statt. Außerdem steht am Wochenende das Beach Road Fund Raising Festival an, das Straßenfest für wohltätige Zwecke, für das der Jachtclub ein Barbecue organisieren wird. All das muss vorbereitet werden, und Flynn hat uns gebeten, ganz besonders pünktlich zu sein. Aber anscheinend habe ich im Halbschlaf auf den Wecker gedrückt und ihn ausgeschaltet.

Liv scheint schon weg zu sein, denn ihre Zimmertür steht offen, und das Bett ist gemacht. Warum hat sie mich nicht geweckt? Vielleicht hat sie gedacht, dass ich heute freihabe.

In Rekordgeschwindigkeit dusche ich mich und ziehe mich an, bevor ich die Treppe nach unten haste. Um Zeit zu sparen, überspringe ich die letzten drei Stufen und lande mit einem großen Satz auf dem bunten Flickenteppich im Flur. Doch als ich um die Ecke biegen will, rutscht der Teppich unter meinen Füßen weg.

»Scheiße!«, entfährt es mir, als ein scharfer Schmerz in meinen rechten Knöchel schießt.

Schon sehe ich mich mit gebrochenen Knochen im Krankenhaus liegen, was wiederum bedeuten würde, dass ich für den Rest des Sommers nicht mehr arbeiten könnte, denn wenn ich nicht laufen kann, würde ich meinen Job im Jachtclub verlieren. Auf Krücken wäre ich da ziemlich nutzlos.

All diese Gedanken wirbeln mir im Bruchteil einer Sekunde durch den Kopf, während ich stürze. Ich strecke die Arme aus, um meinen Aufprall abzufangen, doch bevor es so weit kommen kann, packt mich jemand und hält mich fest. Ich kämpfe kurz um mein Gleichgewicht und greife dann nach dem nächsten sich mir bietenden Halt – den Oberarmen meines Retters.

»Puh, das war knapp!«, rufe ich und schaue hoch.

Es ist Blake, in dessen Arme ich gerade gesegelt bin. Erschrocken befreie ich mich aus seinem Griff und mache einen Schritt zurück, bereue es aber sofort. Mein Knöchel tut höllisch weh.

»Verdammt«, fluche ich und ziehe instinktiv den rechten Fuß hoch, um ihn nicht belasten zu müssen.

»Hast du Schmerzen?«, fragt Blake und überbrückt die Distanz zwischen uns wieder.

»Es … geht schon«, sage ich und setze probeweise den Fuß auf. »Glaube ich zumindest.«

»Komm.« Er schlingt einen Arm um meine Mitte. »Das muss gekühlt werden.«

Auf Blake gestützt, humpele ich in die Küche, wo Hannah am Tisch steht und mit einem Spritzbeutel kleine Häubchen auf eine riesige Torte setzt. Louise sitzt am Tisch und trinkt Kaffee. Erschrocken schaut sie auf und stellt die Tasse beiseite, als sie uns sieht.

»Was ist passiert?«, fragt Hannah und schiebt einen Stuhl in meine Richtung.

Mit einem Ächzen lasse ich mich darauf fallen.

»Josies Beine wollten gerade schneller die Treppe runter als der Rest ihres Körpers«, antwortet Blake trocken und öffnet die Gefriertruhe. »Oder andersherum?«

Kurz wühlt er in den verschiedenen Fächern, dann dreht er sich zu mir und reicht mir eine Tüte mit tiefgefrorenen Erbsen.

»Danke«, murmele ich und halte mir die kalte Packung auf den Knöchel. »O Gott, das tut gut.«

Erschöpft lege ich den Kopf in den Nacken und atme ein paarmal tief durch. Als ich wieder aufschaue, sehen mich alle drei besorgt an.

»Das ist gleich schon wieder besser«, versichere ich, und um die anderen von mir abzulenken, sage ich mit einem Kopfnicken in Richtung der imposanten Torte, die Hannah gerade verziert: »Ist das …?«

»Spiderman«, antwortet Hannah und betrachtet nachdenklich ihr Kunstwerk. »Eine ein bisschen merkwürdige Wahl für einen vierzigsten Geburtstag, wenn du mich fragst. Aber hey, wer bin ich, über den Geschmack anderer Leute zu urteilen?«

»Ich wollte die Torte gerade abholen, als du die Treppe runtergeflogen kamst und fast eine Bruchlandung hingelegt hast«, erklärt Blake.

»Danke«, sage ich noch mal. »Für die Rettung.«

Unsere Blicke treffen sich, und statt einer Antwort schenkt er mir ein winziges Lächeln. Beim Anblick seiner Lachfältchen und des kleinen Grübchens breitet sich ein Kribbeln in meinem Magen aus.

»Möchtest du vielleicht eine Kleinigkeit essen?«, fragt Louise besorgt, und ertappt schaue ich weg. »Wir haben noch Bagels von gestern. Nicht dass du uns nach dem Schreck noch ohnmächtig wirst.«

»Nein, nein, alles gut, ich kippe nicht um«, versichere ich und stehe vorsichtig auf. »Der Knöchel fühlt sich schon besser an. Und einen Bagel nehme ich gern mit zur Arbeit.«

Blake nimmt mir die Tüte mit den gefrorenen Erbsen aus der Hand und legt sie zurück in die Tiefkühltruhe.

»Bist du sicher, dass du arbeiten kannst?«, fragt er skeptisch und mustert besorgt meinen Knöchel.

»Ja … klar«, antworte ich und laufe die paar Schritte zur Tür, fast ohne zu humpeln. »Ich kann den Fuß während der Teambesprechung ja noch etwas kühlen, und wenn es gar nicht geht, lege ich Wäsche zusammen. Das kann ich auch im Sitzen machen.«

Blake sieht mich noch einen Moment zweifelnd an.

»Okay«, gibt er sich dann geschlagen. »Aber nur, wenn ich dich in den Club fahren darf.«

Zehn Minuten später sitzen wir im Range Rover.

Konzentriert schaut Blake beim Fahren auf die Straße, um die Löcher des holprigen Dünenwegs zu umfahren. Es wäre wirklich ein Jammer, wenn die Spiderman-Torte im Kofferraum Schaden nehmen würde. Auch Superhelden sind schließlich nicht unzerstörbar. Vor allem, wenn sie zu schätzungsweise neunzig Prozent aus Sahne und Butter bestehen.

Als wir die Straße erreichen, die Richtung Dorf führt, biegt Blake ab.

»Hast du am Montag eigentlich frei?«, fragt er und wirft mir dabei einen Seitenblick zu.

»Du machst doch die Dienstpläne!«, erinnere ich ihn und ziehe einen Mundwinkel nach oben.

»Okay, erwischt.« Er erwidert mein Lächeln. »Ich weiß, dass du Montag freihast.«

Ein warmes Gefühl breitet sich in meinem Bauch aus, und ich weiß nicht einmal, wieso.

»Und warum fragst du?«, hake ich nach. »Soll ich arbeiten und den freien Tag mit jemand anderem tauschen?«

»Nein, nein, darum geht es nicht«, antwortet Blake und setzt den Blinker, um in die Harbor Street einzubiegen. »Kennst du das CCS?«

»Das Center for Coastal Studies? Natürlich!«

Das CCS ist eine gemeinnützige Organisation, die sich für die Erhaltung und den Schutz der Meere und Küsten einsetzt. Neben der politischen Arbeit führt das CCS auch Bildungsprogramme für Bürger und Forschungsarbeiten zu Meeressäugern und deren Lebensräumen durch. Um ehrlich zu sein, habe ich, bevor ich mich beim Newport Yachtclub beworben habe, kurz damit geliebäugelt, eine Bewerbung zum CCS zu schicken. Aber laut Internetseite waren keine Stellen offen, außer für unbezahlte Praktika, und so gern ich auch dort arbeiten würde, einen Job ohne Bezahlung kann ich mir derzeit schlicht und ergreifend nicht leisten.

»Meine Freundin Violet leitet das Center«, sagt Blake und lässt das Fenster herunter, um Wendy zu winken, die gerade die Straße vor dem Lobsterville Grill fegt.

Ich hebe ebenfalls die Hand, und sie winkt zurück.

»Und weil einige ihrer Mitarbeiter krank sind, hat sie mich gefragt, ob ich einspringen kann und vielleicht noch jemanden wüsste, der eine Ausflugsfahrt mit einer Schulklasse begleiten kann«, fährt Blake fort. »Zuerst habe ich an einen der Mitarbeiter in der Marina gedacht, aber dann ist mir eingefallen, dass ich jemanden kenne, der besonders gut über unsere Ozeane und ihre Tier- und Pflanzenwelt Bescheid weiß.«

Wir sind beim Clubhaus angekommen, und Blake parkt den Wagen auf dem für ihn reservierten Mitarbeiterparkplatz. Er stellt den Motor ab, steigt aber nicht sofort aus, sondern schaut mich aufmerksam an. Es dauert etwas, bis der Groschen fällt.

»Du meinst *mich*?«, frage ich etwas zu laut und etwas zu aufgeregt.

Ein Lächeln huscht über sein Gesicht. »Ich meine dich.«

»Wow, das ist …«, stammele ich. »Toll! Das würde ich wahnsinnig gerne machen!«

»Es gibt allerdings kein Geld dafür«, räumt Blake ein und öffnet die Wagentür. »Und du müsstest deinen freien Tag dafür opfern.«

»Das ist überhaupt kein Problem!«, erwidere ich begeistert.

Endlich mal wieder einen Tag auf dem Meer verbringen, ohne dass ich irgendwem Champagner und Lachshäppchen servieren muss! Mit einer Schulklasse über Umwelt- und Artenschutz sprechen. Den Kindern erklären, wie wichtig es ist, unsere Ozeane zu schützen. Und das auf einem Schiff des CCS!

»Danke!«, sage ich und muss mich fast ein wenig zurückhalten, um Blake nicht um den Hals zu fallen.

»Gerne.«

Sein Blick wandert kurz über mein Gesicht, und ich muss schlucken. Es wirkt fast wie eine Liebkosung und löst allerlei Gefühle in mir aus, über die ich erst mal nicht weiter nachdenken möchte.

Ein kurzes Schweigen entsteht, bevor er sich einen Ruck gibt. »Dann hole ich dich am Montag um sieben ab.«

Mia, die am Anfang des Sommers einen Erste-Hilfe-Kurs belegt hat, bandagiert mir den Fuß so geschickt, dass ich den anstrengenden Arbeitstag gut überstehe. Dennoch bin ich abends so müde und erschlagen, dass ich nur noch schnell dusche und mich anschließend mit einem Coolpack auf dem Knöchel ins Bett fallen lassen kann. Aber ich bin froh, dass ich mich nicht krankmelden muss.

Am Samstagabend radele ich nach meiner Schicht schnell nach Hause, wo Hannah und Liv schon ungeduldig auf mich warten. Ich ziehe mir mein neues, mit dunkelblauen Blumen bedrucktes Sommerkleid an, das ich mir bei einem Ausflug nach Chilmark gekauft habe. Zum Kleid trage ich weiße Turnschuhe, die in

Kombination mit der neongelben Bandage um meinen Fuß nicht so wirklich zum Outfit passen, aber das kann ich eben nicht ändern.

Gemeinsam laufen wir ins Dorf, wo auf der Hauptstraße am Hafen das Beach Road Fund Raising Festival bereits in vollem Gange ist. Rechts und links der Straße, die für den Verkehr gesperrt ist, sind Stände aufgebaut, an denen man Cake Pops, Muffins, Zuckerwatte und Waffeln kaufen kann. Außerdem gibt es einen Stand für Bogenschießen, Kinderschminken und eine Tombola. Am Ende der Straße stehen die zwei großen Barbecue-Grills des Jachtclubs. Es duftet so herrlich nach Würstchen und Süßigkeiten, dass mir das Wasser im Mund zusammenläuft.

Bisher habe ich das Fest nur kurz beim Vorbeifahren gesehen, aber als ich jetzt zum ersten Mal richtig wahrnehme, was die Bewohner hier auf die Beine gestellt haben, erwärmt sich mein Herz für die tollen Menschen, mit denen ich hier zusammenleben darf. Alle Anwohner und Geschäftsleute von Menemsha arbeiten ehrenamtlich und spenden Essen und Trinken. Alle Erlöse und Einnahmen des Wochenendes gehen zur Hälfte an die Vineyard Conservation Society, eine Gesellschaft, die sich für den Erhalt der Natur und den Umweltschutz auf der Insel einsetzt. Die andere Hälfte wird der lokalen Food Bank gespendet, wo Bedürftige sich kostenlos mit Nahrungsmitteln und anderen Dingen des täglichen Bedarfs eindecken können. Der für die Sommermonate typische Touristenstrom tut das Seine, um eine hohe Spendensumme zu erzielen.

»Wollen wir uns was zu essen holen?«, fragt Hannah, und wir laufen zum Barbecue, wo Blake, Jacob und Flynn gerade gemeinsam mit Neil und Mia Steaks und Würstchen anbraten.

Da, wo normalerweise die Autos parken, ist nun die Tanzfläche. Paul, der heute nicht Taxi fährt, sondern den DJ spielt, steht etwas seitlich mit einem Laptop hinter dem Tisch, an dem Wendys Gäste normalerweise Poker spielen. Er hat ein paar Schweißperlen auf der Stirn und klickt hektisch auf seiner Maus herum, als kurz die ersten Töne von »Last Christmas« anklingen. Ein paar Leute lachen, aber nach einem kurzen Moment hat Paul die Technik wieder im Griff, und aus den aufgestellten Lautsprecherboxen dröhnt »Come On Eileen«.

»Hi«, sagt Blake und kommt um den Stand herum, um uns zu begrüßen.

Er trägt das übliche Club-Outfit mit Shorts und Polo, aber darüber eine pinke Schürze mit dem Aufdruck »I fell in love with Martha's Vineyard«.

Liv schnaubt belustigt.

»Hi«, antworte ich und muss ebenfalls ein Grinsen unterdrücken. »Schicke Schürze! Wieder eine Leihgabe von Wendy?«

Er schaut an sich herunter und lacht, Lachfältchen und Grübchen inklusive. »Nein, von Flynn. Ich habe eine Wette verloren.«

»Um was ging es denn?«, fragt Liv neugierig.

»Mein älterer Bruder hat sich eingebildet, dass er schneller als ich am Leuchtturm ist«, antwortet Flynn, und seine Nasenflügel blähen sich spöttisch, als er klarstellt: »War er natürlich nicht. Ich bin jünger und viel fitter.«

Blake verdreht die Augen. »Komm wieder runter. Du warst eine halbe Sekunde schneller als ich.«

»Ihr seid solche Kinder!« Hannah lacht. »Werdet ihr denn nie erwachsen?«

Die beiden Männer grinsen sich an. Offensichtlich nicht.

»Wollt ihr was essen?«, fragte Blake dann.

»Ja, gerne«, antwortet Hannah. »Zwei Steaks für Josie und mich.«

Jacob nimmt die Steaks vom Grill und legt sie auf einen Teller.

»Willst du auch eins?«, fragt er an Liv gewandt, aber meine Freundin schüttelt den Kopf.

»Nein danke. Ich bin Vegetarierin.«

Jacob schaut sie an, als hätte sie ihm gerade eröffnet, dass sie vorhat, nächste Woche mit Elon Musk zum Mars zu fliegen.

»Wie nennt man eine dicke Vegetarierin?«, fragt er dann grinsend. Als niemand etwas sagt und ihn alle nur anstarren, gibt er die Antwort selbst: »Biotonne.«

Er lacht über seinen eigenen Witz, und ich werfe Liv neben mir einen vorsichtigen Blick zu. Ich könnte mir vorstellen, dass sie gleich dezent ausflippen wird …

»Wow«, sagt sie aber erstaunlich ruhig. »Ich kenne niemanden außer dir, der eine persönliche Beleidigung, Frauenfeindlichkeit und Bodyshaming mit solcher Leichtigkeit in nur sieben Wörtern unterbringen kann.«

»Das war doch bloß ein Witz«, murmelt Jacob und fährt sich mit der Hand in den Nacken.

»War leider nicht witzig«, kommentiert Blake kopfschüttelnd. »Hey, da kommt Louise!«

Tatsächlich bahnt sich Hannahs Großmutter gerade einen Weg durch die Tanzenden auf uns zu.

»Hallo Granny, wie schön, dass du hier bist!« Hannah legt einen Arm um die Schultern ihrer Großmutter. »Ich dachte, du wolltest dich heute Abend in den Garten setzen und lesen?«

Louise lächelt. »Ich habe die schöne Musik gehört, und da dachte ich, ich könnte vielleicht ein wenig das Tanzbein schwingen. Wer weiß? In ein paar Jahren bin ich vielleicht zu alt dafür.«

Blake wirft einen Blick zu Neil und Mia, die den Stand aber im Griff zu haben scheinen, und verbeugt sich dann formvollendet vor Louise. »Wenn das so ist … Darf ich bitten?«

»Aber selbstverständlich!«, sagt sie mit einem Lachen und reicht ihm die Hand. »Nichts lieber als das.«

Hannah klatscht begeistert in die Hände, als die beiden die Tanzfläche betreten und so förmlich Position einnehmen, als wären sie auf dem Wiener Opernball. Auch ich kann mir ein Schmunzeln nicht verkneifen. Es sieht einfach herzerwärmend aus, wie der groß und breit gebaute Blake die kleine und zerbrechliche Louise vorsichtig über die Tanzfläche führt, stets darauf bedacht, sie zu schützen, sobald ihnen andere Tanzende zu nahe kommen.

»Mein Gott, das ist so süß!«, schwärmt Liv.

»Total!«, stimmt Hannah ihr zu.

»Komm, wir tanzen auch«, sagt Flynn zu Hannah. »Gerade ist wenig los am Stand.«

Sie protestiert kurz, lässt sich dann aber von ihm auf die Tanzfläche ziehen, wo Flynn eine ziemlich schlechte Imitation des Pulp-Fiction-Tanzes hinlegt, bis Hannah vor Lachen kaum noch aufrecht stehen kann.

»Möchtest du auch tanzen?«, fragt Jacob.

Zuerst denke ich, er meint mich, aber dann erkenne ich, dass er Liv ansieht.

»Sprichst du etwa mit *mir*?«, entgegnet sie mit verächtlichem Unterton und hochgezogenen Augenbrauen.

»Mit wem sonst?«, gibt er zurück und legt den Kopf schief.

»Keine Ahnung«, gibt sie zurück. »Mit jemandem, den du nicht beleidigt hast?«

Er senkt den Blick. »Ich habe mit meinem Spruch nicht dich gemeint. Du bist doch gar nicht dick.«

»Selbst wenn ich es wäre, würde dir das noch lange nicht das Recht geben, mich als Tonne zu bezeichnen. Dasselbe gilt für alle anderen Menschen auf dem Planeten.«

Er blinzelt kurz, dann sagt er bemüht ruhig: »Es ist wirklich schwer, sich mit dir zu unterhalten, ohne dass du einen Streit anfängst, Liv. Also? Möchtest du jetzt mit mir tanzen?«

Er sieht sie abwartend an.

»Nein danke, ich möchte *nicht* mit dir tanzen. Stattdessen stehe ich lieber hier und tue … nichts.«

Jacob scheint ihr die Abfuhr nicht sonderlich übel zu nehmen, denn er zuckt nur mit den Schultern, fast so, als wolle er sagen: *Wer nicht will, der hat schon.*

Dann überquert er mit großen Schritten die Tanzfläche, um sich Wendy zu schnappen, die hinter ihrem eigenen Stand steht und Erdbeer-Frizzante verkauft. Sie schafft es gerade noch, das Glas abzustellen, das sie in der Hand hält, bevor Jacob sie so wild herumwirbelt, dass sie fast den halben Stand umreißen. Wendy kann sich vor Lachen kaum halten und umschlingt Jacob mit beiden Armen.

»Das war doch nett von ihm«, sage ich zu Liv, die ihn mit vor der Brust verschränkten Armen beobachtet. »Also, dich zu fragen, ob du tanzen möchtest. Nicht der Spruch davor.«

»Du hättest sein Angebot ja annehmen können, wenn du ihn so unheimlich sympathisch findest«, erwidert sie etwas schnippisch und dreht sich demonstrativ von Jacob weg.

»Ich sage ja nicht, dass ich in Ordnung finde, was er so von sich gibt, aber …«, beginne ich.

Eigentlich will ich noch hinzufügen, dass sie trotzdem einen Weg finden sollte, mit ihm klarzukommen, weil er erstens mein Boss ist und zweitens einer von Hannahs besten Freunden. Doch weiter komme ich nicht, denn in diesem Moment bleibt Louise vor mir stehen, Blake immer noch an der Hand.

»Ich bin völlig erschöpft«, sagt sie schnaufend. »Hier hast du meinen Kavalier, Josie. Tanz du mit ihm.«

»Äh … ich?«, mache ich, aber sie drückt Blakes Hand einfach in meine.

Für den Bruchteil einer Sekunde überlege ich, ob ich meine Hand einfach zurückziehen soll. Doch ich komme zu dem Schluss, dass das völlig unangebracht und peinlich wäre. Also lasse ich sie da, wo sie ist: in Blakes großer, warmer Hand.

»Mein Fuß …«, protestiere ich schwach und kann ihm kaum in die Augen sehen.

»Papperlapapp«, ruft Louise erbarmungslos. »Blake wird mit dir genauso vorsichtig sein wie mit mir alten Tante!«

Dann scheucht sie uns auf die Tanzfläche, und wir haben keine andere Wahl.

Dummerweise ist das Lied gerade zu Ende, und eine kurze Pause entsteht. Das macht die ganze Situation noch peinlicher, denn nun kann ich nichts tun, außer vor Blake zu stehen und seine Brust anzustarren. Hat Paul noch nichts von fließenden Übergängen beim Musikmixen gehört?

Aber da beginnt auch schon das nächste Lied, und am liebsten würde ich aufheulen. »Total Eclipse of the Heart« von Bonnie Tyler? Ernsthaft? Wenn Paul schon ein Fan der Siebziger- und Achtzigerjahre ist, hätte er dann nicht etwas Schnelleres spielen können? »Girls Just Want to Have Fun«, zum Beispiel. Oder irgendwas Poppiges von Madonna oder Michael Jackson? Etwas, worauf man einfach mit Abstand zusammen tanzen kann, so wie man das auf Studentenpartys macht? Nicht wie bei einem Tanzcafé für Hundertjährige!

Und Paul hat sich ausgerechnet für einen der größten Lovesongs aller Zeiten entschieden, und ich muss kurz gegen den Impuls ankämpfen, Reißaus zu nehmen. Aber dann lege ich meine zitternde linke Hand auf Blakes breiten Rücken, während er nach meiner Rechten greift. Die Berührung unserer Handflächen lässt ein leichtes Prickeln durch meinen Arm laufen. Ein Prickeln, das sich bis in meinen Rücken fortsetzt, als er seine andere Hand auf mein Kreuz legt.

»Tut mir leid«, sagt Blake, als wir beginnen, uns zu dem langsamen Rhythmus zu bewegen. »Es war nicht meine Absicht, dich zum Tanzen zu zwingen. Aber Louise hat eben ihren eigenen Kopf.«

»Ha!«, mache ich und hebe den Blick, um ihn anzusehen. »Und da habe ich doch tatsächlich geglaubt, dass du sie angefleht hast, uns für einen Tanz zu verkuppeln.«

Ich sage es mit deutlich ironischem Unterton, aber einen Moment habe ich das Gefühl, dass er über seine eigenen Füße stolpert. Dann fängt er sich schnell wieder und zieht mich ein wenig enger an sich. Oder bilde ich mir das nur ein?

»Ich werde aus dir einfach nicht schlau, Josefine MacIntosh.« Er lacht leise. »Am ersten Abend warst du so forsch, aber danach immer zurückhaltend und schüchtern, bis du mir im Jachtclub die Meinung gegeigt hast. So langsam merke ich, dass du richtig vorlaut werden kannst.«

»Und das überrascht dich?«, frage ich mit mehr Selbstbewusstsein, als ich eigentlich habe. »Ich meine, dass ich nicht immer zurückhaltend und schüchtern bin?«

»Nein«, antwortet er und verstärkt den Druck seiner Hand in meinem Rücken. »Es fasziniert mich irgendwie.«

»Blake!« Ich kann nicht anders, als loszulachen. »Ich verkrieche mich den gesamten Sommer auf dieser Insel, weil mein Freund mich verlassen hat, ich keinen Job mehr habe, quasi pleite bin und mich insgesamt völlig *lost* fühle. Und das mit sechsundzwanzig, also in einem Alter, in dem man sein Leben eigentlich halbwegs im Griff haben sollte. Glaub mir, nichts an mir ist faszinierend.«

»O doch«, beharrt er und streicht mir mit dem Daumen über den Handrücken. »Und du bist nicht *lost.* Du bist mutig. Viele andere hätten den Kopf in den Sand gesteckt. Himmel, *ich* hätte den Kopf in den Sand gesteckt. Aber du packst deine Sachen und kommst mit deiner besten Freundin an einen für dich fremden Ort, um dort in einem Job zu arbeiten, über den du anfangs noch nichts wusstest, und zwar mit Menschen, die du nicht kennst. Trotzdem schaffst du es irgendwie, dir eine gute Zeit zu machen.« Er hält inne und schaut mich fragend an. »Du hast doch eine gute Zeit hier, oder?«

Unsere Blicke treffen sich, und ich muss schlucken. Diese blauen Augen treiben mich noch in den Wahnsinn! Genauso wie seine Lachfältchen. Und das Grübchen, das nicht immer zu sehen ist, aber von dem ich weiß, dass es jederzeit auf seiner linken Wange erscheinen kann.

Ob ich eine gute Zeit habe? Im Moment möchte ich an keinem anderen Ort der Welt sein.

Ich öffne den Mund, um etwas zu erwidern, doch da wirbeln Jacob und Wendy an uns vorbei, und Jacob singt aus vollem Hals: *»And I need you tonight! And I need you more than ever! And if you only hold me tight! We'll be holding on forever!«*

Dabei legt er den Kopf dramatisch in den Nacken und sieht so leidenschaftlich aus, dass Bonnie Tyler vor Neid erblassen würde, wenn sie es sehen könnte. Blake zieht mich ein Stück zur Seite, weil Wendy eine Drehung hinlegt, die sie ein wenig aus dem Tritt bringt und mit einem Schlingern auf uns zukommen lässt.

Aber Jacob fängt sie geschickt auf und schmettert: *»I really need you tonight!«*

Ich schaue Blake grinsend an. »Ich bitte dich, wie könnte ich keine gute Zeit haben?«

»Und abgesehen von meinem verrückten Bruder und seinem unglaublichen Gesangs- und Tanztalent? Gefällt es dir?«

Das Lied endet, aber statt mich loszulassen, wie ich es eigentlich erwartet hätte, verstärkt Blake seinen Griff minimal. Es ist ein unauffälliges Signal, dass unser Tanz noch nicht zu Ende ist, und ich bleibe, wo ich bin. »If You Leave Me Now« von Chicago beginnt, das fast noch langsamer ist als das Lied davor, und Blake tanzt einfach weiter mit mir.

Ich weiß nicht, wann und wie es passiert ist, aber wir sind uns mittlerweile so nah, dass unsere Körper sich berühren und mein Gesicht nur wenige Zentimeter von seiner Brust entfernt ist. Ich atme seinen warmen, rauchigen Duft ein, und nur weil ich weiß, dass er es nicht sehen kann, schließe ich die Augen.

»Ich finde es wunderschön, hier zu sein«, sage ich leise. »Ich habe die Menschen, die ich hier kennenlernen durfte, schon so sehr ins Herz geschlossen. Ich liebe es, dass hier alle so freundlich zueinander sind und sich gegenseitig helfen. Ich liebe es, dass alle in Einklang mit sich und der Welt zu sein scheinen. Und Martha's Vineyard ist einer der schönsten Orte, die ich kenne. Die Insel hat jeden Tag ein anderes Gesicht. Weißt du, was ich meine?«

Vielleicht hört sich das für ihn komisch an, aber ich habe keine Ahnung, wie ich es anders beschreiben soll.

»Ich weiß genau, was du meinst«, erwidert er, und ich spüre seinen Atem auf meinem Haar.

Mein Herz klopft so schnell, als hätte ich einen Sprint hingelegt, dabei bewegen wir uns beim Tanzen kaum noch. Das Lied endet, und wir bleiben stehen. Langsam öffne ich meine Augen wieder.

»Vielen Dank«, sagt Blake und lässt mich dabei immer noch nicht los. »Es war sehr schön, mit dir zu tanzen.«

»Das wird Louise sicher gern hören«, erwidere ich mit einem

leichten Lächeln. »Ich meine, nachdem wir unseren Tanz nur ihr zu verdanken haben …«

Seine Hand liegt immer noch auf meinem Rücken, nur wenige Zentimeter über meinem Po. Eine Sekunde stelle ich mir vor, er würde sie einfach tiefer gleiten lassen, mich an sich ziehen und seinen Unterkörper an meinen pressen. Eine Welle der Erregung überkommt mich, und ich spüre, wie meine Lider anfangen zu flattern. Ich muss regelrecht dagegen ankämpfen, sie wieder zu schließen. Mich auf die Zehenspitzen zu stellen, meine Arme um seinen Hals zu schlingen und ihm mein Gesicht entgegenzustrecken, damit er mich küssen kann.

»Ich hätte dich sowieso gefragt, Josie«, murmelt Blake so nah an meinem Ohr, dass ich den warmen Hauch seines Atems an meinem Hals spüren kann.

Er lässt mich los, macht einen Schritt zurück und schenkt mir noch ein kleines Lächeln. Dann dreht er sich um und verschwindet in der Menge der Tanzenden.

»O mein Gott, was war das?« Ich zucke zusammen, als Liv plötzlich neben mir auftaucht und mir in den Arm zwickt wie ein aufgeregtes kleines Kind. »Ich dachte, ihr küsst euch! Und du behauptest, da wäre nur Freundschaft!«

»Ich weiß auch nicht …«, stammele ich. Immer noch etwas zitterig schüttele ich den Kopf und füge hinzu: »Das … hat sich gerade nicht … nach Freundschaft angefühlt.«

Sie öffnet den Mund, um noch etwas zu sagen, aber ich komme ihr zuvor: »Jetzt brauche ich dringend was zu trinken. Was richtig Starkes. Kommst du mit?«

Viel zu wach und viel zu gut gelaunt steht Blake am Montagmorgen pünktlich um sieben in der Auffahrt des Seaside Cottage und grinst mich an.

»Bereit?«

Um ehrlich zu sein, habe ich vor Aufregung nicht sonderlich gut geschlafen und fühle mich ziemlich erschlagen. Ob es daran liegt, dass ich mich auf den Ausflug freue, oder daran, dass ich Blake wiedersehen werde, weiß ich selbst nicht so genau.

»Ein bisschen müde«, murmele ich und ziehe den Reißverschluss meines Windbreakers nach oben, weil es so früh am Morgen noch recht frisch ist.

Der Garten vor dem Cottage ist feucht vom Morgentau und duftet herrlich nach nasser Erde und Blumen. Der Himmel erstreckt sich blau über uns, und es verspricht, ein traumhafter Tag zu werden. Perfekt, um aufs Meer hinauszufahren.

Wortlos reicht Blake mir einen Becher mit heißem Kaffee, und ich gebe ein glückliches Seufzen von mir.

»Mein Retter!« Ich lächele ihn an. »Schon wieder.«

Er erwidert mein Lächeln und streckt dann eine Hand aus, um mir den Rucksack abzunehmen, den ich auf dem Rücken trage. Dabei streift er die empfindliche Stelle zwischen Schulter und Hals. Seine warme Hand hinterlässt eine kribbelnde Spur, und sofort macht sich Gänsehaut auf meinen Armen breit. Verstohlen werfe ich ihm einen Blick zu, um zu sehen, ob er meine Reaktion registriert hat. Falls ja, lässt er sich zumindest nichts anmerken. Mit unbewegter Miene legt er den Rucksack auf den Rücksitz des Range Rovers.

Die Fahrt nach Edgartown ist kürzer, als ich sie in Erinnerung habe, was wahrscheinlich daran liegt, dass ich die letzte Fahrt quasi im Schockzustand und mit einem schwer verletzten Hund im Auto verbracht habe. Damals schien es Stunden zu dauern, bis wir endlich ankamen, aber in Wirklichkeit sind es nur etwas mehr als zwanzig Minuten. Vielleicht liegt es auch daran, dass Blake dieses Mal um einiges gesprächiger und besser gelaunt ist.

»Wolltest du eigentlich schon immer Meeresbiologin werden?«, fragt er, als er auf die South Road abbiegt, die auf dem kürzesten Weg nach Edgartown führt.

Ich wärme mir die Hände am Kaffeebecher und puste auf die heiße Oberfläche, bevor ich antworte.

»Ja, schon von klein auf. Mein ganzes Leben habe ich damit verbracht, davon zu träumen, mit meinen Eltern mitzufahren und die Welt zu erkunden. Als ich meinen Schulabschluss in der Tasche hatte, war es klar, dass ich Meeresbiologie studiere.«

Er stellt Fragen zu meinem Studium an der BU, meinem Schwimmstipendium und meiner Arbeit im Labor. Die Zeit scheint wie im Flug zu vergehen, und viel zu schnell erreichen wir unser Ziel. Das Center for Coastal Studies liegt direkt neben der Hafenmeisterei von Edgartown.

Blake parkt den Wagen, und kaum dass wir ausgestiegen sind, kommt eine dunkelhaarige Frau Mitte dreißig auf uns zugelaufen.

»Schön, dass ihr da seid!«, ruft sie und schüttelt mir die Hand, bevor sie Blake freundschaftlich umarmt. »Ihr seid meine Rettung! Das halbe Team ist krank, und wenn ihr nicht eingesprungen wärt, hätte ich die Tour absagen müssen. Ich bin übrigens Violet.«

Ihr Lächeln ist so offen und herzlich, dass sie mir auf Anhieb sympathisch ist. Offensichtlich will sie keine Zeit verlieren, denn sie bedeutet uns, ihr zu folgen, und läuft dann mit großen Schritten auf ein Schiff zu, auf dessen Seite der Name *CCS Aurora* steht. Ich schultere meinen Rucksack, und wir folgen ihr zu dem Schiff, wo gerade zwei Männer dabei sind, Getränke und Lebensmittel an Bord zu schaffen. Wir nehmen jeder eine Kiste und tragen sie in die Kombüse, bevor Violet mir zeigt, wo ich meine Sachen lassen kann. Dann gibt sie jedem von uns eine Schirmmütze, damit wir als Crew-Mitglieder erkennbar sind. Die Kappen sind dunkelblau und tragen das weiße Logo des CCS, den Umriss eines großen und eines kleinen Wals. Ich hoffe, dass ich meine nach dem Ausflug behalten darf.

Weil Blake dafür verantwortlich sein wird, das Schiff zu steuern, verabschiedet er sich, um auf die Brücke zu gehen. Während Violet und ich den beiden Männern helfen, den restlichen Proviant an Bord zu schaffen, berichtet sie, was für den Tag geplant ist.

»Heute kommt eine erste Klasse mit zwanzig Schülern und zwei Lehrerinnen mit«, erklärt sie. »Wir fahren nach Südwesten Richtung Squibnocket und dann zu der unbewohnten Insel Nomans Land, vor der wir ankern und ein paar Sandwiches essen werden. Die Kinder sollen nach Kegelrobben Ausschau halten. Wenn wir Glück haben, entdecken wir auch einen Buckelwal, aber im Grunde geht es eher um die Robben, denn da können wir sicher sein, dass wir welche sehen. Vor ein paar Jahren hat sich eine neue Kolonie auf Nomans Land angesiedelt, die man gut bei der Jagd beobachten kann.«

»Und beim Schlafen?«, frage ich, und Violet lacht.

»Genau. Wir werden sicher Hunderte von Exemplaren zu sehen bekommen.« Sie schaut mich aufmerksam an. »Blake hat mir verraten, dass du Meeresbiologin bist, also nehme ich an, du kannst den Kindern ein bisschen was über die Robben erzählen?«

Begeistert nicke ich. Im dritten Semester habe ich mal eine Hausarbeit über Kegelrobben geschrieben, und ich bin mir sicher, dass ich noch einige Informationen aus meinem Langzeitgedächtnis kramen kann, wenn ich mich etwas anstrenge.

»Perfekt«, freut sich Violet. »Wir haben einige Ausmalbilder von Robben und anderen Meeresbewohnern sowie Buntstifte dabei. Damit kannst du die Kinder beschäftigen, wenn wir zurückfahren. Was gibt es sonst noch?« Sie denkt kurz nach. »Ach ja: Alle müssen Rettungswesten tragen, und zwar die ganze Zeit.«

Wir schauen beide zum Pier, wo in diesem Moment ein kleiner Schulbus anhält.

»Bereit?«, fragt Violet und dirigiert mich zur Gangway, wo ein großer Stapel mit orangefarbenen Schwimmwesten bereitliegt.

Die ersten Kinder hüpfen aus dem Bus, und selbst auf die Entfernung kann ich die Vorfreude in ihren Gesichtern sehen. Als sie über den Parkplatz auf uns zurennen, hüpfen die kleinen Rucksäcke auf ihren Rücken hin und her.

Mit einem breiten Grinsen im Gesicht winke ich ihnen zu.

»Bereit!«

»Die Kegelrobbe ist ein Meeressäugetier, das in den Vereinigten Staaten, Kanada und in Teilen Europas vorkommt«, erkläre ich und schaue in die Runde der Kinder, die mir gebannt zuhören.

Wir ankern vor der kleinen Felseninsel Nomans Land, an deren Ufern sich die Kegelrobben tummeln, genau wie Violet es vorhergesagt hat. Die Kinder sitzen im Kreis um mich herum und geben keinen Mucks von sich, fast so, als hätten sie Angst, irgendein wichtiges Detail zu verpassen. Auch die Lehrerinnen hören gespannt zu.

»Wisst ihr, was ein Säugetier ist?«, frage ich, und mehrere Hände schnellen hoch. »Du? Mit dem blauen T-Shirt und der roten Kappe?«

Ich deute auf ein Mädchen, das mir im Schneidersitz gegenübersitzt.

»Sie bekommen Babys, und die Babys trinken Milch!«, antwortet das Mädchen und sieht stolz in die Runde, als ich nicke.

»Sehr gut«, lobe ich sie. »Normalerweise würde man ja denken, dass Säugetiere nur an Land leben, so wie Hunde oder Katzen.

Aber es gibt auch Säugetiere, die sich an die Umgebung im Wasser so gut angepasst haben, dass sie ohne das Meer gar nicht mehr existieren könnten.«

Ich nehme eine Bewegung im Augenwinkel wahr und sehe, dass Blake an Deck gekommen ist. Mit verschränkten Armen steht er da, die Schulter an den Türrahmen gelehnt, und beobachtet uns. Unsere Blicke treffen sich, und als er lächelt, habe ich plötzlich Probleme, mich zu konzentrieren.

»Kennt ihr noch andere Meeressäugetiere?«, frage ich die Kinder, schiebe mir die CCS-Kappe aus der Stirn und streiche mir die verschwitzten Haare aus dem Gesicht. Es ist mittlerweile Mittag, und die Sonne steht hoch am Himmel.

»Delfine!«

»Wale!«

»Eisbären!«

»Die Seekuh!«

Die Antworten kommen alle durcheinander. Ich lache und wechsele noch einen Blick mit Blake, der ebenfalls grinst.

»Sehr gut! Ihr seid wahre Meeresspezialisten! Aber jetzt habe ich noch eine Frage für unseren Kapitän da drüben …« Ich nicke mit dem Kopf in Blakes Richtung. Amüsiert beobachte ich, wie er sich prompt gerader hinstellt und die Hände an die Seiten nimmt, fast so, als wäre er wieder in der Schule und gerade an die Tafel gerufen worden.

Die Kinder drehen den Kopf und sehen ihn erwartungsvoll an, als ich frage: »Kapitän Blake, kannst du uns sagen, wie lange eine Kegelrobbe unter Wasser bleiben kann, ohne Luft zu holen?«

Blake denkt kurz nach.

»Zwei oder drei Minuten?«, antwortet er dann zögernd.

»Falsch.« Triumphierend schaue ich die Kinder an. »Eine Kegelrobbe kann *zwanzig* Minuten unter Wasser bleiben und über hundert Meter tief tauchen, um zu jagen. Sie frisst Lachse, Dorsche, Heringe, Makrelen und Schollen.«

Dass Kegelrobben auch schon dabei beobachtet wurden, wie sie Schweinswale, Seehunde und sogar ihre eigenen Jungtiere fressen, verschweige ich meinen jungen Schülerinnen und Schülern lieber. Das wäre wohl etwas zu viel wissenschaftliche Realität für einen Haufen Sechs- und Siebenjähriger, die die Kegelrobben am Strand von Nomans Land »total süß« finden.

Violet erscheint neben Blake im Türrahmen und gibt mir das Zeichen, dass das Essen für die Kinder fertig ist.

»Wenn ihr hungrig seid, könnt ihr jetzt bei Violet ein Sandwich essen gehen«, sage ich. »Aber falls ihr noch weitere Fragen habt, dürft ihr mich jederzeit ansprechen, okay?«

Die Kinder springen begeistert plappernd auf und stürmen unter Deck, dicht gefolgt von ihren Lehrerinnen.

Ich stehe ebenfalls auf und strecke meine Glieder, bevor ich mich an die Reling stelle, um zu den Robben hinüberzusehen, die sich faul in der heißen Mittagssonne herumwälzen oder im Sand schlafen.

»Du bist die geborene Lehrerin, weißt du das?«

Ich drehe mich um, als ich Blakes Stimme hinter mir höre.

»Findest du?«, frage ich zweifelnd und lehne mich mit dem Rücken gegen die Reling. »Ich hatte vorher noch nie was mit Kindern zu tun.«

»Dann bist du ein Naturtalent«, sagt er nachdrücklich und stellt sich so dicht neben mich, dass sich unsere Arme berühren. »Es ist nicht so einfach, die Aufmerksamkeit von Kindern zu erlangen und vor allem auch zu behalten. Aber sie haben dir die ganze Zeit an den Lippen gehangen und mit Sicherheit einiges von dir gelernt. Davon abgesehen scheinen sie eine Menge Spaß zu haben.«

Ein Lächeln stiehlt sich auf mein Gesicht. »Danke.«

»Nichts zu danken. Hast du schon mal darüber nachgedacht, ob das etwas für dich sein könnte?«

»Was?«, frage ich und lache. »Lehrerin?«

»Ich meine so was hier«, erwidert er und macht eine ausladende Handbewegung, die das Schiff des CCS, die Kinder, das Meer und die Robbeninsel miteinschließt.

»Ich weiß nicht …«, murmele ich.

Ich setze gerade an, um ihm von meinen Grönland-Plänen im Herbst zu erzählen, da lehnt er sich ein Stück zu mir herüber und greift nach einer losen Haarsträhne, die der Wind unter der Kappe herausgerissen hat. Ich erstarre, während er mir die Strähne mit einer langsamen Bewegung hinters Ohr schiebt. Mein Atem stockt, und ich vergesse, was ich eigentlich sagen wollte. Wir sehen uns in die Augen, und ich muss dem Impuls widerstehen, meine Hand an die Stelle auf meiner Wange zu legen, an der seine Finger meine Haut gestreift haben.

»Ich wollte dich fragen, ob du später noch mitkommst, Harley abholen?«, sagt er, und seine dunkle, samtige Stimme verursacht mir eine Gänsehaut.

»Darf sie etwa nach Hause?«, bringe ich mühsam hervor und höre selbst, dass es etwas atemlos klingt.

Blake nickt lächelnd.

Ohne dass ich etwas dagegen tun kann, lächele ich zurück.

»Da will ich auf jeden Fall dabei sein!«

Als wir in der Tierklinik ankommen, ist es bereits später Nachmittag. Trotzdem ist es noch heiß, und die Grillen zirpen in den Apfelrosenbüschen, die den Parkplatz vor der Klinik säumen.

Ich spüre, wie nervös Blake ist, als uns die Krankenschwester ins Wartezimmer schickt, wo wir kurz Platz nehmen sollen.

Glücklicherweise dauert es nur ein paar Minuten, bis sich die Tür öffnet und Dr. Smith mit der Hündin an der Leine und einer Papiertüte in der Hand ins Wartezimmer kommt.

Blake springt vom Stuhl auf, während Harley auf ihn zuhumpelt. Dabei wedelt sie so heftig mit dem Schwanz, dass ihr ganzer Körper von der Bewegung mitgerissen zu werden scheint. Blake fällt vor ihr auf die Knie und fährt ihr mit beiden Händen ins Fell.

Sie gibt ein freudiges Japsen von sich und leckt über sein Gesicht, während Blake immer wieder murmelt: »Mach so was nie wieder, klar? Jag mir nie wieder so einen Schreck ein.«

Dann schaut er zu mir hoch. Etwas zieht und zerrt an meinem Herzen, als ich sehe, dass seine Augen feucht glänzen. Einen Moment lächeln wir uns an, bevor er aufsteht und dem Tierarzt die Leine aus der Hand nimmt.

Dr. Smith übergibt mir die Papiertüte, und ich höre aufmerksam zu, als er die Dosierung der Medikamente erklärt, die Harley einnehmen muss, denn ich habe das Gefühl, dass Blake gerade so überwältigt ist, dass er kaum etwas aufnehmen kann.

Während der Heimfahrt rollt Harley sich auf dem Rücksitz zusammen und schläft binnen weniger Minuten ein. Blake und ich sprechen nicht, aber es ist ein angenehmes Schweigen, und jeder hängt seinen Gedanken nach. Wahrscheinlich denken wir dasselbe: Was für ein unglaubliches Glück Harley hatte und wie froh wir alle sein können, dass nichts Schlimmeres passiert ist.

Am Seaside Cottage angekommen, holt Blake meinen Rucksack aus dem Kofferraum und gibt ihn mir. Als ich nach dem Riemen greife, lässt er ihn nicht direkt los, sodass ich vor ihm stehen bleiben muss.

»Danke«, sagt er und sieht mir dabei tief in die Augen.

Mein Blick wandert über sein Gesicht, seine Nase und seine Wangen bis zu seinem Mund. Plötzlich ist die Erinnerung an unseren Kuss wieder ganz lebendig. Eine Erinnerung, die ich eigentlich verdrängen wollte. Die Erinnerung daran, wie warm seine Lippen waren und wie es sich angefühlt hat, als seine Zunge über meine strich.

»Ich muss *dir* danken«, erwidere ich und merke, dass meine Stimme leicht zittert. »Dafür, dass du mich mitgenommen hast, Harley abzuholen. Und ich hatte schon lange nicht mehr so viel Spaß wie auf dem Ausflug mit Violet und den Kindern heute.«

Außer vielleicht, als wir getanzt haben, schießt es mir durch den Kopf. Aber das behalte ich lieber für mich.

»Eigentlich war es reiner Egoismus«, erwidert er, und als ich ihn verwundert anschaue, fügt er hinzu: »Ich wollte den Ausflug mit niemand anderem machen.«

Er legt den Kopf schief, und die Art, wie er mich ansieht, löst ein heftiges Kribbeln in meinem Bauch aus. Genau wie seine Worte. Einen Moment scheint es so, als würde er mit sich ringen, aber dann macht er einen Schritt auf mich zu. Mein Atem stockt, als er sich zu mir herunterbeugt und mir einen zarten Kuss auf die Wange haucht, auf die Stelle direkt neben meinem Mundwinkel.

Dann richtet er sich wieder auf und lässt meinen Rucksack los. »Hab einen schönen Abend, Josie.«

Ich sehe ihm nach, wie er zum Auto zurückläuft, bevor ich mit einem Lächeln das Gartentörchen öffne und hindurchtrete. Als ich fast bei der Haustür angekommen bin, höre ich ein Bellen hinter mir. Ich drehe mich um und sehe, dass Harley ihren Kopf aus dem Fenster gestreckt hat und mich mit heraushängender Zunge und gespitzten Ohren ansieht. Ich kann es nicht mit absoluter Sicherheit sagen, aber ich könnte schwören, dass sie ein wenig mit dem Schwanz wedelt.

10

Am nächsten Morgen radele ich mit einem merkwürdig leichten Gefühl im Bauch in den Jachtclub.

Die Sonne scheint, es ist warm, und der Fahrtwind zerzaust mir die Haare, die ich heute offen trage. Als ich am Lobsterville Grill vorbeikomme, winke ich Wendy zu, die mit einem Kaffee in der Hand vor dem Restaurant steht, und grüße Paul und Mel, die mit dem Kinderwagen am Pier des Hafenbeckens entlangspazieren.

Im Club stelle ich mein Fahrrad ab und mache mich mit klopfendem Herzen an die Arbeit im Restaurant.

Mia und ich decken die Tische ein und platzieren die Blumendeko für den für heute geplanten Geburtstag, während Neil zusammen mit Pablo im Garten eine Champagnerbar für den Empfang aufbaut. Jedes Mal, wenn jemand die Terrasse betritt, schaue ich hoch, immer in der Erwartung, Blake zu sehen. Es erinnert mich ein wenig an meinen ersten Tag im Club, nur beschleunigt sich mein Herzschlag heute vor Vorfreude und Aufregung. Und jedes Mal spüre ich einen Stich der Enttäuschung, wenn ich feststelle, dass es jemand anders ist.

Am späten Nachmittag habe ich mich damit abgefunden, dass ich Blake an diesem Tag wohl nicht mehr sehen werde. Am nächsten Tag wiederholt sich das Spiel, aber auch da laufen wir uns nicht über den Weg.

Am Donnerstag halte ich es schließlich nicht länger aus und gehe in meiner Mittagspause zu Flynn in die Küche, der gerade dabei ist, eine Suppe mit dem Stabmixer aufzuschäumen. Als er mich entdeckt, legt er den Mixer aus der Hand, holt eine kleine

Tasse aus dem Schrank und gibt mit der Kelle etwas von der Suppe hinein.

»Willst du probieren?«, fragt er und hält mir die dampfende Tasse und einen kleinen Löffel hin. »Lobster-Bisque. Ich habe sie so wie immer gemacht, aber dieses Mal etwas Curry hinzugefügt. Was denkst du?«

Ich nehme die Tasse und puste, bevor ich probiere. Die Suppe ist samtig und schmeckt aromatisch süßlich-nussig, aber es ist der Hauch von Curry, der dem Ganzen das gewisse Etwas verleiht. Es ist wie eine kleine Geschmacksexplosion in meinem Mund. Mit dem Löffel kratze ich den letzten Rest aus der Tasse und lecke mir genussvoll über die Lippen.

»Ich weiß«, sagt er mit einem verschmitzten Lächeln. »Ich bin eben der Beste.«

Lachend schüttele ich den Kopf. »Warum fragst du nach meiner Meinung, wenn du dir die Antwort dann selbst gibst?«

»Dein verträumter Gesichtsausdruck war mir Antwort genug«, antwortet er mit einem breiten Grinsen, das ich erwidere, bevor ich mir ein Herz fasse.

»Du weißt nicht vielleicht zufällig, wo Blake ist?«, frage ich so beiläufig wie möglich. »Ich habe ihn seit Tagen nicht gesehen.«

Flynn dreht sich um und legt den Stabmixer in das große Spülbecken, damit einer der Angestellten ihn abwaschen kann.

»Blake ist bei Laura in New York«, antwortet er, während er ein Schneidebrett aus dem Regal über ihm nimmt.

Es dauert einen Moment, bis seine Worte mein Bewusstsein erreichen, aber als sie es tun, erstirbt mein Lächeln, und mein Kopf fühlt sich plötzlich leer an. Ich habe das Gefühl, als würde all mein Blut in die Füße absacken, und ich muss all meine Willenskraft aufbieten, um nicht zurückzutaumeln.

Blake ist bei Laura in New York? Warum?

Um sich mit ihr zu versöhnen, Dummkopf, sagt eine gnadenlose Stimme in meinem Kopf. *Tu nicht so, als hättest du das nicht vorher gewusst.*

Hannah hat es schließlich deutlich genug gemacht, und ich habe mit eigenen Augen gesehen, wie nahe sie sich immer noch stehen. Offensichtlich habe ich das in den letzten Tagen einfach verdrängt.

Ich öffne den Mund, um etwas zu sagen, schließe ihn aber gleich wieder, weil kein Ton herauskommt.

Glücklicherweise scheint Flynn nicht zu bemerken, dass er mich mit seiner Antwort in einen schockähnlichen Zustand versetzt hat. Er ist voll und ganz darauf konzentriert, eine Aubergine in Sekundenschnelle in winzige und exakt quadratische Würfelchen zu schneiden. Wie hypnotisiert starre ich auf seine Hände, während ich krampfhaft überlege, was ich sagen kann.

Aber da fragt Flynn schon, ohne aufzusehen: »Soll ich ihm was von dir ausrichten, wenn ich ihn spreche?«

Ich atme einmal tief durch und versuche, mich zusammenzureißen.

»Nein«, antworte ich und stelle Tasse und Löffel lieber in die Spüle, bevor ich noch was fallen lasse. »Nicht so wichtig.«

Meine Stimme scheint doch anders geklungen zu haben als sonst, denn Flynn schaut hoch und mustert mich aufmerksam. Ich zwinge meine Mundwinkel ein Stück in die Höhe, bevor ich mich umdrehe und fluchtartig die Küche verlasse.

Der restliche Arbeitstag ist nicht lang genug, um meine durcheinanderwirbelnden Gedanken zu sortieren oder mein wild klopfendes Herz zu beruhigen. Ich weiß selbst nicht, warum es mich so schockiert, dass Blake zu Laura geflogen ist. Es war mir doch klar, wie die Dinge stehen. Oder habe ich mir etwa eingebildet, dass sich etwas geändert hat, nur weil wir einmal miteinander getanzt und einen schönen Tag auf dem Meer verbracht haben? Das ist doch lächerlich! Trotzdem tut der Gedanke unglaublich weh, und während ich nach Feierabend mein Fahrrad aus dem Ständer hole, muss ich gegen die Tränen ankämpfen.

Doch in mir sind nicht nur Traurigkeit und Herzschmerz und Enttäuschung, sondern auch Wut. Ich bin wütend auf mich selbst. Hatte ich mir nicht vorgenommen, meine Gefühle für Blake zu ignorieren und ihn nur als Freund zu betrachten? Stattdessen habe ich mich in etwas hineingesteigert, was offensichtlich ausschließlich in meiner verdammten Fantasie existiert!

Nur aus dem Augenwinkel nehme ich die Fischerboote wahr, die in den Hafen einlaufen, und die Fischer, die am Ende des Arbeitstages ihren Fang entladen. Mit einem Schlenker weiche ich einigen Touristen aus, die gut gelaunt und lachend aus Kathleen's Deli kommen, und biege in den Weg zum Cottage ein, wo mich endlich Ruhe umfängt. Hier höre ich nichts außer dem Zirpen der Grillen im Dünengras, dem Zwitschern der Vögel über mir und meinem eigenen Atem, der stoßweise geht, während ich in die Pedale trete.

Zu Hause angekommen, beschließe ich spontan, eine Runde zu schwimmen, um den Kopf frei zu bekommen. Mittlerweile schaffe ich die Strecke zum Leuchtturm und zurück ohne Schwierigkeiten.

Ich laufe ins Meer und genieße das kalte Nass auf meiner Haut. Als ich bis zum Bauch im Wasser stehe, tauche ich mit dem ganzen Körper unter. Meine Kopfhaut kribbelt, und mit kräftigen Armzügen beginne ich zu schwimmen, doch irgendwie will es mir nicht gelingen, gleichmäßig ein- und auszuatmen. Am Ende gebe ich auf und lasse mich eine Weile auf dem Rücken treiben, den Blick nach oben gerichtet. Über mir spannt sich der hellblaue und wolkenlose Himmel, und die Sonne wärmt meine feuchte Haut.

Ich schließe die Augen und denke an Blake.

Blake, der mit mir tanzt, sein Atem auf meiner Haut, seine Hand in meinem Rücken. Blake, der sagt, dass er mich faszinierend und mutig findet. Blake, der mir einen Kuss auf die Wange haucht und mir eine Strähne aus dem Gesicht streicht.

Blake, der zu Laura nach New York gefahren ist.

Was bin ich nur für eine blöde Kuh!

Entschlossen drehe ich mich wieder um und kraule verbissen das Stück zurück, das ich eigentlich schon hinter mich gebracht habe. Als Strafarbeit. Dafür, dass ich mich dummen, dummen Illusionen hingegeben habe, obwohl ich es eigentlich besser wissen sollte.

Eine Stunde später komme ich völlig ausgepowert, aber kein bisschen ruhiger ins Cottage zurück. Liv ist gerade dabei, die Kühlbox mit Getränken und Eis zu füllen, und Hannah balanciert ein Backblech in den Händen, während sie mit einem Fuß den Ofen zutritt. Es duftet nach Frischgebackenem. Louise sitzt am Tisch und studiert einige Papiere, die wie Rechnungen aussehen, eine dampfende Tasse Tee vor sich und einen Stift in der Hand. Die Szenerie ist so heimelig und vertraut, dass sich sofort das Gefühl von Ruhe in mir ausbreitet, das ich beim Schwimmen gesucht und nicht gefunden habe.

»Hallo, zusammen«, grüße ich in die Runde und ziehe das Badetuch vor der Brust enger. »Das riecht herrlich!«

»Hannah ist mal wieder nicht zufrieden«, sagt Liv und nickt in Richtung unserer Freundin.

Kritisch beäugt Hannah ihr Werk, das aussieht wie Blätterteigstangen mit Schinken.

»Ich sehne den Tag herbei, an dem ich genug Geld gespart habe, um mir einen neuen Ofen zu kaufen«, grummelt sie dabei vor sich hin. »Dann kann ich dieses olle Ding endlich rauswerfen!«

»Sieht doch toll aus«, sage ich mit einem Blick auf das Gebäck.

»Und der Ofen funktioniert auch noch.« Louise blickt von ihren Papieren auf. »Ein neuer würde viel Geld kosten.«

»Aber er zickt ganz ordentlich, oft geht er nicht mal an«, beschwert sich Hannah weiter. »Siehst du nicht, dass die Stangen hinten viel dunkler sind als die vorne?«

»Ich erkenne keinen Unterschied«, erwidert Liv schulterzuckend.

»Banause«, brummt Hannah und stellt das Backblech auf dem Tisch ab. »Ich könnte so viel besser sein, wenn ich das richtige Equipment hätte.«

»Du und Flynn, ihr passt echt zueinander«, sage ich scherzhaft.

Sie blickt auf und starrt mich an. Ein paar hektische Flecken haben sich auf ihrem Hals gebildet. »Wie meinst du das?«

»Na ja, Flynn hält sich ja auch für den Größten seiner Zunft.«

»Ich halte mich nicht für die Größte«, sagt sie kopfschüttelnd. »Ich will nur einen Ofen, der funktioniert. Das ist doch nicht zu viel verlangt!«

»Ich finde auch, dass die Stangen gut aussehen«, springt Louise Liv und mir bei, erntet von Hannah aber nur ein frustriertes Schnauben.

Wir wechseln einen Blick, und Liv zuckt mit den Schultern.

»So, ich muss los.« Louise schiebt die Blätter zusammen und steht auf. »Ich bin gleich mit meinem Buchclub verabredet.«

Hannah drückt ihrer Oma einen Kuss auf die Wange, bevor sie sich wieder den Gebäckstangen widmet.

»Und, wie war dein Tag?«, fragt Liv und mustert mich aufmerksam. »Du bist ein bisschen blass um die Nase.«

»Das kommt vom kalten Wasser«, behaupte ich und fahre mir mit der Hand durch die nassen Haare.

»Hm«, macht Liv. »Irgendwie siehst du aus, als wärst du etwas durch den Wind.«

»Blake ist zu Laura nach New York geflogen«, platzt es aus mir heraus, und um zu verbergen, wie sehr mich das trifft, stibitze ich mir eine der Blätterteigstangen vom Blech und versuche ein gleichgültiges Grinsen. »Nicht, dass mich das was anginge.«

Liv und Hannah wechseln einen besorgten Blick, und ich verlasse mit meiner Beute die Küche, bevor sie etwas sagen können.

Als ich etwas später zum Strand komme, hat die Dämmerung bereits eingesetzt, und ein stattliches Lagerfeuer prasselt an unserer üblichen Stelle. Liv und Hannah sind nicht mehr allein, denn Flynn und Jacob haben sich zu ihnen gesellt. Harley liegt neben Hannah im Sand und schaut hoch, als sie mich entdeckt. Zwar wedelt sie zur Begrüßung nicht mit dem Schwanz, aber immerhin spitzt sie die Ohren und legt den Kopf etwas schief.

»Wow, ist das etwa Stockbrot?«, frage ich und umarme Jacob und Flynn zur Begrüßung.

Kaum zu glauben, dass es noch gar nicht so lange her ist, dass ich unsicher war, wie ich die Sullivan-Brüder begrüßen soll. Jetzt fühlt sich eine Umarmung völlig natürlich an.

»Hat Flynn mitgebracht«, antwortet Liv für ihn, und Jacob setzt hinzu: »Ich wäre eigentlich für Marshmallows gewesen, aber auf mich hört ja keiner. Und Flynn wollte unbedingt irgendein fancy-schmancy Teigrezept ausprobieren.« Er verdreht die Augen. »Mit Petersilie und Basilikum.«

Dankend nehme ich den mit Teig umwickelten Stock, den Flynn mir reicht, und halte ihn ins Feuer.

»Thymian und Rosmarin«, korrigiert Flynn seinen Bruder und klopft ihm gutmütig auf die Schulter. »Ist aber fast dasselbe, Jacob.«

»Ich dachte, du backst nicht«, ziehe ich ihn auf und ernte dafür ein grinsendes Daumen-Hoch von Hannah.

»Manchmal lasse auch ich mich in die Niederungen des Backhandwerks herab«, antwortet Flynn würdevoll. »Um es dann auf Anhieb besser zu machen als alle anderen, versteht sich.«

»Besser als alle anderen … außer Hannah Treverson«, kontert Hannah.

»Noch nie gehört«, antwortet Flynn mit Pokerface. »Muss man die kennen?«

Hannah verdreht die Augen, und ich muss lachen. Es ist einfach zu lustig, wenn die beiden sich kabbeln und Wortgefechte liefern.

Das Gespräch geht munter weiter, während wir unsere Stockbrote über dem Feuer rösten. Sie schmecken herrlich rauchig und gleichzeitig würzig nach Kräutern. Als Harley irgendwann aufsteht und sich vorsichtig streckt, rufe ich leise ihren Namen. Sie ist immer noch sehr steif und nicht ganz wieder die Alte. Aber wenn ich an den Unfall zurückdenke, grenzt es an ein Wunder, dass sie überhaupt noch lebt und wieder laufen kann.

Als sie meine Stimme hört, spitzt sie die Ohren. Ich kann mein Glück kaum fassen, als sie tatsächlich zu mir herüberkommt und sich mit einer Armlänge Abstand vor mir in den Sand legt. Vorsichtig strecke ich die Hand aus und halte die Luft an, als sie mich aufmerksam anschaut und mir dann einmal über die Finger leckt. Am liebsten würde ich laut losjubeln, aber natürlich halte ich mich zurück, schließlich will ich sie nicht noch einmal so verschrecken wie beim ersten Mal. Sie klopft zweimal mit dem Schwanz auf den Boden, was ich wie einen Ritterschlag empfinde, doch dann ruckt ihr Kopf plötzlich hoch, und sie steht auf.

»Hey, da ist ja unser Bruderherz!«, ruft Jacob und hebt die Hand zum Gruß.

Mit klopfendem Herzen drehe ich mich um. Harley humpelt schwanzwedelnd in Richtung einer Gestalt, die aus der Dunkelheit auf uns zukommt.

Blake ist barfuß und trägt Jeans und ein graues T-Shirt. Seine Haare sind ein wenig verstrubbelter als sonst, und er sieht erschöpft aus, fast so, als hätte er eine schlaflose Nacht hinter sich.

O Gott, ich will lieber gar nicht darüber nachdenken, was ihm den Schlaf geraubt hat. Oder wer. Ich presse die Lippen zusammen und versuche, das ungute Gefühl in meiner Magengegend zu unterdrücken.

Er beugt sich zu Harley hinunter, um die Hündin zu begrüßen, die vor Begeisterung winselt, bevor er sich wieder aufrichtet und sich dem Lagerfeuer nähert. Bei uns angekommen, klatscht er mit einem müden Lächeln seine Brüder ab und umarmt Hannah und Liv freundschaftlich. Dann dreht er sich zu mir, und ich erstarre etwas, als er sich zu mir herunterbeugt und die Arme um mich legt. Er riecht nach Seife – anscheinend hat er gerade noch geduscht –, und ich kann nicht verhindern, dass sich meine Augen für einen Moment schließen. Als ich sie wieder öffne, hat er sich bereits wieder aufgerichtet, und Liv schaut mich mit einem Kopfschütteln an. Ertappt verziehe ich den Mund, was ihr ein leichtes Grinsen entlockt. Verdammt, meine beste Freundin kennt mich einfach zu gut. Ich muss mich dringend zusammenreißen, bevor ich mich noch zum Gespött mache.

Hannah öffnet die Kühlbox und reicht Blake ein kaltes Bier. Er nimmt es und lässt sich mit einem zufriedenen Seufzen zwischen seine Brüder fallen.

»Und, wie war es in New York?«, fragt Jacob, bevor Blake auch nur einen Schluck trinken kann, und wackelt mit den Augenbrauen, als würde er nun eine ganz besonders anzügliche Geschichte erwarten.

Eine besonders anzügliche Geschichte über Blake und Laura. So etwas wie eine romantische Wiedervereinigung mit wildem Versöhnungssex? Die Vorstellung, wie die beiden sich durch die Laken im Bett ihres wahrscheinlich superschicken New Yorker Apartments wälzen, erscheint vor meinem inneren Auge, und mir wird leicht übel.

»Jetzt lass ihn doch erst mal ankommen!«, sagt Hannah, und ich bin mir nicht sicher, ob sie Blake das Kreuzverhör seines Bruders ersparen will oder mir die Antworten, die ich mit großer Wahrscheinlichkeit nicht hören möchte.

Wie dem auch sei, ich habe plötzlich das Gefühl, dass ich nicht mehr sitzen bleiben kann. Abrupt springe ich auf.

»Das Feuer ist so heiß!«, sage ich und fächele mir mit einer Hand Luft zu. »Ich glaube, ich muss mal kurz die Füße ins Wasser halten!«

Ohne die Antwort der anderen abzuwarten, drehe ich mich um und marschiere den Strand entlang. Erst als ich das Knacken der Flammen und die Gesprächsfetzen meiner Freunde nicht mehr höre, bleibe ich stehen und genieße, wie das kalte Wasser meine Füße umspült. Nachdem ich ein paarmal tief durchgeatmet habe, beruhigt sich auch mein Herzschlag endlich wieder. Doch gerade als ich denke, dass ich wieder zu den anderen zurückgehen kann, höre ich Blakes Stimme hinter mir.

»Josie?«

Überrascht drehe ich mich zu ihm um. Die anderen sitzen immer noch am Lagerfeuer, nur Harley hat Blake begleitet und steht schwanzwedelnd neben ihm, wie immer ganz auf ihr Herrchen fokussiert. Für den Bruchteil einer Sekunde sehen wir uns in die Augen, dann schaue ich schnell weg. Sein Blick löst zu viel in mir aus, und das sollte er nicht.

»Wollen wir ein Stück zusammen gehen?«, schlägt er vor und nickt in Richtung des Leuchtturms, dessen Licht in regelmäßigen Abständen die Dunkelheit durchbricht.

»Wenn du magst …«, antworte ich und versuche, meine Stimme normal klingen zu lassen. Schließlich weiß ich selbst, dass ich keinerlei Grund oder gar ein Recht darauf habe, sauer auf Blake zu sein. Zumindest keinen rationalen.

Schweigend laufen wir bis zu dem Weg, der zum Leuchtturm führt. Dort, wo die Landzunge beginnt, steht eine Bank, die tagsüber ein beliebter Foto-Spot für Touristen ist, jetzt aber verlassen in der Dunkelheit liegt. Spontan laufe ich darauf zu und setze mich. Blake folgt mir, während Harley umkehrt und in Richtung der anderen zurücktrottet. Vielleicht ist ihr unser Spaziergang zu anstrengend.

Eine Zeit lang lauschen wir beide nur der Brandung und dem regelmäßigen Ruf einer Eule hinter uns im Wald. Blake hat sich dicht neben mich gesetzt, und unsere Oberschenkel berühren sich leicht. Ich spüre die Wärme seines Körpers durch den Stoff seiner Jeans, und seine Nähe irritiert mich so sehr, dass ich die Knie anziehe, um etwas Abstand zwischen uns zu bringen. Die Stille zwischen uns dehnt sich aus, aber ich unterdrücke den Impuls, sie mit belanglosem Geplapper auszufüllen.

»Kannst du dich noch an unseren ersten Abend im Pub erinnern?«, fragt Blake irgendwann. »Da saßen wir auch so nebeneinander auf einer Bank.«

»Ich dachte, es ist besser, wenn wir diesen Abend vergessen?«, sage ich, und obwohl ich es eigentlich mit humorvollem Unterton sagen will, merke ich, dass sich ein Hauch Sarkasmus in meine Stimme schleicht.

Ich bin eben keine gute Schauspielerin.

»Ich …«, fängt er an und dreht sich ein Stück zu mir, sodass wir uns in die Augen sehen können. »Ich dachte, dass es dir hilft, wenn wir das Ganze einfach vergessen. Du bist an deinem ersten Arbeitstag in der Marina völlig erstarrt, und es sah aus, als würdest du dir wünschen, du wärst mir nie begegnet.«

»Du dachtest, dass du mir einen Gefallen tust, indem du mir die kalte Schulter zeigst?«, frage ich so ungläubig, dass ihm ein Lachen entfährt.

»War wohl keine gute Idee?« Er zieht einen Mundwinkel hoch und sieht dabei so zerknirscht aus, dass mein Herz ein klein wenig antaut. »Ich wollte nicht dauernd darauf rumreiten, wie wir uns kennengelernt haben.«

»Vielleicht hätte es einen Mittelweg zwischen ›Ich wollte nicht dauernd darauf rumreiten‹ und Darth Vader gegeben?«

»Darth Vader?« Er lacht laut auf und fährt sich mit einer Hand durch die Haare. »Verdammt.«

Obwohl ich versuche, es nicht zu tun, muss ich ebenfalls schmunzeln. Als ich hochsehe, begegnen sich unsere Blicke.

»Wie kann ich das nur wiedergutmachen?«, fragt er, ohne die Augen abzuwenden. »Kann ich es denn überhaupt wiedergutmachen?«

Als ich nichts erwidere, hebt er eine Hand und streicht mir zart mit den Fingern über die Wange. Mein Widerstand schwindet, und plötzlich kann ich mir tausendundeine Möglichkeit vorstellen, wie er es wiedergutmachen könnte.

»Blake, ich …«, bringe ich hervor und verliere sofort wieder den Faden, weil er mir mittlerweile so nah ist, dass ich den Lufthauch seines Atems an meinen Lippen spüre.

In der Ferne bellt Harley, aber ich kann mich auf nichts anderes konzentrieren als auf das Gefühl, das Blakes Nähe in mir auslöst. Dieses Pulsieren, das sich in meinem ganzen Körper ausbreitet, während ich in seinen blauen Augen versinke. Dieser unbändige Drang, ihn wider alle Vernunft zu küssen.

»Ich wollte dir noch etwas sagen …«, beginnt Blake leise. »Wegen New York …«

Aber dann sehe ich es im Augenwinkel.

Ein Flackern.

Flammen.

Es brennt!

Bevor ich auch nur den Mund öffnen und einen Ton herausbringen kann, dringen bereits Hannahs Schreie zu uns herüber.

»Das Cottage brennt!«, rufe ich, aber da ist Blake schon aufgesprungen und sprintet zu den anderen zurück.

Ich versuche, mit ihm Schritt zu halten, aber es ist unmöglich. Während ich so schnell renne, wie ich kann, und trotzdem weit hinter Blake zurückbleibe, überschlagen sich meine Gedanken.

Warum brennt das Cottage? Unser Lagerfeuer war viel zu weit weg vom Haus! Außerdem waren die anderen die ganze Zeit dort. Sie hätten es doch bemerkt, wenn das Feuer sich irgendwie in Richtung Haus ausgebreitet hätte.

Am Lagerfeuer ist niemand mehr, als ich dort ankomme. Schnell ersticke ich die restlichen Flammen mit Sand, dann folge ich den anderen. Sie sind nicht im Garten, aber ich finde sie auf dem Weg vor dem Haus. Erleichtert stelle ich fest, dass alle da sind: Liv, Jacob und Hannah, die sich mit einer Hand an Flynns Arm krallt und die andere vor den Mund presst. Gott sei Dank ist Louise bei ihrem Buchclub und nicht zu Hause!

Blake hält Harley am Halsband fest, seine Brust hebt und senkt sich von dem Sprint schneller als sonst. Das Feuer scheint im Erdgeschoss zu wüten und sich noch nicht auf den ersten Stock ausgedehnt zu haben, denn die Flammen schlagen nur seitlich aus dem Küchenfenster. Bis jetzt.

»O Gott, o Gott«, wimmert Hannah immer wieder mit tränenerstickter Stimme. »Unsere ganzen Sachen! Alles kaputt!«

Ich mache sie nicht darauf aufmerksam, dass es um viel mehr geht als um unsere Sachen. Wenn das Feuer weiter um sich greift, könnte innerhalb kürzester Zeit das ganze Haus abbrennen. Daran will ich gar nicht denken!

»Es scheint sich bisher auf die Küche zu beschränken«, sagt Flynn und macht sich von Hannah los. »Jacob, Blake – wir könnten vielleicht noch mit dem Feuerlöscher …«

»Niemand geht da rein!«, ruft Hannah panisch und greift nach Flynns Arm, dieses Mal, um ihn zurückzuhalten. »Wenn einem von euch was passiert, würde ich mir das nie verzeihen!«

In der Ferne höre ich die Feuerwehrsirene. Die Abendbrise trägt den Rauch zu uns herüber, und ich presse mir den Zipfel meines T-Shirts vor den Mund, um nicht husten zu müssen. Meine Augen beginnen zu tränen, aber niemand von den anderen weicht zurück, also bleibe auch ich stehen, wo ich bin.

»Gott sei Dank ist Louise nicht zu Hause«, sagt Flynn und drückt Hannahs Schulter.

In dem Moment fällt mein Blick auf das Fahrrad, das an der Hauswand lehnt.

»*Oh, fuck*«, entfährt es Blake, der meinem Blick gefolgt ist.

Bevor ich etwas sagen oder tun kann, ist er schon losgelaufen.

»Blake!«, schreie ich, aber er stoppt nicht, sondern rennt quer durch den Vorgarten zu Louises Schlafzimmerfenster.

»Was tut er da?«, ruft Liv noch, da laufen auch schon Flynn und Jacob los.

»Louise … Sie ist zu Hause!«, stammele ich und deute mit zitternden Händen auf das Fahrrad neben der Eingangstür.

»O Gott, Granny!«, kreischt Hannah panisch und will ebenfalls loslaufen, doch Liv und ich packen sie am Arm und halten sie mit aller Gewalt fest.

»Die Männer kümmern sich um sie«, versuche ich so ruhig wie möglich zu sagen, obwohl auch ich kurz davor bin, in Panik auszubrechen, und meine eigene Stimme kaum erkenne. »Du kannst ihnen nicht helfen, Hannah. Du wärst ihnen nur im Weg.«

Hannah gibt ihren Kampf auf, und wir klammern uns ängstlich aneinander. Blake ist als Erster beim Haus angekommen und drückt das Fenster zu Louises Schlafzimmer auf, das offenbar nur angelehnt war. Dann springt er mit einem Satz auf den Fenstersims und verschwindet im Zimmer. Rauch dringt aus dem Raum, aber es ist nicht so viel wie auf der Küchenseite.

Flynn und Jacob bleiben vor dem Fenster stehen und rufen etwas nach drinnen, was wir nicht verstehen. Es können nur Sekunden vergangen sein, aber es kommt mir vor, als wären es Stunden, bis Blake wieder am Fenster erscheint. Louise hat sich auf seinen Arm gestützt und scheint unversehrt, von dem heftigen Husten abgesehen, der ihren zarten Körper schüttelt.

»Gott sei Dank!«, sagt Liv mit einem Aufatmen, und Hannah bricht vor Erleichterung in Tränen aus.

Blake nimmt Louise auf den Arm und hebt sie durchs Fenster, als würde sie nichts wiegen. Jacob und Flynn nehmen sie entgegen und helfen ihr auf die Beine. Dann springt Blake durchs Fenster zurück in den Vorgarten, und zusammen kommen die vier auf uns zu. Hannah hält es nicht mehr aus und macht sich von uns los, um ihrer Großmutter entgegenzulaufen. Die beiden fallen sich in die Arme, während sich hinter uns die Feuerwehrautos nähern.

»Warum bist du zu Hause?«, fragt Hannah weinend. »Du warst doch mit deinen Freundinnen verabredet!«

»Wendy hat abgesagt«, antwortet Louise und hustet. »Sie hat sich erkältet, und Mel hat es nicht geschafft, das Buch zu lesen, weil Baby Gina krank ist und …«

Weiter kommt sie nicht, denn wir müssen Platz machen, weil der Löschzug endlich eintrifft. Mit routinierten Handgriffen holen die Feuerwehrmänner die Schläuche aus den Wagen. Zwei Sanitäter führen Louise zu einem Krankenwagen, wo sie in eine Decke gehüllt wird und etwas zu trinken bekommt. Weil sie nicht aufhören kann zu husten, hält sie sich immer wieder eine Sauerstoffmaske vors Gesicht.

Der Einsatzleiter, ein großer Mann Mitte zwanzig, kommt auf uns zu.

»Taylor Finnigan, *Division Chief* der Feuerwehr«, stellt er sich knapp vor. »Sind noch Personen im Haus?«

»Jetzt nicht mehr«, antwortet Blake. »Es war nur noch Louise Treverson im Haus, sonst niemand.«

»Ist mit Ihnen alles in Ordnung?«, fragt der Feuerwehrmann und schaut von einem zum anderen.

»Wie kann alles in Ordnung sein, wenn gerade mein Haus abbrennt?«, erwidert Hannah mit schriller Stimme. »Meine Oma wäre fast in ihrem Schlafzimmer erstickt!«

Ich lege einen Arm um ihre Schultern, aber sie lässt sich kaum beruhigen. Schluchzend vergräbt sie das Gesicht an meiner Brust. Ich streiche ihr über den Rücken und murmele irgendwelche Worte, ohne selbst genau zu wissen, was ich sage.

»Haben Sie eine Ahnung, wie oder wo der Brand ausgebrochen ist?«, fragt der Einsatzleiter.

»Nein«, antwortet Flynn. »Wir waren am Strand und haben erst nichts bemerkt. Nur der Hund hat plötzlich angeschlagen, und dann haben wir es auch schon gerochen. Hätten wir noch versuchen sollen, das Feuer zu löschen?«

»Nein«, antwortet der Mann bestimmt. »Dafür sind wir da.«

Schweigend beobachten wir, wie die Feuerwehrleute zunächst den Wasserstrahl auf das Gebäude richten und das Haus wenig später mit Atemmasken betreten, um drinnen die letzten Flammen zu ersticken. Die Rauchentwicklung ist furchtbar, und wir weichen Meter um Meter zurück, hustend und mit tränenden Augen.

Es dauert fast eine Stunde, bis die Männer das Haus wieder verlassen, die Schläuche zusammenrollen und Taylor Finnigan auf uns zukommt.

»Das Feuer ist gelöscht.« Er deutet auf die Seite des Hauses, wo es gebrannt hat. »Es ist offenbar in der Küche ausgebrochen. Ein Gutachter kann Genaueres sagen, aber wenn Sie mich fragen, war es der Ofen. Haben Sie was gebacken?«

Hannahs Augen weiten sich. »O Gott, natürlich! Der alte Ofen!« Panisch greift sie nach Livs Arm. »Aber ich habe ihn doch ausgemacht! Oder nicht? Habe ich den Ofen ausgemacht, bevor wir an den Strand gegangen sind?«

Liv nickt und tätschelt beruhigend ihre Hand. »Doch, du hast ihn ausgemacht, als die Stangen fertig waren, ich weiß es genau.«

»Der Ofen ging doch manchmal nicht an, wenn er angehen sollte«, werfe ich vorsichtig ein. »Vielleicht ist er jetzt einfach angegangen, ohne dass ihn jemand angestellt hat?«

Hannah starrt mich an, dann schlägt sie die Hände vors Gesicht und beginnt zu weinen. Ich will sie in die Arme schließen, aber Flynn kommt mir zuvor. Er zieht sie an sich, küsst sie aufs

Haar und murmelt beruhigende Worte, bis ihr Schluchzen langsam wieder verebbt.

»Das Wichtigste ist, dass niemandem etwas passiert ist«, sagt der Einsatzleiter mit einem aufmunternden Nicken. »Wohnen Sie alle zusammen in dem Haus?«

»Nein, nur die vier Frauen«, antwortet Blake.

»Ihre Großmutter werden die Kollegen vom Rettungsdienst mit ins Krankenhaus nehmen«, erklärt der Feuerwehrmann. »Nur zur Sicherheit und um zu sehen, dass es ihr gut geht. Haben die anderen irgendeine Bleibe? Sie können keinesfalls ins Haus zurück. Es hat zwar nur in der Küche gebrannt, aber auch das Wohnzimmer und der Flur sind teilweise betroffen. Es muss erst jemand kommen und prüfen, ob Einsturzgefahr besteht.«

»Ihr kommt mit zu uns«, sagt Blake, noch bevor ich alle Informationen wirklich verarbeitet habe. »Ihr könnt so lange bei uns wohnen, wie ihr wollt.«

11

Obwohl hauptsächlich die Küche in Mitleidenschaft gezogen ist, dürfen wir unsere Sachen nicht aus unseren Zimmern holen. Zumindest meinen Laptop, mein Portemonnaie und eine frische Unterhose hätte ich gerne gehabt. Aber die Feuerwehrleute sind gnadenlos und bestehen darauf, dass das Haus zuerst von einem Statiker geprüft und freigegeben wird.

Hannah und Flynn begleiten Louise ins Krankenhaus nach Oak Bluffs, um sicherzustellen, dass es ihr gut geht und sie alles hat, was sie braucht. Uns anderen bleibt nichts übrig, als das Angebot des Einsatzleiters anzunehmen und uns von der Feuerwehr zum Jachtclub fahren zu lassen … mit nichts außer dem, was wir am Leib tragen. Wir müssen ein schreckliches Bild abgeben, als wir vor dem Clubhaus aussteigen. Vier Menschen und ein Hund, alle erschöpft, niedergeschlagen, verrußt und nach Rauch stinkend.

Liv und ich folgen den Männern die Treppe hinauf in den ersten Stock des Jachtklubs. Ich bin das erste Mal in der Wohnung der drei, und obwohl ich zu benommen bin, um mich wirklich eingehend umzusehen, nehme ich wahr, wie gemütlich sie eingerichtet ist. Das Wohnzimmer wird von einem großen Ecksofa dominiert, und der Blick aus den drei nebeneinanderliegenden Fenstern geht auf die Marina hinaus, die im Dunkeln nur von den Straßenlaternen und dem Mond beleuchtet wird. Auf der anderen Seite des Raumes befindet sich eine offene Küche mit Küchenblock und einem Esstisch davor, an dem gut und gerne zwölf Leute Platz finden.

Blake ist an den Kühlschrank getreten und holt zwei Flaschen

Mineralwasser heraus. Dann schenkt er jedem von uns ein Glas ein.

»Es ist fast zwei Uhr«, sagt er und schiebt die Gläser über den Küchentresen. »Ich schlage vor, dass ihr erst mal duscht und dann ein paar Stunden schlaft, wenn ihr könnt. Morgen sieht die Welt schon wieder anders aus. Jetzt sollten wir erst mal dankbar sein, dass keinem von uns etwas passiert ist.«

Ich frage mich, wie er so ruhig und gelassen wirken kann. Ich selbst bin innerlich völlig aufgewühlt.

Mein Hals fühlt sich an wie aus Schmirgelpapier, aber das Wasser schmeckt frisch und süß und spült den bitteren Geschmack in meinem Mund herunter. Sobald ich das Glas abstelle, schenkt Blake mir noch mal ein, während Jacob den Hundenapf mit frischem Leitungswasser füllt, auf den Harley sich sofort stürzt. Eine Weile ist nichts zu hören als das gierige Schlabbern der Hündin. Als sie fertig ist, hebt sie den Kopf und schaut Blake an.

»Du kommst mit mir unter die Dusche.« Liebevoll wuschelt er ihr mit der Hand durchs Fell. »Keine Widerrede. Du stinkst auch.«

Harley bellt einmal laut, und die restlichen Wassertropfen in ihrem Barthaar spritzen in alle Richtungen. Ob ihr Bellen Zustimmung oder Protest ist, weiß ich nicht, aber die Interaktion zwischen Hund und Herrchen bringt mich das erste Mal seit dem Brand wieder etwas zum Lächeln.

»Ich hole euch Handtücher«, sagt Blake schließlich und stößt sich mit einer Hand am Küchentresen ab. »Und dann beziehen wir euch die Betten. Wir haben im Gästezimmer ein Doppelbett und ein Sofa. Da habt ihr alle drei Platz.«

Während Liv im Badezimmer unsere stinkenden Klamotten in die Waschmaschine stopft, springe ich unter die Dusche. Es ist herrlich, die Haare einzuschäumen und den Dreck von meinem

Körper abzuwaschen, auch wenn es mit irgendeinem männlich riechenden, zitronigen Duschgel ist, das mich vage an Flynn erinnert.

Als ich mich abtrockne und Liv unter der Dusche steht, klopft es an der Badezimmertür.

»Ja?«, rufe ich, um das rauschende Wasser und die laufende Waschmaschine zu übertönen.

»Ich bin's. Blake.«

Ich binde mir das Handtuch um den Körper und öffne die Tür einen Spalt, damit ich den Kopf nach draußen strecken, er mich aber nicht richtig sehen kann.

»Wir sind noch nicht angezogen.«

»Habe ich schon gesagt, dass ich das Cottage angezündet habe?«, tönt Jacobs laute Stimme aus der Küche. »Was tut man nicht alles für nackte Frauen im Haus.«

»Ist mein Bruder nicht unfassbar witzig?«, murmelt Blake und blinzelt ein wenig irritiert. »Er sollte eine eigene Comedyshow bekommen.«

»Wenn er es nötig hat, ein Haus anzuzünden, um eine nackte Frau zu sehen, tut er mir leid«, sage ich so leise, dass nur Blake es hören kann, und wir grinsen uns an.

Dann wandert sein Blick meinen Hals hinunter über mein Schlüsselbein, bis zu der Stelle, wo ich das Handtuch um meinen Körper gewickelt habe. Viel kann er nicht erspähen, dennoch bemerke ich, wie das Lächeln verschwindet und sein Adamsapfel sich bewegt, als er schluckt. Sein Blick fühlt sich wie eine Berührung an, und Hitze steigt in mir auf. Die spannungsgeladene Stille zwischen uns dehnt sich aus, bis er sich schließlich räuspert und mir einen Stapel Kleider hinhält.

»Drei T-Shirts von mir und Boxershorts von Jacob, die ihr jetzt erst mal zum Schlafen tragen könnt.«

»Danke.«

»Die Boxershorts sind originalverpackt«, fügt er mit einem Augenzwinkern hinzu. »Niemals würde ich euch Jacobs getragene Unterwäsche zumuten.«

Ich lache, nehme den Stapel entgegen und schließe die Tür wieder hinter mir. Dann lehne ich mich mit dem Rücken dagegen, nehme das erste T-Shirt in die Hand und presse es an meine Nase. Es riecht so gut und so intensiv nach Blake – oder vielmehr nach seinem Waschpulver –, dass ich die Augen schließe und nur mit Mühe ein Aufseufzen unterdrücken kann. Als ich die Augen wieder öffne, starrt Liv, die gerade aus der Dusche kommt, mich an.

»Mein Gott, Josie, du bist wirklich hoffnungslos verloren«, neckt sie mich und beginnt lachend, sich die Haare abzutrocknen.

Obwohl es spät geworden ist, schaffe ich es beim besten Willen nicht, einzuschlafen. Eine Stunde wälze ich mich neben der leise schnarchenden Liv auf dem Gästebett hin und her. Silbriges Mondlicht dringt durch die Jalousien, und ich höre das Rauschen des Meeres durch das gekippte Fenster, aber meine Gedanken wollen sich einfach nicht beruhigen. Sie kreisen ununterbrochen um den Brand und um die Frage, wie es für Louise, Hannah, Liv und mich nun weitergehen soll.

Als ich es im Bett nicht mehr aushalte, stehe ich auf und laufe barfuß in die dunkle Küche, um mir ein Glas Wasser zu holen. Hinter der dritten Schranktür, die ich öffne, finde ich die Gläser. Hastig fülle ich eines davon am Wasserhahn und trinke es in einem Zug leer. Als ich es das zweite Mal volllaufen lasse, höre ich ein Geräusch hinter mir. Erschrocken drehe ich mich um und sehe Blake auf der anderen Seite des Küchenblocks stehen.

»Nicht erschrecken«, sagt er im gleichen Moment, in dem ich mir ans Herz fasse. »Tut mir leid …«, fügt er hinzu, als er sieht, dass es für seine Warnung schon zu spät ist.

»Schon gut«, erwidere ich mit einem nervösen Lachen.

Er kommt um den Tresen herum auf mich zu, und ich spüre meinen Puls in die Höhe steigen, als er direkt vor mir stehen bleibt. Unsere Blicke treffen sich, und ein Kribbeln breitet sich auf meiner Haut aus. Doch dann greift er bloß an mir vorbei, um sich ebenfalls ein Wasserglas aus dem Küchenschrank zu holen, und ich kann nicht verhindern, dass ich etwas zu laut ausatme.

»Liegt das am Rauch?«, fragt er und öffnet den Kühlschrank.

Das Innenlicht beleuchtet ihn von vorne, sodass ich nur seine dunkle Silhouette sehe. Er trägt Boxershorts und ein T-Shirt, und kurz bleibt mein Blick an seinem Hintern hängen. Er hat eine wirklich fantastische Rückansicht. Da dreht Blake sich um, einen Orangensaftkarton in der Hand.

Ertappt schaue ich in eine andere Richtung. »Was meinst du?«

Er nickt in Richtung des Wasserglases, das ich in der Hand halte. »Na, dass man so einen Durst hat.«

»Kann sein. Mein Mund und mein Rachen fühlen sich jedenfalls so an, als hätte ich eine billige Zigarre geraucht.«

Schmunzelnd schenkt er sich ein Glas Saft ein. »Willst du auch?«

Ich schüttele den Kopf. »Nein danke. Mir reicht das Wasser.«

Nachdem er den Kühlschrank wieder geschlossen hat, spendet nur noch der Mond, der durch das Fenster hereinscheint, etwas Licht.

Er trinkt das Glas mit wenigen großen Schlucken leer, so wie ich zuvor. »Wie geht es dir?«

»So lala«, antworte ich wahrheitsgemäß. »Mein Kopf brummt, und ich bin viel zu aufgewühlt, um zu schlafen.«

»Geht mir genauso«, sagt er und füllt sein leeres Glas noch einmal. »Aber ich sage mir immer wieder, das Wichtigste ist, dass niemand verletzt wurde. Und dass wir Louise noch herausholen konnten, bevor etwas Schlimmeres passiert ist.«

Gedankenverloren nippe ich an meinem Glas und schaue auf den Boden. Ich sehe erst wieder hoch, als Blakes Füße in mein Sichtfeld geraten, weil er direkt vor mich getreten ist.

»Hör mal, Josie …«, fängt er an. »Was ich vorhin am Strand sagen wollte. Wegen New York …«

»Du musst mir nichts erklären«, erwidere ich schnell und versuche, dabei möglichst cool und gefasst zu klingen.

Er kann schließlich tun und lassen, was er will. In New York oder anderswo. Und davon mal ganz abgesehen, bin ich mir nicht sicher, dass ich hören will, was er zu sagen hat.

Aber er lässt sich nicht beirren und fährt fort: »Ich war nicht wegen Laura in New York.«

»Nein?«, frage ich erstaunt und beiße mir sofort auf die Zunge.

So viel zum Thema »cool und gefasst«.

»Ich hatte nur das Gefühl, dass du glaubst, ich will wieder mit Laura zusammenkommen …« Er sucht meinen Blick, und mir werden die Knie weich. »Und dass ich ihretwegen nach New York geflogen bin.«

Wann habe ich dir diesen Eindruck vermittelt?, will ich fragen. Doch dann schweige ich, weil es offensichtlich sinnlos ist: Blake scheint mich vollends durchschaut zu haben. Was kein Wunder ist, wenn man bedenkt, dass ich die Flucht ergriffen habe, als Laura in der Marina aufgetaucht ist. Und dass ich nicht einmal am Lagerfeuer sitzen bleiben konnte, als Jacob nach Laura gefragt hat.

Blake atmet einmal tief durch und stützt eine Hand auf die Arbeitsfläche neben mir. »Meine … unsere Mutter lebt in New

York, seit sie von Martha's Vineyard weggezogen ist. Und jetzt macht es den Anschein, als sei sie an Demenz erkrankt. Obwohl sie erst sechzig ist.«

Er verstummt und sieht in Richtung Fenster, hinter dem irgendwo in der Dunkelheit das Meer liegt. Sein Brustkorb hebt und senkt sich einmal, und er sieht so verloren und unglücklich aus, dass ich unwillkürlich meine Hand auf seine lege.

»Das tut mir leid, Blake«, sage ich leise.

Er schaut einen Moment auf unsere Hände, dann fährt er fort: »Einmal hat sie vergessen, den Wasserhahn in der Badewanne abzudrehen, und damit einen Wasserschaden in der Wohnung unter ihr verursacht. Ein andermal ging der Rauchmelder an, weil sie ein Handtuch auf den Herd gelegt hat. Anfang des Jahres hat sie sich aus dem Haus ausgeschlossen und stand ohne Mantel auf der Straße, bis ein Nachbar sie mit reingenommen und den Schlüsseldienst gerufen hat. Sie sagt, dass sie eben ein bisschen vergesslich geworden sei, aber ich befürchte, dass mehr dahinterstecken könnte.«

Es fühlt sich ungewohnt an, dass meine Hand immer noch auf seiner liegt, aber ich ziehe sie trotzdem nicht weg.

»Und jetzt kümmerst du dich um sie?«

Er lacht auf, und ich sehe ihn betroffen an, weil sein Lachen so bitter klingt.

»Ich kümmere mich um *alles*, Josie. Um alles. Ich bin der Einzige, der sich um irgendetwas kümmert.«

»Wie meinst du das?«, will ich wissen. »Flynn und Jacob …«

»Flynn ist ein wahrer Künstler in der Küche und ein begnadeter Koch, viel mehr hat er aber nicht im Kopf. Wenn ich nicht die Buchhaltung machen würde, würde das Restaurant nicht mal Gewinn abwerfen«, sagt er und schüttelt unbewusst den Kopf. »Und Jacob … Das Einzige, was Jacob will, ist, seinen Spaß zu haben. Versteh mich nicht falsch – beide dürfen tun und lassen, was sie wollen. Aber keiner von ihnen fühlt sich verantwortlich für unsere Mutter. Was wahrscheinlich auch kein Wunder ist.«

»Wie meinst du das?«, hake ich nach.

Er schweigt und schaut mich an, fast so, als müsste er erst einmal überlegen, ob er weitersprechen oder was er sagen soll. Dann dreht er langsam seine Hand um, sodass unsere Handflächen aufeinanderliegen. Wie von selbst verschränken sich unsere Finger ineinander. Obwohl mein Herz auf einmal doppelt so schnell schlägt, hebe ich den Blick und sehe ihm in die Augen, als er wieder anfängt zu sprechen.

»Meine Mutter ist in New York geboren und aufgewachsen«, sagt er, und sein Daumen streicht dabei sanft über meine Handinnenfläche. »Sie hat meinen Vater in einem Urlaub auf Martha's Vineyard kennengelernt und sich in ihn verliebt. Die beiden haben fast sofort geheiratet. Eigentlich hätten sie glücklich sein können, aber meine Mutter hatte Heimweh nach New York. Sie war das Leben in einer großen Stadt gewöhnt und hat ihre Freunde vermisst, ihre Familie, die Partys … Je länger sie hier lebte, desto mehr hat sie das Inselleben gehasst. Aber meinen Vater hat sie über alles geliebt, und seinetwegen ist sie geblieben. Doch als Jacob ein Jahr alt war, kam mein Vater von einem Segelausflug nicht mehr zurück. Er wurde ein paar Tage später gefunden. Offensichtlich hatte er einen Herzinfarkt erlitten und war dabei über Bord gegangen und ertrunken.«

Ich muss den dicken Kloß in meinem Hals herunterschlucken, bevor ich meiner Stimme trauen kann.

»Das ist schrecklich«, sage ich dann leise. »Es tut mir so leid …«

»Meine Mutter war völlig verzweifelt und am Boden zerstört«, fährt Blake fort. »Sie war kaum wiederzuerkennen, kam mir vor wie ein Geist. Sie hat sich um uns gekümmert, uns Essen gemacht und uns ins Bett gebracht, aber richtig hier war sie nicht. Sie hat nur noch funktioniert, wie ein Roboter. Bis sie eines Tages ihre Koffer gepackt hat und gegangen ist.«

Ich muss mir mit einer Hand eine Träne aus dem Augenwinkel wischen. »Aber ihr wart doch noch kleine Kinder!«

»Ich war acht, Jacob und Flynn waren zwei und drei. Wir sind zu unseren Großeltern gezogen, die sich rührend um uns gekümmert haben. Wir hatten eine schöne Kindheit bei ihnen, wenn man mal davon absieht, dass wir unsere Eltern vermisst haben. Unsere Mutter haben wir erst Jahre später wiedergesehen, als sie uns mal besuchen kam. Da war ich fünfzehn, glaube ich. Ich wusste nicht recht, wie ich mit ihr umgehen soll. Jacob hat nicht einmal mehr richtige Erinnerungen an sie, und Flynns sind nur ganz vage.«

Ich weiß nicht, was ich sagen soll. Es fällt mir schwer, mich in die Situation einer jungen Witwe hineinzuversetzen, die von einem Tag auf den anderen die alleinige Verantwortung für drei kleine Jungs hat, und das an einem Ort, an dem sie offensichtlich nicht sein will.

Aber warum in aller Welt hat sie ihre Kinder hier zurückgelassen? Was muss das für Blake bedeutet haben? Er war der Älteste, aber mit gerade mal acht Jahren doch selbst noch ein Kind.

»Und darum bist du derjenige, der sich jetzt um sie kümmert?«, frage ich mit belegter Stimme. »Weil deine Brüder sich nicht verantwortlich fühlen?«

Blake nickt und beißt sich auf die Unterlippe. »Ich habe sie *gehasst*, als sie ging, Josie. Ich habe sie dafür gehasst, dass sie uns im Stich gelassen hat. Dass sie *mich* zurückgelassen hat. Jacob und Flynn waren Babys, die mich die meiste Zeit genervt haben, wenn ich ehrlich bin. Aber ich war ihr großer Sohn. Der, mit dem sie hätte reden können. Ich konnte einfach nicht verstehen, warum sie *mich* zurückgelassen hat.« Er lacht freudlos. »Ich habe mir damals eingeredet, dass sie geblieben wäre, wenn ich mich mehr angestrengt hätte, meinen Vater zu ersetzen, verstehst du …?«

Ich drücke seine Hand. »Du warst ein kleiner Junge, Blake.«

»Ich weiß«, antwortet er. »Heute weiß ich das. Sie war krank, einsam und verzweifelt. Ich kann mir kaum vorstellen, wie es ihr ging, und genau aus dem Grund will ich heute nicht mehr darüber urteilen, warum sie so gehandelt hat. Bei Flynn und Jacob bin ich mir nicht sicher, ob sie unsere Mutter verabscheuen, weil sie uns im Stich gelassen hat, oder ob sie ihnen einfach egal ist, weil sie nicht mehr als eine Fremde für die beiden ist. Aber mir ist sie nicht egal. Ich bringe es nicht über mich, sie sich selbst zu überlassen.«

Das ist wahrscheinlich das Traurigste, was ich in meinem ganzen Leben je gehört habe, denke ich und brauche ein paar Anläufe, um den großen Kloß, der sich in meinem Hals gebildet hat, herunterzuschlucken.

Wieder fährt Blake mit dem Daumen über meine Handfläche, und ein Zittern durchläuft meinen Körper.

»Ich bin wegen meiner Mutter nach New York geflogen«, sagt er dann ruhig. »Nicht wegen Laura.«

Ich öffne den Mund, um etwas zu sagen, aber er spricht schon weiter: »Weil Laura, ebenso wie meine Mutter, in Brooklyn wohnt, kauft sie manchmal für sie ein, schaut nach ihr oder begleitet sie zu Arztterminen. Ich kann wegen des Jachtclubs in der Sommersaison nicht für längere Zeit nach New York, und meine Mutter …« Er schüttelt den Kopf. »Ich werde den Teufel tun, sie auf ihre alten Tage hierherzuholen. An den Ort, den sie so verabscheut und der ihr nur Unglück gebracht hat.«

»Ich bin mir sicher, dass er ihr nicht nur Unglück gebracht hat«, erwidere ich. »Du sagst, sie war hier mit eurem Vater glücklich. Und sie hat euch bekommen.«

Er schnaubt. »Nachdem mein Vater gestorben war, hat sie nichts mehr hier gehalten. Sie hat die Insel so sehr gehasst, dass sie sogar das zurückgelassen hat, was für eine Mutter das Wichtigste auf der Welt sein sollte: ihre Kinder.«

Ich sehe, wie er seine Kiefermuskulatur anspannt, bevor er weiterspricht.

»Ich weiß nicht, wie es mit meiner Mutter weitergehen wird, aber ich bin dankbar, dass Laura für sie da ist und sie mich anruft, wenn irgendetwas ist.«

»Das ist …«, beginne ich und suche nach Worten.

… wirklich fürsorglich, großherzig, menschlich und … nett.

»Ja, ich weiß«, sagt Blake, und jetzt umspielt ein kleines Lächeln seine Lippen. »Das ist sehr nett.«

Ich muss ebenfalls lächeln, weil es fast so scheint, als hätte er meine Gedanken gelesen.

»Vielen Dank …«, beginne ich und stocke, als Blake mir mit seiner freien Hand eine Strähne aus dem Gesicht und hinters Ohr streicht, »… dass du mir das alles …«

Blake nimmt die Hand nicht weg, sondern lässt sie langsam in meinen Nacken gleiten.

»… anvertraut hast.«

»Ich wollte nur, dass du das weißt.«

Seine andere Hand ist immer noch mit meiner verwoben, und jetzt umschließt er sie fester. Langsam zieht er mich an sich. Meine Brust streift seine, und ich spüre die Hitze, die von seinem Oberkörper ausgeht, durch mein dünnes Schlafshirt. Sein Shirt. Ich muss meinen Kopf in den Nacken legen, um ihn anzusehen. Seine Augen wirken im Halbdunkel fast schwarz.

»Josie …«, murmelt er und beugt sich ein Stück herunter, um mir einen zarten Kuss auf die Schläfe zu drücken.

Das Blut rauscht in meinen Ohren, als er mit den Lippen zu meinem Ohr fährt und dann weiter nach unten zu meinem Kinn streicht. Ich kann nicht verhindern, dass mir sein Name wie ein leises Seufzen entfährt.

Ich spüre, wie er lächelt, während sein Mund sich meinem quälend langsam nähert. Ein oder zwei Atemzüge atmen wir dieselbe Luft, bis ich glaube, es nicht mehr aushalten zu können. Unsere Lippen berühren sich für eine winzige Sekunde, dann zieht er sich zurück und sieht mir in die Augen, nur um seinen Mund sofort wieder auf meinen zu senken. Und wieder.

»Blake …«

Seine Lippen sind warm und weich, und eine Welle der Erregung erfasst mich. Instinktiv stelle ich mich auf die Zehenspitzen, um näher bei ihm zu sein, seinen Mund noch fester auf meinem zu spüren. Meine Knie drohen unter mir nachzugeben, aber das macht nichts, denn Blake presst mich mit seinem Körper an den Küchentresen. Der Kuss wird intensiver, ist nicht mehr zögernd und vorsichtig wie damals im Lobsterville Grill, als ich kaum wusste, was ich tat, und er von meiner Forschheit vielleicht ein wenig überrascht war. Der Kuss ist entschlossen und leidenschaftlich. So, als hätte er die ganze Zeit nur darauf gewartet, genau das wieder zu tun: mich zu küssen.

Er flüstert meinen Namen, legt seine Hände an meine Taille und hebt mich auf die Arbeitsfläche. Mir entfährt ein sehnsuchtsvolles Stöhnen, denn ich will ihn noch näher bei mir haben, ich will ihn spüren, ich will keinen Zentimeter zwischen unseren Körpern. Seine Hände gleiten auf meinen Po, und ich umschlinge Blake mit beiden Beinen. Wir sind jetzt auf Augenhöhe, und seine Zunge fährt in meinen Mund.

»Jedes einzelne Mal, wenn ich dich gesehen habe, habe ich mir genau das vorgestellt«, murmelt er gegen meine Lippen.

Ein ungläubiges Lachen entfährt mir. »Jedes einzelne Mal?«

Er nickt, und wie um seinen Worten Nachdruck zu verleihen, lässt er seine Hände langsam unter mein T-Shirt wandern. Ich erzittere, als er meine nackte Haut berührt. Seine Hände sind warm und rau, wie bei jemandem, der oft körperlich arbeitet. Ob das vom Segeln kommt?

»Bei jeder verdammten Teambesprechung …«, murmelt er. »Bei jeder Bootstour. Bei jedem Zusammentreffen im Büro und im Restaurant. Im Cottage, am Strand, beim Lagerfeuer …«

Ich lege meine Hände in seinen Nacken und greife in seine kurzen, weichen Haare.

»Das hast du aber gut versteckt«, necke ich ihn und muss ein bisschen lachen, aber das Lachen erstirbt in meiner Kehle, als er mit seinen Daumen über meine Brustwarzen fährt.

Die intime Berührung ist unerwartet und köstlich zugleich, und ich stöhne so laut auf, dass ich Angst habe, Liv oder Jacob könnten davon wach werden.

»Zu viel …?«, fragt Blake und sieht mich aufmerksam an. »Zu schnell?«

Ich schüttele den Kopf, denn ich will mehr, nicht weniger. Ich will, dass er mir das T-Shirt über den Kopf zieht und meinen Körper mit Küssen bedeckt. Ich will seine nackte Haut auf meiner spüren. Ich will ihn anfassen. Ich will …

»Wir könnten …?«, fange ich an und stocke.

»… in mein Zimmer gehen?«, vervollständigt Blake meinen Satz. Seine Stimme klingt rau, und ich sehe, wie schnell sich sein Brustkorb hebt und senkt.

O Gott, ja, will ich antworten, aber in diesem Moment dreht sich der Schlüssel im Schloss der Wohnungstür, und Blake und ich fahren so hastig auseinander, dass ich fast vom Küchenblock rutsche. Hektisch ziehe ich mein T-Shirt wieder nach unten, gerade rechtzeitig, bevor Hannah und Flynn das Wohnzimmer betreten.

Beide erstarren, als sie uns im Halbdunkel in der Küche stehen sehen.

Eine Sekunde blicken wir uns an, dann greift Hannah sich ans Herz. »Meine Güte, ihr habt mich zu Tode erschreckt!«

»Hal-lo!«, stammele ich und gleite vom Küchenblock, während Blake einen weiteren Schritt zurückmacht und sich betont lässig an die gegenüberliegende Arbeitsfläche lehnt.

Wie kann er nur so cool wirken? Mein Herz schlägt mir bis zum Hals. Gut, dass Hannah und Flynn im Halbdunkel nicht sehen können, wie rot ich werde. Gut, dass *Blake* im Halbdunkel nicht sehen kann, wie rot ich werde! Mein Gott, eine Minute früher, und die beiden hätten uns beim Rummachen in der WG-Küche erwischt.

Eine Minute später, und wir wären bereits in Blakes Zimmer gewesen, flüstert eine unartige kleine Stimme in meinem Kopf. Verdammt!

»Wie geht es Louise?«, fragt Blake überraschend gefasst und greift nach seinem Glas.

Nichts deutet mehr darauf hin, dass wir beide gerade noch wild geknutscht haben. Nur seine Stimme ist ein wenig tiefer als sonst. Außerdem glänzen seine Lippen noch leicht feucht von unserem Kuss, aber das kann nur ich sehen. Genauso wie seine zerzausten Haare. Sein Anblick ist so verdammt sexy, dass ich den Blick abwenden muss, weil ich befürchte, andernfalls die Fassung zu verlieren.

»Ihre Lunge wurde geröntgt und das Herz untersucht.« Flynn legt seinen Schlüsselbund auf das Tischchen neben dem Eingang.

»Wir können morgen Mittag anrufen oder vorbeikommen, um zu schauen, wie es ihr geht. Wahrscheinlich muss sie ein paar Tage im Krankenhaus bleiben, aber es scheint ihr so weit gut zu gehen.«

»Gott sei Dank«, sage ich erleichtert.

»Ihr könnt euch nicht vorstellen, wie müde ich bin.« Hannah läuft an mir vorbei in Richtung Kühlschrank. »Außerdem verdurste ich gleich!«

Sie sieht den Orangensaft, den Blake sich zuvor eingeschenkt hat, und nimmt ihn, um direkt aus dem Karton zu trinken.

»Wir haben auch Gläser«, sagt Flynn mit einem Schmunzeln, aber Hannah, die nicht zum ersten Mal hier ist und sich offenbar ganz wie zu Hause fühlt, winkt nur ab und trinkt den letzten Schluck aus, bevor sie den leeren Karton in den Müll wirft und sich den Mund mit dem Handrücken abwischt.

Dann schaut sie mich und Blake an. »Und was macht ihr so spät noch in der Küche? Habt ihr auf uns gewartet?«

»Ähm …«, mache ich, aber mein Gehirn scheint völlig leer zu sein, und mir fällt keine geeignete Ausrede ein.

Glücklicherweise eilt mir Blake zu Hilfe.

»Wir hatten auch Durst. Wir haben uns gerade darüber unterhalten, ob das vom Rauch kommt.«

»Genau! Vom Rauch!«, bestätige ich und merke selbst, dass ich keine große Hilfe bin.

Blake wirft mir einen belustigten Blick zu.

»Ich gehe jetzt wieder ins Bett«, sage ich, ohne jemanden direkt anzuschauen, und stelle mein leeres Glas ins Spülbecken.

Flynn nickt. »Wir sollten auch duschen und dann etwas schlafen«, sagt er zu Hannah. »Morgen wird ein anstrengender Tag für uns alle.«

»Handtücher und Schlafklamotten liegen im Bad«, fügt Blake hinzu.

Hannah umarmt mich kurz, bevor sie im Badezimmer verschwindet. Ganz leise, um Liv nicht zu wecken, öffne ich die Tür zum Gästezimmer, aber einem Impuls folgend drehe ich mich noch mal um.

Blake steht immer noch in der Küche und sieht mir nach.

»Gute Nacht, Josie«, sagt er leise. »Träum schön.«

Bilde ich es mir ein, oder höre ich ein Schmunzeln in seiner Stimme?

»Gute Nacht, Blake«, flüstere ich so leise, dass er es wahrscheinlich nicht einmal mitbekommt, und schließe die Tür hinter mir.

Am nächsten Morgen sind Blake und Flynn schon unterwegs, als wir wach werden. Nur Jacob ist noch zu Hause und macht uns Kaffee, bevor er Hannah zu Louise ins Krankenhaus fährt. Im Badezimmer liegen zwei Sets mit Poloshirts und kurzen Hosen des Jachtclubs für Liv und mich bereit, und nach einer weiteren ausgiebigen Dusche radelt Liv mit leichter Verspätung in Richtung Station, während ich nach unten gehe, um meinen Arbeitstag zu beginnen. Ich bin zwar todmüde, aber alles ist besser, als in der Wohnung zu sitzen und darüber nachzugrübeln, was gestern alles passiert ist.

Als ich das Restaurant betrete, springen meine Kollegen auf und wollen wissen, wie es mir geht, ob ich unverletzt bin und alles gut überstanden habe. Anscheinend hat sich die Sache mit dem Brand bereits herumgesprochen.

Ich setze mich mit einer Tasse Kaffee zu ihnen und berichte mit knappen Worten, was passiert ist. Gerade als ich ende, geht die Tür zur Küche auf und Blake kommt herein. Wie üblich hat er sein Tablet in der Hand. Heute trägt er eine Jeans und ein Hemd mit hochgekrempelten Ärmeln, was heißt, dass er Termine außerhalb hat. Wenn er im Jachtclub arbeitet, trägt er meist eine dunkelblaue Stoffhose und ein Polo des Clubs, so wie wir alle, aber wenn er unterwegs ist – in die Markthalle fährt oder Besprechungen mit Lieferanten hat –, zieht er immer Jeans an.

Ich habe keine Ahnung, ob ich erleichtert oder enttäuscht sein soll, dass er heute nicht im Club sein wird. Und warum mir solche Dinge überhaupt auffallen, weiß ich auch nicht.

Blake durchquert den Raum und wirft mir einen Blick zu, den ich nicht richtig deuten kann, aber mein Herz beginnt sofort, doppelt so schnell zu schlagen. Es fühlt sich fast so an, als wären wir ganz allein in diesem Raum, denn er schaut erst wieder weg, als er an unserem Tisch angekommen ist.

»Guten Morgen«, sagt er und klingt dabei noch ein bisschen sachlicher als sonst. »Es gibt viel zu tun, auch wenn wir eine etwas … aufregende Nacht hatten.«

Kurz flackert sein Blick wieder zu mir, und wie auf Knopfdruck werde ich rot, obwohl natürlich keiner der anderen wissen kann, was letzte Nacht nur ein Stockwerk höher passiert ist. Blake bezieht sich ganz offensichtlich auf den Brand im Cottage, aber ich kann an nichts anderes denken als an unsere nächtliche Begegnung in der Küche.

Während er sein iPad entsperrt, starre ich auf seine Hände. Hände, die mich berührt haben. Finger, die über meine Haut gestrichen sind. Bei dem Gedanken wird mir heiß, und mein Shirt fühlt sich plötzlich zu eng an. Ich verändere die Position auf meinem Sitz und wünsche mir nichts mehr, als dass das Teammeeting vorbei ist, aber die Besprechung scheint sich ewig hinzuziehen. Als wir endlich fertig sind, stehen alle auf, und gerade als ich mich unbemerkt in die Küche verziehen will, höre ich Blakes Stimme hinter mir.

»Josie, hast du noch eine Minute?«

Langsam drehe ich mich zu ihm um, ohne ihn anzusehen.

»Ja … natürlich …«, stammele ich etwas hilflos und folge ihm hinter die Theke, wo er mir den Rücken zuwendet, um die Kaffeemaschine anzustellen.

»Möchtest du noch einen Kaffee?«

Ich schüttele den Kopf, und als mir auffällt, dass er mich ja nicht sehen kann, sage ich laut: »Nein danke.«

Die Kollegen verschwinden nach und nach in die Küche und werfen uns verwunderte Blicke zu. Oder bilde ich mir das nur ein? Es ist ja nichts dabei, dass Blake und ich miteinander sprechen.

Nervös knete ich meine Hände, während Blake den Siebträger aus der Espressomaschine zieht und ihn über dem Mülleimer ausklopft. Dann befüllt er ihn mit frischem Kaffeepulver und presst es, bevor er den Siebträger wieder in die Maschine schiebt.

Erst dann dreht er sich zu mir um. Es scheint fast, als habe er ebenfalls Probleme, mich anzuschauen. Dass ich nicht die Einzige bin, die nervös ist, beruhigt mich ein wenig.

»Geht's dir gut?«, fragt Blake, und seine Stimme klingt etwas anders als sonst. Nicht ganz so tief und selbstbewusst.

»Ja«, sage ich und nehme mir einen Schwamm aus dem Spülbecken, um einen Kaffeefleck auf der glänzenden Oberfläche des Tresens wegzuwischen und meinen Händen etwas zu tun zu geben. »Und dir?«

Er beobachtet mich, wie ich mit Hingabe an dem Fleck herumschrubbe, dann sagt er: »Kannst du mal kurz damit aufhören?«

Röte schießt mir ins Gesicht, und ich lege den Schwamm weg. »Ja, klar.«

Er räuspert sich. »Ich wollte nur wissen, ob alles in Ordnung ist. Ich muss die ganze Zeit darüber nachdenken, ob ich dich vielleicht zu sehr … überrumpelt habe? Es war eine schlimme Nacht, und wir waren alle aufgewühlt und erschöpft wegen des Brandes.« Er fährt sich mit einer Hand durch die Haare. »Ich wollte die Situation keinesfalls ausnutzen. Ich will nicht, dass du irgendetwas bereust.«

»Bereust *du* es denn?«, frage ich und merke selbst, dass ich dabei etwas atemlos klinge. »Ich meine, es ist völlig in Ordnung, wenn du der Meinung bist, dass wir … Wenn du das Ganze ungeschehen machen möchtest, verstehe ich das natürlich.« Ich lache nervös. »Darin haben wir ja schon etwas Übung, oder?«

Er schaut mich für die Dauer von zwei Herzschlägen an, dann sagt er: »Ich bereue es kein bisschen.«

Ich kann nicht verhindern, dass sich ein kleines Lächeln auf mein Gesicht stiehlt, und schnell senke ich den Blick auf meine Füße, damit er mir meine Erleichterung nicht ansehen kann.

»Ich bereue es auch nicht«, erwidere ich leise und schaue ihn wieder an.

Sein Gesichtsausdruck wird weicher, und ich spüre, dass etwas von seiner Nervosität von ihm abfällt.

»Das ist gut.«

Er dreht sich wieder in Richtung Kaffeemaschine und drückt auf den Knopf. Die Maschine brummt, und sofort rieche ich den verführerischen Duft von frisch gebrühtem Kaffee.

»Ich glaube, ich hätte doch gerne noch einen«, sage ich und stelle mich neben ihn.

Er wirft mir einen kurzen Blick zu. »Espresso?«

Ich nicke, und er zieht den Siebträger wieder aus der Maschine.

Während der Kaffee durchläuft, berühren sich unsere Arme, und als er mir die Tasse hinschiebt, sagt er: »Zufälligerweise weiß ich, dass du am nächsten Freitag freihast … Hast du Lust, mit mir segeln zu gehen?«

12

Die Marina liegt völlig verlassen da, als ich, wie verabredet, pünktlich um sieben vor das Clubhaus trete. Die frische Sommermorgenluft verursacht eine Gänsehaut auf meinen nackten Armen, und ich ziehe meinen Lieblingshoodie mit dem *BU*-Logo über das T-Shirt. Im Osten geht gerade die Sonne auf und färbt das Meer orange. Die wenigen Wölkchen am Himmel erscheinen fast lila. Ich atme ein paar Mal tief durch und genieße, wie die salzige Luft in meine Lunge strömt, während ich meinen Blick über die Stege schweifen lasse.

Ich weiß nicht, wo Blakes privates Segelboot liegt, also laufe ich auf gut Glück bis zum Ende der Marina, weil die vorderen Liegeplätze den zahlenden Kunden vorbehalten sind. Und richtig, ganz am Ende des Hafens entdecke ich nur wenige Meter neben der *Endeavor* ein schönes Segelboot mit weißem Rumpf und hölzernem Deck, das den Namen *Dauntless* trägt. Er hat den Namen seiner Jacht nie erwähnt, aber neben dem Steg stehen Blakes weiße Turnschuhe, also nehme ich an, dass ich hier richtig bin. Ich will das Boot nicht einfach ohne Aufforderung betreten und rufe seinen Namen.

Fast sofort erscheint Blake auf der Treppe, die aufs Deck führt, und als er mich entdeckt, ruft er: »Hey Josie! Komm an Bord!«

Ich atme zweimal tief durch, dann ziehe ich die Schuhe aus und laufe barfuß über den Steg. Er kommt mir entgegen, und wieder weiß ich nicht, wie ich mich verhalten soll.

Plötzlich fühle ich mich schüchtern, und das, obwohl wir seit einer Woche quasi zusammenwohnen. Aber das hier … das hier ist anders. Es ist so etwas wie ein Date.

»Ich kann nicht fassen, dass ich an meinem freien Tag um sechs aufgestanden bin«, sage ich, um meine Unsicherheit zu überspielen.

Blake lacht und fährt sich mit einer Hand durch die ein wenig zerzausten Haare, was so unverschämt sexy aussieht, dass ich direkt noch ein bisschen aufgeregter bin. Er scheint sich nicht rasiert zu haben, was ihm ebenfalls verdammt gut steht.

»Es wird sich lohnen, glaub mir.« Er nimmt mir die Tasche ab, um sie unter einer der Sitzbänke zu verstauen. »Frühmorgens, wenn die Luft frisch und noch niemand unterwegs ist, finde ich es auf dem Meer am schönsten.«

»Befürchtest du etwa einen Stau auf dem Segelboot-Highway?«, versuche ich zu scherzen.

Meine Güte, meine Witze waren auch schon mal besser. Verstohlen wische ich mir die Hände an meinen Shorts ab. Warum bin ich nur so nervös?

»Nein«, erwidert er, als er sich wieder aufrichtet. »Aber es ist schön, wenn man das Gefühl hat, das Meer gehört einem ganz allein. Soll ich dir das Boot zeigen?«

Ich nicke und folge ihm die Stufen hinunter. Unter Deck gibt es eine kleine Küche, einen Wohnbereich mit Ecksofa und einen Esstisch mit Sitzbank. Etwas weiter vorn in Richtung Bug befinden sich ein überraschend geräumiges, aber schlicht eingerichtetes Schlafzimmer mit breitem Bett sowie ein Badezimmer mit Toilette, Dusche und Waschbecken.

»Das ist viel gemütlicher, als ich es mir vorgestellt habe«, stelle ich erstaunt fest.

Ich bin von den Forschungsschiffen, auf denen ich gewesen bin, eine eher spartanische Ausstattung gewohnt und habe gedacht, dass es auf einem Segelboot noch viel beengter ist.

»Abends wird es erst richtig gemütlich.« Blake lehnt sich mit der Schulter an den Türrahmen des Schlafzimmers. »Wenn du irgendwo im Hafen liegst, dein wohlverdientes Feierabendbier trinkst und dann ins Bett gehst. Das einzige Geräusch, das dich umgibt, ist das Plätschern des Meeres, und das sanfte Schaukeln wiegt dich in den Schlaf. Nirgendwo auf der Welt schläft man so gut wie auf einem Boot.«

Fasziniert höre ich ihm zu. »Bist du oft länger allein unterwegs? Also über Nacht?«

»Wenn die Touristensaison vorbei ist und ich mir eine Auszeit nehmen kann, fahre ich immer ein paar Wochen raus, um zu entspannen und mich zu erholen. Aber dann steuere ich nicht jedes Mal einen Hafen an.«

»Du schläfst auf hoher See?«, frage ich überrascht. »Ist das nicht gefährlich?«

»Nicht wenn man weiß, was man tut«, antwortet Blake und stößt sich vom Türrahmen ab. »Man muss natürlich ab und zu die Position kontrollieren. Und wenn ein Sturm aufkommt, steuert man ohnehin besser einen Hafen an.«

Ich folge ihm zurück durch den Wohnbereich und die Küche wieder nach oben.

»Bist du bereit?« Er sieht mir in die Augen und zieht einen Mundwinkel nach oben.

Beim Anblick seines Grübchens bekomme ich weiche Knie, dennoch schaffe ich es zu nicken.

»Alles klar, dann lass uns ablegen!« Leichtfüßig springt er auf den Pier, um die Leinen zu lösen.

Es scheint nicht so, als würde ich ihm irgendwie helfen können, also beobachte ich ihn dabei, wie er die Taue zurück aufs Schiff wirft, wieder an Bord kommt und die Gangway einholt. Er verstaut die Seile ordentlich, sodass man nicht darüber stolpern kann, bevor er sich hinter das Steuerrad stellt und den Motor startet. Dann winkt er mich zu sich herüber.

»Die *Dauntless* hat einen Motor, was das Ausfahren aus dem Hafen und die Einfahrt sehr erleichtert«, erklärt er mit erhobener Stimme, um den Maschinenlärm zu übertönen. »Manchmal kann es schwierig sein, unter Segel ein- oder auszuparken. Insbesondere, wenn es sehr windig ist. Oder fast windstill.«

Geschickt steuert er das Boot rückwärts aus der Lücke und dann zwischen den anderen Schiffen hindurch in Richtung der Ausfahrt aus dem Hafenbecken.

»Kannst du den Fender reinholen?«, fragt Blake, und ich bin froh, dass ich etwas zu tun bekomme.

Motiviert mache ich mich daran, die runden Kunststoffbälle an Bord zu ziehen, die verhindern sollen, dass die Außenseiten des Bootes beschädigt werden, wenn das Schiff beim An- und Ablegen an die Kaimauer oder an die danebenliegenden Schiffe getrieben wird.

»Wie lange hast du die *Dauntless* eigentlich schon?«, frage ich, als ich zu Blake zurückkehre.

Er denkt kurz nach. »Seit ungefähr fünf Jahren.«

»Und wie kamst du auf den Namen?«

Er grinst mich von der Seite an. »Wenn du das errätst, werde ich dich nächste Woche nicht für die Wäsche einteilen.«

Oh! Das ist eine sehr verlockende Aussicht, also denke ich angestrengt nach, während Blake das Boot aufs offene Meer hinaussteuert.

»Lass mich überlegen. *Dauntless* – also *unerschrocken* und *wagemutig*? Bezieht sich das auf das Schiff oder auf den Kapitän?«

Er zuckt mit den Schultern und macht ein unschuldiges Gesicht, also versuche ich es weiter.

»Gibt es irgendein berühmtes Vorbild? Ein Schiff, das *Dauntless* hieß? Vielleicht das Schiff, mit dem die erste Weltumseglung gelungen ist?«

Er schüttelt den Kopf. »Das war die *Victoria*. Im Jahr 1519 übrigens, wenn du es genau wissen willst.«

»Das merke ich mir für mein nächstes Pub-Quiz«, erwidere ich, und er lacht.

»Ein bekanntes Forschungsschiff?«, rate ich weiter. »Das von Charles Darwin? Oder Alexander von Humboldt?«

Er zuckt wieder mit den Schultern, und ich werfe verzweifelt die Arme in die Luft.

»Bitte gib mir einen Tipp!«

»Also gut: Du kennst doch meine Schwäche für Filmklassiker ...«

»Für *Titanic* und Leonardo DiCaprio, meinst du«, ziehe ich ihn auf, und er verdreht die Augen.

»Das war der letzte Tipp, den ich dir gebe.«

Hm. Welche Filmklassiker gibt es denn noch, die mit Schiffen zu tun haben? Außer *Titanic*, *Master and Commander* und *Der weiße Hai* fällt mir gerade nichts ein. Wie heißen die anderen Schiffe in Blakes Flotte? *Endeavor*, *Pearl* und *Dutchman*. Der Groschen fällt, und ich schlage mir mit der flachen Hand gegen die Stirn.

»*Fluch der Karibik!*«, rufe ich, und aufgeregt zähle ich auf: »*Endeavor*, *Black Pearl*, *Dauntless* und die *Flying Dutchman*. Du hast sie nach den Schiffen benannt, die in den Filmen vorkommen!«

Blake hebt seine Hand zum High-Five, und ich schlage beherzt ein.

»Du bist hiermit offiziell für eine Woche vom Wäschedienst befreit.«

Ich greife mit einer Hand nach der Reling, weil die Jacht ein paar höhere Wellen nehmen muss.

»Wusstest du, dass Seemänner behaupten, dass es Unglück bringt, wenn sich Frauen auf dem Schiff aufhalten?«, frage ich, als das Boot wieder ruhig im Wasser liegt. »Bei *Fluch der Karibik* wollten die Piraten Elisabeth aus diesem Grund nicht auf dem Schiff haben.«

Blake lacht und wirft mir einen Blick zu. »Im Moment fühle ich mich nicht wirklich unglücklich, falls dich das tröstet.«

Wir wechseln einen Blick, der mir direkt in die Magengegend fährt, bevor Blake wieder nach vorne aufs Wasser schaut. Verstohlen mustere ich ihn von der Seite. Seine schwarzen Haare sind vom Wind zerzaust und stehen in alle Richtungen ab. Er hat die dichten, dunklen Augenbrauen zusammengezogen, und auf der Stirn hat sich eine kleine Falte gebildet. Er sieht konzentriert und gleichzeitig entspannt aus, ganz so, als sei er völlig in seinem Element. Wahrscheinlich ist er das auch.

Blake beginnt, mir geduldig und Schritt für Schritt zu erklären, wie er die Segel setzt. Ich versuche, mir alle Fachbegriffe und Namen zu merken, aber es ist fast unmöglich. Das Einzige, worauf ich mich konzentrieren kann, sind seine Hände. Fasziniert beobachte ich, wie er mit geübten Griffen arbeitet, sodass sich die Segel der *Dauntless* innerhalb von kürzester Zeit im Wind bauschen.

»Achtung, jetzt kommt der schönste Moment«, sagt Blake und zwinkert mir zu.

Verwundert sehe ich ihn an. Ich habe keine Ahnung, was er meint.

Er dreht den Schlüssel im Zündschloss zurück, und der Motor erstirbt. Das monotone Brummen verstummt, und sofort umfängt uns absolute Ruhe. Nichts durchbricht die Stille. Nichts außer dem Flattern des aufgeblähten Segeltuchs im Wind, dem Klatschen der Wellen gegen den Schiffsrumpf und dem rhythmisch-metallischen Schlagen der Leinen gegen die Masten über uns. Es ist friedlich, fast meditativ.

»Wunderschön …«, murmele ich, und Blake nickt.

Dann dreht er das Steuerrad ein wenig, und das Boot nimmt an Fahrt auf. Der Wind fährt mir ins offene Haar, und ich schließe kurz die Augen. Wie gut, dass ich mich heute Morgen aus dem Bett gequält habe! Ich habe das Gefühl, dass der vor mir liegende Tag ein guter werden wird.

Als ich die Augen wieder öffne, ertappe ich Blake dabei, wie er mich ansieht. Da ist etwas in seinem Blick, was ich nicht richtig deuten kann und was bewirkt, dass Hunderte von Schmetterlingen durch meinen Bauch fliegen. Es wirkt wie ein unsichtbares Band, dass mich zu ihm zieht, und ich muss dem Drang widerstehen, mich an ihn zu schmiegen und ihn zu küssen.

»Willst du mal steuern?«

Seine Worte reißen mich aus meinen Gedanken, und ich muss zweimal blinzeln, bevor ich wieder im Hier und Jetzt ankomme.

»Ich?«, frage ich etwas ängstlich, denn die Jacht pflügt mittlerweile mit einer beachtlichen Geschwindigkeit durchs Wasser und hat sich dabei ein ganzes Stück auf die Seite gelegt.

»Ich stehe ja direkt neben dir.« Er macht einen Schritt zur Seite und sieht mich an. »Ich werde auf dich aufpassen, versprochen.«

Seine Worte lösen ein nervöses Kribbeln in meiner Magengegend aus, und ich muss wegsehen, bevor ich in seinen blauen Augen versinke. Augen, die so blau sind wie das Meer, das uns umgibt.

Bevor ich etwas Unbedachtes tue, nehme ich rasch seinen Platz ein und lege beide Hände aufs Steuerrad. Blake stellt sich dicht hinter mich, während er mir sagt, was ich zu tun habe. Ich versuche krampfhaft, mich zu konzentrieren, während er mir die Funktionen des GPS-Empfängers und des Echolots erklärt, der die Wassertiefe unter dem Kiel messen soll, damit man nicht auf Grund setzt. Mit Sicherheit sind das äußerst wichtige Geräte in der Seefahrt, und vermutlich sollte ich mir merken, was Blake sagt. Doch das Einzige, was ich wahrnehme, sind die feinen Härchen auf seinem dunkel gebräunten Unterarm, wenn er ins Steuerrad greift, um meinen Kurs zu korrigieren, und dass seine Haut nach Sonne und Seife riecht. Die Bewegungen des Bootes bewirken, dass ich immer wieder mit dem Rücken gegen seine Brust gedrückt werde, und jedes Mal muss ich gegen den Impuls ankämpfen, mich in seine Arme sinken zu lassen. Mich umzudrehen und ihn zu küssen.

Trotz des Fahrtwindes wird mir heiß, aber Blake macht keine Anstalten, mich zu küssen oder mir sonst wie näherzukommen, also versuche ich, mich ganz auf das Segeln zu konzentrieren. Auf das Gefühl, lautlos dahinzugleiten, den Wind in den Haaren zu spüren und eins mit dem Ozean zu sein.

Kurz vor Mittag ankern wir an der Nordspitze von Nantucket, der Nachbarinsel von Martha's Vineyard. Im Schatten des Segels, das Blake quer über Deck aufgespannt hat, um uns vor der Sonne zu schützen, essen wir zu Mittag. Blake hat Lobster Roll und Wassermelone mitgebracht. Hungrig beiße ich in das Brötchen, das mit Hummer, Sellerie und Mayonnaise belegt ist, und seufze unwillkürlich auf.

»Das ist so unglaublich lecker!«, sage ich kauend, als Blake mir einen belustigten Blick zuwirft. »Was ist das für eine Mayonnaise?«

»Das ist Flynns spezielle Clubhouse-Mayo«, antwortet er und zieht eine Augenbraue hoch. »Sein streng gehütetes Geheimrezept. Ich habe sie heute Morgen aus dem Kühlschrank im Restaurant geklaut, damit ich dich mit meinen Sandwiches beeindrucken kann.«

»Ich bin beeindruckt«, versichere ich, und als er mir einen schelmischen Blick zuwirft, füge ich mit einem Lachen hinzu: »Von den Sandwiches, nicht von dir.«

»Und ich hatte mir schon Hoffnungen gemacht«, kontert er, und seine Augen blitzen. »Wusstest du, dass Lobster Roll so etwas wie das Nationalessen Neuenglands ist?«

Ich ziehe eine Augenbraue hoch. »Ich komme aus Boston, schon vergessen?«

Er grinst mich an. »Ja, aber du bist *Städterin*.«

Ich rümpfe die Nase. »Auch in Boston ist Lobster Roll ein beliebtes Street-Food-Gericht. Wenn auch ein ziemlich exklusives.«

Wir plaudern eine Weile über dies und das. Manchmal albern wir herum, und das eine oder andere Mal fühlt es sich wie flirten an. Das sehnsüchtige Gefühl in meinem Bauch verstärkt sich, während er mir lange, nachdenkliche Blicke zuwirft, die mir bis ins Herz gehen.

»Wie lange seid ihr drei Brüder eigentlich schon die Inhaber der Marina und des Clubs?«, frage ich, als wir mit den Sandwiches fertig sind.

»Wir haben den Jachtclub und die Marina vor vier Jahren von unseren Großeltern übernommen«, erklärt er und trinkt einen Schluck Cola. »Die Familie meines Vaters lebt seit mehreren Generationen auf der Insel, und eigentlich sollte mein Vater alles weiterführen.«

»Doch dann kam er ums Leben?«

Er nickt, aber sein Gesicht verrät keinerlei Gefühlsregung.

»Wir hatten bei meinen Großeltern eine wirklich tolle Kindheit«, sagt er nachdenklich und zerknüllt die Papiertüte mit einer Hand. »Ich weiß nicht, was wir ohne sie gemacht hätten.«

»Hannah hat mir von der Zeit erzählt.« Ich überkreuze die Beine und nehme mir ein Stück Wassermelone aus der Schale.

»Dass ihr ziemlich wilde Jungs wart, die allerlei Unsinn angestellt haben.«

»Meine Großeltern hatten es nicht leicht mit uns, aber irgendwie haben sie es hinbekommen«, sagt er mit einem Lächeln. »Sie sind vor zwei Jahren nach Florida gezogen, weil mein Großvater Rheuma hat. Es ist besser, wenn er an einem Ort lebt, an dem es das ganze Jahr über warm ist. Ab und zu kommen sie uns besuchen.«

»Das ist schön«, murmele ich. »Ich wünschte, ich würde meine Familie öfter sehen.«

»Wo leben deine Eltern?«, fragt er und nimmt sich ebenfalls ein Stück Melone.

»Überall und nirgends, genau wie früher«, antworte ich wahrheitsgemäß. »Meine Eltern sind Meeresbiologen, spezialisiert auf Polarforschung. Während meiner Kindheit waren sie die meiste Zeit für ihre Forschungsprojekte auf den Weltmeeren unterwegs, und es sieht nicht so aus, als würden sie in näherer Zukunft sesshaft werden.«

»Und wo warst du, während deine Eltern unterwegs waren?«

»Im Internat.« Ich lasse meinen Blick über die Weiten des Ozeans schweifen. »Seit meinem zwölften Lebensjahr.« Ich spüre Blakes Verwunderung und füge schnell hinzu: »Das ist nicht so schlimm, wie es sich anhört! Ich hatte tolle Freundinnen und eine schöne Zeit dort.«

Als ich Schülerin und später Studentin war, haben meine Eltern und ich jeden Sonntag telefoniert, und jedes Mal habe ich darauf hingefiebert, ihnen von meinen guten Noten und meinen sportlichen Leistungen in der jeweiligen Woche zu berichten. Ich habe alles dafür getan, dass sie stolz auf mich sind. Sie sollten sicher sein, dass es mir gut geht und ich zurechtkomme. Ich wollte nicht, dass sie sich Sorgen machen. Aber da ich ohnehin ein Kind war, das lieber Goldsterne verdiente und Einsen absahnte, als Ärger zu machen, gab ich ihnen nicht viel Grund, beunruhigt zu sein.

»Ich bin mir sicher, dass sie sehr stolz auf dich sind«, sagt Blake, als könnte er meine Gedanken lesen.

Ich zucke mit den Schultern. »Ich weiß nicht. Sie haben sich gewünscht, dass ich denselben Weg einschlage wie sie, stattdessen bin ich ins Labor gegangen.« Unwillkürlich muss ich lachen. »Wahrscheinlich halten sie mich für eine Versagerin.«

»Unsinn!« Blake sieht mich von der Seite an. »Du gehst eben deinen eigenen Weg. Dagegen ist doch nichts einzuwenden.«

Unwillkürlich schweifen meine Gedanken zu Nathan und meiner Arbeit in seinem Labor, dann zu meinen Eltern und ihren Forschungen in Grönland. Hat Blake recht? Gehe ich meinen eigenen Weg? Und wenn ja, wie kann ich mir sicher sein, dass dieser Weg auch der richtige für mich ist?

Wir schweigen, und jeder von uns hängt seinen eigenen Gedanken nach. Ich strecke meine Beine aus und genieße das prickelnde Gefühl der wärmenden Sonnenstrahlen auf meinen Beinen. Über uns haben sich ein paar Wolken zusammengezogen, aber es sieht nicht so aus, als wenn es heute noch regnen würde.

»Hast du Lust zu schwimmen?«, fragt Blake in die Stille hinein.

Ich schaue auf den einladend schimmernden, azurblauen Atlantik um uns herum.

»Ich dachte schon, du fragst nie …«, antworte ich und springe auf.

»Ich war mir nicht sicher, ob du wirklich gut genug schwimmen kannst«, sagt er mit einem frechen Grinsen und erhebt sich ebenfalls. »Nicht dass ich dich vor dem Ertrinken retten muss.«

»Wenn hier jemand gerettet werden muss, dann bist du das!«

Ich will die zusammengeknüllte Serviette nach ihm werfen, aber er greift nach meinem Arm und erwischt mein Handgelenk, bevor ich dazu komme. Wir blicken uns in die Augen, und die plötzliche Nähe zu ihm lässt meine Atmung schneller werden. Ob er unter seinen Fingern spüren kann, wie mein Puls zu rasen beginnt?

»Du darfst mich jederzeit retten, Josie«, murmelt er mit einem kleinen Lächeln. »Jederzeit.«

Bevor ich mich von diesem Satz erholen kann, lässt er mich los. Dann macht er einen Schritt zurück und zieht sein Shirt über den Kopf. Er wirft es auf die Bank und bückt sich, um sich auch die Shorts von den Beinen zu streifen, unter denen er seine Badehose trägt.

Oh. Mein. Gott.

Ich kann nicht anders, als ihn anzustarren. Sicher, ich wusste schon vorher, dass Blake attraktiv ist, und ja, ich habe mir auch gedacht, dass er kein Kandidat für einen Bierbauch ist. Aber *damit* habe ich nicht gerechnet. Ich weiß kaum, wohin ich zuerst schauen soll. Oder wie ich verhindern soll, dass ich umkippe und mir den Kopf an der Reling anschlage.

Seine Haut ist makellos und von der Sonne golden gebräunt, seine Schultern und Oberarme muskulös gerundet und sein Bauch flach und definiert. Als ehemalige Schwimmerin der BU Terriers habe ich in meinem Leben schon einige durchtrainierte Männer gesehen, aber Blake …

Ich muss mich abwenden, damit er nicht sieht, dass ich rot werde. Gleichzeitig frage ich mich, seit wann zur Hölle es mich verlegen macht, wenn ein Typ sein Shirt auszieht?

Um meinen Händen etwas zu tun zu geben, streife ich mir meinen Haargummi vom Handgelenk und binde meine Haare zu einem Dutt oben auf dem Kopf zusammen. Ich habe meine

Badesachen schon drunter und bleibe mit dem Rücken zu Blake stehen, während ich aus meinen Kleidern schlüpfe. Mein Bikini ist dunkelblau und hat Schleifchen am Rücken und an den Seiten der Hose, und plötzlich kommt mir der Gedanke, dass ich vielleicht irgendetwas hätte anziehen sollen, was ein bisschen mehr … sexy ist?

Doch als ich mich wieder zu Blake umdrehe, fange ich seinen Blick auf. Ich sehe, wie er schluckt, und nun ist er es, der sich abrupt wegdreht.

»Willst du springen?«, fragt er, während er ein Bein über die Reling schwingt.

Bilde ich es mir ein, oder ist seine Stimme ein wenig dunkler als sonst?

Ich unterdrücke ein Lächeln. Mit der Wahl des Bikinis scheine ich doch nicht danebengelegen zu haben.

»Auf jeden Fall!«, antworte ich und klettere ebenfalls über die Reling, sodass ich neben ihm sitze.

Er überrascht mich damit, dass er meine Hand greift und ohne Vorwarnung mit einem großen Satz ins Wasser springt. Ich habe keine andere Wahl, als mich von ihm mitziehen zu lassen. Weder mein Schrei noch meine Sprungtechnik sind sonderlich graziös, aber schon sind wir eingetaucht, und das herrliche kalte Wasser schlägt über unseren Köpfen zusammen. Prustend und lachend tauche ich wieder auf, insgeheim erleichtert, dass mein Bikini nach dieser Aktion noch an Ort und Stelle sitzt.

»Das war fies!«, rufe ich und versuche, ihn unter Wasser zu drücken.

Aber er ist viel stärker als ich und ebenfalls ein guter Schwimmer. Spielend hält er mich auf Abstand, und nach einigen fruchtlosen Versuchen gebe ich auf. Etwas außer Atem streiche ich mir die nassen Strähnen aus dem Gesicht und schaue zurück zum Boot.

»Ich hoffe, du hast an die Schwimmleiter gedacht!«, sage ich mit gespielter Besorgnis in der Stimme.

»Warum?«, erwidert er scheinbar ahnungslos, und ich lache.

»Sag bloß, du hast *Open Water 2* nicht gesehen?«, will ich wissen, und als er den Kopf schüttelt, erkläre ich: »Ein paar Freunde unternehmen einen Bootsausflug aufs offene Meer, und nachdem alle ins Wasser gesprungen sind, stellen sie fest, dass sie vergessen haben, die Schwimmleiter herunterzulassen, und nicht mehr ins Boot zurückkönnen.«

»O verdammt«, sagt er und schüttelt sich mit einer Kopfbewegung die Haare aus dem Gesicht, dass die Tropfen spritzen. »Wie geht es aus?«

»Du erwartest doch nicht ernsthaft von mir, dass ich spoilere und dir das Ende verrate«, gebe ich würdevoll zurück. »Du musst dir den Film schon selbst anschauen.«

Synchron drehen wir uns im Wasser um und schauen zum Boot zurück.

»Puh, Glück gehabt!« Blake grinst mich an. »Der Kapitän hat an die Badeleiter gedacht.«

»Hervorragender Kapitän …«, erwidere ich anerkennend. »… mit einem kühlen Kopf.«

Amüsiert lacht er auf. »Über das mit dem kühlen Kopf kann man derzeit streiten.«

Er sieht mir in die Augen, und ein Kribbeln breitet sich in meinem Körper aus. Ich will ihn küssen, mehr als alles andere, aber ich traue mich nicht, den ersten Schritt zu machen.

»Eigentlich solltest du mehr Angst vor den Haien haben, die hier ihr Unwesen treiben …« Blake schaut sich um. »Siehst du schon eine Flosse?«

»Und das sagst du mir *jetzt*?«, rufe ich mit gespieltem Entsetzen, muss dann aber lachen. Immer noch grinsend drehe ich mich auf den Rücken, um mich treiben zu lassen. »Ehrlich gesagt ist es wahrscheinlicher, im Lotto zu gewinnen, als von einem Hai angegriffen zu werden.«

»Da spricht die Meeresbiologin …«, neckt mich Blake und schwimmt neben mich.

»Stimmt wohl. Haie interessieren sich nicht sonderlich für Menschen, und man muss eigentlich keine Angst vor ihnen haben.«

»Wovor hast du denn Angst?«

»Oh, vor tausend Dingen.« Ich drehe mich im Wasser, sodass ich ihn wieder ansehen kann. Dann mache ich ein paar Armzüge zurück in Richtung des Bootes, und Blake folgt mir. »Krieg, Klimawandel, Verschmutzung unserer Ozeane, Artensterben … Außerdem davor, dass meinen Eltern oder Freunden etwas passiert, dass jemand, der mir nahesteht, krank wird …«

Inzwischen sind wir beim Heck angekommen, und ich greife mit einer Hand nach der Schwimmleiter, die sich mit den Wellenbewegungen und dem Boot auf und ab bewegt.

Davor, mein Herz zu verschenken und wieder verletzt zu werden.

Als ich mich umdrehe, schwimmt Blake direkt neben mir im Wasser und greift ebenfalls nach der Leiter. Sein Blick ist so intensiv, dass jede Faser meines Körpers anfängt zu kribbeln. Er legt einen Arm um meine Taille und zieht sich langsam an mich heran. Wir sehen uns an, und das Einzige, was ich wahrnehme, ist das Blau seiner Augen und die kleinen Wassertröpfchen, die in seinen Wimpern hängen.

»Und du?«, frage ich so leise, dass ich mir nicht sicher bin, ob er mich überhaupt hört. »Wovor hast du Angst?«

Offenbar hat er mich gehört, denn nach einer kleinen Pause antwortet er: »Dass ich, wenn ich dich einmal berühre, nicht mehr damit aufhören kann.«

Mein Herz klopft mir bis zum Hals, und ich muss schlucken, bevor ich meiner Stimme wieder trauen kann.

»Dann hör doch einfach nicht mehr damit auf.«

Unsere Gesichter sind auf einer Höhe und unsere Lippen nur noch Zentimeter voneinander entfernt. Ich versuche, einen klaren Kopf zu behalten, was mir kaum gelingt. Zu viele Emotionen prasseln auf mich sein. Sehnsucht, Zuneigung, Verlangen …

»Du wolltest doch wissen, warum ich mich am ersten Abend nicht zu erkennen gegeben habe«, murmelt er, und ich spüre die Wärme seines Atems auf meiner Haut.

»Und warum … hast du nicht …?«, flüstere ich, als er nicht weiterspricht.

»Ich …«, fängt er an und lacht dann etwas. Ich spüre die Vibration an meinen Lippen. »Um ehrlich zu sein, war ich einfach nur überrumpelt.« Sein Mund streift meinen, und ich spüre die Berührung bis in meine Zehenspitzen. »Enttäuscht.« Wieder berühren sich unsere Lippen, diesmal etwas länger. »Und wahrscheinlich auch ein bisschen feige.«

Eine winzige Sekunde verharren wir beide regungslos, dann verschmilzt sein Mund endgültig mit meinem. Seine Lippen sind nass und schmecken salzig. Ich lasse die Badeleiter los und lege beide Hände auf seine nassen Schultern. Ein leiser Laut entfährt mir, als unsere Hüften kollidieren und ich die Härte in seiner Badehose spüre. Instinktiv presse ich mich an ihn, als er seine freie Hand meinen Rücken hinunterwandern lässt und sie auf meinen Po legt. Er zieht mich noch enger an sich, bevor er mit seinem Mund langsam an meinem Kinn entlangfährt und meinen nassen Hals mit Küssen bedeckt. Zart und hungrig gleichzeitig.

»Josie …«

Er sagt meinen Namen voller Sehnsucht, und ich lasse den Kopf zurückfallen, als er den Weg seiner Lippen zu meinem Dekolleté fortsetzt.

»Wieso warst du … enttäuscht?«, schaffe ich es zu fragen.

»Ich war enttäuscht, weil mir klar geworden ist, dass ich dich nicht haben kann«, antwortet er und presst einen Kuss auf mein Schlüsselbein. »Diese Anziehung zwischen uns, als wir uns das erste Mal begegnet sind … so etwas habe ich noch nie zuvor erlebt. Du hast mich vom ersten Moment an fasziniert und … Als du erzählt hast, dass du den ganzen Sommer bleibst, hatte ich gehofft, dass wir uns wiedersehen werden. Aber als ich deinen Namen in meinen Handy-Kontakten gelesen habe, wurde mir klar, dass ich dein Boss bin und dass aus uns nichts werden kann.«

Seine Hand löst sich von meinem Po und wandert nach oben, zu meinem Bikinioberteil. Mit der anderen hält er immer noch die Badeleiter umklammert. Ich drücke den Rücken durch und warte darauf, dass er meine Brust umfasst.

»Lass uns nach oben gehen«, sagt er, und seine Stimme ist rau.

Ich greife wieder nach der Badeleiter, und als er sicher ist, dass ich nicht untergehe, lässt er mich los und klettert nach oben. Auf wackeligen Beinen folge ich ihm. Er reicht mir die Hand und hilft mir auf die schmale Schwimmplattform.

Der frische Wind auf meinem nassen Körper sorgt dafür, dass ich eine Gänsehaut bekomme. Vielleicht ist es auch meine Erregung. Zitternd stehe ich vor Blake.

Ohne zu zögern, zieht er mich an sich und greift gleichzeitig nach dem großen Badetuch, das auf der Bank neben uns liegt. Er wickelt uns beide darin ein, und instinktiv dränge ich mich an ihn. Seine Haut ist viel wärmer als meine, fast heiß. Ich lege jede Zurückhaltung ab, und ich stelle mich auf die Zehenspitzen, um seinen Mund zu erreichen. Unsere Lippen finden sich, und ich stöhne überrascht auf, als er mir sanft in die Unterlippe beißt. Seine Hände wandern über meine Schultern nach unten und schließen sich um meine Brüste, während seine Zunge meinen Mund erkundet. Mit den Daumen streichelt er meine Brustwarzen durch das nasse Bikinioberteil, bis ich das Gefühl habe, allein durch diese Berührung zu kommen.

»Aber du bist immer noch mein Boss«, schaffe ich es, mit einem letzten Rest klaren Verstandes zu sagen.

»Ich weiß …«, erwidert er mit rauer Stimme und schenkt mir einen so intensiven Blick, dass ich das Gefühl habe, in die Knie gehen zu müssen. »Aber auch meine Selbstbeherrschung hat Grenzen. Du kannst dir nicht vorstellen, wie sehr ich dich will. Schon die ganze Zeit.«

Fast ohne dass ich es merke, löst er geschickt mit einer Hand die Schleife auf meinem Rücken und streift mir das Oberteil von den Armen.

»Mit Sicherheit nicht so sehr wie ich dich«, antworte ich und gebe ein gequältes Lachen von mir.

Er schließt einen Moment die Augen, und sein Brustkorb hebt und senkt sich ein paarmal, fast so, als müsse er um Beherrschung ringen.

»Wir könnten diesen Streitpunkt unter Deck ausdiskutieren …?«, sagt er schließlich.

Er formuliert es als Frage, und ich lächele unwillkürlich, weil ich spüre, dass er mich zu nichts drängen will. Aber er muss mich nicht drängen. Ich war mir in meinem Leben noch nie einer Sache so sicher.

Und dann bin ich es, die ihn an der Hand nimmt und zur Treppe zieht, wo er mich wieder mit seinen Armen umschlingt. Küssend stolpern wir unter Deck und in Richtung Kajüte, wo wir, schwer atmend, am Bettende stehen bleiben und uns ansehen. Es fühlt sich an, als wären wir an einem Wendepunkt angelangt. Zuvor war alles nur Spiel, aber jetzt gibt es keinen Weg mehr zurück.

Ich greife nach dem Bund seiner nassen Badehose und ziehe sie langsam nach unten. Ich sehe, wie Blake die Luft anhält und kurz die Augen schließt.

Nackt steht er vor mir und streicht mit den Fingerspitzen federleicht über meine Wange, mein Kinn, meinen Mund. Ich schließe die Augen und presse einen Kuss auf seine Handfläche. So verharren wir einen Moment, bevor seine Hände ihre Wanderung fortsetzen. Ich greife nach seinen Schultern, um die Balance zu halten, als er über meinen Bauch streicht. Dann recke ich mich ihm entgegen, um ihm zu signalisieren, dass ich bei ihm bin und ihn genauso will wie er mich. Seine Hand gleitet tiefer, in meinen Slip und dann zwischen meine Beine. Ein Zittern durchläuft mich, als seine rauen Finger meine empfindlichste Stelle berühren.

»Josie …«

Noch einmal stöhnt er meinen Namen, als er spürt, wie feucht ich bin. Seinetwegen.

Seine Zunge gleitet in meinen offenen Mund, während seine Finger mich mit kreisenden Bewegungen massieren. Das Gefühl ist so unglaublich, dass meine Knie nachgeben. Blake scheint das zu spüren, denn er schlingt den anderen Arm um meine Taille und lässt mich aufs Bett sinken. Anschließend legt er sich neben mich und erhöht den Druck seiner Finger.

Ein Wimmern entfährt mir. »O Gott! Blake …«

Er presst sich an mich, und ich spüre, wie er sich zurückhält, während er mich langsam und intensiv küsst, bis heiße Lava jede Zelle meines Körpers zu durchfluten scheint. Aber es ist nicht genug. Ich will mehr.

Ich will ihn.

Als hätte er meine Gedanken erraten, unterbricht er den Kuss und streift mir den nassen Bikini von den Beinen. Ich helfe ihm, indem ich meine Hüfte anhebe. Dann streckt er sich, um ein Kondom aus der Schublade zu holen. Er reißt die Folie auf und streift es sich über. Als er sich wieder über mich beugt, fahre ich ihm mit beiden Händen in die Haare und ziehe seinen Kopf zu mir herunter, bis ich seinen Mund auf meinem spüre. Seine Zunge spielt mit meiner, während er sich zwischen meine Beine legt. Reflexartig strecke ich ihm mein Becken entgegen, aber er lässt sich Zeit und gibt mir nicht gleich, was ich will. Stattdessen senkt er seinen Kopf und leckt eine feuchte Spur zu meinen Brustwarzen, bevor er eine in den Mund nimmt und daran saugt.

»O Gott, ich will dich! Sofort!«, stöhne ich und drücke meinen Rücken durch. Als ich merke, wie fordernd das klingt, füge ich etwas höflicher hinzu: »Bitte?«

Er lacht. »Wenn du so lieb darum bittest …«

Das Lachen weicht einem Ausdruck der völligen Hingabe, als er sich zwischen meinen Beinen etwas höher schiebt. Meine Hände fallen an meine Seiten. Dann dringt er in mich ein, ganz langsam, um mir Zeit zu geben, mich an ihn zu gewöhnen. Ich kralle mich im Bettlaken fest. Erst als er vollständig in mir ist und wir Becken an Becken liegen, atme ich laut aus. Offenbar habe ich, ohne es zu merken, die ganze Zeit die Luft angehalten.

»Josie …«, murmelt Blake und vergräbt sein Gesicht an meinen Hals. »Gott, du fühlst dich so gut an.«

Dann zieht er sich genauso langsam aus mir zurück, wie er in mich eingedrungen ist. Er verändert den Winkel und gleitet wieder in mich. Ich stöhne auf, erregt und gleichzeitig gequält.

»Okay?«, fragt er mit einem Hauch Sorge und sieht mir in die Augen.

Meine Hände wandern über seine Schultern und den Rücken hinunter, über harte Muskeln und samtweiche Haut. Ich will mir jede Kontur seines Körpers einprägen.

»Sehr okay …«, antworte ich flüsternd.

Es ist, als würde die Temperatur zwischen unseren Körpern ansteigen, als er wieder in mich gleitet, fester und tiefer dieses Mal.

»Mehr«, keuche ich, und jetzt ist es Blake, der gequält aufstöhnt, offenbar um Beherrschung ringend.

Aber er folgt meinem Wunsch und nimmt einen schnelleren Rhythmus auf. Meine Fingernägel krallen sich in seinen Rücken, und ich wölbe mich ihm entgegen. Seine Hände gleiten unter meinen Po, und er hält mich da, wo ich bin, während er seinen Mund auf meinen senkt. Gierig küsst er mich.

»Endlich«, murmelt er gegen meine Lippen. »Endlich habe ich dich.«

Seine Worte und das Gefühl, ihn in mir zu spüren, so perfekt von ihm ausgefüllt zu werden, lassen jeden Knochen in meinem Körper zu Wachs werden. Blakes Oberkörper beginnt zu glänzen, und er hat seine Brauen zusammengezogen. Ich sehe ihm an, wie sehr er sich zurückhält, und mein einziger zusammenhängender Gedanken ist: *Ich mache das mit ihm. Ich bringe ihn an den Rand der Selbstkontrolle.*

Und: *Ich will nicht, dass es endet.*

Aber ich spüre, wie sich mein Orgasmus anschleicht. Ich schlinge meine Beine um seinen Körper, und Blake stößt tiefer in mich. Und noch tiefer. Es ist wie ein Rausch. Heiße Wellen der Lust breiten sich in mir aus, bis es kein Halten mehr gibt. Wir kommen gleichzeitig, und Blake murmelt dabei meinen Namen, wieder und wieder, bis unsere Körper erschlaffen und Blake, schwer atmend, mit seinem ganzen Gewicht auf mich sinkt.

Es dauert eine Weile, bis er sich wieder bewegt und sich von mir rollt. Er entsorgt das Kondom, bevor er mich wieder in seine Arme zieht und mir zarte Küsse auf Mund, Nase und Stirn gibt. Ich schmelze in seiner Umarmung, mein Kopf auf seiner Schulter, meine Hand auf seiner Brust. Beinah andächtig lausche ich Blakes Herzschlag, stark und gleichmäßig, und dem Plätschern der Wellen um uns herum, mitten im Meer, auf unserer eigenen kleinen Insel der Glückseligkeit.

13

Ich wache auf, weil mein Körper auf die Seite rollt und mein Kopf unsanft an die Bettkante stößt.

Benommen richte ich mich auf und reibe mir die schmerzende Stelle. Ich bin immer noch in der Kajüte, und meine Beine sind in die Laken verwickelt, aber Blake ist verschwunden. Ich schaue durch das kleine Fenster nach draußen und sehe, dass es bereits dunkel wird. Das Boot schwankt wieder, und ich schaffe es gerade noch, mich abzufangen, bevor ich mich erneut stoße.

Schnell husche ich ins Bad und gehe auf die Toilette, bevor ich mir eines von Blakes T-Shirts überstreife, das ich in einem Sideboard unter dem Fenster finde, und in meine immer noch feuchte Bikinihose schlüpfe. Wahrscheinlich werde ich mir eine Blasenentzündung holen, aber eine von seinen Boxershorts anzuziehen fühlt sich zu aufdringlich an, und ich möchte keinesfalls halb nackt über Blakes Boot taumeln, kurz nachdem wir …

Das Boot wankt so stark, dass ich gegen den Türrahmen stolpere. Himmel! In Schlangenlinien durchquere ich das Wohnzimmer und muss mich mit beiden Händen festhalten, als ich die Treppe nach oben steige.

Blake steht breitbeinig am Steuerrad und winkt mich zu sich. Über uns türmen sich bedrohlich die Wolken, und das Meer um uns herum ist dunkel und aufgewühlt.

»Ein Sturm kommt auf«, ruft er, um das Rauschen des Meeres und das Schlagen des Segels zu übertönen.

»Ein Sturm *kommt auf?*«, frage ich ungläubig und trete neben ihn. »Ich habe eher das Gefühl, wir sind schon mittendrin!«

Blake lächelt mir beruhigend zu und streckt einen Arm nach mir aus. Ich taumele in seine Umarmung.

»Keine Sorge.« Er drückt mir einen Kuss auf den Mund, bevor er das Steuerrad wieder fest mit beiden Händen umfasst und konzentriert nach vorne blickt. »Siehst du die Lichter da vorne?«

Ich kneife die Augen zusammen und meine, tatsächlich ein entferntes Flackern in der aufkommenden Dunkelheit zu entdecken.

»Wir sind nur zehn Minuten von Nantucket-Stadt entfernt. Der Hafen liegt geschützt, da werden wir von dem Sturm nicht viel mitbekommen. Nur können wir heute nicht mehr nach Martha's Vineyard zurück.«

Ich kuschele mich mit dem Rücken gegen seine Brust und kneife die Augen zusammen, um in der Dunkelheit besser sehen zu können.

»Okay«, rufe ich, damit er mich trotz des Windes hören kann. »Wenn du sagst, dass wir nicht sterben werden, dann glaube ich dir.«

Er zieht mich an sich. »Ich habe dir doch versprochen, auf dich aufzupassen.«

Er kann mein glückliches Lächeln nicht sehen, als ich antworte: »Das ist gut. Und davon abgesehen kann ich mir Schlimmeres vorstellen, als mit dir über Nacht auf diesem Boot zu bleiben. Vielleicht fällt uns ja eine sinnvolle Beschäftigung ein?«

Ich spüre an meinem Rücken, dass er lacht. »Ich werde mich bemühen, das Beste aus der Situation zu machen, Josie.«

Hand in Hand und unter Blakes Windbreaker gekauert, rennen wir durch den strömenden Regen an der Hafenpromenade entlang, bis wir eine kleine Pizzeria direkt neben der Hafenmeisterei entdecken. Sie ist hell erleuchtet, und es fühlt sich an, als würden wir eine rettende Oase erreichen.

In dem warmen, gemütlichen Gastraum riecht es nach Holzofen, frischen Kräutern und Knoblauch. Erleichtert lassen wir uns an einen Tisch direkt am Fenster sinken.

»Rotwein?«, fragt Blake, und ich nicke.

Der Hauswein wird in einem rotbraunen Tonkrug serviert und fühlt sich samtig in meiner Kehle an. Wir bestellen Vitello tonnato und Pasta mit Muscheln, und als die Vorspeise kommt, ist mir schon wieder richtig warm, innerlich und äußerlich.

»Dieser Tag hat sich in jeder Hinsicht anders entwickelt, als ich es erwartet habe«, sage ich und wische mit etwas Brot den letzten Rest Thunfischsoße von meinem Teller.

»Ich hoffe, nicht zum Schlechten«, antwortet Blake und legt seine Hand auf meine.

»Was glaubst du denn?«, erwidere ich lachend und verschränke meine Finger mit seinen.

Die plötzliche Intimität zwischen uns fühlt sich ungewohnt an und gleichzeitig … schön.

Er lehnt sich ein Stück zurück, damit die Kellnerin die Teller abräumen kann.

»Hast du Hannah und Liv Bescheid gegeben, dass du heute Abend nicht nach Hause kommst?«, fragt er, und ich nicke.

Meine Freundinnen haben eine solche Serie von anzüglichen Bemerkungen und Emojis in unserem *Seaside-Girls*-Chat abgefeuert, dass mir beim Gedanken daran jetzt noch die Ohren glühen. Aber davon werde ich Blake sicherlich nicht berichten. Von der Hälfte habe ich ohnehin keine Ahnung, was sie bedeuten sollen.

»Ich muss nächste Woche noch einmal nach New York«, sagt er und zeichnet mit dem Daumen kleine Kreise in meine Handfläche.

»Geht es deiner Mutter schlechter?«, frage ich besorgt.

»Nein, aber ich möchte versuchen, sie zu überzeugen, in ein betreutes Wohnheim umzuziehen.«

»Verstehe«, sage ich und lasse seine Hand los, weil die Kellnerin unseren Hauptgang auf den Tisch stellt. »Ist sie denn offen für solche Ideen?«

Blake nimmt die Gabel und lacht trocken auf. »Nein, natürlich nicht. Sie sieht nicht ein, dass es ein Problem gibt, sondern ist vielmehr überzeugt, hervorragend allein zurechtzukommen. In ein ›Heim für alte Leute‹, wie sie es bezeichnet, will sie auf keinen Fall. Sie ist ja auch erst sechzig. Laura versucht schon seit Längerem, ihr die Idee schmackhaft zu machen – leider bisher erfolglos.«

Ich nicke und beginne, die Spaghetti langsam um meine Gabel zu drehen. Blake tut es mir gleich, und einen Moment essen wir schweigend.

»Warum habt ihr euch eigentlich getrennt?«, platzt es dann aus mir heraus. »Oder macht es dir etwas aus, darüber zu sprechen?«, schiebe ich schnell hinterher, denn im selben Moment fällt mir auf, dass es vielleicht keine gute Idee ist, dieses Thema anzuschneiden.

Spricht man über Ex-Beziehungen, kurz nachdem man das erste Mal Sex hatte? Wohl eher nicht. Aber nun, da es einmal heraus ist, warte ich gespannt auf seine Antwort.

Nachdenklich fährt er sich mit einem Finger über die Lippe, bevor er sagt: »Sie wollte zurück nach New York.«

Fast hätte ich aufgelacht. Einerseits ist die knappe Antwort irgendwie sehr typisch für Blake. Andererseits liefert sie mir aber natürlich nicht wirklich die Informationen, die ich mir eigentlich erhofft hatte.

»Auch Fernbeziehungen können funktionieren, oder?«, bohre ich weiter.

»Aber für eine Fernbeziehung müssen beide Seiten voll und ganz hinter der Sache stehen«, erwidert er und senkt den Blick auf seinen Teller. »Wenn einer nicht dazu bereit ist, sein Bestes zu geben, dann funktioniert es nicht.«

»Und Laura war nicht bereit?«, frage ich leise, und er hebt den Kopf.

»*Ich* war nicht bereit.«

»Oh«, mache ich und frage vorsichtig: »Hannah hat gesagt, dass Laura dich verlassen hat.«

»Das stimmt«, erwidert er und trinkt einen Schluck Wein. »Sie ist weggegangen, nicht ich. Aber *ich* war es, der sich gegen eine Fernbeziehung entschieden hat.«

Als ich ihn nur fragend anblicke, zieht er einen Mundwinkel nach oben.

»Du willst es also ganz genau wissen, ja?« Er legt die Gabel beiseite und faltet die Hände vor sich auf dem Tisch. »Laura und ich waren mehrere Jahre zusammen, und alle haben uns für ein Traumpaar gehalten. Freunde, Nachbarn ... alle waren der festen Überzeugung, dass es die große Liebe zwischen uns ist, baldige Hochzeit und Kinder selbstverständlich inklusive. Aber zwischen uns beiden war es nicht so ... perfekt, wie alle dachten. Versteh mich nicht falsch, Laura ist eine tolle Frau, und sie wird mit Sicherheit irgendwann einen anderen Mann sehr glücklich machen. Jemanden, der besser zu ihr passt. Aber mir hat etwas in unserer Beziehung gefehlt. Und damit meine ich nicht dieses anfängliche Kribbeln, das ohnehin vergeht. Ich meine dieses Gefühl, dass die Sonne aufgeht, wenn du den anderen siehst. Dieses Gefühl, dass sich dein Herz erwärmt ...« Er lacht auf, als würde er sich erst jetzt über seine Worte klar werden. »Okay, ich gebe zu, das hört sich extrem kitschig an. Ich versuche es anders zu formulieren: Mir hat die tiefe, innere

Gewissheit gefehlt, dass wir wirklich zusammengehören. Dass sie die Eine ist.«

Beeindruckt starre ich ihn an. Wow. Dieser Mann weiß, was er will.

»Und du und dein Freund … Nathan?«, fragt er, als ich nichts erwidere. »Warum habt ihr euch getrennt?«

Ich senke den Blick auf meinen Teller, damit er nicht sieht, wie ich das Gesicht verziehe. Eigentlich liegt mir nichts ferner, als über Nathan zu sprechen, aber ich habe mit dem Thema angefangen, also muss ich wohl oder übel antworten.

»Ich weiß es eigentlich selbst nicht so genau.« Langsam hebe ich eine Schulter. »Ich glaube, wir haben nicht so gut zueinander gepasst, wie wir dachten. Nur hat er das zuerst erkannt.«

Der Regen prasselt immer noch gegen die Scheibe und läuft in langen, gewundenen Bächen am Glas herunter. Mit leichtem Erstaunen stelle ich fest, dass der Gedanke an Nathan überhaupt nicht mehr wehtut. Da, wo Anfang des Sommers noch dieses dumpfe, schmerzende Gefühl war, ist einfach … *nichts* mehr. Es ist vielmehr so, als könnte ich uns und das, was wir hatten, aus der Distanz sehr viel nüchterner und realistischer betrachten. Ohne Schmerz, ohne Sehnsucht. Um ehrlich zu sein, ist da nicht einmal mehr so etwas wie leise Nostalgie.

»Wie meinst du das?«, hakt Blake nach, und ich richte meine Aufmerksamkeit wieder auf ihn.

»Als wir zusammen waren, habe ich ihn für den perfekten Mann gehalten und wollte es ihm unbedingt immer recht machen«, versuche ich mich an einer Erklärung. »Ich bin einfach so. Ich mache es immer gerne allen recht, und bei Nathan … Ich glaube, ich habe mich in der Beziehung ein Stück weit selbst aufgegeben. Immer nur das getan, was er wollte, und zu wenig darauf geachtet, was richtig für *mich* ist, verstehst du?« Als er nickt, ohne etwas zu sagen, fahre ich fort: »Die Beziehung war unausgewogen, und darüber ist die Liebe gestorben. Wenn er es nicht beendet hätte, hätte ich es getan. Es hätte wahrscheinlich noch ein bisschen länger gedauert, bis ich es kapiert hätte, aber dann wäre es ohnehin aus gewesen.«

Blakes Blick wandert über mein Gesicht, dann lächelt er.

»Wenn du mich fragst: Ich bin froh, dass du als Single nach Martha's Vineyard gekommen bist«, sagt er und greift wieder nach meiner Hand. »Sonst wäre unser erster Abend wohl völlig anders verlaufen.«

»Du meinst, dann wäre ich nicht über dich hergefallen und dabei fast auf dem Hintern gelandet?«

Er drückt meine Hand. »Ich fand dich unglaublich süß an diesem Abend, falls dich das tröstet.«

»So süß, dass du mich in den folgenden Tagen und Wochen andauernd vor allen anderen anpflaumen musstest?«, gebe ich zurück, weil ich mir die Spitze einfach nicht verkneifen kann.

Etwas gequält verzieht er das Gesicht. »Ich dachte, ich muss besonders deutlich machen, dass du keine Sonderbehandlung bekommst. Sonst hätten die anderen sofort gemerkt, wie bezaubernd ich dich finde.«

Ich lache auf, denn noch nie in meinem Leben hat mich jemand *bezaubernd* genannt. Und *süß* eigentlich auch nicht. Aber ich muss zugeben, dass es mir gefällt.

»Ich bin derjenige, der immer predigt, dass es die Todsünde Nummer eins ist, etwas mit Kollegen anzufangen«, fährt er fort und presst einen Kuss auf meine Hand, der meine Knie weich werden lässt. »Und jetzt war ausgerechnet ich es, der nicht aufhören konnte, an eine Kollegin zu denken – und zwar auf eine Art und Weise, die alles andere als kollegial oder freundschaftlich ist.«

Sein Blick ist so intensiv, dass ich ein bisschen rot werde. Und er bewirkt, dass ich darüber nachdenke, das Dessert ausfallen zu lassen und sofort zum Boot zurückzukehren, um da weiterzumachen, wo wir aufgehört haben.

»Stimmt es, dass ihr eine Stewardess gefeuert habt, weil sie etwas mit Jacob angefangen hat?«

»Hast du etwa Angst um deinen Job?« Fragend zieht er eine Augenbraue hoch, nur um mich dann zu beruhigen: »Keine Sorge, deine Anstellung bis Ende des Sommers ist gesichert, darauf hast du mein Wort. Und wir haben die Stewardess nicht gefeuert, weil sie was mit Jacob angefangen hat, sondern umgekehrt, weil sie nicht damit umgehen konnte, dass Jacob *nicht* mit ihr schlafen wollte.«

Ich muss kichern. »Gibt es das? Eine Frau, mit der Jacob nicht schlafen will?«

Blakes Grinsen wird breiter. »Aus brüderlicher Loyalität werde ich zu dieser dreisten Behauptung, die du da aufstellst, schweigen. Willst du ein Dessert?«

Ich lege den Kopf schief und sehe ihm in die Augen. »Wollen wir es ausfallen lassen?«

Als wir das Restaurant verlassen, hat es aufgehört zu regnen. Doch auch wenn der Sturm etwas abgeflaut ist, bin ich froh, dass wir im sicheren Hafen sind und nicht irgendwo da draußen.

Wir laufen am Kai entlang in Richtung *Dauntless,* und wie selbstverständlich nimmt Blake meine Hand.

»Und was machen wir jetzt?«, frage ich und schlage den Kragen des Windbreakers hoch, den er mir für den Rückweg zur Jacht überlassen hat. »Zeigst du mir, wie schön es ist, auf einem Segelschiff zu schlafen?«

Er lässt meine Hand los und zieht mich in eine Umarmung.

Seine Lippen finden meine, und einen Moment verharren wir völlig versunken in unserem Kuss, während die Böen an meinen Haaren zerren und die vertäuten Schiffe im Wind ächzen und knarzen.

»Falsch«, sagt er, als wir beide Luft holen, und lächelt dabei so sexy, dass ich weiche Knie bekomme. »Ich zeige dir, wie schön es ist, auf einem Segelschiff *nicht* zu schlafen.«

Am nächsten Morgen werde ich vom Brummen des Außenbordmotors geweckt. Sonnenlicht dringt durch die nur halb zugezogenen Vorhänge in die Kajüte. Blake liegt nicht mehr neben mir, aber alles um mich herum erinnert mich an die vergangene Nacht. Die zerwühlten Laken, mein nackter Körper, Blakes Geruch, der mich umgibt, und das Gefühl meiner vom Küssen empfindlichen Lippen.

Mit einem wohligen Seufzen drehe ich mich auf den Rücken und strecke mich. Die Nacht mit Blake war anders als alles, was ich vorher erlebt habe. Blake hat mir das Gefühl gegeben, dass er es keine Sekunde aushält, ohne mich zu berühren, ohne mich zu küssen. Bei ihm hatte ich zum ersten Mal in meinem Leben den Eindruck, dass es *ihn* heiß macht, wenn er etwas für *mich* tut. Dass er es kaum schafft, sich zurückzuhalten, bis *ich* meinen Orgasmus hatte. Und ich kann mich nicht daran erinnern, dass ich jemals so oft hintereinander Sex gehabt hätte.

Gott, Sex mit Blake … Davon werde ich mich niemals wieder erholen.

Mit einem Lächeln im Gesicht stehe ich auf und ziehe mir die Kleider vom Vortag wieder an. Auch die übrigen Sachen sind schnell in meine Tasche gepackt. Ich suche im Bad nach einer Ersatzzahnbürste, kann aber keine finden, was mir ein kleines Lächeln entlockt. Offensichtlich hat er nicht regelmäßig überraschend Übernachtungsgäste an Bord. Also schmiere ich mir mit dem Zeigefinger Zahnpasta auf die Zähne und spüle mit Wasser aus. Nachdem ich mir das Gesicht gewaschen und meine Haare zu einem Knoten zusammengebunden habe, steige ich die Stufen nach oben an Deck.

Überrascht stelle ich fest, dass wir bereits dabei sind, in die Newport Marina einzulaufen. Blake lächelt mich an, als ich auf ihn zukomme und meine Tasche neben ihn auf die Bank fallen lasse.

»Wir sind ja schon da«, stelle ich fest und merke, dass ein Hauch Enttäuschung in meiner Stimme mitschwingt.

»Ich bin früh losgefahren, wollte dich aber nicht wecken«, sagt Blake und schaltet den Motor etwas herunter. »Ich habe um acht einen Termin.«

»Oh.« Ich setze mich auf die Bank neben meine Tasche.

Offenbar will er noch etwas sagen, aber da ruft jemand vom Hafen: »Hey! Blake! Josie!«

Es ist Jacob, Harley an seiner Seite, der auf dem Pier steht und uns zuwinkt. Blake winkt zurück, jedoch ohne mich dabei aus den Augen zu lassen.

O Gott, ich will ihn küssen.

Nein, ich will ihn nicht küssen. Ich will ihn am T-Shirt packen, unter Deck ziehen und genau da weitermachen, wo wir in der Morgendämmerung aufgehört haben.

Blake leckt sich mit der Zunge über die Unterlippe, die Augenlider leicht gesenkt, und ich könnte schwören, dass er dasselbe denkt wie ich. Doch wir bewegen uns beide nicht, und schließlich ist Blake derjenige, der den Blickkontakt unterbricht, um die *Dauntless* sicher in die Lücke zwischen den anderen Booten zu manövrieren. Dann läuft er zur Reling und wirft Jacob die Taue zu, die dieser mit geübten Handgriffen an zwei Pollern befestigt.

Nachdem Blake die Gangway ausgelegt hat, springt Jacob mit ein paar großen Schritten an Bord, dicht gefolgt von Harley.

»Alles in Ordnung mit euch?«, ruft er noch im Laufen.

»Was soll nicht in Ordnung sein?«, fragt Blake zurück und geht in die Hocke, um Harley zu begrüßen, die sich winselnd und schwanzwedelnd vor ihm auf den Rücken rollt. »Ich habe dir doch geschrieben.«

»Du hast nur geschrieben, dass ihr vom Sturm überrascht worden seid und im Hafen von Nantucket übernachtet.« Er schaut mich an. »War's schlimm?«

Ich finde es nett, dass er sich Sorgen um mein Wohlergehen macht, hoffe aber gleichzeitig, dass er nicht allzu genau nachfragt, wie wir die Nacht überstanden haben.

»Nein, überhaupt nicht«, versichere ich, schaffe es aber nicht, ihm dabei in die Augen zu sehen. »Als der Sturm aufkam, waren wir schon fast im Hafen, und Blake hat sich gut um mich gekümmert. Ich meine …« Hilfe suchend schaue ich Blake an. »Also, er hatte die Situation zu jeder Zeit voll im Griff.«

Und wie er sie im Griff hatte. Und mich.

Ich spüre, wie ich rot werde, und streiche den Saum meines T-Shirts glatt, obwohl da gar keine Falte ist.

Jacob sieht von mir zu Blake und wieder zurück. Und wieder zu Blake. Dann weiten sich seine Augen.

»Ach du meine Güte«, murmelt er und versucht, ein Grinsen zu unterdrücken, was ihm nicht wirklich gelingt.

»Was?«, fragt Blake mit einem Hauch Genervtheit in der Stimme.

»Nichts!« Jacobs Grinsen wird noch etwas breiter. »Gar nichts, Bruderherz. Ich muss zurück. Bis später.«

Er klopft Blake einmal herzhaft auf die Schulter, und Blake sieht aus, als würde er seinem Bruder am liebsten an die Gurgel gehen. Aber da ist Jacob auch schon wieder zurück an Land gesprungen. Schweigend sehen wir ihm nach, wie er winkend in Richtung Clubhaus verschwindet.

Blake räuspert sich und sucht meinen Blick. »Also …«

»Ich muss nach Hause«, sage ich schnell, weil ich mich plötzlich schüchtern fühle und jegliche Art von Gespräch darüber, wie es weitergehen könnte – oder auch nicht – vermeiden will. »Meine Schicht fängt schon in einer Stunde an, und du musst … zu deinem Termin.«

Entschlossen nehme ich meine Sporttasche und laufe über die Gangway zurück an Land. Dabei spüre ich die ganze Zeit Blakes Blick im Rücken. Als ich auf dem Pier stehe, scheint der Boden unter meinen Füßen leicht zu schwanken, so wie immer, wenn man eine längere Zeit auf dem Wasser verbracht hat. Oder vielleicht liegt es auch an dem, was ich in den vergangenen vierundzwanzig Stunden erlebt habe? Ich habe das Gefühl, dass ich nicht mehr dieselbe Josie bin wie die, die gestern Morgen diese Jacht betreten hat.

Ich drehe mich um. Blake steht immer noch an Bord, beide Hände auf der Reling. Harley sitzt zu seinen Füßen und schaut mich mit gespitzten Ohren an.

»Vielen Dank für alles«, sage ich, und ohne dass ich weiß, warum, füge ich hinzu: »Blake.«

Er zieht seinen rechten Mundwinkel ein Stückchen nach oben, und das Grübchen erscheint.

»Jederzeit wieder. Josie.«

»*Jederzeit wieder, Josie?*«, wiederholt Liv nachdenklich. »Und das war's?«

Ich zucke mit den Schultern. »Danach habe ich ihn nicht mehr gesehen. Er hatte dann einen Termin, und ich habe im Restaurant gearbeitet. Es war die Hölle los, wie meistens am Wochenende.«

»Hm«, macht Hannah und kaut gedankenverloren auf ihrem Strohhalm herum. »Merkwürdig. Und heute hast du ihn auch nicht gesehen?«

Ich schüttele resigniert den Kopf.

Es ist mittlerweile Sonntagabend, und wir sitzen an einem der Tische vor dem Lobsterville Grill, genießen den Sonnenuntergang und trinken Mai Tais, die Wendy heute während der Happy Hour anbietet. Die Cocktails helfen mir dabei, den Mut aufzubringen, um Liv und Hannah von meinem Abenteuer mit Blake zu erzählen.

»Und er hat dich nicht mal angerufen oder dir eine Nachricht geschickt?«, hakt Hannah nach.

»Nichts.« Bekümmert schüttele ich den Kopf. »Nur Jacob hat mir geschrieben und mich gefragt, wie es mir geht. Und … wann wir uns wiedersehen.«

Etwas hilflos zucke ich mit den Schultern.

»Jacob?«, fragt Liv verwundert und schiebt ihre Brille hoch. »Wieso Jacob?«

»Keine Ahnung!«, antworte ich frustriert und senke meine Stimme, bevor ich weiterspreche. »Er war in der Marina, als Blake und ich von unserem Segeltörn zurückgekommen sind. Er hatte sich wohl Gedanken gemacht, ob wir den Trip und den Sturm gut überstanden haben. Aber dass er sich solche Sorgen macht, dass er sich noch mal vergewissert, wie es mir geht, finde ich auch merkwürdig.«

Liv schaut mich nachdenklich an. »Vielleicht will er was von dir.«

Der Gedanke ist mir auch schon gekommen, aber ich habe ihn ganz weit weggeschoben. »O Gott, ich hoffe nicht!«

Sie zuckt mit den Schultern. »Jacob ist doch hinter allem her, was nicht bei drei auf den Bäumen ist.«

Ich weiß, dass Jacob ein Aufreißer ist und bei den Frauen gut ankommt, aber dass er mich anbaggert, kann ich mir irgendwie trotzdem nicht vorstellen.

»Du bist nicht ganz objektiv, was ihn betrifft, Liv«, sage ich und lasse dann meinen Kopf in die Hände sinken. »Mein Gott, ich schlafe mit dem einen Bruder, und der andere schreibt mir fürsorgliche Nachrichten. Wie traurig ist das denn, bitte?«

»Dann schreib du ihm doch!«, sagt Hannah entschlossen und winkt Wendy, damit sie uns eine weitere Runde bringt.

»Ihr seid ja heute Abend gut in Schwung, Mädels!«, kommentiert sie und strahlt uns an. »Wie geht es Louise?«

»Besser«, sagt Hannah. »Sie wird morgen entlassen.«

»Und wo wird sie wohnen?«, erkundigt sich Wendy, und ihre Ohrringe, heute große Creolen mit grünen Steinen, wackeln hin und her. »Auch bei den Sullivan-Jungs?«

Hannah seufzt. »Wir wissen es noch nicht. Ins Cottage kann sie nicht zurück. Blake hat angeboten, dass sie ebenfalls zu ihnen ziehen kann, aber sie meinte, in der Wohnung sei es schon voll genug mit uns jungen Leuten. Jetzt will sie übergangsweise in ein Hotel.«

»*In ein Hotel?*«, donnert Wendy, und einige Touristen drehen sich erschrocken zu uns um. »Kommt überhaupt nicht infrage! Ich habe ein Gästezimmer im Erdgeschoss. Sie kann bei mir wohnen, bis das Cottage renoviert ist.«

»Wendy, das ist so …«, beginnt Hannah, und ich sehe, dass sie ein wenig feuchte Augen bekommt.

»Papperlapapp«, fällt ihr Wendy ins Wort. »Das ist eine Selbstverständlichkeit. Hier auf der Insel hilft man sich gegenseitig. Ich richte heute Abend das Zimmer her. Sag Louise das.«

»Okay«, murmelt Hannah und schiebt ein leises »Danke …« hinterher, das Wendy aber nicht mehr hört, weil sie schon mit ausladendem Hüftschwung in Richtung Restaurant verschwunden ist, um unsere Bestellung weiterzugeben.

Hannah wischt sich über die Nase und schnieft einmal. »Wo waren wir stehen geblieben?«

»Du wolltest wissen, ob ich eine Nachricht geschrieben habe«, antworte ich. »Und das habe ich. ›*Habe die Aufregung gut überstanden*‹ oder so ähnlich. Die Frage, wann wir uns wiedersehen, habe ich unbeantwortet gelassen. Zufrieden?«

Liv verdreht die Augen. »Wir meinten doch nicht Jacob, du Einstein, sondern Blake!«

»Bist du verrückt? Ich schreibe Blake auf keinen Fall! Das sieht doch aus, als würde ich ihm hinterherrennen!«

»Hm, lass mich nachdenken …« Liv kratzt sich in übertriebener Denkerpose am Kinn. »Für mich sieht das eher aus, als wärst du eine emanzipierte Frau des 21. Jahrhunderts. Schockierend!«

Ich warte ab, bis Wendy die Getränke vor uns abgestellt hat und die leeren Gläser mitnimmt. Keinesfalls will ich, dass jemand etwas von unserem Gespräch mitbekommt. Blake und ich sollen schließlich nicht zum Mittelpunkt des Inseltratschs werden.

»Was soll ich ihm denn schreiben, bitte schön?«, frage ich, als Wendy wieder nach drinnen verschwunden ist. »*Wie geht es dir?*«

»›*Danke für die schöne Nacht*‹, zum Beispiel«, antwortet Hannah, als wäre es das Selbstverständlichste der Welt. »Oder ›*Ich denke an dich*‹.«

»Ich denke aber nicht an ihn«, stelle ich trotzig klar und schiebe die Unterlippe vor.

Meine Freundinnen sehen mich belustigt an.

»Okay«, gebe ich seufzend zu. »Ich denke an ihn.«

»Eben!« Liv schnappt sich mein Handy. »Wir machen es so: Ich schreibe etwas, und du entscheidest, ob du es abschickst oder nicht.«

Nervös knabbere ich an meinen Fingernägeln herum, während sie tippt. Es dauert nur eine Minute, bis sie mir das Handy zurückgibt.

»*Hallo Blake, ich musste gerade an Dich denken … Vielen Dank für die schöne Nacht. Josie x*«, lese ich ihren Text laut vor.

»Und, was sagst du?«, fragt sie und sieht mich erwartungsvoll an. »Kurz und knackig, ohne viel Blabla und sentimentalen Quatsch.«

Nachdenklich wiege ich den Kopf hin und her und muss zugeben, dass sie recht hat. Ich bin eine emanzipierte Frau des 21. Jahrhunderts! Wir haben eine wundervolle Nacht miteinander verbracht und mehrmals miteinander geschlafen. Ist es da nicht absolut in Ordnung, Blake eine Nachricht zu schreiben?

»Also, ich finde es gut«, pflichtet Hannah Liv bei und nickt mir aufmunternd zu.

Kurz entschlossen drücke ich auf »Senden« und lege mit zitternden Händen das Handy zurück auf den Tisch.

»Jetzt heißt es warten.« Liv zieht an ihrem Strohhalm. »Ich finde ja, je schneller er antwortet, desto …«

Im selben Moment pingt mein Handy: Eine Nachricht ist eingegangen. Wir erschrecken uns alle drei so sehr, dass wir fast von den Stühlen hüpfen.

»Das war Rekordgeschwindigkeit! Was hat er geschrieben?«, ruft Liv, als ich die Nachricht öffne.

Im Textfeld steht:

»Hey, Josie, ich bin mir sicher, ich könnte Dir viele unvergessliche Nächte bereiten …«

»O Gott«, japse ich und reiche Hannah das Handy, weil ich nicht in der Lage bin, weiterzulesen.

Sie nimmt das Handy und liest laut: *»… ich bin mir sicher, ich könnte Dir viele unvergessliche Nächte bereiten, aber hier ist Jacob. Nicht Blake.«*

Meine beiden Freundinnen starren mich mit offenem Mund an.

»Aber …«

»Du hast die Nachricht an die falsche Nummer geschickt, Liv!«, rufe ich panisch und reiße Hannah das Handy wieder aus der Hand.

»Du hast sie doch abgeschickt, nicht ich!«, verteidigt sich Liv.

»Aber du hast den Kontakt ausgewählt!«, rufe ich. »Ich habe das nicht mehr kontrolliert!«

Sie nimmt mir das Handy aus der Hand und schüttelt mit dem Kopf. »Nein, schau! Ich habe den richtigen Kontakt ausgewählt. Hier steht ›Blake Sullivan‹, und das Profilbild zeigt die Marina.« Wir sehen uns an, und sie schiebt ihre Brille nach oben. »Hast du vielleicht die Nummern falsch abgespeichert?«

Ich denke krampfhaft nach. Dunkel erinnere ich mich an den Morgen, an dem ich die Nummern in mein Handy eingegeben habe. Ich habe im Club einen Zettel mit den wichtigsten Kontaktdaten erhalten – unter anderem die von Blake, Jacob und Flynn –, die ich alle in meinem Smartphone abgespeichert habe. Das war der Morgen, an dem ich zum ersten Mal Blake wieder gegenübergestanden habe.

»Das könnte sein«, räume ich ein. »Vielleicht war ich etwas … unkonzentriert.«

»Aber …«, beginnt Hannah.

»… von wem ist dann die Nachricht gewesen, wenn nicht von Jacob?«, vollende ich ihren Satz.

Schnell öffne ich die SMS, die ich gestern Nachmittag erhalten habe und von der ich dachte, sie sei von Jacob.

»Ich wollte nur kurz hören, wie es Dir geht. Ich hoffe, Du hast die Aufregung gut überstanden. Wann sehen wir uns wieder? X«

»Diese Nachricht war von Blake!« Liv lacht laut auf. »Josie, du Chaostante! So kenne ich dich ja gar nicht!«

Ich schlage mir mit der flachen Hand gegen die Stirn, als mir einfällt, was ich auf Blakes fürsorgliche Nachricht geantwortet habe:

»Danke der Nachfrage und keine Sorge, mir geht's gut. Bis demnächst.«

»*›Bis demnächst‹* und *›Danke der Nachfrage‹!*« Hannah prustet los. »Mein Gott, der Arme! Er muss denken, er hat mit der Eiskönigin geschlafen. Oder mit Cruella de Vil. Oder Emma Frost. Oder Miranda Priestly. Oder mit …«

»Vielen Dank, Hannah, die Message ist angekommen!«, falle ich ihr ins Wort und verziehe verzweifelt das Gesicht. »Sag mir lieber, was ich jetzt machen soll!«

»Du musst es ihm erklären, und zwar persönlich«, antwortet Liv. »Und, Josie?«

»Ja?« Ich sehe hoffnungsvoll auf, fast so, als könnte sie mir eine Lösung für mein Dilemma präsentieren.

»Speicher die verdammten Nummern richtig ab!«

14

Ich gehe davon aus, dass ich Blake am Montagmorgen in der Wohnung oder im Club über den Weg laufen werde, und nehme mir fest vor, ihn bei der ersten Gelegenheit beiseitezunehmen und ihn über das Missverständnis aufzuklären. Aber weder beim Frühstück noch bei der Morgenbesprechung ist er da, und auch danach sehe ich ihn den ganzen Vormittag nicht. In der Pause schaue ich in seinem Büro vorbei, aber es ist leer und der Computer aus.

Weil ich es auch nach mehreren Versuchen nicht schaffe, die ganze Sache in einer SMS aufzuklären, entschließe ich mich letztendlich dafür, Blake nur eine kurze Nachricht zu schreiben:

»Hallo Blake, tut mir leid ... meine Nachricht an dich war ein Missverständnis, das ich dir gerne erklären würde. Können wir uns sehen? XO Josie«

Es dauert eine ganze Weile, aber dann kommt seine Nachricht zurück:

»Wie wäre es heute Nachmittag? xx«

Etwas von meiner Anspannung löst sich, und ein warmes Kribbeln breitet sich in meinem Bauch aus. Schnell tippe ich ein *»Ok! Bis später! xx«* zurück.

Derjenige, den ich an diesem Tag am wenigsten sehen möchte, ist Jacob, aber natürlich laufe ich ausgerechnet ihm in die Arme, als ich nach meiner Pause wieder ins Restaurant komme.

Als er mich sieht, grinst er breit.

»Na, Lust auf einen gemeinsamen Segelausflug, Josie? Vielleicht kommen wir in einen Sturm und …«

»Danke, kein Interesse!«, unterbreche ich ihn, und zum ersten Mal kann ich richtig gut verstehen, warum Liv ihn so unausstehlich findet.

»Das war ein Scherz, Josie!«, antwortet Jacob, und tatsächlich wirkt er ein wenig gekränkt. »Meinst du ernsthaft, ich baggere die Freundin meines Bruders an? Mein Gott, mein Ruf ist wirklich noch mieser, als ich dachte.«

»Ich bin nicht Blakes Freundin!«, zische ich zurück, damit mich niemand außer ihm hören kann. »Und wenn du was für deinen Ruf tun willst, dann sag nicht dauernd solche Sachen! Das ist respektlos. Und es bringt andere in Verlegenheit.«

»Tut mir leid«, murmelt er und sieht wirklich etwas zerknirscht aus. »Ich dachte, es sei witzig.«

»War es nicht«, erwidere ich, und kopfschüttelnd mache ich mich wieder an die Arbeit.

Weil der Brandsachverständige das Haus endlich freigegeben hat, fahre ich nach meiner Schicht ins Cottage und beginne damit, die verrußten Tapeten in Louises Zimmer abzuschaben.

Louise ist am Vormittag aus dem Krankenhaus entlassen worden. Hannah hat sie vom Krankenhaus abgeholt und zu Wendy gebracht, wo sie ihre vorübergehende Bleibe beziehen konnte. In meiner Pause habe ich meine Freundin kurz angerufen, um zu hören, wie es ihr geht, und es war Hannah deutlich anzumerken gewesen, dass sie damit zu kämpfen hat, nicht selbst für ihre Großmutter sorgen zu können. Aber offensichtlich war Louise so fröhlich und optimistisch wie immer und freute sich darüber, bei Wendy unterzukommen. Trotzdem möchte Hannah das Haus natürlich so schnell wie möglich renovieren. Blake, Flynn und Jacob wollen an ihren freien Tagen alle verbrannten und verkohlten Möbel aus dem Erdgeschoss holen und entsorgen. Die ganze Inneneinrichtung aus der Küche, dem Wohnzimmer und aus Louises Zimmer muss wohl auf den Müll. Was nicht verbrannt ist oder erbärmlich stinkt, ist durch den Löschschaum und das Wasser der Feuerwehr völlig zerstört worden. Einzig das obere Stockwerk ist noch intakt, aber ohne funktionierende Küche und mit zerstörtem Erdgeschoss auch nicht wirklich bewohnbar.

Die Versicherung »prüft« derzeit, ob überhaupt Versicherungsschutz besteht und die durch den Schaden entstandenen Kosten ersetzt werden können. Die arme Hannah weiß überhaupt nicht, wie es weitergehen soll, wenn die Versicherung nicht zahlt. Doch wir Freunde haben uns geschworen, Hannah und Louise, so gut es geht, zu helfen, das Haus wiederherzustellen.

Ich drehe den neuesten Song von Taylor Swift auf meinem mitgebrachten Bluetooth-Lautsprecher richtig laut und stürze mich in die Arbeit. Die Tapeten abzukratzen ist eine schweißtreibende und dreckige Tätigkeit, aber ich beiße die Zähne zusammen und ackere mich Zentimeter um Zentimeter voran. Ich weiß, wenn wir nicht zusammenhalten und alle unser Bestes geben, werden wir den ganzen Sommer nicht mehr in das Cottage einziehen können, und schlimmstenfalls werden Hannah und Louise ihr Zuhause verlieren.

Ich vergesse die Zeit und bin so vertieft in meine Arbeit und das Mitsingen der Songs von meiner Lieblingsplaylist, dass ich fast einen Herzinfarkt bekomme, als mir jemand auf die Schulter tippt.

»Was zur Hölle …?«, kreische ich erschrocken auf und fahre so schnell herum, dass mir der Tapetenspachtel aus der Hand fliegt und mit einem lauten Scheppern zu Boden fällt.

Vor mir steht Blake, verschwitzt und in Laufklamotten. Sofort fängt mein Herz an, doppelt so schnell zu schlagen, und ich habe keine Ahnung, ob das am Schreck liegt oder daran, dass ich ihn endlich wiedersehe.

Entschuldigend verzieht er das Gesicht und hebt beide Hände. »Tut mir leid, ich wollte dich nicht erschrecken.«

»Schon gut …«, japse ich und stelle den Lautsprecher leiser. »Ich habe nur nicht erwartet, dass hier jemand auftaucht.«

»Ich war am Strand joggen und habe die Musik gehört. Da dachte ich, ich schaue mal nach, wer hier gerade arbeitet.« Er lächelt. »Ich habe natürlich gehofft, dass du es bist. Wir wollten uns ja ohnehin treffen …«

Zuerst sehen wir uns schweigend an, dann beginnen wir, beide gleichzeitig zu sprechen.

»Ich habe dich heute im Club gesucht«, sage ich, und er fängt an: »Wegen deiner Nachricht gestern …«

Wir brechen ab, und ich schaue auf meine Füße, ehe ich fortfahre: »Die Nachricht, die bei dir ankam, war nicht für dich bestimmt, sondern für Jacob.«

Ich hebe den Blick und schaue in sein verwirrtes Gesicht.

»Für Jacob?«, fragt er verständnislos, und ich nicke.

»Ja, das meinte ich heute Mittag, als ich dir schrieb, dass es ein Missverständnis gab. Ich habe deine und Jacobs Nummern vertauscht, als ich sie in mein Handy eingegeben habe.« Die Situation ist so absurd, dass ich selbst den Kopf schütteln muss. »Ich habe deine Nummer unter Jacobs Namen eingespeichert und seine Nummer unter deinem. Als deine Nachricht ankam, dachte ich, sie sei von Jacob, und darum habe ich so … unterkühlt geantwortet. Ich dachte, er wolle sich nur erkundigen, wie es mir geht, und fand das, ehrlich gesagt, ein wenig übertrieben …«

Ich verstumme, als Blake zu lachen anfängt.

»O Gott«, sagt er und fährt sich mit einer Hand durch die verschwitzten Haare. »Und ich habe mir einen Kopf gemacht, warum du so distanziert schreibst, und mich gefragt, ob ich irgendetwas falsch gemacht habe.«

»Nein!« Ich spüre, wie ich rot werde, weil mir die richtigen Worte fehlen. »Du hast alles richtig gemacht. Alles war … perfekt. *Du* warst perfekt.«

Ich bin wahrlich kein Profi, wenn es darum geht, über solche Dinge zu sprechen, aber ich will trotzdem unbedingt, dass er weiß, wie ich fühle. Unsicher lächele ich ihn an.

»Ich fand es auch … *perfekt*«, erwidert er und macht einen Schritt auf mich zu. »Und *dich* ganz besonders.«

Ein Lächeln stiehlt sich auf mein Gesicht.

»Und …«, fährt er fort. »… ich bin sehr erleichtert, dass dein unverbindliches ›*Bis demnächst*‹ eigentlich nicht für mich bestimmt war.«

Er streckt eine Hand aus und streicht mir eine Haarsträhne hinters Ohr. Aber anstatt seine Hand wieder zurückzuziehen, fährt er damit in meinem Nacken. Ich spüre, wie sich Gänsehaut auf meinem Arm ausbreitet.

»Da ist noch etwas«, sage ich und ziehe die Nase kraus, weil mir das, was ich zu beichten habe, so peinlich ist. »Ich habe eine ziemlich eindeutige Nachricht, die für dich bestimmt war, an Jacob geschickt.«

»*Eindeutig?*«, fragt er und zieht belustigt eine Augenbraue hoch.

»Ich habe mich für die schöne Nacht bedankt«, bringe ich gequält hervor. »Jacob hat sich wahrscheinlich totgelacht, als er das gelesen hat.«

Zu meiner Erleichterung zuckt Blake nur mit den Schultern. »Keine Sorge, Jacob weiß ohnehin schon Bescheid. Spätestens seit gestern Morgen, als wir mit der *Dauntless* in die Marina zurückgekommen sind. Er hat ein untrügliches Gespür für so etwas.«

Er überwindet die letzte Distanz zwischen uns und zieht mich in seine Arme. Ein Kribbeln durchläuft meinen Körper.

»Ist sonst noch jemand da?«, fragt er und hat dabei einen Ausdruck in den Augen, der meine Knie weich werden lässt.

»Nein«, antworte ich und fühle mich plötzlich etwas atemlos. »Liv ist bei der Arbeit, und Hannah muss ...«

Weiter komme ich nicht, denn Blake schiebt mich ein Stück zurück, und dann werde ich von geschätzten neunzig Kilo Mann an den Türrahmen gepresst. Bevor ich weitersprechen kann, ist sein Mund auch schon auf meinem. Blake küsst mich so, wie ein Verdurstender ein Glas kaltes Wasser trinkt. Er küsst mich so, wie ein Mann, der weiß, was er will. Mich.

O Gott, wie sehr habe ich ihn vermisst!

»Ich bin total verschwitzt und dreckig!«, protestiere ich schwach.

»Ist mir egal«, murmelt er und neckt meine Zunge mit seiner. »Ich bin auch verschwitzt.«

Das wiederum interessiert mich überhaupt nicht. Ich kann nicht anders und lasse meine Hände über seinen Bauch, seine Brust und seinen Rücken wandern.

»Du hast vielleicht gerade Sport gemacht«, sage ich, während er mein Kinn mit Küssen bedeckt. »Aber im Gegensatz zu mir bist du nicht von oben bis unten rußverschmiert.«

»Wir kriegen dich schon wieder sauber.«

Wir fallen fast über einen der Farbeimer, als Blake mich rückwärts durch den Flur drängt. Ohne auch nur eine Sekunde innezuhalten, hebt er mich hoch, und ich schlinge meine Beine um seinen Körper. Er kommt nicht mal außer Atem, als er mich die Treppe hochträgt. Ich deute auf die angelehnte Tür meines

Zimmers, aber er schüttelt den Kopf und öffnet mit dem Fuß die Badezimmertür.

»Erst duschen«, murmelt er und setzt mich direkt vor der Wanne wieder ab.

Meine Beine sind ein wenig wackelig, und ein aufgeregtes Flattern macht sich in mir breit, als er seine Shorts nach unten schiebt.

Jetzt du, sagen seine Augen.

Ich gehorche, streife meine Hose nach unten und kicke sie zur Seite. Blake macht einen Schritt auf mich zu und zieht mich an sich. Ich spüre die Härte seiner Erektion durch den dünnen Stoff seiner Boxershorts. Eine Welle der Lust durchströmt mich, und mein Mund findet seinen. Wir unterbrechen unseren Kuss nur, als er mir aus dem T-Shirt und dem Top, das ich darunter trage, hilft. Der Haargummi, der meinen Dutt zusammengehalten hat, löst sich dabei, und meine Haare fallen offen auf meine Schultern. Jetzt stehe ich nur noch im Slip vor ihm, und Blakes Blick wird dunkel, als er mich betrachtet.

»Du bist so schön, Josie«, murmelt er, und als ob er es nicht abwarten könnte, mir wieder nah zu sein, streift auch er sein Shirt mit einer schnellen Bewegung über den Kopf.

Seine Worte verursachen ein glückliches Kribbeln in meinem Bauch, und ich fahre mit den Fingernägeln über seinen nackten Oberkörper und seinen Rücken. Als ich bei seinem Po angekommen bin, ziehe ich an seiner Unterhose, und Blake hilft mir, sie nach unten zu streifen. Er hakt seine Daumen in meinen Slip und schiebt ihn nach unten. Dann greift er an mir vorbei und stellt die Dusche an. Er drängt mich nach hinten unter den Strahl. Das Wasser ist so kalt, dass ich erschrocken aufkeuche.

»Sorry.« Er grinst entschuldigend. »Wird bestimmt gleich warm.«

»Klar«, erwidere ich lachend und ziehe ihn zu mir unter den Strahl. »Aber bis es so weit ist, wärmst du mich.«

»*Heilige Scheiße!*«, ruft er, als das kalte Wasser ihn trifft, was mich noch mehr zum Lachen bringt. »Vielleicht ist der Boiler wegen des Brandes kaputt?«

»Nein, es wird schon wärmer.«

Ich schließe die Augen und strecke mein Gesicht nach oben. Dann öffne ich sie wieder und lasse meinen Blick über Blakes Körper wandern.

Wasser strömt über seine Schultern und seine Brust, seine Bauchmuskeln und seine Beine. Er legt eine Hand an meine Wange und streicht mir sanft über das feuchte Gesicht. Sein Daumen verharrt einen Moment auf meinem Mund, und automatisch öffne ich die Lippen. Ein tiefer, hungriger Laut dringt aus seinem Brustkorb, als er sich zu mir herunterbeugt und mir sanft genau in die Stelle meiner Unterlippe beißt, die er gerade noch mit dem Daumen liebkost hat, nur um dann lächelnd mit der Zunge darüberzufahren.

Ich schlucke, als er die Seife von der Ablage nimmt und sie zwischen seinen Händen aufschäumt. Dann beginnt er, mich einzuseifen, zuerst meine Schultern und meinen Nacken, bevor er in kleinen Kreisen über meine Arme hinunter zu meinen Händen streicht, wo er jeden einzelnen Finger und meine Handflächen massiert. Anschließend fährt er langsam wieder nach oben.

Mit den Händen auf meinen Schultern dreht er mich um, sodass ich mit dem Gesicht in Richtung der Fliesen stehe. Ich stütze mich gegen die Wand, während seine Hände in meinen Nacken gleiten, und er beginnt, meine vom Arbeiten verspannten Muskeln zu kneten. Ein wohliges Seufzen dringt aus meiner Kehle, als er mit einem leichten Druck seiner Daumen immer wieder meinen Hals hoch- und runterfährt. Sein harter Penis streift meine

Pobacken, und ich kann nicht anders, als mich gegen ihn zu drängen. Ich höre Blake leise lachen, als er mir ausweicht.

»Kein Kondom«, erklärt er sachlich, und ich gebe einen frustrierten Laut von mir, was ihn nur noch mehr zum Lachen bringt. »Keine Sorge, du wirst schon noch auf deine Kosten kommen.«

Ich wundere mich über das Maß seiner Selbstbeherrschung. Noch einmal schäumt er die Seife auf, bevor er mit seinen Händen über meine Seiten zu meinen Brüsten fährt und beginnt, sie sanft zu kneten. Ich ziehe scharf die Luft ein.

»Blake …«, flüstere ich und lasse meinen Kopf in den Nacken fallen.

Er küsst meinen bloßgelegten Hals, während er mich weiter liebkost und -massiert. Als ich es nicht mehr aushalte, drehe ich mich um und schenke ihm ein zittriges Lächeln. Er erwidert es mit einer solchen Hitze in den Augen, dass meine Knie unter mir nachzugeben drohen.

»Ich glaube, wir sind sauber genug«, sagt er mit plötzlich rauer Stimme und hebt mich aus der Dusche auf den Badezimmerteppich.

Er wickelt mich in ein Handtuch und trocknet erst mich, dann sich ab. Ich strecke meine Hände aus und lege sie auf seinen flachen Bauch. Von dort aus lasse ich sie immer weiter nach unten gleiten, bis er mit einem Zischen die Luft einzieht und mich stoppt.

»Lass uns in dein Zimmer gehen«, sagt er, und ich nicke.

Im Haus ist es immer noch still, und ich bin mir sicher, dass wir allein sind, also lasse ich mich von ihm – nur mit einem Handtuch bedeckt und mit tropfenden Haaren – über den Flur ziehen.

»Warte!«, rufe ich und eile zurück ins Badezimmer. »Ich glaube, ich weiß, wo Kondome sind!«

Ich öffne Livs Schublade und finde tatsächlich ganz hinten eine Packung. Noch verschlossen. Offensichtlich hat meine beste Freundin ihren Vorsatz, in diesen Ferien eine Menge Sex zu haben, bislang noch nicht umgesetzt.

Ich nehme mir ein Kondom, halte kurz inne und schnappe mir dann ein zweites. Blake, der mir zurück ins Bad gefolgt ist, lacht leise. Ich mache ein unschuldiges Gesicht und zucke mit den Schultern, bevor ich ihn hinter mir her in mein Zimmer ziehe und die Tür zuwerfe. Sicherheitshalber drehe ich den Schlüssel einmal im Schloss. Schließlich kann ich mir nicht sicher sein, ob nicht doch noch jemand auftaucht.

Dann laufe ich zum Fenster und öffne es, um frische Luft in das stickige Zimmer zu lassen. Der Vorhang bauscht sich im leichten Abendwind, und die hereinströmende Luft bringt den Duft von Blumen und Sommer mit.

Blake hat sich auf meinem Bett niedergelassen und sieht mich mit hungrigen Augen an. Als er eine Hand nach mir ausstreckt, ergreife ich sie und lasse mich zu ihm ziehen. Dann setze ich mich auf ihn und umschlinge ihn mit meinen Armen. Dabei rutscht mein Handtuch herunter, Haut berührt Haut, und ich spüre, dass er immer noch bereit für mich ist.

Blake nimmt mir die beiden Päckchen mit den Kondomen aus der Hand und reißt eines davon auf. Ich hebe meinen Po etwas an, damit er sich das Kondom überstreifen kann. Anschließend umfasst er meine Hüften mit beiden Händen und dirigiert mich so, dass er in mich gleiten kann. Ein tiefes, sehnsuchtsvolles Geräusch dringt aus seinem Brustkorb, während er mich langsam ausfüllt. Seine Lippen suchen meine, und ich lasse die Zunge in seinen Mund gleiten. Es ist, als ob mein Körper seinen erkennt, und ich beginne, meine Hüfte zu bewegen.

»Ich könnte mich in dir verlieren, Josie«, murmelt er mit

rauer Stimme. »Ich hoffe, du weißt, wie verrückt ich nach dir bin.«

Ich spüre die Macht, die ich über ihn habe, und sie ist so berauschend wie ein Zaubertrank.

Ich hebe meinen Po etwas an und senke ihn dann, was Blake ein weiteres Stöhnen entlockt. Es ist ein wundervolles Gefühl zu wissen, dass ich das in ihm auslöse. Ich liebe es, dass ihm der Schweiß ausbricht, während ich mich auf ihm winde. Ich liebe es, dass er meinen Namen murmelt. Ich will ihn weitertreiben, ich will, dass er meinetwegen die Beherrschung verliert.

Ich beschleunige meine Bewegungen, und Blake lässt sich mit geschlossenen Augen nach hinten sinken. Seine Hände umklammern meine Hüften, und seine Finger graben sich in mein Fleisch, aber es macht mir nichts aus. Im Gegenteil.

Ich spüre, dass Blake kurz davor ist, die Kontrolle zu verlieren, und kämpfen muss, damit er nicht vor mir kommt. Einen Moment schaffe ich es, ihn zu betrachten, seine vor Konzentration zusammengezogenen Brauen, über denen sich feine Schweißperlen bilden, seine geschlossenen Augen und die langen Wimpern, seinen wunderschönen Mund. Er ist jetzt so tief in mir, dass es nicht lange dauert, bis er den einen Punkt findet, der mich zum Kommen bringt. Als er es bemerkt, stöhnt er laut auf und murmelt Worte, die ich in meiner eigenen Ekstase nicht verstehe. Dann kommt er ebenfalls, während immer noch Welle um Welle meinen Körper durchströmt, bis ich schließlich erschlaffe und auf ihm zusammensinke.

Er schlingt beide Arme um mich und dreht uns beide auf die Seite. So ineinander verschlungen bleiben wir liegen, während ich versuche, wieder in dieser Welt anzukommen.

15

Nachdem wir gemeinsam in Blakes Wohnung zurückgekehrt sind, wendet er alle Überredungskünste – sowohl verbale als auch körperliche – an, um mich davon zu überzeugen, dass ich bei ihm im Zimmer schlafen soll, aber ich lehne ab. Ich weiß natürlich, dass wir vor meinen Freundinnen und auch vor Blakes Brüdern nichts zu verstecken haben, aber aus mir selbst nicht ganz erklärlichen Gründen will ich das, was zwischen uns ist, noch nicht in die Welt hinausposaunen. Ja, wir sind zwei freie und ungebundene Erwachsene, und ja, wir schlafen miteinander. Aber am nächsten Morgen mit After-Sex-Glow, rot geküssten Lippen und verstrubbelten Haaren aus Blakes Zimmer zu kommen, während die anderen am Frühstückstisch sitzen und feixen, ist mir derzeit noch etwas zu viel.

Also presse ich Blake einen letzten Kuss auf den Mund und streichele Harley ganz vorsichtig über den Kopf, was sie sich zu meiner großen Freude gefallen lässt, um dann ins Gästezimmer zu meinen Freundinnen zu schlüpfen.

Liv und Hannah sitzen mit überkreuzten Beinen auf dem Bett und essen Pizza direkt aus dem Karton. Als ich hereinkomme, schauen sie auf.

»Guten Abend!«, ruft Liv gut gelaunt und schiebt sich ein Stück Pizza in den Mund. »Wo kommst du denn her?«

Ich lasse meine Tasche auf den Boden plumpsen und setze mich auf die Bettkante. Gierig nehme ich mir ein Stück Pizza und beiße hinein. Ich habe gar nicht gemerkt, wie ausgehungert ich bin.

»Ich war im Cottage und habe Tapeten abgeschabt«, antworte ich kauend.

»Das merkt man«, erwidert Liv und grinst. »Du riechst irgendwie verbrannt.«

Ich schnüffele an meinem Ärmel und muss ihr recht geben. Da ist dieser unangenehm durchdringende, rußige Geruch. Und das, nachdem Blake und ich so … intensiv geduscht haben. Bei der Erinnerung daran muss ich unwillkürlich lächeln.

»Ich habe aber das ganze Haus gelüftet«, versuche ich mich zu verteidigen. »So wie es die Feuerwehr empfohlen hat.«

»Danke für deine Hilfe, Josie.« Hannah drückt meine Hand. »Ich wollte morgen Nachmittag mit Jacob rübergehen und mit dem Entrümpeln anfangen.«

»Gute Idee«, sage ich und nehme mir noch ein Stück Pizza. »Ich glaube, wir brauchen ein Konzept. Was zu tun ist und wer was macht.«

»Ich weiß auf jeden Fall, was *du* heute getan hast. Und mit wem«, sagt Liv grinsend und deutet auf meinen Hals.

»Was?«, frage ich irritiert und greife mir an die Stelle, die Liv fixiert. »Was meinst du?«

»Da ist ein fetter Knutschfleck direkt über deinem Schlüsselbein. Außerdem strahlst du heller als der Time Square bei Nacht. Willst du uns vielleicht irgendetwas sagen, Josie?«

Sie grinst noch breiter, und ich spüre die Hitze an meinem Hals hochkriechen. Verflixt … Da hat Blake wohl etwas zu sehr die Beherrschung verloren.

»Okay, erwischt«, gebe ich zu, und meine beiden Freundinnen grinsen so breit, dass ich ebenfalls ein Lächeln nicht unterdrücken kann. »Aber hängt es bitte nicht an die große Glocke, ja?«

»Doch, natürlich tun wir das«, erwidert Hannah frech. »Ich werde morgen direkt einen Aushang bei Wendy machen. Und im Pick & Carry. Und im Eingangsbereich des Clubs! Vielleicht könnten wir einen Einleger für die Speisekarten drucken: *Josie schläft mit Blake.*«

Ich schubse sie mit der Schulter an, und sie lacht.

»Keine Sorge, Josie. Wir finden es schön, dass es bei euch so gut läuft, und außerdem ist euer schmutziges kleines Geheimnis absolut sicher bei uns.«

Vielleicht ist es das gute Gefühl, das ich nach dem Sex mit Blake habe, oder das glückliche Flattern im Magen, jedenfalls reitet mich irgendetwas, grinsend hinzuzufügen: »So schmutzig war es gar nicht. Blake und ich waren sehr sauber, und es wird dich in diesem Zusammenhang sicherlich freuen zu hören, dass die Dusche im Cottage noch funktioniert.«

Liv reißt die Augen auf, während Hannah in schallendes Gelächter ausbricht.

»O mein Gott, wer bist du, und was hast du mit meiner braven Freundin Josie gemacht, die ich Anfang des Sommers mit auf diese Insel gebracht habe?«, japst Liv. Dann umarmt sie mich und drückt mir einen Kuss auf die Wange. »Ich freue mich für dich.«

Obwohl ich am nächsten Morgen früher wach bin als meine Freundinnen und noch vor Sonnenaufgang frühstücke, ist Blake schon nicht mehr in der Wohnung. Zumindest ist seine Zimmertür nur angelehnt, und als ich mir erlaube, einen schnellen Blick hineinzuwerfen, ist das Bett schon gemacht.

Als die anderen vier aufstehen, trinken wir noch einen Kaffee zusammen und plaudern ein wenig, bevor ich nach unten gehe, um mich für den Arbeitstag fertig zu machen. Gerade als ich vor das Clubhaus trete und die orangerote Morgensonne bewundere, die gerade hinter dem Hafenbecken aufgegangen ist, kommt Blake ums Haus und über die Rasenfläche auf mich zu, Harley dicht neben sich.

»Hey!«, begrüßt er mich, und ohne eine Antwort abzuwarten, zieht er mich in seine Arme, um mich zu küssen.

»Hey«, sage ich lachend. »Jeder kann uns sehen!«

»Ist mir egal«, murmelt er und küsst mich noch einmal. »Es kann ruhig jeder sehen, dass ich nicht genug von dir bekommen kann.«

Ich schiebe ihn ein Stück von mir, was gar nicht so leicht ist, und schaue ihn an. »Dir macht es nichts aus, wenn alle von uns wissen?«

»Warum sollte es?«, gibt er zurück.

»Hast du etwa vergessen, dass es die Todsünde Nummer eins ist, wenn Chef und Mitarbeiterin was miteinander anfangen?«, necke ich ihn, höre aber gleichzeitig auf, mich gegen ihn zu wehren.

»Und wer sollte etwas dagegen unternehmen?«, erwidert er mit einem frechen Grinsen.

»Spielst du etwa die Chefkarte?«, frage ich empört, und er lacht.

»Absolut«, gibt er zurück und zwinkert mir zu. »Ich muss vor der Teambesprechung noch mal kurz ins Büro. Es gibt diese Woche verdammt viel zu tun, aber hast du Lust, nächsten Sonntag mit mir essen zu gehen?«

»Im Restaurant?«, frage ich und nicke mit dem Kopf in Richtung Club.

»In *einem* Restaurant«, antwortet er und verwebt seine Hand mit meiner. »Nicht in *diesem*.«

»Gerne«, sage ich, und ein glückliches Kribbeln breitet sich in meinem Bauch aus.

Wir werden ein richtiges Date haben! Wenn ich den Abend in der Pizzeria auf Nantucket nicht mitrechne, ist es sogar unser allererstes *richtiges* Date.

»Um acht?«, fragt er und zieht mich wieder an sich. »Ich hole dich ab.«

»Wie willst du mich abholen?«, frage ich und muss lachen. »Klopfst du an meine Zimmertür?«

»Ich würde sagen, wir treffen uns in der Küche.«

»Klingt nach einem hervorragenden Plan.«

»Bis gleich bei der Teambesprechung.« Er drückt mir noch einen letzten Kuss auf die Lippen. »Ich werde Schwierigkeiten haben, mich zu konzentrieren.«

Ich sehe ihm nach, als er mit zwei energiegeladenen Sätzen die Treppe zum Clubhaus hochspringt. Oben angekommen, drückt er die Tür auf und dreht sich noch mal zu mir um. Sein Lächeln ist so warm und gleichzeitig so sexy, dass mein Herz unwillkürlich einen Satz macht. Er hebt die Hand, bevor er im Haus verschwindet.

Harley steht immer noch vor mir und schaut mich aufmerksam an.

Ich bin früh dran, also sage ich leise: »Hey, Harley. Hast du Lust auf einen kleinen Spaziergang?«

Sie spitzt die Ohren und läuft dann voraus in Richtung Meer. Glücklich darüber, dass das Eis zwischen uns endlich gebrochen zu sein scheint, folge ich ihr.

Es ist noch ruhig in der Marina, nur ein paar Skipper oder Bootseigentümer sind schon auf ihren Schiffen und machen sich bereit für den Tag auf dem Meer. Ich liebe diese friedliche Morgenstimmung und die Freude auf den kommenden Tag, die in der Luft liegt.

»Guten Morgen, Josie!«, ruft eines der Klubmitglieder von seinem Boot direkt am Pier und winkt.

Nach über zwei Monaten im Club kennen mich viele der Bootseigner mit Namen, genauso wie ich sie.

»Guten Morgen, Mister Blackwell!«, rufe ich zurück, als ich ihn erkenne. »Wohin geht es heute?«

»Angeln vor Chappaquiddick«, antwortet er. »Da soll es derzeit viele Wolfsbarsche geben. Und die Enkelkinder wollen schwimmen.«

Zwei Mädchen und ein Junge strecken den Kopf über die Reling und winken mir ebenfalls zu. Mit einem Lächeln winke ich zurück.

»Viel Erfolg und viel Spaß!«

Am Ende des Piers setze ich mich auf die Planken und lasse meine Beine über die Kante baumeln. Zu meiner Freude trottet Harley zu mir und legt sich direkt neben mich, ihre klugen eisblauen Augen auf mich gerichtet. Vorsichtig fahre ich ihr mit einer Hand ins Fell und kraule ihr die Ohren. Sie gibt ein genussvolles Brummen von sich und legt ihren Kopf auf meinen Oberschenkel. Ich lächele glücklich und richte meinen Blick aufs Meer.

Ein spätes Fischerboot schippert an uns vorbei, die Netze hochgezogen. Ein Schwarm Möwen verfolgt es – vermutlich hoffen sie auf leichte Beute im Schlepptau des Kahns –, und ihre Schreie dringen zu uns herüber. Für einen Moment schließe ich die Augen und genieße, wie die Strahlen der kräftiger werdenden Sonne meine Haut wärmen.

Es wäre so schön, hier zu leben, schießt es mir durch den Kopf. *Auf der Insel. Und bei Blake.*

Erschrocken öffne ich die Augen wieder. Ein Gefühl der Panik steigt in mir auf, und ich muss ein paarmal tief durchatmen, um meinen Puls zu beruhigen.

Harley scheint meine plötzliche Unruhe zu spüren, denn sie hebt den Kopf und schaut mich an. Geistesabwesend kraule ich sie hinterm Ohr und versuche, mich wieder auf den Boden der Tatsachen zurückzuholen.

Und die Tatsachen sind: Ich werde im September nach Boston zurückkehren und anschließend nach Grönland aufbrechen. Auch wenn der Job auf der *Arctic Investigator* – genauso wie der bei Nathan im Abbott Institute – nicht mein absoluter Traumjob ist, weiß ich doch, wie sehr sich meine Eltern auf unsere gemeinsame Zeit freuen. Sie wird uns dafür entschädigen, dass wir nie die Gelegenheit hatten, eine ganz normale Familie zu sein, die sich täglich sieht. Dafür, dass ich im Internat war, während sie gearbeitet und geforscht haben.

Diese Sache nun abzublasen, nur weil Blake und ich eine schöne Zeit haben und uns gut verstehen, wäre völlig absurd. Allein die Tatsache, dass ich darüber nachdenke, lässt mich wütend auf mich selbst werden.

Nie im Leben werde ich noch einmal wegen eines Mannes meine Pläne ändern oder meine Eltern enttäuschen, so wie damals, als ich das Grönlandjahr wegen Nathan abgesagt habe. Oder Berkeley. Oder als ich den Job in Nathans Labor angenommen habe. Habe ich denn überhaupt nichts aus meinen Fehlern gelernt?

Entschlossen schüttele ich das merkwürdige Gefühl ab, das mich befallen hat, und mache mich gemeinsam mit Harley auf den Weg zurück in Richtung Clubhaus.

Es ist ein milder Abend, und die Wellen schwappen mit einem leisen Plätschern gegen die Uferbefestigung. Der Mondschein spiegelt sich auf der glatten Wasseroberfläche, als wir nach dem Essen die Seaside Avenue in Oak Bluffs entlangschlendern, zurück zum Auto, das wir am Ocean Park abgestellt haben. Blake hat den rechten Arm um mich geschlungen und ich meinen linken um seine Hüfte. Mit einem glücklichen Seufzen lehne ich mich an ihn und lege meinen Kopf an seine Schulter. Sein

Körper ist wunderbar warm, und ich fühle mich so geborgen, dass ich ihn am liebsten nie wieder loslassen würde. Er riecht so gut, nach Seife und den Resten seines Parfüms, das im Verlaufe des Abends fast verflogen ist, gemischt mit seinem ganz eigenen Geruch, männlich, salzig und mir mittlerweile so vertraut.

»Ich dachte, den besten Lobster der Insel gibt es bei Wendy?«, ziehe ich ihn auf und pikse ihn spielerisch in die Seite.

Die Speisekarte des *Benjamin's Lobster Trap*, einem Restaurant direkt am Hafen, hat sich so gut gelesen, dass ich mich kaum entscheiden konnte. Schließlich habe ich Dreierlei, die Aubergine als Vorspeise, danach Lobstergratin mit Reis und zum Nachtisch Schokoladentörtchen mit flüssigem Kern und Vanilleeis, gewählt und war mit meiner Wahl mehr als zufrieden. Aubergine ist mein absolutes Lieblingsgemüse, Lobster schmeckt immer hervorragend, und Schokoladentörtchen mit flüssigem Kern … wie könnte man damit falschliegen?

»Gibt es ja auch«, antwortet Blake und zieht mich noch etwas enger an sich. »Wir sollten Wendy keinesfalls verraten, dass wir bei der Konkurrenz waren. Und Flynn sollten wir auch nichts sagen, sonst fühlt er sich in seiner Koch-Ehre gekränkt.«

»Meine Güte, ist das kompliziert«, antworte ich und schmiege mein Gesicht an seinen weichen Pulli. »Warum fühle ich mich plötzlich, als wären wir fremdgegangen?«

»Wir sollten keinesfalls riskieren, Wendys oder Flynns Zorn auf uns zu ziehen!«, flüstert mir Blake verschwörerisch ins Ohr.

»Okay, wir werden niemandem etwas von diesem Abend erzählen«, flüstere ich zurück und grinse. »Was in Benjamin's Lobster Trap passiert ist, bleibt in Benjamin's Lobster Trap.« Als er lacht, füge ich hinzu: »Vielen Dank für die Einladung und den schönen Abend, Blake.«

»Sehr gerne«, erwidert er und küsst mich aufs Haar. »Und der Abend ist noch nicht vorbei.«

Ich bleibe stehen, um ihn ansehen zu können. »Was meinst du?«

Er zieht einen Mundwinkel nach oben. »Ich habe eine kleine Überraschung für dich.«

Ich folge seinem Blick und sehe, dass wir vor dem Flying Horses Carousel angekommen sind. Ich verstehe immer noch nicht, was er meint, laufe aber hinter ihm die Treppe hoch, bis er vor der Tür des im Dunkeln liegenden Gebäudes stehen bleibt.

»Du weißt schon, dass das Karussell schon zu hat, oder?«, frage ich mit einem Blick auf die Uhr.

Doch Blake lässt sich nicht beirren und öffnet die Tür.

»Was …?«, beginne ich, aber da hat er schon meine Hand genommen und mich nach drinnen gezogen.

Die Tür fällt hinter uns zu, und wir werden von absoluter Dunkelheit umfangen.

»Blake …«, murmele ich und umfasse seine Hand ein wenig fester. »Meinst du nicht, wir sollten …?«

Das Licht geht an, und ich muss ein paarmal blinzeln, bis sich meine Augen an die plötzliche Helligkeit gewöhnt haben. Aber dann erkenne ich den Raum, in dem Liv und ich am Tag unserer Ankunft auf Martha's Vineyard bereits gewesen sind. Nur sind wir jetzt die einzigen Gäste, bis auf den bärtigen alten Mann, der in seinem Kassenhäuschen sitzt und uns fröhlich zuwinkt. Und im gleichen Moment beginnt das Karussell sich zu drehen.

»Ich kenne zufälligerweise jemanden beim Vineyard Preservation Trust. Und dem Trust gehört das Karussell«, erklärt Blake und zuckt mit den Schultern, als wenn das gar nichts Besonderes wäre. »Ich habe mich daran erinnert, dass ein Ritt auf dem Flying

Horses Carousel auf deiner Bucket List steht, und da wir heute Abend ohnehin in Oak Bluffs sind, dachte ich mir …«

Weiter kommt er nicht, denn ich falle ihm um den Hals. Nicht, weil das Karussell auf meiner Bucket List steht und ich noch nicht dazu gekommen bin, diesen Punkt abzuhaken. Auch nicht, weil er das Karussell an diesem Abend nur für uns allein hat öffnen lassen. Sondern, weil er sich daran erinnert hat, dass ich den Wunsch, damit zu fahren, einmal geäußert habe, ganz am Anfang unserer gemeinsamen Zeit. Weil seine Geste zeigt, dass es ihm wichtig ist, was ich sage. Dass er mir zuhört. Dass *ich* ihm etwas bedeute.

»Das ist das Romantischste, was jemals jemand für mich gemacht hat«, flüstere ich, stelle mich auf die Zehenspitzen und küsse ihn auf den Mund. »Danke …«

Er lächelt und nickt in Richtung des Karussells, das wieder gestoppt hat.

»Such dir eins aus«, fordert er mich auf.

Begeistert wie ein kleines Kind laufe ich zum Karussell und wähle einen Schimmel mit grauer Mähne. Blake steigt auf den Rotbraunen direkt neben mir. Während der ganzen Fahrt halten wir uns an den Händen, und ich kann vor Glück und Übermut überhaupt nicht mehr aufhören zu lachen. Nach der ersten Runde setzen wir uns in eine Kutsche, wo wir wie zwei verliebte Teenager herumknutschen, bevor wir für eine letzte Runde wieder auf zwei Pferde wechseln.

Und die ganze Zeit habe ich nur einen einzigen Gedanken: Ich bin glücklich.

Blake macht mich glücklich.

Niemand ist in der Wohnung, als wir nach Hause kommen. Eng umschlungen stolpern wir durchs Wohnzimmer, wo wir Taschen und Jacken einfach fallen lassen. Küssend taumeln wir in Blakes Zimmer, wo wir uns gegenseitig ausziehen, ohne ein Wort zu sprechen. Blake hebt mich hoch, trägt mich zu seinem Bett und legt mich sanft auf das Laken. Zärtlich streicht er über meinen Körper und setzt damit jeden Zentimeter meiner Haut in Flammen. Wir sehen uns in die Augen, als er in mich eindringt, und wenden den Blick keine Sekunde voneinander ab, während er mich mit qualvoll langsamen Bewegungen zum Höhepunkt bringt.

Als wir wieder zu Atem kommen, liegen wir nebeneinander und schauen uns immer noch an. Blake deckt uns beide zu, auch wenn das nicht nötig wäre, denn durch das offene Fenster strömt nur die laue Abendluft ins Zimmer. Außerdem ist Blakes Körper so warm, dass ich in seinen Armen nicht frieren könnte. Zart küsst er meine Haare, während mir langsam die Augen zufallen.

Am nächsten Morgen werde ich von Harley geweckt, die ohne Warnung auf das Bett springt und schwanzwedelnd damit beginnt, unsere Gesichter abzuschlecken, erst meins, dann Blakes, dann wieder meins. Ich quietsche auf und schiebe sie von mir weg, während Blake sich aufsetzt und die Augen reibt.

»Harley! Runter!«, kommandiert er.

Brav springt sie vom Bett und setzt sich auf den Bettvorleger, von wo aus sie uns anschaut, immer noch schwanzwedelnd und mit schief gelegtem Kopf.

»Siehst du, ich habe dir doch gesagt, dass sie sich an dich gewöhnen wird.« Blake grinst mich an. »Und wen sie einmal ins Herz geschlossen hat …«

Ich ziehe mir die Bettdecke bis zum Hals nach oben. Aus irgendwelchen Gründen, die ich selbst nicht ganz nachvollziehen kann, ist es mir peinlich, nackt in Blakes Bett zu liegen und so angestarrt zu werden. Kann einem vor einem Hund etwas peinlich sein? Offensichtlich schon.

»Raus, Harley.« Blake, der anscheinend meine Gedanken liest, deutet auf die Tür. »Warte in der Küche auf uns. Da gibt es Frühstück.«

Harley bellt einmal, dreht sich dann aber um und schlüpft durch den Türspalt nach draußen. Es bricht mir immer wieder ein bisschen das Herz, wenn mir auffällt, dass sie noch etwas humpelt.

»Meine Güte, haben wir die Tür gestern etwa nicht zugemacht?«, murmele ich, als mir das Offensichtliche klar wird.

Blake dreht sich auf den Bauch, um mich ansehen zu können. Dabei rutscht die Decke ein Stück herunter, und ich erhasche einen Blick auf seinen hinreißenden nackten Hintern. Auch ansonsten sieht er zum Anbeißen aus, mit Schlaf in den Augen und völlig verwuschelten Haaren.

Ich unterdrücke ein Grinsen. Tatsächlich hätte ich nichts dagegen, wenn jeder Tag mit diesem Anblick beginnen würde.

»Wir waren offenbar zu beschäftigt«, antwortet Blake auf meine Frage. »Hast du Lust, heute Abend nach der Arbeit die Aquinnah Cliffs und das Gay Head Light zu sehen? Wir könnten mit den Fahrrädern hinfahren.«

»Kann es sein, dass du es dir zur Mission gemacht hast, mir die Insel zu zeigen?«, ziehe ich ihn auf.

»Um ehrlich zu sein, will ich nur Zeit mit dir verbringen«, antwortet er und zwinkert mir zu. »Alles andere ist mir eigentlich ziemlich egal.«

Ich beuge mich ein Stück vor, um ihn zu küssen. »Aquinnah Cliffs und Gay Head Light hört sich nach einer hervorragenden Idee an.«

Nach meiner Schicht im Club laufe ich schnell in die Harbor Street, um Essen und Getränke für unseren Ausflug zu besorgen. Eigentlich könnte ich auch Flynn bitten, uns einen Picknickkorb zusammenzustellen, aber ich möchte Blake damit überraschen.

Da ich weiß, dass Kathleens Lobster Roll ohnehin nicht an die herankommen wird, die wir auf unserem Segeltörn gegessen haben, kaufe ich bei ihr lieber Sandwiches mit Putenbrust und hüpfe dann noch schnell in den Pick & Carry, um etwas zum Knabbern zu holen.

Etwas unschlüssig stehe ich vor dem Schrank mit den gekühlten Getränken und überlege, ob ich eine Flasche Weißwein kaufen soll, da höre ich Louises Stimme hinter mir und drehe mich um.

»Hallo Josie!«, sagt sie und stellt ihren Einkaufskorb ab. »Wie schön, dich zu sehen!«

»Louise!«, rufe ich erfreut und nehme sie in den Arm. »Wie geht es dir? Hast du dich bei Wendy schon gut eingelebt, oder hast du Heimweh nach dem Cottage?«

Sie tätschelt meinen Arm. »Ich freue mich, wenn ich wieder zurück nach Hause kann, aber für den Moment ist es bei Wendy auch sehr schön.« Sie zwinkert mir verschwörerisch zu. »Es fühlt sich ein bisschen an wie die Mädels-WG, in der ich gerne leben würde, wenn ich noch mal jung wäre. Aber zu meiner Zeit gab es so was noch nicht. Da hat ein artiges Mädchen bei den Eltern gelebt, bis es geheiratet hat, und ist erst dann ausgezogen. Zu ihrem Ehemann.«

Ich zwinkere zurück. »Wie gut, dass du kein artiges Mädchen mehr sein musst, sondern tun und lassen kannst, was du willst.«

»Wie recht du hast«, antwortet sie und deutet auf den Weinkühlschrank vor mir. »Hast du heute Abend etwas Schönes vor?«

Ich habe keine Ahnung, warum ich verlegen werde, als ich antworte: »Blake und ich wollten mit den Fahrrädern zum Gay Head Light fahren.«

»Soso«, sagt sie und lächelt ein bisschen.

Meine Gesichtsfarbe vertieft sich noch mehr, und ich möchte gerne etwas sagen wie: »Es ist nicht so, wie du denkst«, aber ich beiße mir auf die Unterlippe und lasse es.

Schließlich ist es genau so, wie sie denkt.

»Na, dann nimm dich in Acht« fährt sie unbeirrt fort. »Am Gay Head Light werden die meisten Heiratsanträge der Insel gemacht.«

»Louise!«, rufe ich und lache über ihre absurden Vorstellungen. »So ernst ist es nicht zwischen uns.«

Sie legt den Kopf schief. »Seht ihr das auch beide so?«

Die Frage wirft mich etwas aus der Bahn. Was soll ich darauf antworten?

»Ja, natürlich! Ich bin nur noch ein paar Wochen hier«, versuche ich zu erklären. »Dann muss ich zurück nach Boston, und dann ...«

Ich breche ab und suche nach Worten.

»... und dann bist du für ein Jahr in Grönland?«, vervollständigt Louise den Satz für mich.

Erstaunt sehe ich sie an. Woher weiß sie ...? Aber dann fällt der Groschen.

»Hat Hannah dir das erzählt?«

Louise nickt. »Sie hat mir auch erzählt, dass du Blake noch nichts von deiner Expeditionsreise erzählt hast.« Als ich etwas einwerfen will, fügt sie hinzu: »Bitte sei nicht wütend auf Hannah. Wir erzählen uns nun mal alles, weißt du?«

»Keine Sorge, ich bin nicht sauer auf Hannah«, versichere ich ihr. »Es ist ja kein Geheimnis oder so was. Ich habe nur noch nicht den geeigneten Moment gefunden, um es Blake zu sagen.«

»Wenn du den Rat einer alten Frau hören willst …«, sagt sie mit einem freundlichen Lächeln. »… dann lass es ihn lieber früher als später wissen, Josie.«

Sie tätschelt noch einmal meinen Arm, bevor sie ihren Korb wieder aufnimmt und in Richtung Kasse geht. Mit einem unguten Gefühl im Bauch starre ich ihr hinterher. Denn Josie und Hannah haben mir genau dasselbe gesagt – mehrfach. Und im Grunde weiß ich, dass sie alle drei recht haben.

16

Es wird langsam dunkel, als wir auf unserer Picknickdecke am Strand sitzen und Blake die Flasche Sauvignon Blanc öffnet, die ich im Pick & Carry am Ende doch noch gekauft habe. Es ist immer noch warm, aber die leichte Brise, die hier auf der Insel fast immer weht, kühlt meine von der Fahrradfahrt erhitzte Haut. Schweigend betrachten wir die Sonne, die langsam im Meer versinkt, die imposanten Aquinnah Cliffs im Rücken, die vom Licht der untergehenden Sonne orange gefärbt werden. Über uns kreist …

»Schau mal, ein Fischadler«, sage ich und deute in den Himmel, wo ein Vogel majestätisch seine Kreise zieht.

»Was du alles weißt«, erwidert Blake und legt den Kopf in den Nacken, bevor er sich vorbeugt und mir einen Kuss auf den Mund gibt.

»Ich bin Meeresbiologin, schon vergessen?«, sage ich und halte Blake meinen Pappbecher hin.

Wir gehören zu den letzten Menschen am Strand, denn die Klippen und der Leuchtturm sind vor allem tagsüber Besucherattraktionen. Aber die letzten Touristen sind längst verschwunden, und so haben wir Strand und Leuchtturm fast für uns allein.

»Stimmt es, dass der Leuchtturm vor ein paar Jahren umplatziert wurde?«, frage ich.

Blake nickt und schenkt mir Wein ein. »Er stand zu nah an der Klippe, und man befürchtete, dass er bei einem der nächsten Stürme abstürzen könnte, zusammen mit Teilen des Kliffs. Also hat man beschlossen, den Leuchtturm ein Stück ins Landesinnere zu verlegen.«

»Und wie hat man das gemacht?«, hake ich nach. »Hat man ihn abgebaut und weiter hinten wieder aufgebaut?«

Blake schenkt sich selbst ein und stellt die Flasche in den Sand, damit sie nicht umfallen kann.

»Das wäre zu teuer und zu zeitaufwendig gewesen«, erklärt er. »Stattdessen hat man sein Fundament freigelegt, ihn auf Stahlträger aufgebockt und auf Schienen um knapp vierzig Meter weiter vom Kliff versetzt. Da, wo er jetzt steht, ist er sicher vor den Stürmen und der Kraft des Meeres.«

»Es fällt mir schwer, mir das vorzustellen«, sage ich nachdenklich. »Trotz des Sturmes, wegen dem wir auf Nantucket gestrandet sind, und dem einen oder anderen Regentag ist Martha's Vineyard für mich irgendwie eine Sommerinsel.«

Blake lacht und lässt sich auf die Unterarme zurückfallen. »Du müsstest mal sehen, wie das Wetter hier im Herbst und Winter manchmal sein kann. Eisiger Nordostwind, Starkregen, Schneefälle, sogar tropische Stürme und der eine oder andere Hurrikan ...«

Ich schaue auf das spiegelglatte Meer und den wolkenlosen Himmel. »Unglaublich.«

Blake beugt sich vor und stößt mit seinem Becher gegen meinen. »Worauf trinken wir?«

»Auf Martha's Vineyard im Winter«, sage ich unbedacht und könnte mich direkt dafür ohrfeigen.

Im Winter werde ich ja auf keinen Fall mehr hier sein. Einen ungeeigneteren Moment, um uns beide daran zu erinnern, dass meine Zeit auf der Insel abläuft, hätte ich kaum finden können. Aber jetzt ist es heraus, und ich drehe den Kopf, um Blake anzusehen. Ich kann seinen Gesichtsausdruck nicht erkennen, weil er gerade einen Schluck trinkt.

Ich räuspere mich und beschließe, trotz allem fortzufahren. Ich muss ihm ohnehin irgendwann die Wahrheit sagen, da ist es besser, ich tue es jetzt. Kurz und schmerzlos, so wie wenn man ein Pflaster abreißt.

»Ich kann kaum glauben, dass der Sommer fast vorbei ist und ich die Insel wieder verlassen muss«, sage ich vorsichtig und knabbere an meiner Unterlippe, während ich auf eine Reaktion warte.

Die Veränderung in Blakes Körperhaltung ist nur minimal, aber ich spüre, wie er sich anspannt. Ich trinke ebenfalls einen Schluck, um mein Weiterreden ein wenig hinauszuzögern.

»Vielleicht …«, beginnt Blake, und ich spüre seinen prüfenden Blick, der so wirkt, als würde er meine Reaktion genau beobachten wollen. »Vielleicht können wir uns ja mal in Boston …?«

Ich weiß, was er sagen will, und ein glückliches Kribbeln breitet sich in meinem Magen aus. Doch das darf ich nicht zulassen. Ich darf die Hoffnung nicht zulassen, dass das mit uns irgendwie weitergehen könnte. Denn das kann es nicht. Ich ziehe die Knie an meine Brust und schlinge meine Arme um meine Beine.

»Ich werde nach dem Sommer nicht in Boston sein«, platzt es aus mir heraus.

Er starrt mich an, und die Verwirrung steht ihm ins Gesicht geschrieben. So gern würde ich mich vorbeugen, ihn küssen und in den Arm nehmen, aber ich tue es nicht.

Ich sehe ihm an, dass er Fragen hat, aber ich komme ihm zuvor. »Ich werde nach dem Sommer nach Grönland gehen, zu meinen Eltern auf die *Arctic Investigator*. Für ein Jahr. Es ist schon alles geplant, und mein Ticket ist gebucht und …«

Blake reißt den Blick von mir los und schaut auf das Meer. Nervös breche ich ab und beiße mir erneut auf die Unterlippe.

»Blake?«

Ich sehe, wie er seine Kiefermuskeln anspannt, bevor er antwortet: »Ich höre dich.«

Wieder muss ich den Impuls unterdrücken, die Hand nach ihm auszustrecken. Ihn zu berühren. Die steile Falte, die sich auf seiner Stirn gebildet hat, wegzuwischen.

»Es tut mir leid, dass ich es dir nicht früher gesagt habe.«

»Schon okay«, erwidert er, ohne dass ich eine Emotion in seiner Stimme erkennen könnte. »Jetzt erzählst du es mir ja.«

»Tut mir leid …«, sage ich noch einmal.

»Es muss dir nicht leidtun.« Endlich sieht er mir wieder in die Augen. »Schließlich war von Anfang an klar, dass das zwischen uns nur für die Dauer des Sommers ist, oder?«

Einen Moment fühlt es sich an, als hätte er mir ins Gesicht geschlagen. Innerlich taumele ich, während ich gleichzeitig versuche, mir nicht anmerken zu lassen, wie sehr mich seine Aussage trifft. Ich blinzele zweimal und schaue zu ihm hoch, kann aber den Ausdruck in seinen Augen immer noch nicht lesen. Er trinkt den letzten Schluck aus seinem Becher und steht auf.

»Wir sollten nach Hause fahren, bevor es zu dunkel wird«, sagt er und beginnt, die unberührten Reste unseres Picknicks zusammenzupacken.

»Wir sind doch gerade erst gekommen …«, fange ich an, aber er unterbricht mich.

»Ich habe unterschätzt, wie schnell es dunkel wird«, erwidert er knapp. »Besser wir brechen gleich auf.«

Die Rückfahrt vergeht in Schweigen. Ich weiß nicht, was ich sagen soll, und Blake spricht erst wieder, als wir auf dem Parkplatz der Marina angekommen sind und unsere Fahrräder in den Ständer schieben.

Harley scheint uns gehört zu haben, denn sie kommt bellend ums Haus und springt an uns hoch.

»Ich muss noch mal ins Büro«, sagt Blake und tätschelt geistesabwesend den Kopf seines Hundes. »Morgen wird ein anstrengender Tag.«

»Okay. Sehen wir uns gleich noch oben in der Wohnung? Wir könnten mit den anderen einen Film oder eine Serie anschauen?«

Mechanisch schüttelt er den Kopf. »Ich gehe gleich ins Bett. Morgen wird ...«

»... ein anstrengender Tag, ich weiß«, vervollständige ich seinen Satz und höre selbst, wie irritiert ich klinge. »Du willst nicht zufällig ein weiteres Gespräch über Grönland vermeiden?«

»Wir haben doch jetzt darüber geredet«, sagt er mit unbewegtem Gesicht.

Ich will noch etwas erwidern, aber da beugt er sich schon zu mir herunter und küsst mich auf die Wange.

»Schlaf gut, Josie.«

Als ich ihm und Harley hinterherschaue, wie sie um die Hausecke verschwinden, greife ich mir unwillkürlich an die Stelle, die er eben mit seinen Lippen berührt hat. Noch nie im Leben war ich so unfassbar verwirrt.

17

»Guten Morgen, allerseits!«

Livs laute und energiegeladene Begrüßung passt so gar nicht zu meiner gedrückten Stimmung. Lustlos knabbere ich mein Müsli und höre nur mit halbem Ohr zu, während Hannah, Jacob und Flynn sich über einen Brief der Brandschutzversicherung unterhalten. Mein Kopf brummt, und es fühlt sich an, als hätte ich einen fetten Kater, dabei habe ich am Strand so gut wie nichts getrunken.

»Und?«, fragt Liv, als sie sich neben mich an den Esstisch setzt und Haferflocken in eine Schüssel gibt. »Wie war's gestern Abend?«

Schnell schiebe ich mir einen Löffel Müsli in den Mund und kaue intensiv, um noch etwas über die Antwort nachdenken zu können. Aber bevor ich etwas sagen kann, geht die Tür zu Blakes Zimmer auf.

Ich senke den Blick und murmele ein »Guten Morgen«, als er in die Küche kommt und sich einen Kaffee einschenkt.

»Oh«, sagt Liv so leise, dass nur ich es hören kann, und schaut von Blake zu mir. »Verstehe. Du hast es ihm gesagt.«

Ich schüttele leicht den Kopf, um sie zum Schweigen zu bringen, und als die gute Freundin, die sie ist, beendet sie ihr Frühstück, ohne noch mal auf das Thema zurückzukommen.

Die anderen verlassen die Küche nach und nach, aber als auch ich aufstehen und mich für die Arbeit fertig machen will, hält Blake mich zurück.

»Hast du eine Minute, Josie?«

Verwundert schaue ich ihn an, nicke aber. Ich folge ihm zum Sofa hinüber und lasse mich neben ihm auf die Kante sinken.

»Wegen gestern«, sagt er und reibt sich mit einer Hand über das Kinn, das an diesem Morgen mit einigen Stoppeln bedeckt ist.

Abwartend sehe ich ihn an, aber es dauert eine Weile, bis er weiterspricht.

»Es tut mir leid, dass ich auf deine Neuigkeiten so unsensibel reagiert habe«, entschuldigt er sich dann. »Ich habe mich wie ein Arschloch verhalten.«

Die Beschreibung passt ganz gut, aber ich sage nichts, schließlich habe ich mich selbst nicht wirklich mit Ruhm bekleckert. Ich hätte ihm viel früher von Grönland erzählen müssen.

»Dass es zwischen uns von Anfang an nur für den Sommer war, hat sich härter angehört, als es gemeint war«, fährt er fort und sucht meinen Blick. »Ich meinte damit, dass wir beide von Anfang an wussten, dass du nur für den Sommer hier bist und dann in dein altes Leben zurückkehren wirst. Ich wollte damit nicht sagen, dass das, was zwischen uns ist, keine Bedeutung hat.«

Es ist zwar nicht ganz das, was ich hören will, dennoch nicke ich.

Er presst die Lippen zusammen und schaut auf seine Hände, bevor er fortfährt: »Ich verstehe, dass das mit Grönland eine einmalige Gelegenheit für dich ist, sowohl beruflich als auch privat. Und … ich freue mich wirklich für dich.«

Unsere Blicke treffen sich, und obwohl ich krampfhaft versuche, in seinem Gesicht einen Hinweis auf seine Gefühle zu finden, scheitere ich. Er atmet zweimal tief durch und nimmt dann meine Hand.

»Ich finde es richtig, dass du deinen eigenen Weg gehst, Josie. Dafür bewundere ich dich. Du hast in Boston deinen Job verloren und musst dich jetzt erst einmal völlig neu orientieren. Außerdem weiß ich, wie wichtig es dir ist, Zeit mit deinen Eltern zu verbringen. Dass du die verlorenen Jahre aufholen willst. Und es gibt absolut keinen Grund, warum du deine beruflichen Träume und Ziele aufgeben oder deine Eltern enttäuschen solltest.«

Außer dass ich mir wünsche, mit dir zusammenzubleiben.

Er zieht einen Mundwinkel hoch. »Ich wünschte nur, du hättest es mir früher gesagt.«

»Ich weiß«, sage ich, als ich meine Stimme endlich wiederfinde. »Und es tut mir leid.«

»Es ist okay«, antwortet er, beugt sich ein Stück vor und drückt mir einen sanften Kuss auf die Lippen.

Meine Sehnsucht nach ihm ist so groß, dass ich den Kuss, ohne zu zögern, erwidere und meine Hände in Blakes Haare gleiten lasse, um ihn näher an mich zu ziehen. Seine Zunge berührt meine, und mir entfährt ein leises Seufzen, als er mich nach hinten in die weichen Sofakissen drückt. Ich weiß, dass es nicht so ist, aber in Blakes Armen fühlt es sich fast so an, als wäre die Welt in Ordnung.

Erst als wir ein anzügliches Pfeifen hören, das nur von Jacob kommen kann, heben wir wieder die Köpfe. Die anderen machen sich auf den Weg zur Arbeit und amüsieren sich lautstark über uns, während sie sich die Schuhe anziehen.

»Sehen wir uns heute Abend am Strand?«, ruft Flynn von der Tür herüber. »Ich habe endlich mal wieder frei und könnte was zu essen mitbringen.«

»Und ich Kuchen!«, fügt Hannah begeistert hinzu.

»Ich besorge Bier«, ergänzt Jacob.

»Ich kümmere mich um den Wein«, sagt Liv.

»Jaja, wir werden da sein!«, brummt Blake etwas genervt. »Könnt ihr dann endlich verschwinden?«

»Und was bringt ihr mit?«, fragt Flynn, und Jacob antwortet: »Gute Laune, was sonst …«

Ich muss lachen, als Blake die Augen verdreht.

Es scheint eine halbe Ewigkeit zu dauern, bis endlich die Tür ins Schloss fällt und wir allein in der Wohnung sind.

»Ich dachte schon, die Nervensägen verschwinden nie«, sagt Blake und schiebt eine Hand unter mein T-Shirt.

Gänsehaut breitet sich auf meinen Armen aus, als er sanft über meinen Bauch streicht.

»Auch wenn die anderen jetzt weg sind, müssen wir zur Arbeit«, murmele ich gegen seine Lippen und muss wieder lachen, diesmal, weil er frustriert aufstöhnt.

»Ich weiß«, antwortet er widerwillig und setzt sich auf. »Wie lange bist du noch hier?«

Ich ziehe mein T-Shirt wieder nach unten und schaue auf die Uhr. »Höchstens fünf Minuten.«

Er verzieht den Mund zu einem schiefen Lächeln. »Nein, ich meinte, wann ist dein letzter Tag auf der Insel? Wann packst du deine Sachen und fährst zurück nach Boston?«

Es ist eine sachliche Frage, und ich kann keine Spur von Bitterkeit in seinem Blick erkennen.

»Ich bleibe bis Labor Day«, antworte ich und verfluche mich dafür, dass meine Stimme etwas belegt klingt.

Vielleicht hat Blake sich bereits damit abgefunden, dass unsere Beziehung ein Ablaufdatum hat. Gestern Abend war er überrascht von den Neuigkeiten, aber jetzt hat er eine Nacht darüber geschlafen und sich offensichtlich damit arrangiert. Warum trifft es *mich* dann so hart?

Weil du dich in ihn verliebt hast, du Dummkopf.

Schnell schiebe ich den Gedanken in die tiefsten Tiefen meines Unterbewusstseins, dahin, wo er hingehört.

Blake zieht mich mit sich hoch, während er aufsteht. »Ich schlage vor, wir machen das Beste aus der Zeit, die uns noch bleibt, oder?«

Er küsst mich noch einmal, doch der Kuss bewirkt nicht, dass sich der unangenehme Knoten auflöst, der sich in meinem Bauch gebildet hat. Im Gegenteil. Plötzlich habe ich das Gefühl, die Tränen nicht mehr zurückhalten zu können. Der Gedanke, ohne Blake die Insel zu verlassen und nach Grönland zu reisen, schnürt mir den Hals zu. Zum Glück gelingt es mir, mich zusammenzureißen. Schließlich ist es meine Entscheidung.

Ich muss ein paarmal heftig blinzeln und mich räuspern, bevor ich mit fester Stimme und trockenen Augen antworten kann: »Ja, natürlich. Lass uns das Beste aus der Zeit machen.«

18

Labor Day ist der Abschluss der Saison und gleichzeitig mein letzter Arbeitstag. Die Gäste, die eine längere Heimreise nach Hause haben oder einen Flug erwischen müssen, brechen schon am frühen Montagmorgen in Richtung Heimat auf, nachdem sie die letzten Tage genutzt haben, um ihre Boote winterfest zu machen und die Ferienhäuser und -wohnungen zu räumen. Die anderen – die, die in Boston und Umgebung oder Providence leben – nutzen den letzten Tag, um den Urlaub in Ruhe ausklingen zu lassen. Viele gehen noch einmal essen, weil die Kühlschränke schon geleert sind, weswegen unser Reservierungsbuch für den Mittag proppenvoll ist.

Obwohl wir viel zu tun haben und es noch einmal richtig hektisch zugeht, ist die Stimmung irgendwie melancholisch. Diejenigen von uns, die bloß für den Sommer angestellt sind, verlassen das Team, und nur die wenigen Festangestellten werden den ruhigeren Spätsommer bis in den Herbst hinein hier arbeiten.

Als meine Schicht am späten Nachmittag zu Ende ist, verabschiede ich mich von allen, insbesondere von Mia und Neil, die ich am meisten ins Herz geschlossen habe. Beide bleiben noch bis Weihnachten, und als sie mir sagen, dass ich sie unbedingt bald besuchen kommen muss, kann ich ihnen nicht einmal das versprechen. Denn ich werde in Grönland sein.

Nach der Verabschiedung im Club, die schon schwer genug war, schaue ich bei Wendy im Lobsterville Grill vorbei. Doch während ich es im Club noch geschafft habe, meine Tränen zurückzuhalten, will es mir nicht mehr gelingen, als Wendy mich an ihren Busen drückt und mir sagt, wie sehr ich ihr fehlen werde.

»Eure Mädelsabende im Restaurant waren für mich immer ein Highlight«, sagt sie und streicht mir geduldig über den Rücken, bis ich aufgehört habe zu weinen.

Am frühen Abend treffen wir uns alle im Garten des Cottage: Hannah, Liv, Louise, Flynn, Jacob, Blake und ich. Niemand hat es laut ausgesprochen, aber ich weiß, dass unsere Zusammenkunft so etwas wie meine inoffizielle Abschiedsfeier ist.

Weil die Küche immer noch nicht benutzbar ist, werfen wir den Grill an und braten Steaks. Flynn hat Salate und Baguette als Beilagen mitgebracht, und wir trinken Bier und Wein, die wir in der Kühlbox lagern, weil der Kühlschrank im Haus nicht mehr läuft. Louise wandert summend durch den Garten und pflückt die überreifen Himbeeren von den Sträuchern, dicht gefolgt von Harley, die nach Bienen schnappt und in den Büschen nach Mäusen sucht. Flynn, Jacob und Hannah stehen am Grill, während Liv, Blake und ich es uns am Tisch gemütlich gemacht haben. Ich sitze mit angezogenen Beinen auf der Bank, meinen Rücken an Blake gekuschelt, während er einen Arm um mich gelegt hat. Die Dämmerung bricht herein, und es ist warm und windstill. Mit etwas Glück werden wir heute Abend Glühwürmchen zu sehen bekommen.

»Und du willst wirklich nicht bleiben?«, fragt Liv gefühlt zum hunderttausendsten Mal und schaut mich dabei so bittend an, dass ich fast lachen muss. »Nur noch diese zwei klitzekleinen Wochen, bis mein Vertrag in der Seehundauffangstation ausläuft?«

»Es geht nicht, Liv«, erwidere ich und bin froh, so zu sitzen, dass ich Blake dabei nicht ansehen muss. »Auch wenn du den süßesten Dackelblick hast, den ich mir vorstellen kann.«

Um ehrlich zu sein, wäre es grundsätzlich durchaus möglich, noch zu bleiben, denn mein Flug nach Grönland geht erst Anfang Oktober. Ich habe lange darüber nachgedacht, ob ich die verbleibende Zeit dazu nutzen sollte, um auf der Insel noch ein wenig Urlaub zu machen und die freie Zeit zu genießen. Dann könnte ich frisch erholt gemeinsam mit Liv nach Boston zurückkehren, meine Koffer packen, meine Angelegenheiten regeln und nach Grönland aufbrechen.

Aber ich kann nicht. Je länger ich mit Blake zusammen bin, desto mehr verliebe ich mich in ihn. Auch wenn mich in den letzten beiden Wochen immer wieder diese tiefe Traurigkeit überfallen hat, weil unsere Zeit abläuft, waren die Tage mit Blake die schönsten, die ich je erlebt habe. Ich war noch nie in meinem Leben so glücklich wie mit ihm. Doch ich weiß, je länger ich auf der Insel bleibe, desto schwieriger wird es für mich zu gehen.

Und ich *muss* gehen.

Mein Blick geht zu Blake, und nicht zum ersten Mal frage ich mich, warum er nicht vorschlägt, mich vor meiner Abreise nach Grönland in Boston zu besuchen. Aber weder er noch ich haben das Thema je angeschnitten und mittlerweile glaube ich, dass es ihm ähnlich geht wie mir: Er weiß, dass das zwischen uns enden muss und wir es nicht noch schwerer machen sollten.

Liv seufzt schicksalsergeben. »Wann geht deine Fähre morgen früh?«

»Ich nehme die um kurz vor zehn«, antworte ich und versuche, den schmerzhaften Stich zu ignorieren, der mir bei meinen eigenen Worten ins Herz fährt.

Blake richtet sich auf und lässt mich dabei los.

»Dann lasst uns darauf trinken«, sagt er und hebt seine Bierflasche.

Louise, Flynn, Jacob und Hannah kommen an den Tisch zurück und nehmen ihre Flaschen und Gläser, um mit uns anzustoßen.

»Auf Josie«, sagt Louise und schenkt mir ihr warmes Lächeln, das ich so sehr vermissen werde.

Blake sieht mir in die Augen. »Darauf, dass du findest, was du suchst.«

Etwas in meinem Herzen bricht auf, und ein Schluchzen dringt aus meinem Hals, aber als er mir einen Kuss auf den Mund gibt, schlucke ich es herunter.

»Darauf, dass Josie nicht von einem Eisbären gefressen wird!«, wirft Jacob da glücklicherweise ein und bringt mich damit wieder zum Lachen.

»Auf den fantastischen Sommer, den wir hatten ...«, sagt Liv, und nach einer kleinen Pause fügt Hannah hinzu: »... und auf unsere Freundschaft, der auch ein paar Tausend Meilen Distanz, Gletscher und Eisberge nichts anhaben können!«

Der Kloß in meinem Hals wird größer, als Harley zu mir getrottet kommt und ihren Kopf auf meine Oberschenkel legt, fast so, als würde sie merken, dass ich ihre Unterstützung brauche, um nicht vollends zusammenzubrechen.

»Auf Grönland!«, ruft Liv und nickt mir aufmunternd zu.

»Auf Grönland«, wiederhole ich leise.

In dieser Nacht mache ich kein Auge zu. Hellwach liege ich in Blakes Armen und starre aus dem offenen Fenster, vor dem die letzten Grillen schon vor langer Zeit verstummt sind. Wir haben miteinander geschlafen, und weil wir beide wussten, dass es unser letztes Mal sein würde, war es langsam, wunderschön und melancholisch. Inzwischen hat Blake die Augen geschlossen, und er atmet regelmäßig, aber ich kann einfach keine Ruhe finden.

Als draußen die ersten Vögel anfangen zu zwitschern, stehe ich leise auf, um ihn nicht zu wecken, und ziehe mich an. Harley liegt in ihrem Körbchen neben dem Küchentresen und hebt den

Kopf, als ich auf Zehenspitzen durch das Wohnzimmer schleiche. Ich lege den Finger auf die Lippen, damit sie nicht bellt, und glücklicherweise wedelt sie tatsächlich nur kurz mit dem Schwanz, bevor sie sich wieder einkuschelt.

Meine Sachen sind bereits gepackt, und ich hole bloß noch meine Zahnbürste aus dem Bad, bevor ich mir in der Küche einen Tee mache. Mit der dampfenden Tasse in der Hand stelle ich mich ans Fenster und schaue nach draußen.

Die Marina ist noch menschenleer, nur die weißen Masten der Boote und Jachten fangen das orangerote Licht der aufgehenden Sonne ein. Die Fischer sind schon längst draußen auf dem Meer und werden bald mit ihrem Fang heimkehren. Wenn es so weit ist, wird Wendy ihr Restaurant aufschließen und die Kisten voller Lobster und dem übrigen Tagesfang entgegennehmen. Die auf der Insel verbliebenen Touristen werden zu ihren Spaziergängen und Fahrradtouren aufbrechen oder mit einem Kaffee aus Kathleen's Deli zum Strand schlendern.

Nicht zum ersten Mal frage ich mich, wie die Insel im Herbst und im Winter aussieht, wenn die Tage ruhiger und kürzer werden, das Wetter rauer und der Ozean wilder. Wenn fast nur noch die Einheimischen hier sind und kaum Touristen.

Eine weitere Welle der Traurigkeit überrollt mich. Ich werde all das schrecklich vermissen. Die Insel ist so etwas wie eine Heimat für mich geworden. Die Insel – und die Menschen hier. Aber ich weiß, dass es keinen Sinn hat, sich darüber Gedanken zu machen. Ich habe meine Entscheidung getroffen.

Mit einem Seufzen wische ich meine Tränen weg, setze mich an den Tisch und warte darauf, dass die anderen wach werden.

Die Fahrt nach Oak Bluffs verläuft die meiste Zeit schweigend, nur Jacob versucht ab und zu, einen Scherz zu machen. Ich weiß, dass er es tut, um die Stimmung aufzulockern, und bin ihm dankbar dafür. Doch selbst er gibt nach einer Weile auf, und es wird wieder still im Auto.

Geistesabwesend kraule ich Harleys Ohren. Die Hündin sitzt an meinen Füßen und schaut mich treuherzig an.

Am Hafen parkt Blake das Auto an der Seaside Avenue, und wir laufen gemeinsam zum Terminal. Ich habe mein Ticket auf dem Handy, sodass ich mich nicht am Schalter anstellen muss. Während die Fähre anlegt, kauft Liv mir in der Bäckerei auf der Hauptstraße eine Cola und ein Avocado-Sandwich, von dem ich mir sicher bin, dass ich es nicht essen werde. Dafür ist mir viel zu schlecht.

Als ich zum Verkaufshäuschen laufe, um mich zu vergewissern, dass die Fähre wirklich um 9.50 Uhr abfährt, obwohl ich den Fahrplan schon unzählige Male online gecheckt habe, ruft jemand hinter mir meinen Namen.

»Hi Josie!«

Ich drehe mich um und sehe Violet auf mich zukommen.

»Violet!«, rufe ich und schüttele der Chefin des CCS die Hand. »Wie schön, dich noch einmal zu sehen.«

»Ich treffe eine Freundin zum Frühstück. Und du? Geht es zurück nach Boston?«, fragt sie, und als ich nicke, fügt sie mit Bedauern in der Stimme hinzu: »Wie schade.«

Ich lächele sie an. »Ich weiß. Die Zeit auf der Insel war wunderschön. Aber jetzt geht es zurück ins echte Leben.«

»Grönland, nicht wahr?«

»Woher …?«

»Auf dieser Insel gibt es keine Geheimnisse«, sagt sie mit einem Augenzwinkern. »Ich habe es Blake ja schon gesagt, aber wenn du es dir anders überlegst und einen Job brauchst, kannst du dich jederzeit bei mir melden. Leute wie dich können wir immer gebrauchen.«

Ich blinzele zweimal, bevor das Gesagte wirklich in mein Bewusstsein sickert.

»Was meinst du damit?«, frage ich langsam.

»Ich habe Blake vor ein paar Wochen im Supermarkt getroffen«, erklärt sie. »Wir haben kurz über dich gesprochen und darüber, dass ich finde, dass du sehr gut zu uns passen würdest. Aber er hat mir berichtet, dass du schon ein aufregendes neues Projekt in Grönland hast und aus diesem Grund nicht auf der Insel bleiben kannst …«

»Du bietest mir einen Job an?«, unterbreche ich ihren Redefluss.

Violet scheint zu spüren, dass irgendetwas nicht in Ordnung ist, und schaut zu Blake hinüber, der sich gerade mit Liv unterhält. Blake sieht auf, und unsere Blicke treffen sich. Er muss irgendeine Veränderung an mir festgestellt haben, denn er zieht die Brauen zusammen.

»Eine unserer Mitarbeiterinnen hat gekündigt, und ein Kollege nimmt sich ein halbes Jahr Auszeit, weil er gerade Vater geworden ist … Also ja, es war ein ernst gemeintes Angebot. Aber wie gesagt, Blake hat ja schon von deiner Forschungsreise berichtet.« Violet schaut in Richtung Hauptstraße. »Oh, da kommt meine Freundin! Ich wünsche dir von Herzen alles Gute für Grönland, und hoffentlich sehen wir uns mal wieder!«

Sie umarmt mich kurz und herzlich, aber ich spüre, wie steif mein Körper ist. Mir ist eiskalt, und das, obwohl die Morgensonne kraftvoll vom blauen Himmel scheint.

»Die Fähre legt in fünf Minuten ab«, mahnt Liv und stellt sich neben mich. »Alles okay?«

»Ja«, antworte ich, immer noch geschockt. »Alles okay.«

Wie ein Roboter verabschiede ich mich von meinen Freunden. Liv, Hannah, Flynn, Jacob. Ich spüre kaum, wie sie mich in den

Arm nehmen und drücken, höre kaum, wie sie mir alles Gute wünschen und sagen, dass wir uns hoffentlich bald wiedersehen. Meine Antworten klingen mechanisch.

Und dann stehe ich vor Blake, während die anderen sich ein paar Schritte zurückziehen, um uns für unseren Abschied etwas Privatsphäre zu geben. Er nimmt meine Hand in seine und schnappt sich mit der anderen meinen Trolley mit meiner Tasche. Schweigend laufen wir in Richtung Fähre, Harley dicht auf den Fersen.

Blake will etwas sagen, aber ich komme ihm zuvor.

»Violet hat gemeint, dass ich bei ihr arbeiten könnte, und du hast mir nichts davon erzählt?«, platzt es aus mir heraus.

Blake blinzelt zweimal, dann presst er die Lippen zusammen und verschränkt die Arme vor der Brust.

»Du gehst doch ohnehin weg«, sagt er schließlich.

»Ja, ich gehe ohnehin weg«, wiederhole ich und höre selbst, dass meine Stimme plötzlich vor Zorn zittert. »Aber wenn jemand erwähnt, dass er mir einen Job anbieten kann, dann ist es doch wohl nicht zu viel verlangt, dass du mir das erzählst.«

Ich spüre, dass uns die anderen irritierte Blicke zuwerfen, aber ich kann mich einfach nicht beherrschen. Am liebsten würde ich all meine Wut und meinen Frust herausschreien.

»Warum hast du mir nichts gesagt?«, will ich wissen.

Blake schaut an mir vorbei aufs Wasser und fährt sich mit beiden Händen durch die Haare, bevor er mich wieder ansieht.

»Weil ich Angst hatte, dass du dann Grönland absagen und hierbleiben würdest«, antwortet er, und ich spüre, wie alle Luft aus meiner Lunge weicht.

Unwillkürlich greife ich mir an die Brust, dahin, wo es am meisten wehtut.

»Weil du Angst hattest, dass ich hierbleibe?«, wiederhole ich fassungslos, und meine Stimme kippt über. »Warum? Hattest du Sorge, dass ich nicht kapiere, dass unsere kleine, unbedeutende Affäre nach dem Sommer zu Ende ist?«

»Hör auf damit!«, erwidert Blake heftig und nimmt mich am Arm. »Das ist totaler Unsinn! Damit hat das nichts zu tun!«

»Womit hat es dann zu tun?«, rufe ich und mache mich von ihm los.

In einer hilflosen Geste breitet er die Arme aus. »Ich bin davon ausgegangen, dass deine Entscheidung für Grönland gefallen sei. Dass es dein absoluter Traum ist, diese Forschungsreise zu machen. Du hast sie schon einmal wegen deines Ex-Freundes abgesagt, und ich wollte nicht, dass jetzt wieder irgendetwas dazwischenkommt. Ich. Oder dieser Job beim CCS.«

Aber das hätte meine Entscheidung sein müssen, nicht deine.

Mein Puls rast so, dass ich kaum einen klaren Gedanken fassen kann. Ich fühle mich von ihm verraten. Verraten und … verarscht.

»Vergiss es einfach, Blake«, bringe ich schließlich hervor. »Es war ja von Anfang an ohnehin klar, dass das zwischen uns hier endet.«

Er starrt mich einen Moment an, dann nickt er langsam. Ich spüre, dass er noch etwas sagen will, aber ich lasse ihn nicht zu Wort kommen. Stattdessen bücke ich mich und presse Harley, die neben ihm sitzt und mich mit großen Augen ansieht, einen Kuss zwischen die Ohren. Sie versucht, mein Gesicht abzulecken, und ich muss ein Schluchzen unterdrücken, als ich sie an mich drücke.

»Josie …«

Ich schüttele den Kopf und stehe auf, ohne Blake noch einmal anzusehen. Dann drehe ich mich um und folge den letzten anderen Fahrgästen auf die Fähre. Einige von ihnen werfen mir verwunderte Blicke zu, als ich über Deck in Richtung der Cafeteria stolpere. Doch erst als ich mich auf einen freien Platz direkt am Fenster fallen lasse, merke ich, dass mein Gesicht tränennass ist.

Ich verschränke beide Arme vor mir auf dem klebrigen und von Kaffeerändern übersäten Tisch, lasse meinen Kopf darauf sinken und versuche zu atmen. Ein. Und aus. Allein diese Aufgabe erfordert meine ganze Konzentration. Und das ist gut so. Denn solange ich mich einzig und allein darauf fokussiere, Luft in meine Lunge zu bekommen, muss ich mich nicht damit beschäftigen, was ich fühle.

Als ich irgendwann, viel später, den Kopf wieder hebe und aus dem Fenster blicke, ist Martha's Vineyard schon lange nicht mehr zu sehen.

19

Boston im Herbst ist wunderschön.

Bereits Ende September verfärben sich die ersten Spitzen der sonst saftig grünen Blätter. Ich habe lange genug an der Ostküste gelebt, um zu wissen, dass der wahre Farbrausch erst Mitte Oktober oder Anfang November beginnt, im besten Fall, wenn nach einem kurzen Frost noch einmal warmes Wetter folgt. Dann verfärben sich die Blätter langsam gelb, orange und rot, und der Indian Summer taucht die Stadt in ein prasselndes Laubfeuer. Die Touristen kommen in Strömen, nur um die verzauberten Parks und Alleen zu sehen und zu fotografieren. Zeitgleich zieren immer mehr Kürbisse die Hauseingänge und Fensterbretter der alten Backsteingebäude, ebenfalls beliebte Fotomotive.

Es ist eine Woche vor meiner Abreise nach Nuuk. Ich sitze in meinem Lieblings-Rollkragenpullover in einem Café in der Nähe der Uni und warte auf Liv. Obwohl ich mir zusätzlich einen Schal um den Hals gewickelt habe, ist mir kalt, und ich umklammere meinen Kaffee mit beiden Händen, damit etwas von seiner Wärme auf meinen Körper übergeht. Die behagliche Atmosphäre hier drin und die dritte Dosis Koffein an diesem Vormittag schaffen es schließlich nach und nach, dass ich mich nicht mehr ganz so durchgefroren fühle.

Wie kalt es wohl gerade in Grönland ist?

Vor dem Café schlendern ein paar gut gelaunte Studenten vorbei, ihre Laptop-Taschen über den Schultern, Bücher unter den Armen. Ich höre ihr Lachen, und irgendetwas in mir zieht sich zusammen. Wann habe ich eigentlich das letzte Mal so unbeschwert gescherzt und gelacht? Ich kenne die Antwort, lasse aber nicht zu, dass meine Gedanken dorthin zurückschweifen.

Zurück auf die Insel.

Zurück zu Blake.

Die Tür öffnet sich, und ein Schwall feuchte Herbstluft kommt herein, zusammen mit Liv, die strahlt und winkt, als sie mich entdeckt. Sie schüttelt ihren Mantel ab und lässt sich auf den freien Stuhl neben mir fallen, bevor sie sich zu mir herüberbeugt und mir einen Kuss auf die Wange gibt.

»Stell dir vor, Professor McDougal hat mir einen Job als Assistant Professor angeboten, wenn ich mit der Doktorarbeit fertig bin«, sagt sie atemlos und bedeutet der Kellnerin, dass sie ebenfalls einen Kaffee möchte. »Ich dachte, sie hasst mich, weil ich immer so viele Fragen stelle, aber offenbar ist sie ein Fan.«

Sie lacht selbstbewusst und schiebt ihre Brille hoch.

»Wow«, sage ich und freue mich ehrlich für sie. »Das ist toll! Herzlichen Glückwunsch.«

»Danke«, erwidert sie, während sie ihren Schal abwickelt. »Aber ich bin mir noch nicht sicher, ob ich das Angebot annehme.«

»Bist du nicht?«, frage ich verwundert, denn ein Job an der Boston University würde Liv den Weg in alle möglichen Richtungen ebenen. Ihn abzulehnen, wäre wirklich unvernünftig.

»Ja, ich weiß. Das Angebot abzulehnen wäre unvernünftig«, sagt Liv, als könnte sie meine Gedanken lesen. »Aber ich bin mir nicht mehr sicher, ob es auch wirklich das ist, was ich will. Die Zeit auf Martha's Vineyard hat mir gezeigt, dass es so viel mehr gibt als einen Schreibtisch- oder Laborjob, verstehst du? Die Arbeit mit den Seehunden hat mir so viel Spaß gemacht, und ich weiß nicht, ob ich das aufgeben möchte.«

»Du willst auf die Insel zurück?«, frage ich und spüre einen Stich im Herzen.

Meine Stimme klingt etwas zu hoch, aber der Gedanke daran, dass Liv alleine – ohne mich – nach Martha's Vineyard zurückkehren könnte, tut mir weh. Sie wäre dort, wo Hannah ist. Jacob. Flynn. Harley, Wendy, Louise, Mia, Neil, Paul.

Blake.

Und mein Herz.

Ich spüre, wie mir die Tränen in die Augen steigen, und wische sie ungeduldig mit einer Hand weg. Das mit dem dauernden Weinen muss dringend aufhören.

»Ich weiß noch nicht, was ich mache«, antwortet sie und legt eine Hand auf meine. »Ich muss mich nicht sofort entscheiden, meine Doktorarbeit ist ja noch nicht einmal annähernd fertig.«

Die Kellnerin bringt den Kaffee, und Liv bedankt sich, bevor sie sich wieder mir zuwendet.

»Hast du was von Blake gehört?«, fragt sie und trinkt einen Schluck. »Oder dich bei ihm gemeldet?«

Ich schüttele den Kopf und ziehe die Nase hoch. »Warum sollte ich?«

»Ach, Josie«, murmelt sie.

»Was, *ach, Josie*?«, sage ich etwas heftiger als beabsichtigt. »Das hätte doch sowieso keinen Sinn. In einer Woche geht mein Flug, und wenn wir uns irgendwann wiedersehen, hat er mich ohnehin vergessen.«

Ich presse die Lippen aufeinander.

»Wie kannst du so was sagen?« Liv drückt meine Hand. »Er liebt dich doch, Josie. Schon die ganze Zeit, das konnte jeder sehen. Und du liebst ihn doch auch. Warum gibst du dir nicht einen Ruck und meldest dich bei ihm? Sag Blake, was du für ihn empfindest!«

Ich lache auf, aber es klingt hohl. »Selbst wenn ich das täte, würde es doch nichts ändern!«, gebe ich zurück und greife in meine Handtasche, um mir ein Taschentuch herauszuholen. »Sollen wir etwa eine Fernbeziehung zwischen Martha's Vineyard und Grönland führen? Schon mit Laura hat er festgestellt, dass so etwas nicht klappen kann. Soll ich ihn etwa überreden, dass er es mit mir noch mal versucht?«

Laut putze ich mir die Nase und tupfe mir über die Augen.

»Dann sag Grönland doch ab!«, sagt Liv eindringlich und breitet die Arme aus, als wäre es die selbstverständlichste und einfachste Sache der Welt.

»Das geht nicht!«, gebe ich hitzig zurück.

»Warum nicht?«, ruft sie und beugt sich vor. »Es ist nicht mehr als ein Anruf bei deinen Eltern.«

»Weil ich es versprochen habe«, erwidere ich, mühsam beherrscht. »Warum verstehst du das denn nicht? Weil …«

Ich spüre, wie mir der Hals eng wird, und wieder kommen die Tränen. Dieses Mal haben sie allerdings nichts mit Blake zu tun.

»Weil …«, beginne ich noch einmal mit erstickter Stimme, aber ich will Liv meine Gedanken begreiflich machen. »Weil ich meine Eltern immer vermisst habe. Weil ich mir immer gewünscht habe, dass wir eine normale Familie sind. Weil wir abends nie gemeinsam am Esstisch gesessen haben und ich ihnen nie von meinem Tag erzählen konnte. Aber jetzt habe ich die Möglichkeit, all das nachzuholen. Grönland ist so etwas … wie eine Entschädigung für all die Familienzeit, die wir in meiner Kindheit nicht haben konnten!«

Livs Blick ist voller Mitgefühl und Zuneigung. »Aber du musst deine Eltern nicht entschädigen, Josie«, sagt sie leise, aber eindringlich. »Das ist nicht deine Aufgabe. Dass deine Eltern damals nicht da waren – das war ihre Entscheidung, nicht deine.«

Ich presse mir das Taschentuch gegen die Nase, die rau ist und bei der Berührung schmerzt. »Aber sie freuen sich so. Sie haben mir schon Fotos von meiner Kajüte geschickt und von dem Team, mit dem ich arbeiten werde.«

Energisch schüttelt meine Freundin den Kopf. »Du denkst immer nur an die anderen, Josie, und dafür liebe ich dich, denn es zeigt, was für ein wundervoller und gutherziger Mensch du bist. Aber diese Eigenschaft sorgt auch dafür, dass du dich ständig nach anderen richtest. Damals nach Nathan, jetzt nach deinen Eltern. Du willst Grönland doch gar nicht mehr wirklich, wenn du ehrlich zu dir selbst bist!« Sie sieht mir fest in die Augen und atmet tief durch, bevor sie ruhiger fortfährt: »Sag mir, was *du* willst, Josie!«

Blake, ist mein erster Gedanke, aber ich weiß, dass es nicht das ist, was sie meint. Sie will wissen, wie ich mir mein Leben vorstelle, wo ich mich in fünf Jahren sehe, welche geheimen Träume und Wünsche ich habe.

»Was würdest du wollen, wenn es keinen Blake gebe?«, fährt sie fort. »Kein Grönland. Keine Eltern. Keine Vernunftentscheidungen, keine Karrieregründe. Wenn es nur Josie gäbe, niemanden sonst, wenn du einzig und allein auf das Rücksicht nehmen könntest, was *du* willst. Was würdest du dann gern tun? Was will dein Herz?«

Zitternd atme ich aus. »Ich würde wahnsinnig gern beim Center for Coastal Studies arbeiten. Den Job annehmen, den Violet mir angeboten hat. Falls es den noch gibt.«

Liv lächelt mich an, als hätte ich etwas gesagt, was sie wahnsinnig stolz macht.

»Dann sag genau das deinen Eltern.«

Ich starre auf meine Hände, die eine mittlerweile leere Kaffeetasse umklammern.

»Selbst wenn ich das täte, Liv, was würde es bringen?«, antworte ich schließlich. »Zurück auf der Insel, würde ich dauernd Blake über den Weg laufen und wissen, dass ich ihn nicht haben kann. Würde mich das etwa glücklich machen? Ich habe gedacht, dass das zwischen uns etwas Besonderes ist, aber inzwischen weiß ich nicht mal mehr sicher, ob ich für ihn nicht nur eine Sommeraffäre war.«

Liv schüttelt vehement den Kopf. »Du weißt, dass das so nicht war.«

»Weiß ich das?«, erwidere ich aufgebracht. »Er hat nicht einmal versucht, mich aufzuhalten, im Gegenteil! Er hat mich immer darin bestärkt, dass ich gehe. Wahrscheinlich ist er froh, dass er mich ohne großes Drama losgeworden ist. Er hat mir nicht mal was davon erzählt, dass Violet einen Job für mich hätte!«

Liv haut mit der flachen Hand so heftig auf den Tisch, dass ich vor Schreck fast vom Stuhl falle.

»Und was sagt dir das über ihn?«, ruft sie laut, und als ich sie verständnislos anstarre, fährt sie aufgebracht fort: »Mein Gott, Josie, du bist wirklich schwer von Begriff. Er liebt dich doch! Er will, dass du glücklich bist! Darum hat er dich darin bestärkt, zu gehen. Er will, dass du deine Träume verwirklichst, und er weiß, dass er dich nicht bei sich halten kann, wenn du lieber woanders sein möchtest. Genau wie Laura. Die konnte er damals auch nicht halten, als sie gehen wollte!«

Und seine Mutter, denke ich, und mein Herz zieht sich schmerzhaft zusammen.

Ich presse mir noch einmal das Taschentuch gegen die Nase. »Jetzt ist es ohnehin zu spät und …«

»Dann sag ihm doch endlich, dass du ihn liebst!«, fällt sie mir ins Wort. »Nichts ist zu spät. Das wird alles ändern, glaub mir! Und wenn nicht, dann kannst du immer noch frei entscheiden, ob du bleiben oder gehen willst. Du bist eine erwachsene Frau und Herrin deines Schicksals. Wenn du beim CCS arbeiten willst, dann nimm die Stelle an! Aber was auch immer du tust: *Du* entscheidest über dein Leben, niemand sonst. Nicht Nathan. Nicht deine Eltern. Und auch nicht Blake!«

Sie rutscht mit ihrem Stuhl so nah an mich heran, dass sie mich in den Arm nehmen kann. Ich lasse meinen Kopf an ihre Schulter sinken, und sie streichelt mir liebevoll übers Haar.

»Was soll ich nur tun, Liv?«, murmele ich in ihren Pullover und kann nur mühsam ein Schluchzen unterdrücken.

»Ich sage dir, was du tun sollst: Du isst jetzt einen von diesen leckeren Donuts, die sie hier verkaufen. Und wenn du schon dabei bist, kannst du deiner besten Freundin ebenfalls einen spendieren. Dann gehen wir nach Hause, bestellen Pizza, trinken eine Flasche Rotwein und schauen *Emily in Paris*. Anschließend gehen wir schlafen, und morgen früh triffst du eine Entscheidung. Und zwar eine, die *dich* glücklich macht, niemanden sonst. Ist das klar?«

Ich nicke schwach und murmele in ihren Pulli: »Ist klar.«

20

Es ist ein merkwürdiges Gefühl, in Oak Bluffs an Land zu gehen. Es kommt mir vor, als sei es ein halbes Leben her, dass ich hier angekommen bin, völlig erstarrt vor Liebeskummer wegen Nathan, Sorgen um meinen Job und Angst vor all dem Neuen, das mich auf Martha's Vineyard erwartet.

Auch jetzt ist meine Zukunft in vielen Punkten ungewiss, aber ich bin nicht erstarrt. Ich werde für das, was mir wichtig ist, kämpfen.

An diesem Morgen habe ich Violet angerufen und ihr mitgeteilt, dass ich ihr Jobangebot gern annehmen würde, falls es noch steht. Sie war hocherfreut und versprach, mir den Arbeitsvertrag so schnell wie möglich zuzusenden. Das anschließende Telefongespräch mit meinen Eltern war nicht einfach, aber ich habe ihnen alles erzählt. Dass ich sie schrecklich vermisse und so gerne die versäumte Zeit mit ihnen nachholen würde, dafür aber nicht meine eigenen Wünsche und Träume hinten anstellen kann. Dass ich nach Martha's Vineyard zurückkehren und beim CCS arbeiten werde. Dass ich mich in einen Mann verliebt habe, von dem ich nicht einmal weiß, ob er mich auch liebt, dem ich aber trotzdem meine Gefühle gestehen muss. Und dass es mir leidtut, sie zu enttäuschen.

Ich bin furchtbar erschrocken, als meine Mom anfing zu weinen. Ich habe sie noch nie weinend erlebt, und im ersten Moment dachte ich, ich hätte sie mit meiner Absage so sehr verletzt. Aber dann hat sie gemeint, dass sie schrecklich stolz auf mich ist und dass sie und mein Dad immer hinter mir stehen werden, ob ich nun nach Grönland komme, nach Martha's Vineyard zurückkehre oder etwas ganz anderes tue. Vielleicht hatten die Tränen auch etwas damit zu tun, dass sie sich nie wirklich bewusst gemacht hat, was ihre ständige Abwesenheit in meinem Leben für mich bedeutet hat. Aber das ist ein Thema, das wir am Telefon nicht angeschnitten haben. Das ist etwas, worüber wir irgendwann einmal sprechen müssen, wenn wir uns gegenübersitzen.

Sie haben versprochen, dass sie mich auf Martha's Vineyard besuchen werden, sobald sie können. Oder in Boston. Oder wo auch immer ich sein werde. Mit einem warmen Gefühl im Bauch habe ich mich von ihnen verabschiedet.

Nachdem wir aufgelegt hatten, habe ich mit zitternden Händen einen Rucksack mit den notwendigsten Dingen gepackt, während Liv grinsend – in ihrem *Minion*-Pyjama und mit einer Kaffeetasse in der Hand – in der Tür stand und mich beobachtete. Dann hat sie sich angezogen und ist mit mir zur South Station gefahren, wo sie mich mit einer langen Umarmung verabschiedet hat.

Bei dem Gedanken daran muss ich lächeln, während ich den anderen Reisenden vom Terminal zur Straße folge. Es sind weitaus weniger Menschen unterwegs als in der Sommersaison, und erst als ich auf dem Bürgersteig der Seaview Avenue stehe, kommt mir der Gedanke, dass ich keine Ahnung habe, wie ich nach Menemsha kommen soll.

Doch als ich die Straße hinaufschaue, sehe ich Pauls Wagen am Straßenrand stehen. Er bemerkt mich, steigt aus und kommt mir entgegen.

»Liv hat mich angerufen und mich gebeten, dich abzuholen«, sagt er statt einer Begrüßung und nimmt mir den Rucksack ab.

Ich bin so erleichtert und dankbar, dass ich Paul spontan um den Hals falle und ihn an mich drücke.

Er lacht und murmelt ein paarmal: »Na, na …«, während er mir mit einer Hand ungeschickt den Rücken tätschelt.

Auf der Fahrt berichtet er mir, was in meiner Abwesenheit alles passiert ist. Dass Baby Gina sich bereits auf den Bauch rollen kann und den ersten Brei isst. Dass Wendy das Restaurant für drei Wochen schließen wird, um Urlaub auf Samoa zu machen, gemeinsam mit einem Australier, den sie in ihrem Lokal kennengelernt hat und der sich seinen Lebensunterhalt als Schamane zu verdienen scheint. Dass die Sullivan-Brüder weiter an der Renovierung des Cottage gearbeitet haben und Hannah und Louise schon bald wieder einziehen werden, auch wenn der Zustand des Hauses bei Weitem noch nicht wieder der alte ist.

Paul plappert die ganze Fahrt über, und ich bin froh über die Ablenkung. Meine Aufregung ist auch so schon groß genug, ohne dass ich andauernd darüber nachdenke, was ich gleich tun werde.

»Ich nehme an, dass ich dich zur Marina fahren soll?«, fragt Paul, als wir an der Abzweigung zum Seaside Cottage vorbeifahren, und wirft mir einen bedeutungsvollen Blick im Rückspiegel zu. Er grinst, als ich nicke. »Das ist gut. Seit du weg bist, ist Blake nämlich absolut ungenießbar.«

Bei der Erwähnung seines Namens zucke ich unwillkürlich zusammen und beuge mich ein Stück nach vorne. »Wie meinst du das?«

Paul zuckt mit den Schultern. »Maulfaul, übellaunig, reizbar«, fasst er zusammen.

Ich kann nicht weiterfragen, denn wir rollen gerade am Lobsterville Grill vorbei, und ich entdecke Wendy und Louise vor dem Restaurant.

»Kannst du mich hier rauslassen?«, frage ich aufgeregt und schnalle mich ab.

»Klar.«

Paul parkt den Wagen am Straßenrand. Nachdem ich mich noch einmal bedankt und ihn bezahlt habe, steige ich aus. Als Louise und Wendy mich entdecken, stößt Wendy einen schrillen Schrei der Begeisterung aus, der wahrscheinlich bis Cape Cod zu hören ist.

»Josie! Schätzchen!«, ruft sie und wirft mich fast um, als sie die Arme um mich schlingt. »Was machst du denn hier?«

»Hallo, Wendy …«, sage ich und spüre, dass mir die Augen feucht werden. »Ich dachte, ich komme euch mal besuchen …«

Dann schließe ich Louise in die Arme, die mich etwas weniger stürmisch, aber mindestens genauso herzlich begrüßt.

»Wie schön, dich zu sehen, Josie.« Sie streicht mir liebevoll über die Wange. »Wir haben dich vermisst.«

»Ich habe euch auch vermisst«, erwidere ich und wische mir die Tränen aus den Augen.

Paul reicht mir den Rucksack, den ich vor lauter Wiedersehensfreude fast in seinem Kofferraum vergessen hätte.

»Wir dachten eigentlich, dass du schon längst bei den Eisbären bist«, sagt Wendy.

»Ich habe Grönland abgesagt«, erwidere ich und kann es selbst immer noch nicht wirklich glauben. »Es hat sich … nicht richtig angefühlt.«

»Und jetzt …?«, fragt Louise.

»… willst du zu Blake?«, vollendet Wendy mit einem wissenden Lächeln, und als ich nicke, fügt sie hinzu: »Das ist gut. Seine miese Laune war ja kaum mehr zu ertragen.«

Ich atme einmal tief durch und schultere meinen Rucksack.

»Viel Glück«, rufen die anderen mir hinterher, als ich die Harbor Street in Richtung Jachtclub entlanglaufe.

Auch die Marina ist ruhiger, als ich es von der Sommerferienzeit gewöhnt bin. Auf jeden Fall liegen hier deutlich weniger Boote, vermutlich, weil viele von ihnen zum Überwintern aus dem Wasser geholt wurden. Außerdem nehmen manche Eigner, die in Boston, Providence oder anderen Küstenstädten wohnen, ihre Schiffe auch wieder dorthin mit. Die meisten der zurückgebliebenen Boote sind mit Planen abgedeckt.

Eine kräftige Brise weht mir um die Nase, und die Fahnen an den beiden Masten auf der Rasenfläche vor dem Clubhaus – die der USA und die des Bundesstaates Massachusetts – flattern im Wind. Die Luft riecht feucht und leicht nach Kaminfeuer. Ich ziehe den Reißverschluss meiner Jacke nach oben und stelle den Kragen auf.

Es ist spürbar Herbst geworden. Perfektes Segelwetter.

»Hey, Josie! Das ist ja eine Überraschung!«, sagt eine Stimme hinter mir, und ich drehe mich um.

Es ist Jacob, der die Treppen vom Clubhaus herunterkommt. Auch wenn ich auf jemand anderen gehofft habe, freue ich mich, ihn zu sehen. Als er bei mir ist, nimmt er mich in die Arme und drückt mir einen Kuss auf die Wange.

»Ich bin auf der Suche nach Blake«, sage ich und stelle erschrocken fest, dass meine Stimme etwas erstickt klingt.

Ich werde doch nicht schon anfangen zu heulen, bevor ich Blake überhaupt gegenübertrete?

Jacob betrachtet mich, seine Hände auf meinen Schultern, und ich sehe, wie es in seinem Kopf rattert.

Als ich denke, die Anspannung nicht länger aushalten zu können, sagt er langsam: »Tut mir leid, aber Blake ist vor ungefähr einer Stunde aufgebrochen.«

»Wohin?«, will ich wissen und trete ungeduldig von einem Bein aufs andere. »Kann ich hier auf ihn warten?«

»Nein.« Jacob lässt die Hände sinken. »Er ist zu seinem Segeltörn aufgebrochen. Ich weiß nicht, wann er wieder hier sein wird, vielleicht erst kurz vor Weihnachten.«

Es dauert einen Moment, bis mir die Bedeutung seiner Worte klar wird. O nein, bitte nicht! Es kann doch nicht sein, dass ich den ganzen Weg aus Boston hierhergekommen bin, nur um Blake so knapp zu verpassen.

Panik steigt in mir auf. Ich kann unmöglich bis Weihnachten warten, um mit ihm zu reden! Ich würde durchdrehen!

Kurz entschlossen nehme ich Jacobs Arm. »Können wir ihn einholen? Ich meine … kannst du mich zu ihm bringen? Mit dem Motorboot?«

»Nein, Josie, das geht auf keinen Fall! Er hat eine Stunde Vorsprung!«

Er bedenkt mich mit einem abschätzenden Blick, und plötzlich habe ich das Gefühl, dass er mir nicht die ganze Wahrheit sagt. Aber ich habe keine Zeit, weiter darüber nachzudenken, denn die Zeit drängt. Entschlossen ziehe ich Jacob in Richtung der Boote.

»Dann funk ihn an!«, fordere ich. »Sag ihm, dass er warten soll. Dass er etwas Wichtiges vergessen hat.«

»Was soll er denn Wichtiges vergessen haben?«, fragt er spöttisch. *»Dich?«*

Er verstummt, als er meinen flehenden Gesichtsausdruck sieht.

»Lass dir einfach was einfallen!«, sage ich und ringe mir ein Lächeln ab, von dem ich mir sicher bin, dass es absolut verzweifelt wirkt. »Bitte?«

Er seufzt einmal tief, als würde ich schier Unmögliches von ihm verlangen, dann nickt er, scheinbar schicksalsergeben.

»Also gut«, sagt er und schreitet voran. »Aber nur, weil du es bist. Und weil Blake deinetwegen in den letzten zwei Wochen absolut unausstehlich war.«

»Du bist schon der Dritte, der das sagt«, erwidere ich und gebe mir Mühe, mit seinen großen Schritten mitzuhalten.

Im Laufen dreht er sich zu mir um.

»Wenn es drei sagen, muss es wahr sein«, sagt er grinsend.

Keine fünf Minuten später pflügen wir mit Höchstgeschwindigkeit durchs Wasser. Obwohl ich weiß, dass es eine Weile dauern wird, bis wir Blake eingeholt haben – falls es uns überhaupt gelingt –, sitze ich im Bug des Bootes und halte krampfhaft nach seiner Segeljacht Ausschau. Ich kralle mich an einem der Taue fest, während wir über die weiß schäumenden Wellenkämme fetzen und das Motorboot immer wieder mit voller Wucht auf dem Wasser aufkommt. Der Fahrtwind treibt mir Tränen in die Augen, und wahrscheinlich hole ich mir gerade die schlimmsten blauen Flecken meines Lebens, aber das ist mir egal. Wenn es nach mir ginge, könnte Jacob noch schneller fahren.

Jacob hat Blake angefunkt und ihm mitgeteilt, dass er versucht, ihn einzuholen.

»Du hast etwas vergessen«, hat er gesagt und mich dabei schulterzuckend angesehen, weil ihm anscheinend tatsächlich nichts Besseres eingefallen ist.

Danach hat er Blakes drängende Nachfragen einfach ignoriert – und das, obwohl Blake ihn schließlich über Funk übel beschimpft hat, als er keine Antwort mehr erhielt.

Es dauert fast eine halbe Stunde, bis ich Blakes Boot endlich entdecke, die Segel eingeholt. Wenn ich mich nicht täusche, müssen wir uns irgendwo vor der Küste von Cape Cod befinden.

Das Herz klopft mir bis zum Hals, als Jacob die Geschwindigkeit unseres Bootes drosselt. Meine Hände umklammern die kalte Reling, während ich mit den Augen das Deck nach Blake absuche, doch ich kann ihn nirgends entdecken.

Jacob fährt einen Bogen und nähert sich der Jacht von hinten. Erst als wir so nah herangekommen sind, dass sich die Boote fast berühren, kommt Blake mit zwei großen Sprüngen die Treppe nach oben, die Stirn gerunzelt und das Gesicht verschlossen.

Er sieht müde aus, ist das Allererste, was mir durch den Kopf schießt.

»Verdammt, Jacob!«, donnert er los, als er die Reling erreicht. »Was denkst du …«

Sein Blick fällt auf mich, und er verstummt jäh und blinzelt zweimal, als würde er seinen Augen nicht trauen. Es dauert einen Augenblick, bis er sich aus seiner Erstarrung lösen kann.

»Josie …«

Seine Stimme klingt rau. Und gleichzeitig sanft. Ist das möglich?

Mein Herz beginnt wie wild zu klopfen, als ich den Kopf in den Nacken lege und mit einer Hand die Augen abschirme, während ich zu ihm hochsehe.

»Hallo, Blake.« Ich muss mich räuspern, weil ich einen Frosch im Hals habe. »Darf ich an Bord kommen?«

»Ja … ja, natürlich«, stottert er und wirkt dabei etwas atemlos.

Er kommt die Stufen zur Schwimmplattform herunter und streckt mir wortlos eine Hand entgegen. Die Entfernung ist etwas zu groß, also überbrücke ich die Lücke zwischen den beiden Booten mit einem Sprung. Mit etwas zu viel Schwung lande ich auf der Plattform und pralle gegen Blake. Er lässt meine Hand los und umfasst stattdessen meine Taille, damit ich nicht hinfalle. Ich stütze mich mit beiden Händen auf seiner Brust ab, und sofort spüre ich die Wärme seines Körpers durch meine Handflächen sickern. Das, gepaart mit seinem vertrauten Geruch, katapultiert mich binnen Sekunden zurück in eine Zeit, in der ich glaubte, dass Blake und ich zusammengehören. Eine Zeit, in der ich glücklich war.

Ein sehnsuchtsvolles Ziehen breitet sich in meiner Brust aus, und ich muss die Tränen herunterschlucken. Ich hebe den Kopf, und unsere Blicke treffen sich. Das Blut rauscht in meinen Ohren, aber ich kann die Augen nicht von ihm abwenden.

Gerade als ich die Stille nicht mehr aushalte und etwas sagen will, ruft Jacob von unten aus dem Motorboot: »Alles klar, Leute, dann kann ich ja wieder nach Hause fahren! Macht's gut!«

Ich will protestieren, aber da heult schon der Motor auf, und Jacob fährt einen weiten Bogen zurück in die Richtung, aus der wir gekommen sind. Wie soll ich denn ohne ihn wieder zur Marina kommen? Ich weiß ja nicht mal, ob Blake das, was ich zu sagen habe, überhaupt hören will! Sprachlos sehe ich dem Boot hinterher, das schnell immer kleiner wird und nichts als eine schäumende Bugwelle zurücklässt.

Ohne Blake anzusehen, atme ich ein paarmal tief durch und versuche, meinen inneren Aufruhr zu beruhigen.

Keine Panik, Josie. Alles kein Drama.

Schließlich kann Blake mich auch im nächsten Hafen absetzen. Mit Taxi und Fähre werde ich den Weg zurück auch ohne ihn schaffen. Und selbst wenn unser Gespräch nicht so ausgehen sollte, wie ich mir das vorstelle, wird er mich ja kaum auf hoher See aussetzen. Oder mich an Land schwimmen lassen. Die Gedanken, die mir durch den Kopf wirbeln, sind so absurd, dass ich ein hysterisches Lachen unterdrücken muss, und mir wird bewusst, wie angespannt ich wirklich bin.

Blake steht direkt vor mir, etwas breitbeinig, um die Bewegungen der Jacht auszugleichen, die mit den Wellen steigt und sinkt.

»Was machst du hier, Josie?«, fragt er, als ich glaube, unser Schweigen nicht länger aushalten zu können.

»Ich …«, beginne ich und breche sofort wieder ab, unsicher, wo und wie ich anfangen soll. Es gibt so unendlich viel zu besprechen, so unendlich viel zu erklären. »Ich muss mit dir reden«, sage ich schließlich mit belegter Stimme.

»Okay.« Er dirigiert mich sanft in Richtung Eckbank, wo wir uns nebeneinandersetzen. »Dann rede mit mir.«

Die ganze Sache würde mir leichter fallen, wenn ich irgendein Gefühl in seinem Gesicht erkennen könnte, aber es wirkt völlig regungslos. Warum nur kann er so gut verstecken, was in ihm vorgeht, während ich mir wie ein offenes Buch vorkomme? Um mich zu beruhigen, atme ich einmal tief ein und wieder aus.

»Ich habe dich angelogen«, beginne ich dann. Er zieht eine Augenbraue hoch, sagt aber nichts, sodass ich fortfahre: »Ich habe gelogen, als ich gesagt habe, dass zwischen uns sowieso alles aus ist.«

Meine Stimme zittert, auch wenn ich mit aller Kraft versuche, mich zusammenzureißen.

»Für mich war es niemals aus. Ich habe dich nach meiner Rückkehr nach Boston jede Sekunde vermisst. Ich … ich war glücklich in diesem Sommer. Und ich hätte mir gut vorstellen können zu bleiben, wenn ich gewusst hätte, dass Violet mir einen Job anbietet.«

Blake schaut auf seine Hände.

»Ich …«, beginnt er, aber ich lasse ihn nicht zu Wort kommen, denn ich habe Angst, dass ich es nicht schaffe, das zu sagen, was ich zu sagen habe, wenn er mich einmal unterbricht.

»Die Wahrheit ist, dass ich mich Hals über Kopf in die Insel verliebt habe«, fahre ich fort und bin froh, dass meine Stimme diesmal etwas kräftiger und entschlossener klingt. »In das Meer, den Strand, die Dünen, die Sonne, den Wind. Die Leuchttürme, die Klippen … Das Segeln mit dir. In alle Menschen, die ich in meiner Zeit auf der Insel kennenlernen durfte. Und natürlich auch in Harley.«

Ich sehe, dass Blake bei meinen letzten Worten ein wenig lächelt, und das verleiht mir den Mut, weiterzusprechen.

»In all das habe ich mich verliebt, verstehst du?« Ich hole tief Luft, bevor ich sage: »Und am allermeisten in dich. Wahrscheinlich schon an unserem ersten Abend beim Pub-Quiz. Und danach ... Unsere Zeit war eine ganz besondere für mich, und jede einzelne Minute mit dir wird für immer in meinem Gedächtnis und in meinem Herzen bleiben.« Ich stocke. »Auch wenn es für dich nicht so sein sollte.«

Er öffnet den Mund, um etwas zu sagen, dann schließt er ihn wieder. Als er endlich spricht, ist seine Stimme rau.

»Es ist aber genauso für mich.«

Ich starre ihn an, sprachlos. Meint er damit, dass ich ihm auch mehr bedeute? Oder dass er unsere Zeit ebenfalls in guter Erinnerung behalten will, auch wenn sich unsere Wege jetzt trennen?

»Wie ... wie meinst du das?«, frage ich, und das Herz schlägt mir bis zum Hals.

»Mir hat unsere gemeinsame Zeit auch wahnsinnig viel bedeutet.« Er beugt sich ein Stück zu mir herüber, berührt mich aber nicht. Ich sehe, wie sich seine Gesichtsmuskeln anspannen, bevor er hinzufügt: »Aber ich werde auf keinen Fall zulassen, dass du deine Träume für mich aufgibst.«

Einen Moment bleibt mir die Luft weg, dann entweicht mir ein leises: »Oh.«

Er fährt sich mit einer Hand durch die Haare, und wieder fallen mir die dunklen Ringe unter seinen Augen auf. Scheint so, als wäre ich nicht die Einzige, die in der letzten Zeit Probleme mit dem Schlafen hat.

Er richtet den Blick auf den endlosen Ozean. »Ich habe auf die denkbar schmerzhafteste Weise erfahren müssen, dass man niemanden halten kann, der eigentlich woanders sein möchte. Meine Mutter ist nur für meinen Vater auf die Insel gekommen und letztendlich nur seinetwegen dortgeblieben, obwohl sie sich ein ganz anderes Leben, weit weg von Martha's Vineyard gewünscht hat. Der Drang, woanders zu sein, war am Ende sogar so stark, dass sie ihre eigenen Kinder zurückgelassen hat, weil sie es einfach nicht mehr ausgehalten hat. Und mit …«

Er stockt, aber ich weiß, was er sagen will.

»Und mit Laura war es genauso«, vollende ich den angefangenen Satz für ihn.

Er nickt langsam. »Verstehst du, Josie? Liebe ist das stärkste aller Gefühle, aber selbst das ist nicht genug, um dich irgendwo zu halten, wo du in Wirklichkeit nicht sein möchtest.«

Aber ich möchte bei dir sein!, schreit alles in mir. *Bei dir und auf der Insel.*

Bevor ich den Gedanken laut aussprechen kann, wird das Boot von einer Welle erfasst, und Blake packt mich am Arm, um mich zu halten. Seine Wärme und sein Geruch sind so vertraut, dass ich plötzlich das Gefühl habe, losweinen zu müssen.

Was bringt es, dass er unsere gemeinsame Zeit genossen hat, wenn er nicht dasselbe für mich empfindet wie ich für ihn? Ist ein schöner Sommer alles, was uns bleibt?

Das traurige Gefühl in meinem Inneren verstärkt sich, als er mich loslässt und aufsteht. Ohne mich anzusehen, stellt Blake sich hinter das Steuerrad und dreht das Segelschiff wieder in den Wind, sodass die Wellen uns nicht mehr von der Seite, sondern von vorne treffen.

»Eins musst du mir erklären«, sagt er und richtet seinen Blick kurz zum Horizont, wo Jacobs Boot schon vor langer Zeit verschwunden ist. »Warum dieser Stunt mit Jacob? Warum hast du nicht gewartet, bis ich zurückkomme?«

»Ich wollte mit dir sprechen. Jetzt!« Ich schüttele den Kopf. »Bis Weihnachten wäre ich durchgedreht!«

Er runzelt die Stirn, während er das Steuerrad feststellt und wieder zu mir zurückkommt. Setzt er sich etwas näher neben mich als zuvor, oder bilde ich mir das nur ein?

»Wieso bis Weihnachten? Ich wäre doch spätestens morgen früh wieder da gewesen.«

»Morgen früh?«, frage ich verwirrt. »Aber Jacob ... Er hat gesagt, dass du zu einem Segeltörn aufgebrochen bist und erst in ein paar Monaten wieder zurückkommst.«

Blake starrt mich kurz entgeistert an und fängt dann an zu lachen. »Jacob ist wirklich ... unfassbar!«

Ich verstehe nicht wirklich, was es da zu lachen gibt. Mir ist überhaupt nicht nach Lachen zumute. Eher zum Weinen.

»Ich bin nicht zu einem Törn aufgebrochen, und das weiß Jacob ganz genau«, erklärt er, als er meinen Gesichtsausdruck sieht.

»Du bist nicht zu einem Törn aufgebrochen?«, wiederhole ich.

»Nein.«

Fassungslos starre ich ihn an.

»Jacob hat mich etwa verarscht?«, japse ich, was Blake ein winziges Lächeln entlockt.

»Scheint so«, erwidert er. »Sieht ihm irgendwie ähnlich, das Ganze für dich noch dramatischer erscheinen zu lassen, als es ohnehin schon ist.«

»Mein Gott, das ist so typisch für ihn! Ich bringe ihn um, wenn ich ihn das nächste Mal sehe!«

Wahrscheinlich lacht er sich kaputt über seinen kleinen Scherz, den er mit mir getrieben hat. Und ich habe fast einen Herzinfarkt erlitten, weil ich dachte, dass ich Blake vor Weihnachten nicht mehr sehen würde, außer wenn ich ihm wie James Bond im Motorboot hinterherjage. Als wenn ich nicht schon so aufgelöst genug gewesen wäre!

Da kommt mir etwas anderes in den Sinn.

»Moment mal – wenn du nicht zu einem Segeltörn aufgebrochen bist … wohin wolltest du denn dann?«

»Ich war auf dem Weg nach Boston«, erwidert Blake.

»Nach *Boston*?«

Er nickt. »Ja. Zu dir.«

»Zu … *mir*?«

Sein Mundwinkel hebt sich etwas, und das Grübchen, das ich so liebe, erscheint. »Wirst du jetzt immer alles wiederholen, was ich sage? Das ist etwas irritierend.«

Ich kann nicht anders, als sein schwaches Lächeln zu erwidern.

»Tut mir leid«, entschuldige ich mich. »Was wolltest du in Boston? Bei mir?«

Er streckt die Hand aus, um mir eine Haarsträhne hinter das Ohr zu stecken, die mir der Wind aus dem Pferdeschwanz gerissen hat. Blakes Berührung an meiner Wange fühlt sich so gut an, dass ich unwillkürlich die Augen schließe, obwohl ich eigentlich ruhig und beherrscht sein will.

»Ich wollte dir sagen, dass ich dich liebe.« Ruckartig öffne ich meine Augen wieder und starre ihn an, als er fortfährt: »Und dass ich dich auch in einem Jahr noch lieben werde, wenn du aus Grönland zurückkommst.«

Seine Worte bringen mich innerlich und äußerlich so sehr ins Wanken, dass ich mich an seinen Unterarmen festhalten muss, um nicht umzukippen.

»Wie bitte?«

Sein Lächeln wird breiter, und er umfasst mein Gesicht mit beiden Händen. »Welchen Teil von ›Ich liebe dich, und ich werde auf dich warten‹ hast du nicht verstanden?«

»Aber …«, stammele ich. »Wieso willst du … Ich meine, du bist doch der Meinung, dass Fernbeziehungen nicht funktionieren können!«

Er schüttelt den Kopf. »Ich habe nicht gesagt, dass Fernbeziehungen nicht funktionieren können. Ich habe gesagt, dass man für eine Fernbeziehung voll und ganz hinter der Sache stehen muss.« Er macht eine kleine Pause, und ich versinke fast in seinen ozeanblauen Augen. »Und das tue ich. Weil ich dich liebe und dich nicht verlieren will.«

Als wolle er seine Worte unterstreichen, senkt er seinen Mund langsam wie in Zeitlupe auf meinen. Seine Lippen sind warm und weich und schmecken etwas salzig. Zuerst bin ich wie erstarrt, aber als er beginnt, die Tränen, von denen ich nicht einmal gemerkt habe, dass sie fließen, von meinen Wangen zu küssen, schlinge ich die Arme um ihn und presse meinen Mund auf seinen. Er zieht mich an sich und küsst mich zurück, und es kommt mir vor, als wäre das der schönste Kuss meines Lebens. Er dauert einige Minuten, und als wir wieder Luft holen, sind wir beide atemlos.

»Ich liebe dich so sehr, Josie«, wiederholt Blake und legt beide Hände an meine Wangen. »Ich werde dich schrecklich vermissen, wenn du in Grönland bist. Aber du sollst wissen, dass wir das schaffen werden, auch wenn es uns nicht leichtfallen wird. Wir können E-Mails und Textnachrichten schreiben und regelmäßig telefonieren. Du wirst sehen, die zwölf Monate sind schneller vorbei, als du es dir jetzt vorstellen kannst. Und wenn du dir nach deiner Rückkehr einen neuen Job in Boston suchen möchtest …«

»Ich liebe dich auch«, unterbreche ich ihn und kann nicht verhindern, dass sich ein glückliches Lächeln auf mein Gesicht stiehlt. »Und im Übrigen gehe ich nicht nach Grönland.«

»Was?«

Er sieht mich verwirrt an, und ich muss lächeln. »Welchen Teil von ›Ich liebe dich auch, und ich gehe nicht nach Grönland‹ hast du nicht verstanden?«

Er schiebt mich ein Stück von sich, damit er mich besser ansehen kann. »Aber …«

»Nichts *aber*«, falle ich ihm ins Wort und sehe ihm tief in die Augen in der Hoffnung, dass er mich verstehen kann. »Diese Entscheidung hat nichts mit dir zu tun. Oder zumindest nicht ausschließlich mit dir. Ich habe erkannt, dass ich dem Grönlandjahr vor allem meinen Eltern zuliebe zugestimmt habe, ohne zu hinterfragen, ob es das ist, was *ich* wirklich will. Und mir ist klar geworden, dass die Arbeit auf dem Forschungsschiff nicht *mein* Traum ist, auch wenn ich mir das lange Zeit eingeredet habe. Genauso wenig, wie die Arbeit im Labor in Boston mein Traum war.« Ich hole tief Luft. »Und aus diesem Grund habe ich heute Morgen Violets Angebot angenommen, beim CCS zu arbeiten. Ich werde nach Martha's Vineyard zurückkommen. Weil *ich* es will. Ich wollte dir also nicht nur mitteilen, dass ich mich in dich verliebt habe, sondern auch, dass ich auf die Insel zurückkommen werde. Und dass ich hoffe, dass wir irgendwie erwachsen miteinander umgehen können, wenn wir uns über den Weg laufen, selbst wenn es keine gemeinsame Zukunft für uns geben sollte …«

Blake öffnet den Mund und schließt ihn direkt wieder. Ich sehe ihm an, wie sehr ihn meine Worte bewegen, und mir wird warm ums Herz. Dann schluckt er, schüttelt leicht den Kopf und zieht mich wieder in seine Arme. So fest, als würde er mich nie wieder loslassen wollen. Und das soll er auch gar nicht.

Ich weiß, dass ich noch auf den Arbeitsvertrag vom CCS warten muss. Und wenn ich den bekomme, muss ich meine Sachen in Boston packen, eine Nachmieterin für mein Zimmer in unserer WG und eine Bleibe auf der Insel finden. Vielleicht freuen sich Hannah und Louise für den Winter über eine Mitbewohnerin und helfende Hand im Seaside Cottage? Ich muss sie unbedingt fragen. Genug zu tun gibt es in dem renovierungsbedürftigen Cottage auf jeden Fall, und außerdem kann ich mir kaum vorstellen, woanders zu wohnen.

Auch wenn ich noch nicht sicher bin, wie die Zukunft genau aussehen oder wo ich in zehn Jahren sein werde – eins weiß ich jetzt schon: Ich werde alles schaffen, was ich mir vornehme, wenn ich auf mein Herz höre.

Eine weitere Welle erfasst unser Boot und bringt uns ins Wanken. Blake wartet, bis er sich sicher ist, dass ich nicht von der Bank rutsche, dann lässt er mich los und stellt sich wieder hinter das Steuerrad.

»Hier wird es langsam ungemütlich«, sagt er mit einem Blick auf die Geräte. »Wir sollten schauen, dass wir wegkommen.«

Ich stehe auf, trete neben ihn und schlinge meine Arme um seinen Körper, während er das Steuer dreht.

»Wo segeln wir hin?«, frage ich.

»Ich segele mit dir, wohin du willst«, antwortet er und zieht mich an sich.

Mein Lächeln wird breiter.

Ich strecke ihm mein Gesicht entgegen, damit er mich küssen kann, und flüstere: »Dann lass uns nach Hause segeln.«

Epilog

– Acht Monate später –

Liv

»Und das ist das Schlafzimmer«, sagt Josie mit vor Begeisterung zitternder Stimme und öffnet die letzte Tür im ersten Stock.

Während Hannah, Flynn, Jacob und ich uns in dem derzeit noch leeren Zimmer umsehen, aus dessen Fenster man einen herrlichen Blick über die Baumwipfel bis zum Meer hat, schaut uns meine beste Freundin mit leicht geröteten Wangen an.

»Und?«, fragt sie, und ich merke ihr an, dass sie kurz davor ist, vor Aufregung auf und ab zu hüpfen. »Wie findet ihr das Haus?«

Mit einem breiten Lächeln lege ich den Arm um sie und drücke ihr einen Kuss auf die Wange. »Es ist wunder-, wunder-, wunderschön, Josie. Ein richtiges Traumhaus.«

Nicht dass ich etwas anderes erwartet hätte, wenn sich Josie und Blake zusammen ein Haus kaufen. Schließlich haben beide einen guten Geschmack und außerdem den nötigen kühlen Kopf, um geschäftlich die richtigen Entscheidungen zu treffen. Und dass der Kauf dieses Hauses ein Volltreffer ist, das kann sogar ich sehen, obwohl meine bisher spektakulärste Anschaffung ein Kaffeevollautomat mit Smartphone-Steuerung war.

Pine House, das bald Blakes und Josies neues Zuhause sein wird, liegt nur einen fünfminütigen Fußmarsch vom Seaside Cottage entfernt – und mitten im Wald. Aber wenn man durch den Garten läuft und einem kleinen Sandweg folgt, sind es nur ein paar Meter bis zum Strand.

Ich gebe meiner Freundin noch ein begeistertes Daumen-Hoch-Zeichen, bevor wir alle gemeinsam die Treppe hinunterlaufen und durch das große und helle Wohnzimmer auf die weiß getünchte Terrasse zurückkehren, wo Blake auf uns wartet.

»Herzlichen Glückwunsch, ihr zwei«, sage ich, bevor ich auch Blake in den Arm nehme und kurz an mich drücke. »Es ist ein richtig tolles Haus und noch viel schöner als auf den Fotos. Ich freue mich riesig für euch.«

»Danke«, sagt er und sieht Josie liebevoll an. »Josie hat es entdeckt und den Eigentümer mit all ihrem Charme davon überzeugt, es an uns zu verkaufen und nicht an dieses Hollywood-Sternchen, das ebenfalls Interesse bekundet hat.« Er denkt kurz nach. »Oder war es eine Mode-Influencerin?«

»Kosmetik«, korrigiert Josie, und die beiden grinsen sich so vertraut an, dass mir ganz warm ums Herz wird.

Sie sind so glücklich miteinander, dass es nur eine Frage der Zeit war, bis sie zusammenziehen. Dass sie gleich ein Haus kaufen, hätte ich nicht erwartet, aber ich freue mich unendlich darüber, dass meine beste Freundin ihr großes Glück gefunden hat. Beruflich und privat.

»Was macht ihr eigentlich mit dem frei gewordenen Zimmer im Jachtclub?«, fragt Hannah, die mit Jacob und Flynn zu uns getreten ist.

»Wir könnten ein Männerzimmer daraus machen«, überlegt Jacob und boxt Flynn mit der Faust spielerisch gegen die Brust. »Oder, Bro?«

Fast hätte ich die Augen verdreht. *Bro* … Das sagt doch im echten Leben niemand! Typisch Jacob.

Flynn lacht über den Vorschlag seines Bruders. »Klar … Und wie stellst du dir das vor? Mit Postern von nackten Frauen und Motorrädern an den Wänden, einem XXL-Fernseher und einem Billardtisch in der Mitte?«

»Und mit einer Poledance-Stange«, vervollständigt Jacob, und dieses Mal kann ich das Augenrollen nicht verhindern.

Wie immer glaubt Jacob, er habe die schlagfertigsten Sprüche auf Lager, und merkt dabei nicht, dass er das *Gegenteil* von witzig ist. Was seinem Erfolg bei den Frauen natürlich keinen Abbruch tut. Schließlich ist er ein Sullivan und hat, ebenso wie seine Brüder, an dem Tag, als Gott das gute Aussehen an die Männer verteilt hat, in der Reihe ganz vorne gestanden. Wenn ich Regisseurin wäre und die Rolle des Hauptdarstellers in einem Liebesfilm besetzen müsste, wäre er wahrscheinlich meine erste Wahl. Er ist lässig, groß und breitschultrig, dazu hat er dunkelblonde Haare, die so lang sind, dass sie ihm immer wieder in die Augen fallen. Wenn er sein Markenzeichenlächeln – seine zugegebenermaßen schön geschwungenen Lippen leicht spöttisch nach oben gezogen – an den Tag legt, fallen die Frauen reihenweise um.

Nicht dass *ich* deswegen umfallen würde, auch wenn er mich in diesem Moment mit genau diesem Lächeln bedenkt. Natürlich hat er mein Augenrollen gesehen.

»Hast du was gegen Poledance, Liv?«, fragt er unschuldig.

Gleichgültig zucke ich mit den Schultern. »Was sollte ich gegen Poledance haben? Es ist eine ernst zu nehmende und im Übrigen sehr anstrengende Sportart.« Mit einem zuckersüßen Lächeln füge ich hinzu: »Also, wenn du es mal ausprobieren willst … *go for it!* Würde deiner Figur sicherlich guttun.«

Blake gibt ein grunzendes Lachen von sich und legt einen Arm um Josie, die mir einen warnenden Blick zuwirft. Sie ist ein absolut harmoniebedürftiger Mensch, und ich weiß, dass meine Streitereien mit Jacob sie schon im letzten Jahr gestresst haben, als wir unseren ersten Sommer auf Martha's Vineyard verbracht haben. Aber er hat irgendetwas an sich, das mich von einer Sekunde zur anderen auf hundertachtzig bringen kann. Und ich bin einfach nicht der Typ, der die Klappe hält, wenn Jacob mit seinen Sticheleien und Sprüchen anfängt.

»An meiner Figur ist absolut nichts auszusetzen«, erwidert er jetzt leicht angefressen.

Womit er natürlich absolut recht hat, aber das binde ich ihm natürlich nicht auf die Nase. Stattdessen ziehe ich nur zweifelnd die Augenbrauen hoch und schaue auf seinen – nicht existenten – Bauch, den er prompt reflexartig einzieht. Als er merkt, dass er mir auf den Leim gegangen ist, atmet er laut wieder aus, und seine Augen verengen sich zu schmalen Schlitzen. Zwar nur für einen winzigen Augenblick, aber ich habe es genau gesehen.

Mit einem zufriedenen Grinsen folge ich Blake und Josie über den Rasen zu dem kleinen Pavillon am Ende des Gartens, während die anderen auf der Terrasse zurückbleiben und Hannah und Flynn anfangen zu überlegen, wann und wie man am besten eine epische Einweihungsparty schmeißen könnte.

Jacob beteiligt sich nicht an der Diskussion, und ich spüre seine Blicke wie Feuerpfeile in meinem Rücken, während ich den Garten durchquere. Es mag sein, dass er es immer wieder schafft, mich auf die Palme zu bringen, aber ich weiß auch, dass es umgekehrt genauso ist, und das verschafft mir eine merkwürdige Befriedigung. Es gibt schon genug Frauen in seinem Umfeld, die ihm schöne Augen machen und an seinen Lippen hängen.

»Herzlichen Glückwunsch übrigens zu deinem Abschluss«, sagt Blake und setzt sich neben Josie auf die Bank im Pavillon. »Wann feiern wir?«

»Heute Abend?«, sage ich und grinse glücklich. »Ich lade euch zur Feier des Tages in den Lobsterville Grill ein.«

»Hast du etwa im Lotto gewonnen?«, scherzt meine Freundin, wohl wissend, dass ich an meinem neuen Arbeitsplatz nicht gerade viel verdiene.

Aber das ist mir heute egal. »Ich bin einfach nur froh, dass ich die Doktorarbeit hinter mir habe und wieder hier bin. Das will ich gebührend feiern«, sage ich bestimmt und zwinkere ihr zu. »Und während du in den letzten Monaten auf dieser traumhaften Insel leben, mit deinem Traummann herumturteln, lange Strandspaziergänge machen und nebenbei ein bisschen beim CCS arbeiten durftest, musste ich den ganzen Winter allein in der Stadt ausharren, Seminare für nervige Studenten leiten und in der stickigen Bibliothek meine Doktorarbeit beenden.«

»Wir turteln doch nicht herum«, protestiert Blake grinsend und widerlegt dann seine eigenen Worte, indem er Josie kurzerhand auf seinen Schoß zieht und ihr einen Kuss auf die Stelle unter dem Ohr drückt.

Sie lacht und schiebt ihn ein Stück von sich weg, was ihn nicht im Geringsten zu stören scheint.

»Ich habe nicht *ein bisschen* für den CCS gearbeitet«, erwidert sie würdevoll. »Ich habe den Winter über Tag und Nacht geackert, Ausflüge für den Sommer geplant und Lehrpläne für Kinder aller Altersstufen erstellt! Nebenbei die Homepage aktualisiert, neue Geldgeber gefunden ... Das Leben auf der Insel ist kein Zuckerschlecken, meine Liebe. Aber das wirst du schon merken, wenn du wieder bei deinen Seehunden bist.«

Mein Chef im St. Francis Seal Rescue Center, der Seehundauffangstation, in der ich schon im letzten Sommer einen Ferienjob hatte, hat mir wieder einen Job für die Ferienmonate angeboten, und ich habe keine Sekunden gezögert, sein Angebot anzunehmen. Nächste Woche ist mein erster Arbeitstag, und in der Zwischenzeit kann ich mein Zimmer im Seaside Cottage einrichten, wo ich wieder gemeinsam mit Hannah und Louise wohnen werde, Zeit mit meinen Freunden verbringen und nach dem ganzen Unistress der letzten Monate ein wenig zur Ruhe kommen werde.

»Wann plant ihr eigentlich, hier einzuziehen?«, frage ich mit einem Blick zurück zum Haus.

Blake zieht die Brauen zusammen, während er den Zeitplan kalkuliert. »Lass mich nachdenken … Seit heute haben wir die Schlüssel, morgen Vormittag kommt die Baufirma und schaut sich das Haus an. Ich schätze, dass die vielleicht vier Wochen für die Renovierung brauchen, wenn wir nur die Böden und die Wände machen und die Leitungen bleiben können.« Er nimmt Josies Hand. »Wenn alles gut läuft, können wir im Juli einziehen, was meinst du?«

Josie nickt, und als die beiden beginnen, darüber nachzudenken, ob sie auch gleich das große Bad renovieren oder damit bis nach dem Einzug warten sollen, stehe ich auf und überlasse sie ihren Zukunftsplänen.

Mit einem glücklichen Gefühl im Bauch schlendere ich zwischen den Pinien hindurch in Richtung Strand. Das Dunkelblau des Meeres bildet einen wunderschönen Kontrast zu dem Dunkelgrün des Waldes um mich herum, und es reizt mich, barfuß durch die Dünen zu rennen und mich in den kühlen Atlantik zu stürzen. Der Tag ist warm, und die Sonne kitzelt meine Haut.

Vielleicht gehe ich tatsächlich heute noch schwimmen. Und morgen. Und übermorgen. Wann immer ich will. Ich strecke beide Arme aus und genieße, wie mir der Wind ins Haar fährt.

Der Sommer hat gerade erst begonnen.

ENDE

Danksagung

Unglaublich, aber da ist er – mein dritter Roman! Ehrlich gesagt hätte ich davon vor ein paar Jahren nicht einmal zu träumen gewagt. Und es wäre niemals möglich gewesen ohne die Hilfe und Unterstützung einiger ganz besonderer Menschen in meinem Umfeld, denen ich von Herzen danken möchte:

Meinen Lektorinnen Eva Sterzelmaier und Maria Runge und natürlich dem ganzen Team des Goldmann Verlages und der Penguin Random House Verlagsgruppe, die sich nicht nur täglich darum bemühen, meine Geschichten zu Euch zu bringen, sondern auch die Geschichten so vieler anderer toller Autorinnen und Autoren.

Außerdem natürlich dem gesamten Team der Verlagsagentur Lianne Kolf und vor allem meiner wundervollen Agentin Simone Sammer – ich freue mich auf alle Projekte, die wir noch zusammen verwirklichen werden!

Meiner Redakteurin Beate De Salve – das Autokorrekturprogramm meines Handys macht aus Deinem Vornamen immer »Beste«, und das lasse ich einfach mal so stehen, denn das bist Du! Vielen Dank für Deine Geduld, Dein kritisches Auge, Deine Sorgfalt und unsere tolle Zusammenarbeit.

Carina – Du bist nicht nur meine gnadenloseste (und damit beste!) Motivatorin, sondern auch meine kritischste (und damit beste!) Testleserin. Ich freue mich auf alles, was ich von Dir noch lesen werde.

Meinen Freundinnen Kornelia, Bea, Anne, Kaja, Michi – für Eure Begeisterung, Eure Geduld und Euer offenes Ohr, wenn ich wieder viel zu viel über meine tausend Themen und Ideen quassele. Ihr seid die tollsten Freundinnen, die ich mir vorstellen kann!

Mama und Papa – es tut mir leid, denn es gibt vermutlich wieder zu viel Sex im Buch (Mama) und wieder passiert kein Mord (Papa). Aber Spaß beiseite: Ich danke Euch für Eure Unterstützung und dafür, dass Ihr immer an mich glaubt und für mich da seid! Auch (oder gerade?) als erwachsene Tochter tut es gut, umsorgt und umkümmert zu werden. Ich habe Euch lieb.

Meinem Mann Kai und meinen Kindern – tausend Dank dafür, dass Ihr so viel Verständnis dafür aufbringt, dass ich zeitlich (und gedanklich und emotional und …) so sehr von meinen Büchern in Anspruch genommen werde. Eure Liebe gibt mir die Sicherheit und den Rückhalt, die ich brauche, und ich hoffe, dass das umgekehrt genauso ist.

Mein besonderer Dank gilt meinem Sohn, dem ich diesen Roman gewidmet habe – Du bist jetzt schon eine richtige Leseratte und verschlingst stapelweise Bücher. Es ist so schön zu sehen, wie stolz Du immer auf mich und meine Romane bist. Ich bin auch unglaublich stolz auf Dich. Du bist mein großer Schatz.

An letzter – und wichtigster Stelle – steht wie immer Ihr, liebe Leserinnen und Leser. Denn ohne Euch könnte ich das, was ich am meisten auf der Welt liebe – das Schreiben – nicht tun. Eure Begeisterung für meine Geschichten, Eure Rezensionen, Fotos, Reels, persönlichen Nachrichten und lieben Worte bedeuten mir unglaublich viel. Danke, danke, danke. Für alles.

Und abschließend: Es hat mir riesigen Spaß gemacht, Josies und Blakes Geschichte zu schreiben und mit ihnen einen Sommer auf Martha's Vineyard zu verbringen. Ich hoffe, dass es Euch genauso ging und wir uns bald auf dieser wunderschönen Insel wiedersehen. Und das werden wir, wenn Ihr wissen wollt, ob auch Liv, Hannah, Jacob und Flynn ihre große Liebe finden werden …

Kontaktiert mich auf Instagram (@nadinekerger.autorin) – ich freue mich auf Euch und unseren Austausch!